LES SOURCES DE LA MAGIE

JOËL CHAMPETIER

ALIRE

Illustration de couverture
GUY ENGLAND

Photographie
POTHIER PHOTO

Diffusion et distribution pour le Canada
Québec Livres
2185, autoroute des Laurentides, Laval (Québec) H7S 1Z6
Tél. : 450-687-1210 Fax : 450-687-1331

Diffusion et distribution pour la France
D.E.Q. (Diffusion de l'Édition Québécoise)
30, rue Gay Lussac, 75005 Paris
Tél. : 01.43.54.49.02 Fax : 01.43.54.39.15
Courriel : liquebec@noos.fr

Pour toute information supplémentaire
LES ÉDITIONS ALIRE INC.
C. P. 67, Succ. B, Québec (Qc) Canada G1K 7A1
Tél. : 418-667-8314 Fax : 418-667-5348
Courriel : alire@alire.com
Internet : www.alire.com

Les Éditions Alire inc. bénéficient des programmes d'aide à l'édition de la Société de développement des entreprises culturelles du Québec (SODEC), du Conseil des Arts du Canada (CAC) et reconnaissent l'aide financière du gouvernement du Canada par l'entremise du Programme d'aide au développement de l'industrie de l'édition (PADIÉ) pour leurs activités d'édition.
Les Éditions Alire inc. ont aussi droit au Programme de crédit d'impôt pour l'édition de livres du gouvernement du Québec.

Dépôt légal : 2e trimestre 2002
Bibliothèque nationale du Québec
Bibliothèque nationale du Canada

10 9 8 7 6 5 4 3 2e MILLE

Joël Champetier...

... est né le 30 novembre 1957 à Lacorne (Abitibi-Témiscamingue). Rédacteur en chef de *Solaris*, revue à laquelle il collabore depuis 1983, il a également à son actif plusieurs nouvelles et romans touchant tant à la science-fiction qu'au fantastique et à la fantasy. Son roman de science-fiction *la Taupe et le Dragon* a été publié en 1999 aux États-Unis sous le titre de *The Dragon's Eye* (Tor). Plusieurs prix jalonnent sa carrière, dont deux en 1995 pour *la Mémoire du lac* : le Grand Prix de la science-fiction et du fantastique québécois et le prix Aurora du meilleur roman canadien en français.

Les Sources de la magie
est le soixante et unième titre publié
par Les Éditions Alire inc.

Il a été achevé d'imprimer
en avril 2002 sur les presses de

Transcontinental
IMPRESSION
IMPRIMERIE GAGNÉ

IMPRIMÉ AU CANADA

Les Sources de la magie

Du même auteur

La Mer au fond du monde. Roman.
Montréal : Paulines, Jeunesse-pop 71, 1990.

La Requête de Barrad. Roman.
Montréal : Paulines, Jeunesse-pop 73, 1991.

La Prisonnière de Barrad. Roman.
Montréal : Paulines, Jeunesse-pop 76, 1991.

La Taupe et le Dragon. Roman
Montréal : Québec/Amérique, 1991. (épuisé)
Beauport : Alire, Romans 025, 1999.

Le Jour-de-trop. Roman.
Montréal : Paulines, Jeunesse-pop 85, 1993.

Le Voyage de la sylvanelle. Roman.
Montréal : Paulines, Jeunesse-pop 88, 1993.

La Mémoire du lac. Roman.
Montréal : Québec/Amérique, Sextant 3, 1994. (épuisé)
Beauport : Alire, Romans 044, 2001.

Le Secret des sylvaneaux. Roman.
Montréal : Paulines, Jeunesse-pop 93, 1994.

Le Prince Japier. Roman.
Montréal : Paulines, Jeunesse-pop 98, 1995.

La Peau blanche. Roman.
Beauport : Alire, Romans 006, 1997.

Cœur de fer. Recueil.
Le Plessis-Brion : Orion, Étoiles vives, 1997.

L'Aile du papillon. Roman.
Beauport : Alire, Romans 028, 1999.

Table des matières

L’écriture de ce roman a été rendue possible grâce à l’appui financier du Conseil des arts du Canada, que l’auteur tient à remercier.

Contremont

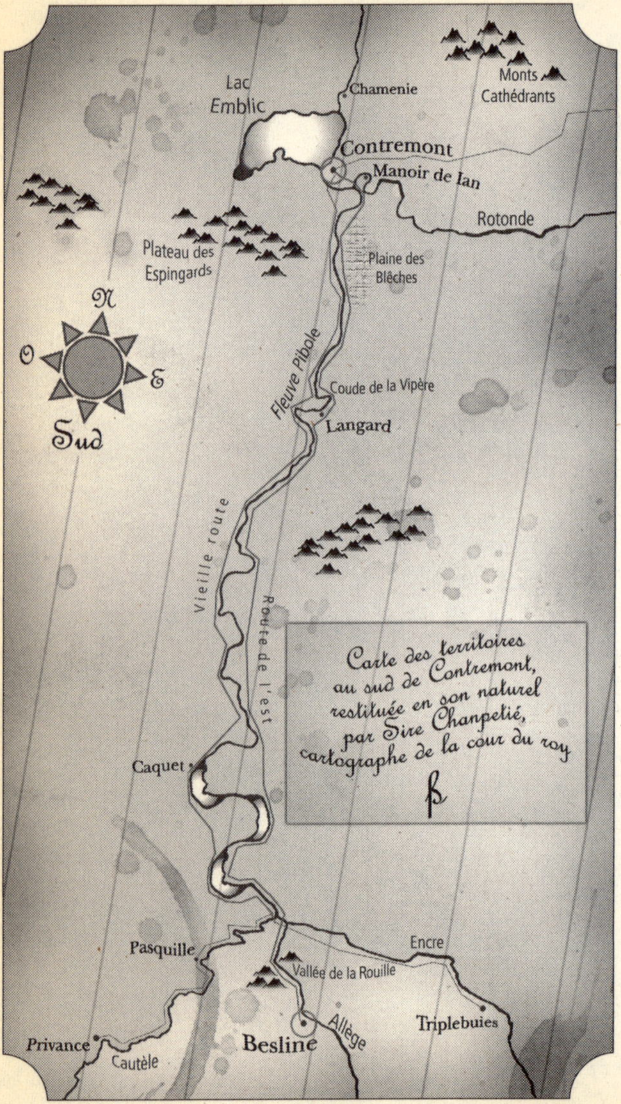

Lac
Emblic
Chamenie
Monts
Cathédrants
Contremont
Manoir de Ian
Rotonde
Plateau des
Espingards
Plaine des
Blêches
N
O
E
Sud
Fleuve Pibole
Coude de la Vipère
Langard
Vieille route
Route de l'est
Carte des territoires
au sud de Contremont,
restituée en son naturel
par Sire Chanpetié,
cartographe de la cour du roy
Caquet
Pasquille
Encre
Vallée de la Rouille
Triplebuies
Privance
Cautèle
Besline
Allège

CHAPITRE 1

Le jour le plus long

Maître Ian Corybantier se réveilla aux premières lueurs de l'aube, ce qui était presque un exploit en cette matinée du solstice d'été. Il s'extirpa du fauteuil dans lequel le sommeil l'avait surpris pendant qu'il lisait. Une mauvaise habitude, comme en témoignait la douleur à ses hanches et à son dos. Il avait beau refuser d'admettre qu'il n'était plus un jouvenceau, son corps se chargeait de lui rappeler cette vérité incontournable.

En boitant un peu, maître Corybantier s'approcha de l'une des étroites fenêtres de la bibliothèque. La nuit la plus courte de l'année n'avait fait que passer. Comme prévu, le ciel était clair et dégagé. Ian n'était pas le plus grand connaisseur du firmament et des météores, mais prédire le temps du lendemain en observant les formations nuageuses du soir n'exigeait qu'un minimum de sens de l'observation et de mémoire. Rien à voir avec la maîtrise des forces surnaturelles.

Il ouvrit la fenêtre et inspira un grand coup. L'air était pur, tonifiant, parfumé de rosée. Le disque rouge du soleil venait tout juste de poindre à l'est. Contre l'horizon couleur de pêche, les tours du château de

Contremont dressaient leurs pignons, minuscules vus d'ici. Ian décida qu'à l'avenir il se lèverait toujours à l'aube pour ne plus manquer ce revigorant spectacle… sachant fort bien que cette résolution se dissiperait aussi vite et aussi naturellement que la rosée matinale.

Il bâilla longuement, clignant des yeux sous les rayons de plus en plus vifs du soleil. Son regard se détourna sur le fouillis que la fraîche lumière du matin révélait autour de lui. Il soupira, vaguement dégoûté par son incapacité à garder un peu d'ordre dans sa demeure. Lorsqu'il avait fait agrandir et moderniser le vieux manoir, il avait confié aux soins d'un architecte réputé la décoration de sa bibliothèque. Il avait demandé une pièce empreinte de noblesse et de dignité, à la fois bibliothèque, bureau et salle de lecture, aux murs couverts de draperies fines, aux étagères en bois exotique. C'est là parmi ses grimoires et ses incunables, sous une frise de tableautins, qu'il prévoyait recevoir les dignitaires, les solliciteurs, ou encore ses collègues magiciens venus discuter de leurs dernières découvertes.

Un sourire un peu triste flotta sur ses lèvres. La qualité du travail de l'architecte avait surpassé toutes ses espérances. Mais à qui profitait cette splendeur ? De quand datait la dernière visite d'un dignitaire, de quelque importance que ce fût ? Lorsque le roi de Contremont voulait lui parler – ou, plus rarement, un de ses conseillers – on le faisait mander au château. Ses seuls visiteurs réguliers étaient Pierre Coen, un collègue magicien, ainsi que Trivelin. Aucun de ces vieux amis ne se formalisait du désordre, surtout pas Trivelin, dont la chambre au château de Contremont était perpétuellement encombrée d'un fatras indescriptible.

Couchée de tout son long entre les pieds du fauteuil où Ian s'était assoupi, une chienne à l'abondante fourrure noire et argentée ouvrit des paupières alanguies. Elle souleva son museau lupin piqué d'une truffe bien noire puis regarda son maître, mécontente d'avoir été éveillée.

— Alors, Petite-Caille ? demanda Ian avec un sourire en coin. Toi aussi, tu trouves qu'il est tôt ?

Petite-Caille émit un vague grognement. Elle laissa retomber sa tête sur le plancher et se frotta le museau avec ses pattes de devant. Ian frappa dans ses mains.

— Debout, paresseuse ! Je t'avais prévenue. C'est la journée du grand ménage aujourd'hui.

Sans enthousiasme, la chienne se leva, s'étira, un formidable bâillement dévoilant ses crocs blancs. Ian la caressa, une marque d'affection qu'elle accepta avec un air condescendant.

— Veux-tu sortir ?

Petite-Caille émit un bref aboiement approbateur. Ian sortit de la bibliothèque, traversa le vestibule et ouvrit la porte. La chienne se précipita dehors, où elle huma l'air et renifla le sol mouillé avec circonspection. Ian ferma la porte, retraversa le vestibule dans toute sa longueur jusqu'à son laboratoire, où régnait une douce chaleur. Avec quelques branchages, il réveilla la flamme du four, se fit chauffer un peu de cidre dans une cornue et griller un morceau de pain rassis, sur lequel il tartina de la confiture de coings. Il mangeait souvent ainsi, debout dans son vaste laboratoire en surveillant le déroulement d'une de ses expériences. Ce matin-là était particulier ; en cette journée de ménage, il avait pris soin de ne rien entreprendre. Il régnait donc entre les hauts murs de pierre un silence rare, une ambiance exceptionnelle de lieu abandonné.

À l'extérieur, Petite-Caille émit une rafale d'aboiements. Ian mastiqua sa dernière bouchée de pain, termina sa tasse de cidre chaud et retourna ouvrir la porte d'entrée. Sur l'allée pavée qui reliait le manoir au pont traversant la Rotonde, une solide femme d'âge mûr, vêtue d'une robe de paysanne, approchait d'un bon pas. La chienne s'étant précipitée à sa rencontre, la nouvelle venue souleva hors de portée le panier qu'elle tenait à la main. Elle disputa gentiment l'animal.

— Non, non, non ! Ce n'est pas pour toi…

— Petite-Caille ! dit Ian. Qu'est-ce que c'est que ces manières ? Laisse passer dame Bernières, allons !

La femme s'arrêta sur le pas de la porte, souriante et un peu essoufflée.

— Ne la grondez pas, maître Corybantier. Elle a senti le pâté au poisson que j'ai cuit pour nous deux.

Joignant le geste à la parole, Bernières souleva le couvercle du panier révéla ainsi un pâté à la croûte dorée duquel émanait effectivement un arôme délicieux. Petite-Caille tendit son museau frémissant au-dessus de l'ouverture, aspirant l'air à petits coups avides.

— Petite-Caille, je t'en prie.

La chienne s'éloigna en scrutant son maître d'un regard en coin boudeur. Bernières expliqua :

— Je me suis dit qu'aujourd'hui je n'aurai pas le temps de cuisiner.

— Dame Bernières, si vous n'étiez pas là, il me faudrait me résigner à mourir de faim.

— Je ne suis qu'une vieille femme ignorante, mais ma mère m'a appris à cuisiner. J'y ai mis des carpes pêchées dans le Pibole hier. Il est tout chaud. Je l'ai préparé cette nuit et je l'ai cuit ce matin.

Ian fronça les sourcils.

— Vous n'êtes pas raisonnable. Avez-vous au moins dormi un peu ?

— Ah ! maître, vous savez bien que je n'aurais pas pu dormir de toute façon. J'aurais tourné toute la nuit dans mon lit en songeant au travail d'aujourd'hui.

— Vous ne devez pas vous mettre dans un état pareil, voyons. Il ne s'agit que d'une corvée de nettoyage un peu plus importante que d'habitude.

Bernières fit un geste agacé de la main.

— Mais je bavarde et je bavarde, alors qu'il y a tant à faire. Je vais déposer ceci dans la cuisine. Hé oui, ma Petite-Caille : hors de ta portée. Et je reviens tout de suite.

Avec un sourire en coin, Ian regarda la silhouette trapue de sa femme de ménage disparaître vers les cuisines. L'intensité de la terreur que la magie en général et son laboratoire en particulier inspiraient à cette pauvre Bernières était à la fois comique et rassurante. Ian était sûr que sa femme de ménage n'irait jamais fureter sans sa permission dans le laboratoire, un lieu qui recelait indéniablement des dangers pour le commun des mortels.

La seule occasion où Bernières acceptait d'entrer dans le laboratoire et les divers entrepôts, c'était le jour du grand ménage… à condition que le maître des lieux lui promette que tout danger était écarté, qu'elle ne risquait pas en manipulant un miroir, ou en essuyant une lampe, d'en faire surgir un génie, ou une créature surnaturelle encore plus malfaisante, qui se dépêcherait de la pétrifier ou de la transformer en rat des champs. Et même ainsi, c'était la seule journée de l'année où elle était de mauvaise humeur. Plus d'une fois, elle avait expliqué à Ian qu'elle n'acceptait de faire le ménage de son laboratoire que parce qu'il était un très bon maître, toujours poli, qui ne l'avait jamais battue, même lorsqu'elle avait brisé le vitrail trois ans plus tôt.

Bernières revint dans le hall en retroussant ses manches d'un geste résolu.

— Me voici enfin… Il faut commencer si nous voulons finir. Sortons dehors tout ce qui peut sortir.

J'ai besoin de place pour épousseter et laver le plancher.

Ian bloqua les portes du vestibule et du laboratoire en position ouverte, puis il aida Bernières à transporter dehors chaises et tablettes, grimoires et talamasques, tables tournantes et étagères à potions. Ils vidèrent les placards où s'amoncelaient amulettes et talismans – Ian ayant parfois du mal à se retenir de rire en voyant la moue craintive avec laquelle Bernières manipulait ses accessoires, dont la plupart n'étaient pas plus magiques qu'une pierre des champs. Il avait beau répéter chaque année que tout ce qui était dangereux était enfermé et soigneusement verrouillé dans des coffres d'acier, sa domestique ne se départait pas d'une expression de profonde méfiance.

Ils alignèrent les tables et les étagères dehors le long de l'allée, directement dans l'herbe, puis ils y empilèrent les filtres, les cornues, les creusets, les alambics, les lampes à alcool. Couchée à l'ombre d'un cerisier, Petite-Caille observait tout ce remue-ménage, un peu vexée qu'on lui ait ordonné de s'écarter du chemin. Ian et Bernières décrochèrent les miroirs et les cadres. Ils firent de même avec les lourds rideaux qui assombrissaient la pièce même le jour.

Pendant que sa domestique lavait les rideaux dans un grand bac, Ian rangea un tas de madriers qui s'amoncelaient en désordre dans le fond le plus obscur du laboratoire. Sous les madriers, il trouva une vieille porte de chêne, gauchie et fissurée. Il l'avait rangée là avec l'intention de la débiter en morceaux pour alimenter ses fourneaux, puis l'avait oubliée.

Il redressa la vieille porte contre le mur du fond. Un nuage de poussière scintilla dans la lumière venue des fenêtres déshabillées. Ian recula, toussant et crachant. Vraiment, il était plus que temps que le ménage se fasse !

Le travail se poursuivit toute la matinée. Le soleil avait depuis longtemps dépassé le zénith lorsque Ian et Bernières décidèrent qu'ils avaient mérité un peu de repos. Ils secouèrent la poussière de leurs vêtements et s'attablèrent au bout de la longue table de la salle à manger. Bernières servit deux copieuses portions de pâté au poisson, qui s'avéra délicieux.

— Dame Bernières, vous êtes une mère pour moi, s'exclama Ian entre deux bouchées.

— Il faut manger de toute manière, alors autant que ce soit bon, dit Bernières sur un ton sentencieux.

Petite-Caille, qui observait la scène avec intérêt, gémit doucement. Ian lui donna un morceau de croûte, ce qui lui valut une remarque un peu désapprobatrice.

— Maître Ian, je ne suis qu'une paysanne ignorante, mais je crois que Petite-Caille devrait manger moins. Sous toute cette fourrure, elle est ronde comme un boudin.

— Pff ! Boudin toi-même…

— Petite-Caille ! s'exclama Ian, choqué. Dame Bernières a raison. Tu mériterais de maigrir un peu, ne serait-ce que pour t'apprendre les bonnes manières.

Petite-Caille posa son museau sur la cuisse de Ian, les oreilles baissées. Son regard brun frémissant aurait fait fondre le cœur d'un bourreau.

— Pardon, maître…

Ian hocha sévèrement la tête.

— Ce n'est pas à moi qu'il faut demander pardon, mais à dame Bernières. Va !

La truffe basse, la queue entre les jambes, Petite-Caille alla poser une patte sur la cuisse de Bernières. Elle marmonna quelque chose d'incompréhensible.

— Je n'ai pas bien entendu, dit Ian. Tu es capable de parler mieux que ça.

— Pardon, dame Bernières.

La femme de ménage accepta avec magnanimité les excuses de la chienne. Elle lui caressa une oreille, puis consentit même à lui tendre un petit morceau de croûte. Cette offrande de paix fut aussitôt engouffrée.

Le repas fut de courte durée, et ils se remirent tout de suite au travail. Ian aida Bernières à vider le bac qui avait servi à nettoyer les rideaux, puis ils allèrent le remplir d'eau fraîche à la source. Une fois la cuve rapportée au laboratoire, Bernières y trempa une serpillière et entreprit de laver murs et planchers avec une vigueur qui témoignait de son empressement à quitter les lieux. À la voir tordre son chiffon et le plonger à grands renforts d'éclaboussures, Ian s'inquiéta pour les articulations de la vieille femme, mais il avait renoncé à lui faire entendre raison. La seule solution aurait été qu'il lave lui-même les murs de l'atelier. Il reconnut avec un pincement de lâcheté qu'il préférait voir la pauvre Bernières s'éreinter plutôt que de mettre les mains dans la cuve. Et il savait que s'il tentait de l'aider, elle s'impatienterait d'avoir un « maladroit » pareil dans les pattes.

Ian préféra sortir pour épousseter ses meubles, ses appareils et ses ustensiles éparpillés au petit bonheur sur le terrain. La corvée s'avéra moins fastidieuse que prévu. Travailler en plein air, sous le bon soleil de l'été tout jeune, le changeait de sa routine. Il se débarrassa de son éternelle toge noire et reprit l'astiquage de ses cornues, burettes et autres colonnes de distillation. Il nettoya à coup de soufflet son broyeur à boulets. Bientôt, même sa mince chemise lui parut étouffante dans l'air gorgé de chaleur. Ian l'enleva et s'étira avec un frisson de volupté mêlé d'un peu d'embarras : voilà bien des années qu'il ne s'était pas promené dehors de cette façon. Que diraient les passants s'ils apercevaient le digne et noble maître

Corybantier à demi nu, tel un jouvenceau prêt à la baignade, un chiffon crasseux à la main ? La pensée, aussitôt formulée, fit sourire Ian. Comme si les passants se bousculaient sur le sentier menant au manoir…

Il s'octroya un moment de répit pour profiter de la caresse du vent tiède sur sa peau blême. La main en visière, il regarda en direction du château de Contremont, dont les tours fluctuaient dans l'horizon vibrant. Apparaissant et disparaissant à chaque vallonnement du terrain, les méandres du Pibole se piquetaient de diamants. Ici et là, la tache claire d'un arbre en fleur avivait le vert tendre de la végétation encore jeune. Des insectes voletaient, les uns stridulant telle une viole fausse, les autres bourdonnant comme la note la plus grave d'un cromorne. Couchée à l'ombre d'un buisson, Petite-Caille contemplait son maître de son air perpétuellement sévère.

— Pauvre Caille ! se moqua Ian. Un peu de patience. Nous allons tout remettre en place et tu retrouveras ta bienheureuse routine pour encore toute une année.

Petite-Caille posa sa tête dans l'herbe, apparemment peu convaincue.

Soudain, des profondeurs du manoir, un cri surgit, un étrange gargouillement étranglé que Ian reconnut comme venant de Bernières. Le cri fut suivi d'un appel chevrotant :

— Maître ! Maître, venez vite !

Après une seconde de stupéfaction, Ian lâcha son torchon et accourut, Petite-Caille sur les talons. Il découvrit sa femme de ménage au milieu du vestibule, le visage exsangue, les yeux grands ouverts de terreur.

— Que se passe-t-il ? Que vous arrive-t-il ?

Bernières tendit la serpillière dégoulinante vers le laboratoire et expliqua d'une voix chevrotante dans laquelle se glissaient autant d'outrage que de peur :

— Maître Ian ! Vous m'aviez promis que je n'entrerais jamais en contact avec un accessoire magique ! Ne vous ai-je pas répété à quel point j'avais peur de ces choses ? Si vous n'êtes pas capable de respecter vos promesses, je me verrai dans l'obligation de refuser de faire votre grand ménage et… et… Et cela me chagrinerait d'agir de la sorte, car vous êtes un bon maître, toujours aimable, et poli, et propre de votre personne, et jamais vous n'avez élevé le ton envers moi – même lorsque j'ai brisé le vitrail – mais j'ai peur de la magie, vous le savez, vous le savez fort bien…

Ian leva les mains pour faire cesser un monologue qui – il le savait d'expérience – risquait de s'éterniser s'il n'était pas interrompu.

— Je vous en prie, dame Bernières. Calmez-vous un peu et expliquez-moi ce qui s'est passé.

La vieille femme tendit de nouveau sa main vers le laboratoire.

— Il s'est passé qu'une nouvelle porte est apparue dans le mur !

— Une nouvelle porte ?

— Dans le mur du fond, insista Bernières en regardant son employeur comme si ce dernier avait l'esprit un peu lent. Une porte ! Qui n'était pas là ce matin, et qui s'y trouve maintenant. S'il ne s'agit pas de magie, ça !

Les épaules de Ian s'affaissèrent et il resta muet un moment, partagé entre le rire et l'incrédulité.

— Ma pauvre Bernières… Quelle idée de vous mettre dans un état pareil ? Ce n'est qu'une vieille porte appuyée contre le mur.

Le visage de Bernières se renfrogna de scepticisme, et cette fois-ci Ian ne put s'empêcher de rire, soulagé malgré tout de constater que l'émoi de la vieille femme n'avait pas une cause plus dramatique.

— Vraiment, dame Bernières… C'est *moi* qui ai redressé cette porte toute gauchie pendant que vous laviez les rideaux. Venez ! Suivez-moi, je vais vous montrer… Mais enfin, ne me regardez pas de cette façon. Puisque je vous dis qu'il n'y a aucun danger…

Toujours riant, suivi à contrecœur par une Bernières résolument méfiante, Ian entra dans son laboratoire et marcha vers le mur du fond où il apercevait le rectangle plus clair de la porte appuyée contre la pierre sombre. Toutefois, à mesure qu'il avançait et que sa vue s'accoutumait à la pénombre qui régnait dans le fond de la pièce, son rire diminua d'intensité et son pas se fit hésitant. L'estomac serré par un sentiment soudain de perplexité, Ian s'aperçut que la vieille porte, redressée à la verticale, était maintenant retenue par des pentures à un cadre de bronze enfoncé dans le mur de pierre. Comme si cela ne suffisait pas, une poignée, en bronze également, avait poussé là où il n'y avait eu auparavant qu'un trou. La surface même de la porte avait changé : le bois semblait moins poussiéreux et les fissures s'étaient partiellement résorbées.

Ian sentit son torse nu se couvrir de chair de poule – mais ce n'était peut-être qu'une réaction à la fraîcheur de la pièce. Petite-Caille, qui s'était approchée jusqu'à renifler le bas de la porte, recula en grondant.

— Ça pue la magie.

Ian lui-même recula d'un pas, butant contre Bernières blottie derrière lui.

— Eh bien, eh bien… Une chose est immédiatement évidente : j'ai eu tort de me moquer de vous, chère Bernières.

— Il s'agit bien de magie, n'est-ce pas ? dit cette dernière sur un ton qui démontrait qu'elle aurait préféré avoir tort.

Le premier instant de perplexité passé, Ian se mit à analyser la situation avec une froideur intéressée.

— Il s'agit indubitablement de magie. Cependant, je n'ai pas la moindre idée de la raison pour laquelle cette vieille porte s'est… comment dire… encastrée d'elle-même dans le mur. Pour l'immédiat, vérifions le plus évident. Sortons d'ici.

— Oui ! Oui, sortons tout de suite…

Précédé de Bernières et de Petite-Caille, qui toutes deux jetaient des regards inquiets vers l'arrière, Ian sortit du manoir. Il récupéra sa chemise abandonnée dans l'herbe et, pendant qu'il enfilait son vêtement attiédi par le soleil, poursuivit sa marche jusqu'au mur nord de la grande bâtisse. Il ne fut pas vraiment étonné de découvrir qu'aucune nouvelle porte n'y était apparue. Bernières, un peu rassérénée par la lumière du jour, constata elle aussi que le mur nord du manoir était semblable à ce qu'il avait toujours été : une solide paroi de pierre moussue percée à l'étage de quatre petites fenêtres aux carreaux sertis de plomb, contre lesquelles les branches de la forêt toute proche venaient presque s'appuyer.

Ian émit un pâle sourire.

— Reconnaissons qu'il aurait été un peu trivial qu'une porte magique ne serve qu'à traverser un mur.

— Je vous en conjure, n'ouvrez jamais cette porte !

— Dame Bernières, vous vous doutez bien que je ne commettrais jamais ce genre d'imprudence. Pas tant que nous n'aurons pas remis mon laboratoire en ordre, du moins.

— Il est injuste que vous me taquiniez de cette façon, maître. Vous savez très bien que j'ai peur de ces choses.

— Vous n'allez tout de même pas m'abandonner en plein ménage ? demanda Ian, soudain inquiet à la perspective de tout remettre en place seul.

La main sur la poitrine, Bernières reprit son souffle, visiblement déchirée entre la crainte et la loyauté. Elle finit par répondre, une expression un peu hautaine sur le visage.

— Vous me taquinez encore, en sachant très bien que je serais incapable de vous laisser tomber. Je veux bien vous aider à tout remettre à sa place, mais ne me demandez pas de m'approcher de… de cette porte.

— Ah ! Je reconnais votre loyauté. Et rassurez-vous, même si je suis persuadé que le phénomène est absolument sans danger, je ne vous demanderai pas de vous en approcher plus que vous n'en avez envie.

Un roulement de grosse caisse à l'échelle du ciel ponctua la remarque de Ian. Ce dernier regarda en direction du sud, par-delà le manoir. Au-dessus de la vallée du Pibole, là où quelques instants plus tôt s'étalait le voile bleu du ciel, une masse boursouflée et ombreuse s'élançait vers le zénith.

— C'est la journée des surprises, on dirait.

— Mais que se passe-t-il donc encore ? gémit Bernières.

— Ce n'est qu'un orage un peu soudain. Rien de magique.

— Le ciel du soir annonçait du beau temps. Je ne suis qu'une vieille femme ignorante, mais il est rare que je me trompe à ce sujet.

— Une chose est certaine, dit Ian en s'élançant, il faut tout rentrer avant la pluie.

— Mais les rideaux ne sont pas secs !

L'orage n'avait cure des protestations de Bernières : le front nuageux avançait à vue d'œil. La vieille femme aida Ian à rapporter ses meubles et son matériel à l'intérieur du manoir. Mais il fut vite évident qu'il serait impossible de tout mettre à l'abri avant que la pluie ne s'abatte.

Le front de nuages engloutit le soleil. Une luminosité rousse ponctuée d'éclairs couvrit toute la région. Avec une précision irréelle malgré la distance, Ian aperçut un éclair frapper une des tours du château de Contremont. Petite-Caille aboya, tournant sur elle-même, frustrée d'avoir affaire à un adversaire aussi insaisissable. Des rafales violentes secouèrent les cimes des arbres et soufflèrent une poussière de pollen mêlée de pétales de cerisiers. Bernières poussa un cri de dépit : les rideaux noirs qu'elle venait juste de décrocher de la corde se gonflèrent avec un claquement sonore et lui furent arrachés des mains.

Pendant que Ian et la femme de ménage couraient à la poursuite des rideaux, une pluie drue s'abattit, à laquelle se mêlaient des grêlons assez gros pour pincer douloureusement. Les deux malheureux rebroussèrent chemin pour se réfugier dans le manoir, où les attendait déjà Petite-Caille. Trempés et incrédules, ils contemplèrent tous les trois la furie des éléments. La pluie tombait en voiles compacts, fouettés par des rafales brusques. Les éclairs étaient si rapprochés que la luminosité était presque continue. Des grêlons de la taille d'un petit abricot caracolaient jusque dans le vestibule.

— Vos miroirs ! Vos meubles ! Quelle catastrophe ! s'exclamait Bernières.

Les poings serrés contre ses joues, elle était l'image même de la consternation.

Ian ne disait rien. Avec le fracas du tonnerre et le grondement profond de la grêle sur le vaste toit de tuiles du manoir, il fallait crier pour se faire entendre. Il était partagé entre l'admiration devant le spectacle grandiose de la nature et l'irritation face à l'inopportunité du moment où celui-ci avait choisi de se déclencher.

Heureusement, la grêle ne dure jamais très longtemps. Sitôt celle-ci terminée, bien qu'il plût toujours abondamment, Bernières s'élança dehors, suivie un peu à contrecœur par Ian. Clignant des yeux sous les bourrasques de pluie, ils ramassèrent à la course les meubles et tout le reste du matériel, qu'ils entassèrent en vrac dans le vestibule.

Tenant d'une main un rideau détrempé et de l'autre sa toge noire réduite à l'état de vadrouille, Ian observa avec un rictus sans joie le fatras de meubles et d'accessoires sur lesquels des milliers de grêlons continuaient de fondre, inondant d'une pluie de gouttes d'eau le carrelage du vestibule.

Bernières tourna vers son maître un visage grisâtre sous ses longs cheveux détrempés.

— Maître Ian… Je suis navrée de vous abandonner à un moment pareil, mais je suis terriblement inquiète pour mon potager. Et pour mon fils. Il a toujours eu peur des orages. Il doit être terrorisé.

— Ce n'est pas raisonnable. Attendez que la pluie se calme un peu.

— Je suis trempée de toute façon. Je vous en supplie, maître, laissez-moi partir. Je reviendrai vous aider dès que je le pourrai.

— Ma pauvre Bernières, allez rassurer votre fils, dit Ian avec un sourire las. Et prenez votre temps, je vous en conjure. Tout ça peut attendre demain…

La vieille femme se répandit en remerciements, auxquels Ian mit fin en la poussant vers la porte. Dehors, grêle et tonnerre avaient disparu. Une chape de nuages bas continuait toutefois de dégorger une abondante pluie qui ne semblait pas prête à ralentir. Soulevant le bas de sa robe pour marcher plus vite, la tête penchée, Bernières s'élança sur l'allée de pierre couverte de glace à demi-fondue.

Ian ferma la porte, puis suspendit sa toge à une patère destinée aux manteaux des visiteurs. Du haut de l'escalier où elle s'était réfugiée, Petite-Caille contemplait le chaos, puis tourna son attention vers Ian. Au milieu de son poil détrempé, ses grands yeux noisette semblaient dire : « Tu es le maître, fais que tout redevienne normal. »

Ian monta l'escalier en esquissant un geste fataliste de la main.

— Ne me regarde pas comme ça. Je ne suis pas plus heureux que toi de la tournure des événements. Suis-moi, je vais t'essuyer un peu et en profiter pour me changer.

Une fois tous les deux un peu plus au sec, Ian revint dans le vestibule et contempla les dégâts, toujours suivi par Petite-Caille qui faisait bien attention de ne pas mettre la patte dans les flaques d'eau.

La grêle avait brisé quelques cornues, mais par chance tous les miroirs étaient intacts. Bien entendu, tout était trempé. Il répugnait à Ian d'employer la magie pour des tâches aussi vulgaires, mais il était fatigué et n'avait pas envie de passer la nuit à essuyer et ranger ses meubles. Il demanda à Petite-Caille d'aller dans son bureau et d'y rester jusqu'à nouvel ordre. La chienne obéit.

Debout au milieu du vestibule, Ian réfléchit. Il ne suffisait pas de posséder des connaissances magiques, il fallait aussi savoir appliquer ces connaissances afin de résoudre chaque problème particulier avec le plus de facilité et d'élégance possible. Il aurait pu faire disparaître toute l'eau du vestibule : mais nombre de ses réactifs et de ses potions étaient à base d'eau. Les assécher les gâcherait. Faire monter la température de la pièce n'était pas plus pratique. L'eau s'évaporerait, certes, mais en transformant le manoir en étuve, en abîmant ses meubles – et, encore là, ses précieux réactifs.

Ian passa la main dans sa courte barbe noire. Comment partager l'eau de pluie du reste ? Aucune des incantations qu'il maîtrisait par cœur ne permettait de faire la distinction. Il soupira : ce n'était pas la première fois qu'un problème apparemment trivial s'avérait étonnamment imperméable à la magie. En d'autres circonstances, son échec l'aurait amusé, mais la perspective de la corvée à accomplir inhibait son humour.

— Tu peux revenir, Petite-Caille.

Sa chienne pointa un museau méfiant dans le vestibule. Ian récupéra les guenilles abandonnées par Bernières et les tordit au-dessus du bac.

— Je vais être obligé d'employer la plus ancienne des potions magiques : l'huile de coude.

Jusqu'à la tombée de la nuit, Ian épongea le plancher et essuya du mieux qu'il pouvait les meubles et les accessoires. Quelques livres avaient été mouillés : il les empila dans son atelier et les sécha par magie. L'incantation ne permettait pas les demi-mesures : le papier des livres, parfaitement sec, devint cassant. Ian allait devoir les consulter avec prudence tant que le papier n'aurait pas réabsorbé un peu d'humidité. Il poussa ensuite les meubles dans son laboratoire pour dégager le vestibule. Il rassembla enfin les rideaux détrempés, jeta sa cape noire sur la pile et sécha le tout, soulagé de savoir qu'aucun de ses collègues ne le voyait employer la magie pour un usage aussi bassement domestique.

— Bon ! Ça suffit pour aujourd'hui.

Petite-Caille s'approcha, les oreilles dressées.

— On mange ?

— Tu ne penses donc qu'à ça ?

— C'est la nuit ! Et on n'a rien mangé !

Ian sentit un sourire fatigué soulever ses lèvres.

— Tu as raison, tu as raison. Moi aussi j'ai faim…

Ian alla jeter un coup d'œil dehors. La nuit n'était pas tout à fait tombée – c'était le solstice, après tout –, mais tout était noir et gris sous l'épais plafond nuageux. Les tours de Contremont avaient disparu, noyées par l'abondante pluie qui tombait toujours. Pluie, grêle et orage, alors qu'il avait prévu qu'il ferait beau. Quel fin météorologue n'était-il pas !

— Une chose est sûre, ma brave Caille, nous sommes moins à plaindre que les voyageurs obligés de se déplacer par un temps pareil.

Ian et Petite-Caille soupèrent des restes du pâté de poisson. Le magicien se servit ensuite un verre de vin anisé, puis se réfugia dans sa bibliothèque, parmi ses livres et son courrier. Il faisait plus frais – un courant d'air humide avait pénétré par la fenêtre laissée ouverte. Il s'emmitoufla dans une couverture, puis, confortablement calé dans son fauteuil sous la lumière jaune de sa lampe à huile, il se pencha sur une longue lettre que lui avait fait parvenir son collègue Ignace le Catonien.

À toi, cher Ian Corybantier, le plus distingué et aimable de mes collègues,

Je me permets aujourd'hui de t'écrire cette longue missive en espérant qu'elle ne taxera point ta légendaire patience, car à la suite de ma visite à ton merveilleux manoir, révélateur du bon goût qui sied à tous les aspects de ta personne, pendant laquelle tu m'as non seulement accueilli avec égard et amitié…

Ian lut en diagonale quelques paragraphes. Le brave Ignace semblait incapable de commencer une lettre sans une longue introduction qui se poursuivait généralement d'une écriture serrée jusqu'au milieu du second feuillet.

... et c'est par suite de nos discussions sur la nature des nombres infinis que je t'écris aujourd'hui. Nous avions convenu, tu t'en souviens, qu'il ne pouvait y avoir qu'une seule sorte d'infinité. Or j'ai abondamment réfléchi à la question depuis notre rencontre, abandonnant dans ma fièvre toutes mes affaires moins pressantes, et j'ai découvert, à ma grande stupéfaction, qui sera bientôt égalée par la tienne je n'en doute pas, que nous nous étions laissé aveugler par le bon sens. Il existerait des infinités d'une nature supérieure à l'infinité « simple » que nous avions évoquée et que tous les savants actuels tiennent pour évidente et suffisante.

Tu suivras plus loin dans ce message le développement rigoureux de ma découverte, mais la raison pour laquelle je m'empresse de t'écrire ceci, c'est que j'estime que cette découverte a une importance centrale, pour ne pas dire capitale, dans notre travail à nous, magiciens...

Petite-Caille qui, fidèle à son habitude, s'était endormie aux pieds de son maître, se dressa d'un coup, les oreilles frémissantes.

— On vient !

— Ce n'est que le vent. Recouche-toi.

— Non ! Non ! On vient !

La chienne s'élança en aboyant vers le vestibule.

Avec un soupir, Ian se leva et, sa lampe à la main, marcha jusqu'à la porte d'entrée, devant laquelle Petite-Caille aboyait sans répit.

— Du calme ! s'impatienta Ian. C'est cette pauvre Bernières qui revient parce qu'elle s'inquiète pour moi.

— Non ! Non ! Des inconnus ! Des voleurs !

Au même moment on frappa à la porte, ce qui décupla la furie de Petite-Caille.

— Des voleurs !

— Tais-toi donc ! Les voleurs ne frappent pas avant d'entrer.

La chienne se tut, frémissante et grondante. Ian faillit crier « Qui va là ? », mais il se trouva ridicule : il n'avait peur de personne. Il souleva le loquet. La porte s'ouvrit d'elle-même, repoussée vers l'intérieur par une rafale fraîche et humide.

Deux silhouettes se dressaient dans la nuit venteuse. Deux formes plutôt menues : des femmes. Celle qui avait frappé s'approcha. Un visage un peu hagard se dessina dans la lumière de la lampe, celui d'une femme aux joues creuses, aux cheveux plaqués sur un front mouillé.

— Maître Corybantier ?

— C'est moi… Mais entrez, entrez ! Ne restez pas sous la pluie.

Les deux femmes ne se firent pas prier, même si celle qui avait adressé la parole à Ian s'inquiétait un peu de la façon dont Petite-Caille la reniflait.

— N'ayez pas peur, la rassura Ian. Elle ne vous mordra pas. Vous… Vous n'avez pas de montures ? Vous êtes venues à pied ?

La femme cligna des yeux et s'essuya le visage. Elle avait l'air à la fois épuisée et soulagée.

— Nous avions des chevaux. L'orage les a effrayés. Ils se sont sauvés avec nos bagages. Nous marchons depuis ce temps-là.

— Vous devez être glacées !

— Effectivement.

— Je vais allumer un feu et essayer de vous trouver des vêtements secs. Suivez-moi, je vous en prie. Et vous aussi, madame… mademoiselle ?

Le regard gris-vert de l'autre voyageuse n'avait pas quitté Ian depuis qu'elle était entrée dans le manoir. Elle défit le capuchon détrempé qui lui ceignait la tête, et ce geste révéla de longs cheveux blonds emmêlés autour d'un visage doux à l'ovale parfait. Un sourire ambigu souleva ses lèvres pâles.

Le temps d'un souffle, Ian resta décontenancé. Au lieu de baisser le regard en signe de modestie, la jeune femme le toisait sans la moindre timidité, une lueur moqueuse dans ses yeux clairs. Son sourire s'élargit et elle demanda avec une inflexion de reproche :

— Tu ne me reconnais pas, oncle Ian ?

« Oncle » Ian ? La voix, avec son léger accent du sud, et ses inflexions volontiers moqueuses, ramena le magicien des années en arrière. Il se revit en visite chez Héran, son frère aîné, qui avait pour seule enfant une fille. Il se remémora un visage semblable à celui qui le regardait maintenant, mais plus jeune, les joues rouges d'avoir ri, surmonté d'une épaisse chevelure d'or impossible à peigner qui retombait toujours sur un regard pétillant de vivacité.

— Marion ?

La jeune femme parut soulagée.

— J'ai eu peur que tu ne te souviennes plus de moi.

— C'est que… Sur le coup… Enfin, tu as tellement grandi…

Le fin sourire réapparut.

— Bien sûr. J'ai seize ans, maintenant.

Ian ouvrit la bouche pour exprimer son incrédulité. Allons donc ! Sa nièce le taquinait. Elle ne pouvait pas être âgée de seize ans, la dernière fois qu'il l'avait vue elle en avait à peine onze… Au moment où il songeait à cela, Ian se rendit compte avec un pincement de surprise qu'effectivement cela devait faire cinq ans qu'il n'avait pas rendu visite à son frère Héran et à sa famille. Des souvenirs entremêlés tourbillonnèrent dans son esprit, mais il remit à plus tard les questions qui lui venaient aux lèvres.

— Et voici dame Cinambre, ma préceptrice.

— Eh bien, pour une visite-surprise, c'est une visite-surprise… Allons, je vais vous montrer vos chambres et vous prêter des vêtements secs. Il faudra vous contenter de vêtements d'homme, je le crains. Revenez ensuite auprès du feu. Vous aurez tout le temps de m'expliquer ce qui se passe pendant que vous vous réchaufferez.

Marion sortit de l'intérieur de son manteau une enveloppe cachetée.

— Mon père t'a écrit une lettre. Je suppose que tu devrais lire ça en attendant.

Après avoir conduit les deux femmes à leurs chambres au second étage du manoir, Ian redescendit allumer un feu dans l'âtre de sa bibliothèque. Entre deux fournées de bois sec, il décacheta l'enveloppe légèrement humide et en sortit une brève missive.

Avant même d'en lire le contenu, Ian comprit qu'il se passait quelque chose d'anormal. En ces rares occasions où les occupations politiques de son frère aîné lui laissaient le temps de lui écrire, il faisait rédiger sa lettre par un de ses secrétaires. Ces lettres se présentaient donc sous la forme de missives soigneusement calligraphiées, encadrées de salutations on ne peut plus protocolaires.

Le message qu'il tenait entre les mains était d'une tout autre nature. Sur une simple feuille pliée, un message avait été tracé d'une écriture ample et un peu irrégulière que Ian reconnut comme étant celle de son frère.

Mon cher Ian,

Il y a longtemps qu'on ne s'est vus. Nous sommes deux personnes fort occupées, chacune à sa manière, n'est-ce pas ? Marion s'est souvent désolée que tu ne viennes pas plus souvent nous voir. Je me permets de l'envoyer passer l'été chez toi. Sa mère la trouve un peu pâle. L'air de la campagne lui fera du bien. Rassure-toi, c'est maintenant une adulte. Je lui ai ordonné de t'aider et d'apprendre à se rendre utile. Considère ceci comme ta contribution à son éducation. Après tout, c'est ta seule nièce, il est bon que tu t'en occupes un peu.

Dès que nous le pourrons, Alcanthe et moi, nous viendrons te rendre visite à Contremont puis nous ramènerons Marion à la maison. Merci de ton aide,

Ton vieux frère, Héran

Stupéfait, Ian relut le message. Il s'agissait pourtant bel et bien de l'écriture d'Héran. Il reconnaissait aussi son style un peu abrupt. Mais le contenu n'avait aucun sens. *Considère ceci comme ta contribution à son éducation... L'air de la campagne lui fera du bien...* Ian replia doucement le message en fixant sans les voir les flammes de l'âtre. Ce n'était pas le genre de son frère aîné d'écrire de pareilles mièvreries. Si le message sonnait faux à ce point, c'était parce qu'Héran n'avait pas voulu coucher sur papier les véritables raisons de l'envoi précipité de sa fille chez un oncle qu'elle n'avait pas vu depuis cinq ans.

Petite-Caille, qui s'était postée dans le vestibule pour surveiller les allées et venues des étrangères, émit un bref aboiement en direction de l'escalier.

— Petite-Caille, sois polie envers nos invitées.

Marion et dame Cinambre apparurent, toutes deux vêtues de longues toges noires, les seuls vêtements à peu près convenables que Ian avait pu leur trouver. Non seulement Marion ne semblait-elle pas intimidée par le regard sévère de la chienne, mais elle se pencha et plongea ses deux mains dans son épais col noir et argent.

— Tu es mignon, toi. Et quelle fourrure ! Tu dois avoir chaud. Tu es un garçon ou une fille ?

Petite-Caille fit « Pfff » et s'écarta, froissée par tant de familiarité.

— Je suis une chienne. Ça se voit pas ?

La préceptrice sursauta en émettant un cri étranglé, tandis qu'un sourire à la fois incrédule et ravi éclaira le visage de Marion.

— Oncle Ian ! Ta chienne parle !

— Eh oui. Elle s'appelle Petite-Caille. Il faut pardonner son mauvais caractère, elle n'aime pas beaucoup se faire caresser par des inconnus.

— C'est plutôt déconcertant, dit la préceptrice avec une moue gourmée.

— C'est la première fois que j'entends un chien parler, s'exclama Marion. Tu as réussi ça grâce à la magie ?

— C'est un cadeau qu'un ami m'a fait. Mais c'est une longue histoire que je vous raconterai quand nous aurons plus de temps devant nous. Pour tout de suite, approchez-vous du feu.

Les deux femmes ne se firent pas prier, quoique Marion ne pût s'empêcher de pouffer de rire.

— Nous avons l'air fin, en toge noire autour du feu. On croirait trois conspirateurs en train de planifier un mauvais coup.

— Allons, Marion, l'admonesta à voix basse sa préceptrice. Ce n'est pas très aimable envers votre oncle qui nous a procuré des vêtements secs. Je trouve également votre tutoiement bien familier.

La jeune femme leva les yeux au ciel, en une expression d'impatience juvénile dont Ian ne se souvenait que trop bien. Après s'être excusé de l'absence de sa domestique, le magicien apporta des biscuits et une carafe de vin épicé, pendant que Marion et sa préceptrice lui racontaient leurs mésaventures.

Elles étaient parties de Besline trois jours plus tôt, pour un voyage sans histoire, du moins jusqu'au dernier jour. Elles avaient prévu arriver à Contremont dans la journée, mais l'orage les avait surprises alors qu'elles venaient à peine d'apercevoir le lac Emblic, à plus de deux lieues du manoir. Les chevaux avaient paniqué. C'est tout juste si elles avaient eu le temps de mettre pied à terre, puis leurs montures s'étaient évanouies dans la nature, les abandonnant en plein déluge, avec pour seules possessions ce qu'elles portaient sur elles.

— Nous avions aussi des cadeaux pour toi, expliqua Marion d'un air désolé.

Ian sourit.

— La perte de vos vêtements et de vos bagages est beaucoup plus grave. Mais ne vous inquiétez pas. Demain, j'irai signaler au capitaine de la garde de Contremont la fuite de vos chevaux. On les aura certainement retrouvés d'ici là.

— Merci, maître, dit dame Cinambre. Nous sommes navrées de vous causer autant de tracas.

— Eh bien, pour tout vous avouer, je suis heureux que la journée s'achève, car il s'est produit bien assez d'imprévus aujourd'hui. Personnellement, je suis vanné, et je parie que vous l'êtes autant que moi. Une nuit de sommeil sera la bienvenue.

— Je ne vous le fais pas dire.

Ian accompagna Marion et sa préceptrice à leurs chambres, leur montra où était la sienne, puis tout le monde se souhaita bonne nuit.

Une fois dans sa chambre, Ian s'assit sur le bord de son lit. L'étrange message de son frère lui revenait à l'esprit. Au lieu de se déshabiller, il se leva et s'approcha de sa table de nuit sur laquelle il trouva une cassette de bronze enluminée de dorures représentant des dragons. Il l'ouvrit. À travers les médailles, les piécettes et bien d'autres colifichets, il trouva un étui de soie duquel il sortit un court bâtonnet de craie bleue.

Petite-Caille, qui observait les agissements de son maître, baissa les oreilles de mécontentement.

— Je croyais qu'on se couchait.

— Je n'arriverai pas à dormir tant que je n'en aurai pas le cœur net.

— Pff…

La chienne se cacha sous le lit, tandis que Ian allait se placer au centre de la chambre. Face au lit, le corps bien droit, il souleva la craie à la hauteur de son visage. Il tendit la main devant lui, dans le vide. Il poussa… geste qui faillit le faire trébucher.

Il reprit son équilibre. Eh bien, eh bien… Il était fatigué et manquait de concentration. Il ferma les yeux et laissa sa respiration reprendre un rythme régulier. Il ouvrit à nouveau les paupières, son regard fixant l'infini. Il souleva de nouveau la craie devant lui. Il poussa… Ses muscles se tendirent. La pointe de la craie grinça, comme si elle appuyait sur une paroi invisible. Un peu de poussière bleue tomba sur le plancher au pied du lit.

D'un geste vif, Ian traça un cercle de craie, lequel continua de flotter à la hauteur de son visage en oscillant doucement d'un mouvement qui rappelait les ondoiements d'une bulle de savon. Le tracé se stabilisa, puis la surface délimitée par la craie bleue s'assombrit. Un hublot couleur de nuit flottait maintenant au milieu de la chambre. Ian approcha son visage. La noirceur n'était pas absolue au-delà du cercle : on distinguait une faible lueur, au loin, telle la flamme masquée d'une chandelle. Le silence non plus n'était pas complet. Ian entendait un bruit régulier et sourd. Un ronflement.

— Héran ?

Dans les profondeurs ombreuses, le ronflement s'interrompit, remplacé par un vague marmonnement.

— Héran ? Réveille-toi. C'est Ian.

Un bruissement de draps froissés se fit entendre, ponctué de cris de surprise proférés par une voix féminine.

— Héran ! *Héran !* Réveille-toi ! Il y a quelqu'un dans la chambre !

— Quoi ? Quoi ?

— N'ayez pas peur, ce n'est que moi. C'est Ian.

On entendit le grincement d'un matelas, le bruit d'un meuble déplacé, puis un juron. Au sein de la nuit, Héran apparut, le visage hagard et stupéfait, suivi de sa femme Alcanthe, elle aussi en chemise de nuit, tout aussi médusée.

— C'est… C'est toi, Ian ? demanda Héran en frottant ses yeux rougis. C'est de la magie, cette fenêtre ronde ?

— C'est bien moi. Je suis désolé d'employer un Opercule voyeur. Je n'avais pas réfléchi au fait que vous pourriez être au lit.

— Une chance que nous ne faisions que dormir… répondit Alcanthe en remettant un peu d'ordre dans sa robe de nuit et ses longs cheveux noirs.

— À te voir apparaître sans crier gare, maugréa Héran, j'en déduis que Marion est arrivée chez toi.

— Marion est ici, effectivement. Saine et sauve quoique un peu mouillée. Elle m'a remis ton message.

Et maintenant je veux que tu m'expliques ce qui se passe réellement.

Héran lança un bref regard vers sa femme, puis fit un vague geste de la main.

— Je croyais que ça te ferait plaisir de la revoir… Je me souviens que vous vous entendiez bien, tous les deux.

— Ta fille sera toujours la bienvenue chez moi. Là n'est pas la question. Il se passe quelque chose de pas clair. Ce n'est pas ton genre d'agir avec autant de précipitation.

Héran et Alcanthe échangèrent encore un regard, et ce fut cette dernière qui répondit, avec un sourire un peu ironique.

— Je lui avais pourtant dit que tu trouverais louche toute cette histoire, Ian. Voici la vérité : si nous avons envoyé Marion passer l'été chez toi, c'est parce que nous sommes inquiets pour sa sécurité.

Ian toisa en silence son frère, cherchant dans le regard de celui-ci la confirmation de ce que venait de dire Alcanthe. Héran passa la main dans ses courts cheveux blonds, embarrassé.

— Ouais, enfin… Ce n'est qu'une précaution. En tant que partisan de la réforme constitutionnelle, je n'ai pas que des amis à Besline. Il se trame de sombres complots à l'approche de la signature du traité.

— Des complots ? Essaies-tu de me dire qu'on en voudrait à ta vie ?

— La raison prévaudra, mais personne n'est à l'abri d'une tête brûlée.

— Tu as le don de ne pas me rassurer. Je croyais que tout le monde était en faveur de la réforme.

— Cher petit frère… En politique, quelle que soit la décision que l'on prenne, il y aura toujours quelqu'un pour s'y opposer. Ce n'est pas tant la constitution d'un parlement qui est en cause ici, mais la suppression des titres héréditaires. Le peuple est plutôt pour – forcément, il n'a rien à perdre et tout à gagner dans l'aventure. Mais ne va pas croire que les nobles, eux, sont tous heureux de ce bouleversement.

— Mais ils ne perdront pas leur pouvoir. Ils seront tous automatiquement membres du… du… Comment appelles-tu ça, encore ?

— Un parlement. Certains préféreraient fonder une nouvelle dynastie, reprendre le trône laissé vacant par Mordicant le Septième. Je t'ai déjà expliqué pourquoi ce serait catastrophique. Aucun prétendant ne serait assez populaire pour rallier à la fois Besline, Privance et Triplebuies.

— Qu'est-ce que Marion vient faire là-dedans ?

— Si je l'ai envoyée chez toi, c'est autant pour ma protection que pour la sienne. Au cas où les adversaires des réformes essaieraient de faire pencher la balance en éliminant quelques-uns des partisans du changement, Marion hériterait de mon poste d'intendant.

— *Hériter* de ton poste ? Comment est-ce possible ? Tu n'es pas un noble.

— Non. Je suis nommé par le roi. Mais le roi est mort. Et le cas a été prévu par des législateurs prévoyants. Si je disparais à mon tour sans avoir annoncé formellement qui sera mon successeur, mon poste revient de droit à mon aîné.

Ian fronça les sourcils.

— Autrement dit, la loi que tu cherches à faire abolir te protège en attendant ?

Héran émit un rire creux.

— La vie est truffée de petits paradoxes.

— Quand aura lieu la signature de la constitution ?

— Dans un mois, peut-être un peu plus. Je te prie de croire que ce n'est pas évident de faire bouger tous ces grands personnages.

— Je sais que ça paraît un peu long, ajouta Alcanthe, le regard implorant. Plus tard, nous rirons sans doute de nos inquiétudes. Mais nous aurons l'esprit plus tranquille de savoir Marion en sécurité chez toi, loin de Besline. Dame Cinambre peut rester aussi et s'occuper d'elle. Nous paierons tous les frais, bien entendu.

Ian réfléchit quelques secondes.

— L'argent est sans importance… Mais je ne suis pas chaud à l'idée de m'encombrer aussi de dame Cinambre. J'ai déjà une domestique. Je crois qu'à nous deux nous réussirons à maîtriser Marion.

— Merci, Ian, dit Alcanthe avec chaleur. Tu as toujours été mon beau-frère préféré.

— C'est ton *seul* beau-frère, s'impatienta Héran.

— Tu vois comment il est ? dit Alcanthe en prenant Ian à témoin. Toujours grognon au réveil.

Un sourire torve daigna flotter dans la barbe blonde d'Héran.

— C'est parce que chaque réveil me remet en mémoire à quel point la pratique du pouvoir est difficile. Enfin… Merci, Ian, merci encore. Si tu as besoin de quoi que ce soit, n'hésite pas à nous recontacter avec ton… ta… enfin, cette fenêtre magique. Maintenant, si tu permets, je vais me recoucher. La journée a été longue, et une aussi longue m'attend demain.

— Voilà qui ressemble assez à mon propre programme. Bonne nuit. Et toi aussi, chère Alcanthe. Dormez tranquilles et ne vous inquiétez plus pour Marion. Le seul véritable danger qui l'attend en ma compagnie, c'est de mourir d'ennui.

— Que le ciel t'entende.

Du bout du pouce, Ian effaça une partie du cercle de craie bleue. L'Opercule voyeur s'embrouilla et disparut. Une fine pluie de craie tomba sur le plancher de sa chambre.

Ian alla s'asseoir sur le lit et se dévêtit lentement, surveillé du coin de l'œil par Petite-Caille. Il était encore un peu sous le choc d'apprendre qu'il aurait à s'occuper de sa nièce pendant une aussi longue période, mais il repoussa au lendemain toute autre réflexion car il était fatigué.

Une fois vêtu de sa robe de nuit, il se pencha vers la chienne et la caressa derrière l'oreille. Celle-ci accepta cette marque d'affection sans dire un mot, puis Ian souffla la dernière lampe et sombra dans un sommeil agité de rêves confus.

Chapitre 2

Esclandre à Contremont

Maître Ian Corybantier fut arraché de son sommeil par une rafale d'aboiements.

— Bernières arrive !

— Aboie un peu moins fort, je t'en prie, grogna Ian en glissant la tête sous son oreiller.

— C'est dame Bernières ! insista Petite-Caille.

— Mais oui, mais oui… On croirait que c'est la première fois qu'elle met les pieds ici…

Ian entrouvrit un œil. Il comprit, à voir l'angle des rayons du soleil traversant le vitrail de sa fenêtre, que ce n'était pas sa domestique qui arrivait plus tôt qu'à l'habitude, mais lui qui se réveillait plus tard.

Il s'habilla et suivit Petite-Caille dévalant l'escalier pour aller renifler Bernières, qui attendait dans le vestibule. Cette dernière parut confuse en voyant l'état du magicien.

— Oh, j'arrive trop tôt ! Pardon, maître, je ne voulais pas vous réveiller !

— Au contraire, il était temps que je me lève. Rassurez-moi plutôt sur l'état de votre jardin.

La domestique agita les deux mains en un geste de soulagement.

— Ça aurait pu être pire, maître, ça aurait pu être bien pire.

— Tant mieux.

Mais Bernières étudiait le vestibule.

— Oh ! Vous avez presque tout rangé… Pourquoi n'avez-vous pas attendu que je sois là ? Oh, je savais que j'aurais dû revenir hier soir, et c'était bien mon intention, mais il pleuvait tant, et j'étais si fatiguée, et mon fils avait tellement eu peur de l'orage…

— Ne vous en faites surtout pas, réussit à dire Ian. Au cas où vous vous inquiéteriez de manquer de travail, j'ai de la visite.

Bernières cligna des yeux à plusieurs reprises.

— Je vois… Un de vos amis magiciens ?

Ian se retint de sourire en décelant le ton inquiet de la question. Bernières devait craindre que son visiteur soit Pierre Coen. Son collègue trouvait comique la phobie de Bernières pour tout ce qui touchait la magie et s'amusait volontiers à faire sursauter la brave dame avec des illusions sans malice. Ian allait rassurer sa domestique sur l'identité de ses visiteuses lorsqu'une voix claire se fit entendre derrière lui.

— Bonjour !

Marion descendait l'escalier, vêtue de sa robe de la veille, un peu froissée mais sèche.

Ian fit les présentations. Le visage de Bernières s'éclaira, passant sans transition de l'inquiétude au ravissement.

— Que je suis heureuse de vous connaître enfin, mademoiselle Marion ! Maître Corybantier m'a tant parlé de vous !

— Vraiment ? s'étonna Marion avec un regard en direction de son oncle.

— Je lui ai mentionné une fois ou deux que mon frère avait une fille. Voilà ce que dame Bernières veut dire par « tant parlé ».

Bernières agita l'index en un geste un peu théâtral.

— Ho ! vous me taquinez encore, maître. Au retour de votre dernière visite chez votre frère, vous m'avez parlé plusieurs fois de votre nièce. Vous m'avez dit qu'elle s'appelait Marion, et que c'était une enfant vive et charmante. Je m'en souviens très bien !

Ian rit, incrédule.

— Il y a cinq ans de cela. Votre mémoire m'inquiète parfois. Enfin… Vous aurez tout de suite l'occasion de faire plus ample connaissance avec Marion et dame Cinambre – sa préceptrice, qui dort encore – puisque je vous laisse en leur compagnie. Je vais en ville. Les montures de nos visiteuses ont été effrayées par l'orage et se promènent dans la nature depuis hier. Je veux prévenir la garde de Contremont qu'on nous les ramène.

— Tu vas à Contremont ? demanda Marion, intéressée. Hé ! Je viens avec toi.

— Tu es certaine que tu ne veux pas te reposer ? Tu ne veux pas déjeuner ?

— Je suis en pleine forme. Si j'ai faim, je m'achèterai quelque chose au marché.

— Bon. Si tu veux.

Après avoir chargé Bernières d'assurer dame Cinambre qu'ils seraient de retour avant l'heure du dîner, Ian et Marion sortirent du manoir, suivis de près par Petite-Caille dont le regard méfiant ne quittait pas cette jeune étrangère.

C'était un matin frais et gris. Les dalles de pierre de la route menant à Contremont étaient encore luisantes d'humidité, et c'est à peine si on devinait les tours du château émergeant de l'horizon brumeux. Il faisait beaucoup moins chaud que la journée précédente, ce qui était plutôt un avantage pour des marcheurs ayant adopté un rythme rapide. Ian fut satisfait, en effet, de constater que Marion arrivait sans peine à s'aligner sur son pas. Même qu'il ne put s'empêcher de la taquiner.

— Eh bien, tu n'as pas changé.

— Que veux-tu dire ?

— Tu marches encore comme si tu portais des bottes de sept lieues. Et tu veux encore me suivre partout.

Marion sourit, ses pommettes et la pointe de son nez colorées par l'air matinal.

— Tu sais que je veux toujours être au cœur de l'action.

— Exactement ce que tu me répondais il y a cinq ans !

Le sourire de Marion se transforma en une moue coquine.

— Mais toi oui, tu as changé. Cette barbe, vraiment, quelle drôle d'idée !

— Tu ne trouves pas que j'ai l'air plus digne ainsi ?

— Non.

— Eh bien, ta diplomatie ne s'est pas améliorée non plus. J'aurais pensé que depuis on t'avait enseigné à te comporter de manière un peu plus… comment dire… féminine.

Marion reproduisit la mimique exaspérée qu'il avait entrevue la veille près du feu.

— Oh, je t'en supplie, Oncle Ian. J'ai l'impression d'entendre dame Cinambre. Ou ma mère. J'espérais que toi, au moins, tu ne me rappellerais pas constamment que je suis une « jeune fille ».

— Ma pauvre Marion, le temps a fait son œuvre. Il est difficile de te confondre avec un garçon.

— Est-ce vraiment nécessaire de me le remémorer sans cesse ?

Le nez en l'air, elle se mit à parler sur un ton gourmé, imitant les intonations de sa préceptrice :

— « Mademoiselle Marion ! Ne courez pas ainsi. Vous n'êtes pas une estafette ! La fille d'un intendant doit marcher posément, avec dignité. Elle s'assied droit, le menton relevé, les genoux serrés. Le rire d'une jeune fille de bonne famille est semblable au tintement d'une clochette, pas au braiment d'un âne. » Oncle Ian, tu n'imagines pas tout ce que je supporte comme bernicles à longueur de journée…

Ce fut au tour de Ian de rire.

— Non, tu n'as vraiment pas changé. Héran s'est bien gardé de me prévenir hier que tu avais conservé ton côté rebelle. Il devait avoir peur que je refuse sa demande.

Marion s'arrêta, intriguée.

— Tu as parlé à mon père hier ?

— La nuit dernière, oui.

— Par magie ?

— Comment aurais-je pu faire autrement ?

Le visage de la jeune fille se plissa de déception.

— Oh ! J'aurais voulu être là ! J'aurais voulu rassurer mes parents.

— Eh bien, eh bien…

Déconcerté par cette manifestation de la vivacité naturelle de sa nièce, Ian chercha ses mots. Il ne lui était tout simplement pas venu à l'esprit que Marion aurait aimé rassurer ses parents, ce qui était l'évidence même maintenant qu'il y réfléchissait. Il reprit, en s'efforçant d'adopter l'expression la plus sévère possible.

— La discussion était sérieuse. Je voulais que tes parents me livrent le fond de leur pensée, ce qu'ils n'auraient peut-être pas fait en ta présence.

Le ton sembla porter, car Marion baissa les yeux et le sourire quitta ses lèvres. Ils recommencèrent à marcher en direction de Contremont puis, au bout d'un moment, la jeune femme reprit, sur un ton beaucoup plus composé.

— Mon père t'a dit que j'étais en danger, c'est ça ?

Du coin de l'œil, Ian regarda sa nièce. Avec ses cheveux noués en chignon, et la lueur de gravité qui luisait maintenant au fond de son regard clair, elle n'avait plus du tout l'air d'une enfant.

— Tes parents ne t'ont pas expliqué la situation ?

— Oui. Mais je ne sais qu'en penser. Ça me semble un peu… excessif, tu ne trouves pas ?

— Il est clair que ce n'est qu'une précaution. Ils s'inquiètent pour toi, c'est tout à fait naturel.

— Je comprends.

Ils continuèrent à marcher un certain temps en silence, puis Marion reprit, presque en murmurant.

— C'est surtout que ça me gêne un peu, tout de même. Je sais bien que nous allons te déranger, dame Cinambre et moi.

— Ne dis pas de bêtises. Tu es ma nièce, allons. De toute façon, j'ai dit à Héran que dame Cinambre pouvait retourner à Besline. À moins que tu ne préfères qu'elle reste, bien entendu.

Avant même d'avoir compris ce qui se passait, Ian se retrouva brutalement enserré dans les bras de Marion.

— C'est vrai ? C'est vrai ? Dame Cinambre ne restera pas avec nous ? Oh, merci, oncle Ian ! Je suis tellement soulagée !

Petite-Caille aboya et glissa un museau désapprobateur entre son maître et cette jeune fille un peu trop familière. Marion libéra Ian, se pencha vers la chienne et lui ébouriffa son épaisse collerette de poil.

— Tu as entendu, Petite-Caille ? Dame Cinambre retourne à Besline. C'est merveilleux !

La jeune fille se redressa, fit une pirouette sur elle-même, faillit trébucher mais se redressa de justesse.

Apercevant à ce moment le joli pont de pierre ouvragé qui surplombait la Rotonde, elle émit une exclamation de ravissement et s'élança dans un tourbillon de jupe. Elle courut jusqu'au milieu du pont et se pencha par-dessus la rambarde de pierre pour admirer les flots de la rivière.

Ian rattrapa sa nièce sans se hâter, observé de près par Petite-Caille qui marmonna:

— Je la trouve trop excitée.

Le magicien se pencha à son tour sur le muret et regarda aussi les eaux de la Rotonde se fondre dans le volume plus impressionnant du fleuve Pibole. Sous les lourds nuages qui bouchaient toujours le ciel, la surface liquide avait l'aspect de l'étain martelé. On devinait, au sein de l'eau troublée par l'orage de la veille, les glissades furtives d'une carpe. Un peu plus loin, un couple de canards et leurs canetons se réfugièrent parmi les jeunes roseaux.

Marion voulut s'asseoir sur le muret de pierre, mais elle s'élança avec trop de vigueur et faillit basculer de l'autre côté. Elle agita les bras avec un cri suraigu.

— Je vais tomber !

— Attention !

Ian lui attrapa la main juste à temps. Marion reprit son assise en émettant un rire qui résonna haut et clair dans l'air brumeux.

— C'était une blague ! Tu n'as pas vu la tête que tu as faite !

— Vraiment, Marion. Ce n'est pas drôle.

La main sur la bouche, la jeune femme continuait de pouffer de rire. Sa coiffure s'était défaite, de longues mèches blondes lui retombaient sur le visage, la lueur de gravité dans le regard gris-vert avait disparu. Elle était redevenue la petite fille espiègle de ses souvenirs.

— Pauvre oncle Ian. Tu as vraiment cru que je tombais ?

— Et si cela avait été le cas, étais-je pour te regarder basculer sans réagir ? Ce genre d'humour ne me plaît pas le moins du monde.

— Ne soit pas fâché, supplia Marion en exagérant une expression implorante. Il faut que tu comprennes. J'espérais *tellement* que dame Cinambre ne resterait pas, mais je n'aurais pas osé te le demander. Je suis *tellement* soulagée. Mon séjour à Contremont sera beaucoup plus amusant sans cette vieille harpie.

— Je commence à me demander si je ne vais pas revenir sur cette décision. Es-tu toujours aussi dissipée ?

— Bien sûr que non, protesta Marion sur un ton un peu plus sérieux. Je pense que je me sens un peu folle parce que je suis heureuse de te voir. Admets que c'est une bonne raison. En temps normal, je suis tout à fait sage. Hé ! Pourquoi cet air sceptique ? Je te dis la vérité.

— En attendant, fit Ian, à moitié convaincu, si tu veux que ta préceptrice retourne à Besline un jour, il va falloir récupérer sa monture ou lui en procurer une nouvelle. Pour cela, nous devons nous rendre à Contremont. Activons-nous ! Nous aurons tout l'été pour venir admirer la Rotonde.

Ils allaient se remettre en marche lorsque Petite-Caille émit un aboiement d'avertissement. Ian et Marion aperçurent eux aussi à travers la brume une silhouette haute et étroite qui s'approchait. Ils reconnurent le claquement assourdi de sabots sur la route de pierre et comprirent qu'il s'agissait d'un cheval qui approchait au grand galop. Bientôt il fut possible de voir que le cavalier était un soldat en armure légère.

— Un garde de Contremont, expliqua Ian.

— Où est-ce qu'il va comme ça ?

— Aucune idée. Écartons-nous, il a l'air pressé.

Le cavalier continuait effectivement de foncer dans leur direction à bride abattue. Il allait engager sa monture sans ralentir sur le pont, lorsque son regard croisa celui des deux marcheurs. Son visage s'allongea de surprise. Il tira sur ses rênes en ordonnant à son cheval d'arrêter. La bête obéit, mais ses sabots glissèrent sur le tablier de bois humide. Marion émit un cri étouffé. À grands raclements de sabots, la monture s'arrêta à quelques pieds de Ian, se cabra et hennit de protestation. Petite-Caille aboya, furieuse. Ian n'était pas plus content.

— Faites attention, soldat ! Quand on galope à cette allure, on regarde devant soi !

Le garde réussit à écarter sa monture et à la calmer un peu, son regard ne quittant pas Ian.

— Maître Corybantier ? C'est bien vous ?

— Et qui voulez-vous que je sois ?

Le soldat avala sa salive, son regard passant vivement de Ian à Marion.

— C'est… C'est vers votre manoir que je galopais ainsi, maître. Le roi vous fait mander d'urgence. Il est arrivé quelque chose à Trivelin.

La colère de Ian tomba d'un coup.

— Que se passe-t-il ? Il est blessé ?

— Je n'en sais pas plus, maître. Je m'entraînais près de la porte de l'est. J'étais en selle, prêt à partir. On m'a dit de vous quérir, que la vie de Trivelin en dépendait.

Ian échangea un regard avec Marion, qui fronça les sourcils.

— Qui est Trivelin ?

— Un… Un de mes amis, au château…

— Qu'allons-nous faire ?

Ian toisa sa nièce pendant une fraction de seconde puis, avec une certaine brusquerie, il lui attrapa la main et la posa sur son épaule.

— Serre mon épaule. Plus fort que ça. Et, surtout, ne me lâche sous aucun prétexte tant que je ne t'en donnerai pas l'ordre. As-tu compris ? Sous *aucun* prétexte.

Marion ouvrit grand les yeux.

— Tu vas utiliser ta magie ?

Sans répondre, Ian fit signe au soldat de s'écarter. Il adressa le même signe à Petite-Caille.

— Retourne à la maison.

— Non ! Non ! Je viens aussi !

— Obéis, Petite-Caille. C'est un ordre !

La chienne s'éloigna à contrecœur, les oreilles baissées. Puis Ian ferma les yeux et prit une profonde inspiration. Sa bouche modula une longue phrase aux accents si étranges, aux consonnes si rudes, que Marion douta qu'il s'agît d'une langue ayant déjà été parlée dans ce monde-ci. Elle serra fortement l'épaule de son oncle sans trop savoir s'ils allaient s'envoler comme des oiseaux ou s'ils allaient surgir dans Contremont au sein d'un jaillissement de fumée et d'étincelles colorées.

L'effet de l'incantation ne ressembla à rien de ce qu'elle avait imaginé. Marion avait maintenant la vive impression que le paysage qui les entourait – le pont sur la Rotonde, les flots brumeux du Pibole, le chemin de pierre, les tours diffuses du château et les toits de tuiles rousses de Contremont – que tout le panorama n'était en fait qu'une habile représentation en trompe-l'œil peinte sur un cylindre de toile de quelques pieds de diamètre. Comme si le monde s'était transformé en un praticable de théâtre avec eux au milieu.

Ian fit un pas vers la partie du « décor » représentant le château de Contremont. En prenant bien garde de ne pas lâcher sa prise, Marion s'approcha aussi de ce qui lui apparaissait plus que jamais comme une miniature d'une précision exquise figurant une ancienne ville fortifiée construite au sommet d'une basse colline. Au centre de la ville s'élevait un joli palais de pierre rousse muni de plusieurs tours de forme, de hauteur et de style variés, l'ensemble restant pourtant agréable à contempler.

Ian tendit la main. Il effleura du doigt la section de la toile évoquant un vitrail du château. Le vitrail s'ouvrit et, en un mouvement d'une fluidité étourdissante, Ian et Marion se retrouvèrent au milieu d'un autre cylindre en trompe-l'œil reproduisant cette fois une grande salle aux murs de pierre et au plancher de tuiles bleues.

Mais aussitôt Marion comprit que ça ne pouvait pas être un décor, puisque la salle était habitée et que les gens bougeaient. Elle cligna des yeux à quelques reprises : l'impression de se trouver dans un décor avait disparu, la salle qui l'entourait était devenue aussi réelle qu'il était possible de l'être.

— Nous sommes arrivés, dit Ian. Tu peux me lâcher maintenant.

Marion obéit avec un petit sursaut de surprise.

Leur apparition en plein centre de la salle d'audience du château de Contremont n'était certes pas passée inaperçue, quoique Ian fût un peu déçu de n'y trouver que des serviteurs, qui le contemplaient avec des yeux ronds.

— Maî… Maître Corybantier ? bégaya l'un de ceux-ci.

— On m'a dit que Trivelin était en danger.

— Ils… Ils sont tous en haut, dans… dans la tour de Barrad, expliqua le serviteur, qui semblait stupéfait de constater que ses interlocuteurs n'étaient pas au courant.

— Allons-y. Vous m'expliquerez en chemin ce qui se passe.

Le serviteur obéit sans discuter. Moitié courant, moitié marchant, Ian et Marion le suivirent hors de la salle d'audience. Au bout d'un long couloir, ils écartèrent des rideaux, traversèrent une antichambre, puis un second couloir, pour s'engouffrer à la suite du serviteur dans un étroit escalier en colimaçon, qui montait avec raideur.

— Dé… Désolé de vous… vous faire emprunter l'escalier de… de service, maî… maître, s'excusa le serviteur en se retournant fréquemment. C'est plus c… c… court.

— Ce n'est pas grave, dit Ian. Expliquez-moi plutôt ce qui est arrivé à Trivelin.

Toujours montant, le visage rouge d'excitation et d'essoufflement, le serviteur se mit à crachoter :

— Il… Il v… v… veut. Il veut… Il veut…

Ils arrivaient de toute façon. Ian, Marion et le serviteur traversèrent en coup de vent une petite pièce à la décoration spartiate – qui devait servir de cuisine et de chambre à coucher pour les domestiques – et poussèrent une porte qui les mena à une pièce beaucoup plus grande et luxueuse, au milieu de laquelle un attroupement de courtisans et de serviteurs s'empressait autour d'un homme costaud, au large visage carré surmonté d'épais cheveux châtains. L'homme était allongé dans un fauteuil au dossier incliné. Il tenait sous son nez un mouchoir rouge de sang pendant qu'un serviteur lui essuyait délicatement le front avec un linge.

Ian souffla vers Marion :

— C'est le roi Philophanes.

Marion hocha la tête, trop décontenancée pour répondre. D'ailleurs, Ian s'était déjà élancé au chevet du monarque.

— Majesté ! Que vous arrive-t-il ?

En voyant le magicien, le roi Philophanes fit un geste à la fois soulagé et un peu exaspéré. Battant l'air de son mouchoir ensanglanté, il indiqua à ses courtisans de s'écarter et s'exclama d'une voix un peu geignarde.

— Ce qui m'arrive ? N'est-ce pas évident ? Je saigne du nez, voilà ce qui m'arrive. Vous savez bien que les émotions fortes ne me conviennent pas.

— Quelles émotions ? Que se passe-t-il ?

Le large visage du roi se plissa d'incrédulité.

— Que se passe-t-il ? Bigre ! La moitié de Contremont est attroupée au bas de la tour et vous ne vous êtes pas demandé pourquoi ?

— Je vous en prie, Majesté, gardez votre calme, murmura l'un des serviteurs.

— *Je garde mon ca... !*

Le roi Philophanes s'étrangla. Il recommençait à saigner. Il appuya de nouveau le mouchoir sous son nez, puis il tendit une main molle vers une des fenêtres ouvertes.

— C'est encore Trivelin. Il a juré de me rendre fou. Allez lui parler. Allez, allez... Vous, il vous écoutera peut-être...

La poitrine comprimée par un sentiment soudain d'inquiétude, Ian obéit à l'injonction du roi. Il se porta vers la fenêtre, précédé par le sénéchal Risorius, qui expliqua :

— Ce sont les gens du marché qui l'ont aperçu. On ne sait pas depuis combien de temps il est là. Personne ne comprend ce qu'il veut.

Arrivé à la fenêtre, Ian posa ses mains à plat sur le cadre et se pencha au-delà de l'épais mur de pierre.

Toutes les tours du château de Contremont offraient des panoramas agréables à contempler, même un jour de brume. Or le plus vivant et le plus pittoresque de tous ces panoramas était celui de la place du marché. Un érudit comme maître Ian Corybantier ne pouvait ignorer que cette tour carrée était une des plus anciennes du château. Après avoir porté le nom de « tour royale », à l'époque où les aïeux de Philophanes y résidaient, on l'avait rebaptisée « tour de Barrad » à la suite du siège historique pendant lequel un géant – que l'on avait cru immortel – avait emprisonné le roi Japier et sa fille Melsi dans leur propre château. En fait – Ian le comprit à ce moment –, c'était probablement par cette fenêtre même que Barrad avait nargué le roi Japier et lui avait montré qu'il détenait la princesse.

Mais l'heure n'était pas aux réminiscences historiques. Ian se pencha un peu plus en avant. Son regard embrassa d'un coup la campagne brumeuse, les flots gris du lac Emblic et les contreforts diffus du plateau des Espingards, à l'horizon. Son regard s'abaissa sur la place du marché, enserrée entre les toits de tuiles des échoppes et des maisons des marchands. Le roi Philophanes avait raison : on avait l'impression que tout Contremont – marchands, soldats, paysans, artisans et simples gueux – s'était assemblé au bas de la tour pour toiser Ian en retour… Ce dernier finit par comprendre que ce n'était pas tout à fait dans sa direction que les regards portaient, mais un peu plus à droite…

Il leva les yeux à son tour et aperçut enfin la cause de toute cette commotion. Un homme de très petite taille, vêtu d'un habit d'arlequin défraîchi, était assis en équilibre précaire sur une des solives retenant les chevrons du toit de la tour. Il fixait le vide sous ses pieds ballants, du regard le plus triste qu'il fût possible d'imaginer.

Ian ouvrit la bouche, s'aperçut qu'il ne savait pas quoi dire. Il resta un moment silencieux à observer Trivelin pour s'imprégner de la réalité de la situation. Ce dernier, qui avait certainement vu Ian depuis le début, daigna enfin croiser son regard. Un rictus trop triste pour être qualifié de sourire souleva ses traits.

— Ah, c'est toi Ian… Ils sont allés te chercher…

— Eh oui. Ils sont venus me chercher, et je comprends pourquoi. Veux-tu bien m'expliquer ce que tu fais là-haut ?

— Je réfléchis.

— Curieux endroit pour une telle activité.

— Pas quand le sujet de réflexion est celui-ci : dois-je en finir ou non avec cette misérable parodie de vie, cette grotesque contrefaçon de l'existence qui est la mienne ? Je crois l'endroit parfaitement approprié, au contraire, pour ce genre de considération existentielle.

Ian digéra la réponse de son ami, et surtout le ton désespéré avec lequel il l'avait prononcée. Il essaya de trouver une façon subtile ou diplomatique de poser la question suivante, mais rien ne lui venait à l'esprit.

Pendant ce temps, Marion s'était approchée pour essayer d'apercevoir celui à qui son oncle parlait, mais Ian lui fit signe d'attendre. Il reporta son attention sur Trivelin.

— Que s'est-il passé ?

— Soubeline m'a quitté.

Les épaules de Ian s'affaissèrent.

— Ah… Mon pauvre ami, je suis désolé.

— Qui est Soubeline ? chuchota Marion.

— Sa maîtresse, chuchota Ian en lui faisant signe de se taire.

— Elle est retournée dans sa famille, à Chamenie, poursuivait Trivelin en émettant un long soupir. Elle a dit qu'elle ne m'aimait plus. Que c'était fini. Comme ça.

Sans quitter Trivelin des yeux, Ian s'assit dans le cadre de la fenêtre. Il tenta un sourire compréhensif.

— J'imagine combien ce doit être dur, mais que peut-on faire quand l'amour n'est plus là ?

— Je sais ce que je ferais si j'en avais le courage.

— Allons, Trivelin. Pourquoi parler ainsi ? La vie continue. Un jour le bonheur que tu as connu avec Soubeline frappera de nouveau à ta porte…

Avec un spasme de tout son corps, Trivelin émit un rire étranglé qui faisait mal à entendre.

— Oh non, Ian ! Non, non, non ! Épargne-moi le couplet, je t'en supplie ! Qu'est-ce que tu essaies de me dire ? « Une de perdue, dix de retrouvées » ? « Aujourd'hui l'hiver, demain le printemps » ? Non, mais tu ne m'as pas regardé ? Je suis un *nain* ! Laid, grotesque, contrefait. Quelle fille voudrait de moi ?

— Soubeline, elle, t'a aimé.

Le regard de Trivelin se fixa de nouveau sur la foule attroupée sous lui. Il finit par acquiescer.

— C'est vrai, c'est vrai… Comment une aussi jolie fille a-t-elle pu vouloir de moi ? Je n'arrive pas à le comprendre.

Ian hésita.

— Eh bien… Euh… Elle a vu au-delà de ton aspect physique. Elle a vu tes qualités, les mêmes qui me font apprécier ta compagnie.

— C'est le genre de choses qu'on ne voit qu'une fois en cent ans ! éclata Trivelin avec un geste rageur qui faillit le faire basculer. Soubeline était ma seule chance ! Ça ne se reproduira plus de mon vivant !

Un cri rauque monta de la place du marché.

— Assez de parlotes, Trivelin ! Saute !

— Oui, saute donc ! renchérit une femme à la voix de crécelle. On n'a pas la journée !

— Qu'est-ce qui presse ? cria Trivelin avec un sourire féroce. Y a des paris en cours ?

— Exactement ! Tais-toi et saute !

— Non, Trivelin, ne faites pas ça ! cria un autre.

— Saute, saute !

Marion s'approcha, scandalisée.

— Il y a des gens qui lui disent de sauter ? Mais c'est affreux !

— Je t'en prie, Marion… La situation est assez compliquée comme ça.

Intrigué, Trivelin avait reporté son attention sur Ian.

— À qui parles-tu donc ?

— À personne. Ce n'est rien.

— Je ne rêve pas. J'entends une voix de femme.

— Oui, c'est… Eh bien, c'est ma nièce. Elle m'accompagnait lorsqu'on nous a prévenus que…

Marion se pencha par la fenêtre, aperçut Trivelin, lui sourit.

— Bonjour.

Trivelin salua à son tour, puis toisa Ian en exagérant une expression de surprise.

— Ça alors ! Cette ravissante jouvencelle est ta nièce ?

— Je te présente Marion Donat. Marion, voici Trivelin, fou du roi à la cour de Contremont.

— Ta nièce ! Ça alors ! répéta Trivelin comme si c'était la révélation la plus extraordinaire qu'il eût entendue de sa vie.

— Je vous en prie, sire Trivelin. Ne sautez pas.

— Sauter ? Moi, sauter ? Tu parles, ça leur ferait bien trop plaisir, à cette bande de fouines !

Avec un rire féroce, Trivelin gratifia la foule de quelques gestes obscènes : « Voilà ce que j'en pense, de vos paris ! » Puis, ignorant les huées, les bravos et les rires de la foule, il fit signe à Ian et à Marion de s'écarter de la fenêtre.

— Attention, j'arrive.

— Sois prudent.

— Je te rappelle que tu t'adresses à un acrobate de profession.

Après un bond audacieux, Trivelin attrapa d'une main le cadre de la fenêtre, qu'il traversa pour se recevoir en roulade sur le plancher. Il se redressa aussitôt, ses courts bras tendus comme un funambule qui salue la foule.

— Le spectacle est terminé ! clama-t-il de sa voix haut perchée.

Le roi Philophanes se leva, le mouchoir toujours sous le nez, son visage exprimant la plus royale des exaspérations.

— Ce n'était donc que ça, Trivelin ? Tout ce tapage pour une vulgaire déconvenue sentimentale ? (Il montra le mouchoir rougi.) Vois dans quel état tu m'as mis avec tes pitreries.

— Mais, Majesté, n'est-ce pas mon rôle de faire le pitre ?

Philophanes émit un gémissement découragé, puis s'éloigna avec hauteur, suivi de son entourage dont la plupart des membres lancèrent des regards méprisants vers le nain. Le dernier à sortir fut le sénéchal Risorius, qui siffla :

— Histrion ! Tu mériterais le cachot !

Lorsque tout le monde eut disparu, Trivelin se tourna vers Ian et Marion, souriant comme un enfant surpris la main dans la jarre à biscuits.

— Sa Majesté n'était pas d'humeur, on dirait.

Ian poussa un long soupir.

— Promets-moi, s'il te prend d'autres idées noires, de venir m'en parler. Nous irons trinquer à l'auberge et tu pourras pleurer devant ta chope. Ça vaudra mieux que d'ameuter tout Contremont.

— Excellente idée ! Je propose de mettre immédiatement ta suggestion en pratique. Ça m'a donné soif d'insulter cette bande de vilains.

Ian déclina la proposition en expliquant brièvement la raison pour laquelle il était venu à Contremont.

— Permettez que je vous accompagne ? demanda Trivelin. J'ai l'impression que sa Majesté ne voudra pas de ma compagnie pendant un certain temps.

— Ta compagnie est toujours appréciée, dit Ian, soulagé de voir son ami dans de meilleures dispositions.

◆

Ian, Marion et Trivelin descendirent la tour de Barrad et sortirent du château. Ils traversèrent la place du marché où, maintenant qu'il n'y avait plus rien à voir à la tour, tout le monde avait repris ses activités. Des volailles caquetaient, un chien aboyait, des maraîchers haranguaient les passants – en cet été naissant, ils offraient un plus vaste choix de fleurs que de légumes. Un confiseur vêtu d'un bonnet blanc s'activait à préparer de la crème glacée, ajoutant de temps en temps une poignée de sel de mer dans son baquet de glace.

Trivelin essuya bien entendu quelques quolibets – qu'il ignora –, mais personne n'insista en constatant qu'il était accompagné de maître Ian Corybantier et d'une jeune fille inconnue, vêtue d'une robe de coupe insolite. Sans doute une étrangère, semblaient dire les regards qui la suivaient…

Une fois le marché derrière eux, Ian et ses compagnons longèrent une étroite ruelle pavée qui descendait en pente douce jusqu'aux remparts. À l'ombre des murs de pierre, l'air frais s'imprégna d'un remugle caractéristique : la corne brûlée, l'aigreur piquante de la paille mêlée aux riches effluves du crottin. Des chevaux hennirent tout près. Ian frappa à une porte entrouverte. Un palefrenier qui ne devait pas avoir plus de dix ans vint ouvrir.

— Le capitaine Gabeur est-il ici ? demanda Ian.

Du fond de l'écurie, une voix tonnante jaillit.

— Qui ose me déranger ?

— Maître Corybantier.

Des profondeurs de l'écurie surgit la silhouette d'un colosse. La lumière d'une torche permit de reconnaître un soldat au torse puissant, aux biceps épais émergeant d'un uniforme piqueté de brindilles. Sa barbe brun-roux se souleva d'un sourire.

— Mes hommages, maître. On ne vous voit pas souvent ici.

Le regard s'attarda un instant sur Marion – Ian fit les présentations – puis s'abaissa sur Trivelin.

— Et toi ! Tu es venu me narguer, nabot ? Quand on dit qu'on saute, on saute ! J'ai perdu deux japiers par ta faute.

— Bien fait pour toi. Le jeu est un vilain défaut.

Gabeur éclata d'un rire aussi vaste que sa carrure.

— C'est pas vrai. Je n'ai pas parié – mais à te voir ici, je me rends compte que j'aurais dû.

Ian expliqua au soldat les circonstances de la disparition des montures de Marion et de sa préceptrice. Au fur et à mesure que le magicien parlait, une étincelle de compréhension s'illuminait dans le regard de l'officier, qui ponctua l'explication de Ian d'un autre éclat de rire entendu.

— Voilà qui éclaircit un petit mystère. Suivez-moi, maître, et vous aussi, chère demoiselle. Toutefois – ahem ! – à votre place, je soulèverais un peu le bas de cette robe, si vous voyez ce que je veux dire…

Ian, Marion et Trivelin suivirent le capitaine Gabeur dans l'écurie. Ils croisèrent des palefreniers et des cavaliers en train de soigner les bêtes et de nettoyer les enclos. Ils atteignirent un cirque pour l'entraînement des bêtes. Une dizaine de chevaux attendaient à l'autre bout de la cour, tous harnachés d'un équipement sobre et utilitaire, à l'exception de deux haquenées grises richement parées.

Marion s'élança en poussant un cri de joie.

— C'est Targette ! Et la jument de dame Cinambre.

Une des juments grises tourna la tête en direction de Marion et émit un bref hennissement. La jeune femme lui sauta au cou, puis lui caressa le col et son museau rosé en lui murmurant sur un ton de reproche :

— Qu'est-ce qui t'a pris de nous abandonner en plein orage, grande bêtasse ? Tu imagines ce qui aurait pu t'arriver ? Non ! N'essaie pas de m'attendrir avec ces yeux doux. Je suis *très* fâchée !

Mais Targette prêtait beaucoup plus attention aux caresses qu'aux reproches. L'autre haquenée s'approcha pour recevoir sa juste part de cajoleries, lorsque s'éleva une vive protestation.

— Oh, demoiselle ! On demande permission avant de toucher aux montures des autres !

Celui qui venait de parler était un jeune homme vêtu d'une veste de cuir noirci par l'âge, aux longs cheveux crasseux entourant un visage en lame de couteau. Il était encadré par deux soldats qui ne le quittaient pas de l'œil.

— C'est à moi que vous vous adressez ? s'étonna Marion.

— Oui, belle dame. Écartez-vous, s'il vous plaît. Elles sont à moé, ces bêtes.

Marion leva le nez.

— Je suis navrée de vous contredire, sire, mais ces deux juments m'appartiennent. Ou, plus exactement, elles appartiennent à mon père, ce qui revient au même en ce qui vous concerne.

— Ce bon à rien s'appelle Granguillain, expliqua le capitaine Gabeur avec un sourire en coin.

— Bon à rien toé-même ! protesta Granguillain avec chaleur. J'suis un honorable paysan.

— À peine paysan, et encore moins honorable ! s'esclaffa Gabeur, qui expliqua en s'adressant à Ian : il vivote de chasse et de menues rapines. On le tolère, il ne fait pas grand mal. Sauf que ce matin une patrouille l'a surpris tenant vos deux haquenées en bride. Mes hommes ont trouvé tout ça bien louche, d'autant plus que notre honorable paysan n'arrivait pas à expliquer de façon satisfaisante comment il s'était procuré ces deux bêtes. Tout ce joli monde a été amené ici pour que nous puissions tirer l'affaire au clair.

— Nous avions aussi des bagages, dit Marion.

— Nous avons tout récupéré et mis sous bonne surveillance, rassurez-vous. Je précise toutefois que messire s'était déjà servi dans vos provisions. Il s'empiffrait de gâteau et avait fait un sort à une bouteille de vin lorsque mes hommes l'ont découvert.

— J'ai le droit de boire mon vin qui est à moé ! Qui trouve, garde ! C'est la loi des voyageurs !

Gabeur hocha la tête avec un air découragé.

— Granguillain, je sais que je gaspille ma salive à t'instruire, mais pour ta gouverne, voici ce qu'elle stipule, la loi : un objet perdu sera conservé un an en attendant que le propriétaire se manifeste. S'il n'est pas réclamé au bout de ce temps, il sera vendu aux enchères au plus offrant, les profits de la vente étant versés au trésor public de Contremont.

— C'est ce que je fais, je me manifeste ! dit Granguillain, outré. Vous me croyez pas, mais elle oui ? Parce que je suis pauvre et laid ? Et qu'elle est ben tournée ?

— L'injustice est flagrante, approuva Trivelin d'un ton sévère. Mais comment en faire reproche à Gabeur ? C'est vrai qu'elle est mignonne, la demoiselle.

— Ça n'a rien à voir ! s'insurgea Marion, qui prenait au sérieux la boutade du nain.

— Allons, allons, intervint Ian.

Il s'approcha du jeune homme en lui tendant une pièce.

— Je comprends votre déception, mais il faudra vous contenter de ce quatrain, avec nos remerciements sincères pour nous avoir permis de retrouver nos montures.

Le visage cuit de soleil se plissa en une moue dédaigneuse, mais le vagabond n'osa pas refuser la pièce d'or.

— Maintenant, file ! ordonna Gabeur avec un geste impatienté. Et souviens-toi de la générosité de maître Corybantier.

Les soldats escortèrent le jeune homme déconfit, tandis que l'officier hochait la tête, incrédule.

— Un quatrain à cette fripouille qui essayait de vous déposséder. Il méritait le fouet, oui !

L'ombre d'un sourire souleva les lèvres de Ian.

— En essayant de nous voler, ce gentilhomme nous a rendu un grand service. La pire des intentions est admirable si le bien en résulte au bout du compte.

Trivelin émit un gloussement moqueur.

— La philosophie à l'écurie !

— Je n'en pense pas moins, ajouta le capitaine Gabeur avec bonne humeur. Allons, l'incident est clos. Je vais vous redonner vos bagages et vos montures, et vous pourrez rentrer à la maison.

◆

Après avoir fait promettre à Trivelin de ne plus commettre de bêtises, et l'avoir assuré qu'il reviendrait très bientôt pour remplir sa promesse de partager une chope de bière à la taverne, Ian retourna au manoir en compagnie de Marion, tous deux chevauchant les haquenées. Ils furent accueillis avec une joie tapageuse par Petite-Caille et maintes exclamations admiratives de Bernières, qui n'en revenait pas de voir deux chevaux d'aussi belle prestance et aussi richement parés.

La seule à ne pas tout à fait partager l'allégresse générale fut dame Cinambre. D'un ton aigre, elle reprocha à Marion d'être partie sans la prévenir en l'abandonnant avec une inconnue.

— Mais nous avons récupéré nos bagages ! dit Marion, comme si cette évidence aurait dû rendre sa préceptrice plus heureuse.

Cette dernière ne sembla guère amadouée.

— Ce n'est pas trop tôt. Ma robe est encore humide. Et vous, pauvre enfant ! De quoi avez-vous l'air, les cheveux aux quatre vents et la robe tirée à hue et à dia ? Jurez-moi qu'aucun noble de Contremont ne vous a vue attifée ainsi.

— C'est plutôt le contraire. La cour entière de Contremont m'a vue, incluant le roi.

— Marion, vraiment ! Répondre par une coquecigrue à une demande parfaitement légitime ne sied nullement à jeune fille. Il est douteux que cela plaise à votre futur mari, autant vous débarrasser de ce travers tout de suite.

— Qu'est-ce que mon hypothétique futur mari vient faire dans cette discussion ? Je n'ai proféré aucune coquecigrue. J'ai répondu à vos remarques avec la plus parfaite des candeurs.

Dame Cinambre se mit à vérifier le contenu des selles de sa monture, puis reprit sur un ton doucement geignard.

— Comme il vous plaira. Je me tais, avant de prononcer quelque parole regrettable.

— J'ai préparé à dîner pour tout le monde, intervint Bernières avec un sourire intimidé, en espérant que vous seriez revenus à temps.

— Excellente nouvelle ! s'exclama Ian en se rendant compte que son explosion de bonne humeur était tout de même un peu forcée.

Après le repas, Ian et Bernières aidèrent Marion et dame Cinambre à monter leurs bagages dans leurs chambres. La préceptrice poussa les hauts cris en constatant qu'on leur avait volé une partie de leurs provisions, outrage qui atteignit un sommet lorsqu'elle apprit que non seulement l'auteur du vol n'avait pas remboursé les denrées, mais qu'on l'avait laissé partir sans punition. Ian trouva le moment parfaitement approprié pour annoncer à dame Cinambre qu'elle repartirait le surlendemain pour Besline.

La dame de compagnie se renfrogna à cette annonce. Elle contempla Ian avec un pincement dédaigneux des lèvres.

— Je ne veux pas vous manquer de respect, maître Corybantier, mais que connaissez-vous à l'éducation des jeunes filles ?

— Ma bibliothèque est bien fournie. Je devrais y trouver un livre qui traite du sujet.

Elle ne sembla pas amadouée par le ton léger avec lequel Ian lui avait répondu, si bien que ce dernier se dépêcha d'ajouter :

— Votre sollicitude vous fait honneur, mais je vous assure que vous vous inquiétez inutilement. Apprenez que dame Bernières a élevé trois filles, toutes mariées maintenant. J'ai donc une experte sous la main au cas où les événements échapperaient à mon contrôle.

Bernières entra dans la chambre à ce moment et se dépêcha de confirmer avec un enthousiasme bon enfant.

— Oh, ça, c'est bien vrai ! Je ne suis qu'une vieille paysanne ignorante, mais je sais ce que c'est que d'élever des enfants.

Ian en profita pour s'éclipser, abandonnant un peu lâchement Bernières avec la préceptrice. Il marcha jusqu'à la chambre où Marion avait été installée et frappa sur la porte entrebâillée.

— Puis-je entrer ?

— Bien sûr.

Ian poussa la porte, découvrant Marion vêtue d'une simple robe bleue, assise devant le miroir au milieu d'un impressionnant désordre, munie d'un peigne. Elle essayait de mettre un peu d'ordre dans ses longs cheveux blonds. Dans le miroir, un regard gris-vert toisa le sien, dans l'expectative.

— Dame Cinambre repartira après-demain, expliqua Ian. Laissons-lui tout de même une journée pour se reposer.

Dans le miroir, Marion sourit avec un geste silencieux de victoire. Ian ne put s'empêcher d'ajouter :

— J'espère que je ne le regretterai pas.

— Oncle Ian, comment peux-tu dire une chose pareille ?

Ian redescendit dans le vestibule, suivi de Petite-Caille qui ne semblait pas trop apprécier ce remue-ménage.

— Ne fais pas cette tête, se moqua Ian. Tu ne trouves pas qu'elle est gentille, Marion ?

— Bof…

— Elle va s'occuper de toi. Vous vous promènerez. Ça te fera maigrir.

— Je suis déjà trop maigre.

Ian caressa la chienne.

— Pauvre Caille, puisque personne ne semble avoir besoin de nous, allons plutôt remettre un peu d'ordre dans le laboratoire.

Ce n'est qu'une fois arrivé à l'intérieur de la grande pièce que Ian s'aperçut qu'avec tous les imprévus qui s'étaient succédé depuis la veille, il avait complètement oublié l'apparition de la porte magique ! Il contourna les meubles entassés au milieu de l'atelier et s'approcha de la fameuse porte. Résistant à une envie presque douloureuse de tourner la poignée de bronze, Ian caressa le battant du bout des doigts. Il sentit un curieux frisson lui parcourir l'échine. Il aurait juré que la surface de la planche s'était adoucie depuis la veille.

Ian prit soudain conscience des dangers que son atelier recelait pour une jeune fille qu'il savait curieuse. S'il lui ordonnait de ne jamais y entrer en son absence, pourrait-il lui faire confiance ? N'était-ce pas le genre d'ordre qui invitait à la transgression ?

Ian réfléchit. Tous les objets vraiment dangereux étaient sous verrou. La seule inconnue demeurait cette porte. Il tourna les talons et sortit dans le vestibule. Avec une clé poussiéreuse – elle n'avait pas servi depuis des lustres – il verrouilla la porte du laboratoire. Il monta à sa chambre et, dans le tiroir du secrétaire, trouva des feuilles de papier et des enveloppes. Il rédigea un bref message destiné à son collègue Pierre Coen, signa, puis, après un instant de réflexion, ajouta un post-scriptum.

Il glissa le message dans l'enveloppe et cacheta celle-ci. Au-dessus de son secrétaire luisait une plaque de cuivre brossé, vissée au mur, avec une rainure en son centre. Ian glissa la lettre dans la rainure. La missive disparut dans un bref éclair pourpre accompagné d'un tintement de clochette. Il n'existait que deux plaques semblables dans le monde, et l'autre était fixée au mur chez Pierre Coen. Le goût pour les cadeaux insolites était une autre des marques du tempérament fantasque de son ami – quoique Ian dût reconnaître que ce cadeau particulier était souvent utile.

— En tout cas, plus utile que toi, dit Ian en se tournant vers Petite-Caille.

La chienne dressa les oreilles, puis, lorsqu'elle constata que son maître ne semblait pas prêt à expliquer le sens de sa remarque, recommença à se lécher le bout d'une patte de devant.

Une main frappa discrètement à la porte, et la voix assourdie de Bernières se fit entendre.

— Maître ? Vous êtes bien ici, maître ?

— Je suis ici.

— Maître, je suis navrée de vous déranger, mais dame Cinambre trouve sa chambre trop sombre. Je lui ai proposé de déménager dans celle de votre nièce, mais votre nièce refuse de… Ah, je crois que vous devriez venir voir par vous-même, maître…

Avec un immense soupir, Ian se leva.

— J'arrive, dame Bernières, j'arrive…

Chapitre 3

Une soirée qui tourne mal

Au centre d'une aire circulaire délimitée par une vingtaine de lanternes à l'huile, des serviteurs coiffés de cagoules rouges nettoyaient le sol de pierre. Ils avaient versé un baquet d'eau, puis essuyaient avec des vadrouilles l'eau rougie par le sang du supplicié. Le nouvel appareil d'exécution dont on avait démontré l'efficacité s'était avéré assez salissant, au point que les spectateurs du premier rang avaient dû s'écarter précipitamment pour ne pas être éclaboussés.

Pierre Coen, qui avait eu la prudence de s'asseoir à l'arrière, détourna le regard vers les profondeurs de la salle. Le souterrain était sombre, l'air y était alourdi par la fumée et l'odeur de la chair brûlée, et il était si vaste que ses contours se perdaient sous les voussures de l'antique fondation. Au-delà des grilles de fer noirci par le temps, aucun mur ne reflétait la lumière des lanternes. C'est donc que la superficie des souterrains était plus vaste que celle du château de Privance. Une information qui était intéressante en soi…

Pierre sentit une main légère se poser sur son épaule. Il reporta son attention sur la jeune femme assise à côté de lui. Garance, sa compagne pour la soirée, n'appréciait guère le spectacle qui leur était offert. La pâleur de son visage n'était pas seulement une conséquence de son maquillage. On devinait sous la poudre une peau plus blanche encore, tandis que ses lèvres ourlées frémissaient. Pierre se pencha près de l'oreille de sa compagne, où un parfum capiteux se mêlait à l'âcre puanteur de la cave.

— Vous n'appréciez pas le spectacle, chère amie ? murmura-t-il en faisant un effort pour ne pas céder à son penchant naturel pour le sarcasme.

— Non.

— C'est vous qui avez insisté pour venir.

— Si vous étiez un gentilhomme, vous ne me le rappelleriez pas, lui répondit la jeune femme d'une voix plus faible qu'un souffle. Je croyais… Je croyais que ce serait faux. Qu'il ne s'agirait que d'une forme de théâtre.

— Ne vous avais-je pas prévenue ?

Elle fit une grimace dépitée.

— Avec toutes vos taquineries, je ne sais plus quand vous croire. J'ai cru que vous jouiez à m'horrifier. Qui peut bien trouver du plaisir à assister à ces horreurs ?

Pierre observa autour de lui, embrassant du regard la vingtaine de nobliaux et leurs escortes qui avaient accepté l'invitation très particulière du burgrave Trigaud. La plupart des spectateurs n'étaient pas aussi délicats que sa jeune amie. Une étincelle malsaine brillait dans les yeux des hommes, tandis que leurs maîtresses – on amenait rarement sa femme légitime à ce genre de spectacle – gloussaient et léchaient du bout de la langue leurs lèvres trop maquillées. Trônant au milieu, le burgrave Trigaud affectait un ennui blasé, mais la lueur de son regard était aussi vive que celle de ses invités, un regard clair, vigilant comme celui d'un oiseau de proie. Il avait hâte à la prochaine victime, hâte de découvrir quel nouveau supplice Malitorne avait inventé.

Pierre se pencha de nouveau tout contre Garance. Sa bouche effleura la courbe des épaules délicieusement révélée par un décolleté audacieux.

— Partons. Allons à ma chambre. Nous saurons nous distraire avec des activités plus en accord avec votre jeunesse et votre charme.

Sous le masque crayeux, les joues se teintèrent de rose.

— Je ne peux pas partir. On se moquera de ma faiblesse.

— Au contraire. On saluera votre délicatesse.

Un sourire triste souleva les minces lèvres peintes d'un rose nacré, le sourire que l'on réserve aux enfants et aux esprits trop candides pour appréhender les subtilités des conventions régissant les rapports sociaux.

— Ce n'est pas ainsi que les choses se passent à la cour du burgrave.

Pierre Coen n'insista pas. Sous cette façade dédaigneuse qu'il était tenu d'afficher devant ces petits nobles – et même devant Garance – bouillonnait la colère. Et, pourtant, il était satisfait d'avoir réussi à se glisser parmi les invités du burgrave Trigaud et de pouvoir témoigner du genre de « spectacle » qui se déroulait la nuit dans les fondations du château de Privance. Il fallait contempler l'ignominie avec froideur et détachement pour en comprendre les mécanismes, en découvrir les faiblesses, afin de la contrecarrer, tel un fermier qui repérera les terriers où se dissimule la vermine, afin de s'en débarrasser…

Pierre ne put retenir un sourire. Ses pensées avaient adopté d'elles-mêmes le ton un peu pontifiant de son collègue Ian Corybantier… Et il s'en voulut de se moquer de son vieil ami, qui, même en pensée, ne méritait pas un tel traitement. Il aurait cent fois préféré fuir cette cave et se retrouver chez son valeureux collègue, à discuter science et magie autour d'un bon clairet.

Une fois le sol de pierre lavé du sang, une silhouette menue drapée dans une cape noire s'avança jusqu'au centre de la partie illuminée. Maître Malitorne, magicien et bourreau, inclina le torse avec roideur en direction de l'assistance. Un large sourire éclairait son visage poupin sur lequel il était bien malaisé de plaquer un âge. Il se redressa brusquement, les bras levés dans le geste grandiloquent d'un bateleur de fête foraine.

— Nous terminerons cette modeste exposition, messires et gentes dames, par son volet le plus mémorable… J'espère que vous me pardonnerez de préjuger de ce qui est digne ou non d'imprégner votre mémoire, cher burgrave, se dépêcha-t-il d'ajouter avec un sourire cauteleux en direction de l'intéressé.

Un ferraillement surgi des profondeurs se répercuta dans la basse salle, accompagné d'un frottement ponctué de chocs, comme produit par un objet de métal traîné sur les inégalités du plancher. Les aides coiffés de cagoules rouges poussèrent un grand harnais muni de sangles, de cordes et de poulies, et allèrent le placer au centre du cercle de lumière.

Pierre sentit la délicate main de Garance serrer la sienne et il retint un soupir. Quelle horrible machine de torture le bourreau de Trigaud avait-il donc encore inventée ?

— Qu'on se rassure, se dépêcha de dire le maître de céans en regardant Pierre dans les yeux, car il s'était mépris sur la cause de la déception que son invité avait laissée transparaître sur son visage. Nous avons vu assez de machines exécutrices pour ce soir. Ceci n'est qu'un simple harnais destiné à retenir notre sujet, à qui j'ai fait boire un élixir de ma confection. Et ce sont aux effets de ce breuvage que nous nous intéresserons. Ah ! Voici notre spécimen…

Encadré par deux aides-bourreaux, un homme avança, maigre mais encore musculeux, les cheveux défaits, le regard farouche, presque nu à l'exception d'un haillon noué autour de ses hanches. Des spectateurs se chuchotèrent à l'oreille des commentaires excités. Une des maîtresses poussa la hardiesse jusqu'à proposer qu'on enlève ce haillon crasseux. Une cascade de rires résonna sous la voûte noire de suie.

Indifférents aux rires, les aides-bourreaux ordonnèrent à l'homme de se coucher sur le sol au centre du harnais. Avec une placidité absolue – fruit du désespoir ou effet stupéfiant d'une drogue – le prisonnier obéit. Pendant que les aides de Malitorne attachaient les mains et les pieds de l'homme avec des sangles bien rembourrées, pour ensuite passer les cordes fixées à ces sangles dans les poulies au-dessus de leur tête, le magicien poursuivit ses explications :

— Nous n'entrerons pas dans les détails de la fabrication de cette potion – j'aurais peur de vous lasser –, mais sachez qu'elle représente l'aboutissement de nombreux mois de travaux. Je crois légitime d'en éprouver un peu de fierté.

Derrière Malitorne, les aides-bourreaux tirèrent sur les cordes. Les poulies grincèrent. L'homme fut soulevé de terre, tiré de tout son long par les mains et les pieds. On continua de le soulever jusqu'à ce que son torse atteigne la hauteur des épaules de Malitorne. Le prisonnier gémit. Pierre fronça les sourcils, intrigué malgré tout. La position dans laquelle se retrouvait le malheureux était certainement inconfortable, mais le dispositif ne semblait pas avoir été conçu pour faire souffrir. Les bourreaux avaient même pris soin de rembourrer les sangles pour ne pas lui blesser les poignets et les chevilles. Pourquoi de tels égards envers un condamné au supplice ?

Malitorne exprima sa satisfaction de voir son « sujet en position ». Avec une désinvolture tout aérienne, il reprit son discours :

— Permettez-moi, avant de démontrer les effets surprenants de cette potion, de vous poser une question. Sauriez-vous me dire, cher burgrave, quel est l'organe le plus grand du corps humain ?

Trigaud maugréa, pris au dépourvu.

— Le plus grand organe du corps ?

— Oui, messire. Vous n'ignorez pas que le corps est constitué d'un assemblage d'organes multiples et diversifiés : os, muscles, viscères et glandes. Quel est le plus grand de ces organes ?

— Je sais où frapper pour tuer. C'est tout ce que j'ai besoin de connaître du corps humain.

Tout le monde rit, un peu trop fort peut-être, à la saillie du burgrave.

Malitorne se tourna vers les autres membres de l'auditoire.

— Et vous, messires et gentes dames ? Qui saurait répondre à ma question ?

— Ça dépend de qui, fit la femme qui avait suggéré qu'on enlève le haillon du prisonnier. Entre mon mari et mon galant, certains organes sont loin d'avoir la même taille !

Une autre explosion de rire.

— Le cœur, affirma quelqu'un plus sérieusement.

— L'os de la cuisse ? proposa timidement quelqu'un d'autre.

— Non, c'est le foie.

— Il a raison, approuva le burgrave. J'ai assisté à des autopsies. Le plus grand viscère est le foie.

D'un geste vif, Malitorne fit signe à l'auditoire de se taire. Dans sa main luisait la lame d'un très court poignard, qu'il souleva à la hauteur de son visage en fixant l'auditoire, les yeux écarquillés. Sous la voûte noire, le silence était absolu.

Pierre sentit sa gorge se serrer. Malitorne allait-il éventrer ce malheureux, pour ensuite l'éviscérer et comparer la taille des organes afin de répondre par l'exemple à la question ? Il doutait toutefois que le magicien se livre à un supplice aussi grotesque et primaire, qu'un simple boucher aurait pu accomplir.

Malitorne reprit la parole, d'une voix basse et un peu rauque hachée par le rythme irrégulier de sa respiration, sachant que tous les membres de son auditoire étaient suspendus à ses lèvres.

— Je vous ai parlé d'un élixir, tout à l'heure. Cet élixir, je l'ai administré à notre sujet pendant plus d'une semaine, à son insu – soit dit en passant, il s'agit d'un montagnard des Espingards qui s'exprime dans l'affreux patois de ces régions. Il ne comprend donc pas un mot de ce que je suis en train de dire. Où en étais-je ? Ah oui ! Mon élixir, mon élixir… Quels peuvent donc être les effets de cette potion si extraordinaire, surtout chez un sujet qui semble normal ? Ces effets sont internes, invisibles, et pourtant bien réels. Ils consistent en une liquéfaction d'un type particulier de tissu conjonctif, celui qui retient la peau aux muscles…

Sans laisser le temps à son auditoire de bien saisir le sens de ces derniers mots, Malitorne sauta vers l'arrière, tourna sur lui-même, sa cape virevoltant, et, dans un grand geste théâtral, fit glisser le tranchant de son poignard tout le long de la colonne vertébrale du prisonnier, pour immédiatement s'écarter, dernier mouvement de sa macabre chorégraphie.

Le montagnard hurla de surprise et de douleur, son cri aussitôt noyé par les exclamations s'élevant de l'auditoire devant le spectacle qui s'offrait à leurs yeux. Dans un atroce bruit de succion, le dos du supplicié se fendit, la peau s'écarta. Une masse rouge secouée de spasmes apparut par la fente. La masse frémissante se détacha du corps suspendu et tomba sur la pierre au sein d'un flot de sang et d'humeurs.

Les cris redoublèrent dans l'assistance et plusieurs femmes s'évanouirent lorsque la chose rouge tombée sur les dalles bougea, se déploya, révélant des membres humides et frémissants. Une tête cauchemardesque se dressa : un crâne sanglant au milieu duquel deux yeux sans paupières tournaient comme ceux d'une marionnette grotesque. Le plus horrible de tout était cette bouche sans lèvres qui continuait de hurler, et hurler encore, surtout lorsque le malheureux contempla ses mains réduites à l'état de griffes et comprit à qui avait appartenu la peau vidée tendue au-dessus de lui.

D'une voix claironnante, et il le fallait pour se faire entendre à travers les hurlements de dégoût, Malitorne annonça, en tendant la main vers la chose suintante qui pendait avec une flaccidité répugnante dans le harnais d'acier :

— Le plus grand organe du corps, c'est la peau ! Messires, gentes dames, je vous remercie de votre attention…

Au sein du tumulte, Garance s'effondra, retenue juste à temps par son chevalier servant.

◆

Après avoir pris un bain et s'être parfumé, Pierre Coen revêtit des habits propres. L'odeur du sang et de la fumée semblait l'imprégner autant qu'avant – il comprit que l'impression était psychologique et qu'il ne s'en débarrasserait pas de sitôt. Il écarta ces horribles souvenirs pour retourner au chevet de Garance. La jeune femme avait cessé de pleurer et s'était enfin endormie. Avec un pincement de dépit, Pierre admira le galbe de son cou et la finesse de ses mains posées sur l'écrin des coussins brodés. Après tant de manœuvres et de belles paroles dignes de figurer dans une anthologie de la séduction, il avait enfin réussi à allonger la jeune femme dans son lit… Mais au lieu du commerce amoureux tant attendu, il s'était consacré à lui administrer un cordial pour la soulager du choc émotif. L'ironie de la situation ne lui plaisait qu'à moitié. À contempler ainsi son visage démaquillé, à écouter sa douce respiration, il sentit monter en lui une envie difficile à réprimer. Elle avait clairement laissé entendre qu'elle était sur le point de céder à ses avances, n'est-ce pas ? Quel mal y aurait-il à se glisser auprès d'elle et à se permettre quelques caresses qui n'auraient pas été refusées de toute façon ? Un homme pouvait se délecter du corps d'une femme sans qu'il soit nécessaire que celle-ci…

Il se mit à faire les cent pas dans la chambre, les nerfs à fleur de peau. Allons ! Le jour où il serait réduit à forcer une femme, il se trancherait plutôt cet organe qui, il s'en rendait parfois compte, avait un peu trop tendance à guider sa conduite. Il repensa à la plaisanterie scabreuse entendue plus tôt, comparant un mari et un galant… Il frémit. Quelle soirée vulgaire et désagréable ! Comment avait-il pu se laisser entraîner ainsi ? Il décida de se changer les idées. Il sonnerait la dame de compagnie qui l'avait aidé à déshabiller et à démaquiller Garance, et lui demanderait de venir vérifier de temps en temps si tout allait bien. Il avait besoin d'une chope de bière ou d'un peu d'air frais – les murs du château de Privance commençaient à lui peser.

Pierre sortit de sa chambre et longea le couloir d'un pas résolu. À quelques pieds devant lui, deux hommes inconnus vêtus de gris lui barraient le passage. En d'autres circonstances, il aurait peut-être compris et agi avec plus de promptitude, mais son esprit était encore distrait par les récents événements. Il allait ordonner aux deux hommes de s'écarter lorsqu'il perçut un mouvement derrière lui…

Il eut l'impression que sa tête éclatait. Ses genoux ployèrent. Une main brutale l'empoigna sous les aisselles pour le maintenir debout. Une des silhouettes qui lui avait barré le passage s'approcha. À travers les larmes qui embrouillaient sa vision, il vit approcher un visage fendu d'un rictus mauvais. L'homme lui cracha au visage, puis frappa par deux fois. L'univers entier se transforma en un tourbillon de lumières, un cosmos de douleur.

— Arrêtez ! dit la puissante voix du burgrave Trigaud tout contre son oreille. Il faudrait être sûr que c'est lui.

— C'est bien Coen ! s'exclama la voix désincarnée de Malitorne. Je reconnaîtrais ce bellâtre entre mille.

— Hin, hin ! fit une troisième voix. Un peu moins bellâtre pour le moment.

— Je veux en avoir le cœur net. Elle doit être ici avec lui.

À demi conscient, la bouche envahie par le goût âcre du sang, Pierre sentit qu'on le traînait. Il cligna des paupières dans un futile effort pour nettoyer les larmes qui déformaient sa vision. Au sein d'un brouillard lumineux, il comprit qu'on l'avait ramené dans la chambre, en face de son lit où reposait toujours Garance. Un des hommes vêtu de gris s'approcha et se pencha sur la jeune femme.

— C'est elle.

— Réveillez-la.

L'homme secoua la jeune femme sans trop d'aménité, mais Garance se contenta de maugréer.

— Foutue catin ! Complètement saoule.

Pierre voulut protester, mais il eut l'impression que s'il ouvrait la bouche il ne pourrait empêcher son estomac de se vider, suprême indignité à laquelle il se refusait. La voix de Trigaud siffla dans son oreille.

— Alors, vieux beau ? C'est comme ça que tu me remercies de mon hospitalité ? En saoulant et belutant ma nouvelle maîtresse ?

Pierre avait suffisamment repris ses esprits pour comprendre qu'il était inutile de leur expliquer que Garance ne l'avait pas mis au fait de sa relation particulière avec le burgrave.

— Qu'est-ce qu'on fait de lui ? demanda un de ceux qui le soutenaient.

La voix tonna de nouveau dans son oreille, chaque syllabe une aiguille enfoncée dans son tympan.

— Tu es chanceux que, de tous les affronts que l'on puisse me faire, trousser une de mes maîtresses soit celui que je trouve le plus pardonnable. J'apprécie un peu moins qu'on m'espionne.

Pierre avala une salive épaissie de sang et réussit à articuler, avec le plus de dignité possible dans les circonstances :

— Vous espionner, Sire ?

— Se présenter sous un faux nom est généralement considéré comme une marque de duplicité, messire Coen, intervint Malitorne. Idem lorsque l'on assiste à une activité où notre présence n'est pas souhaitée.

— Tu es venu espionner Malitorne, dit Trigaud, ce qui revient à m'espionner, moi. Remercie le ciel que nous nous contentions de te jeter à la rue… un œil et une couille en moins, en souvenir de ce que tu as vu et fait.

L'homme de main au chevet de Garance se redressa et approcha, un court stylet à la main, ses dents cariées exposées par un mauvais sourire.

— Hin, hin ! J'espère qu'elle en valait la peine…

Une main raide empoigna les longs cheveux de Pierre pour lui maintenir la tête. Le sbire aux dents cariées approcha la pointe du stylet de son œil… Mais l'arme qu'il tenait à la main s'était transformée en une vipère qui se débattait furieusement. Avec un cri de surprise, l'homme projeta le serpent à l'autre bout de la chambre… Le stylet rebondit sur le sol de tuiles avec un cliquetis métallique.

— Idiot ! glapit Malitorne. Ce n'est qu'une illusion !

Une illusion bien éphémère, certes, mais c'est le mieux que Pierre avait pu improviser dans l'état de confusion douloureuse où il se trouvait. Cela décontenança suffisamment ses assaillants pour qu'il parvienne à libérer une de ses mains, qu'il tendit avec résolution devant lui. Au-dessus de sa paume flottait un cristal à vingt et une facettes qui tournait lentement sur lui-même en pulsant d'une sourde luminosité. Ses cinq adversaires fixèrent l'étrange apparition, médusés. Les mains qui retenaient Pierre faiblirent. Il se libéra et recula de quelques pas encore chancelants, abandonnant Trigaud, Malitorne et ses trois hommes incapables de détacher le regard du cristal, ce dernier flottant toujours au milieu de la chambre. Même Pierre devait prendre garde à ne pas se laisser hypnotiser par la manière subtile et apparemment impossible dont il se déformait.

Pierre s'enfuit, ravalant sa honte. Un véritable héros aurait emporté Garance dans ses bras, l'aurait « sauvée » de l'emprise de Trigaud. Hélas ! c'est à peine s'il arrivait à marcher droit. Les murs du couloir tanguaient devant ses yeux. Il s'essuya la bouche avec la main, la retirant rouge de sang.

Il s'adossa au mur. Un serviteur l'aperçut, mais, au lieu de lui venir en aide, rebroussa chemin avec célérité. À Privance, il valait sans doute mieux ne pas trop se mêler de ce qui ne nous regardait pas. Pierre fit un effort de concentration. Le cristal retournerait très bientôt dans sa propre dimension. Ses assaillants émergeraient de leur stupeur…

Mais il devait s'abstraire de ces considérations immédiates, repousser la douleur au loin.

La concentration… Cette étape essentielle à toute opération magique ne lui venait jamais facilement. Voilà pourquoi il ne serait jamais un grand magicien, songea-t-il avec une pointe d'amertume… Or même cette pensée le distrayait. Il était impératif qu'il fasse le vide dans son esprit, qu'il ne pense plus à rien. À rien sinon à la puissante incantation qu'il avait mémorisée pour ce genre de situation. Même les cris de stupéfaction que Trigaud et ses hommes venaient d'émettre en constatant la disparition de leur victime devaient être ignorés… Voilà… Voilà… Dans son esprit maintenant vierge d'émotion et de réflexion, l'incantation se déploya avec une lenteur paresseuse.

Pierre eut l'impression qu'on le drapait dans un tissu bruissant, serré à faire mal. Il fut secoué avec une vigueur brutale puis, au sein d'un éblouissement douloureux, émergea au milieu de son appartement. Il s'effondra en emportant dans sa chute une cuvette dans laquelle il faisait ses ablutions matinales. La cuvette éclata en morceaux. C'est dans cet état d'anéantissement que son serviteur, accouru pour découvrir la cause du bruit, le trouva.

— Maître ! Êtes-vous mort ?

Pierre ouvrit des yeux vitreux.

— Presque.

Le serviteur s'agenouilla à son chevet.

— Que vous est-il arrivé ?

— Plus tard… Aide-moi à me rendre à mon lit. Je ne me sens pas très bien. Je crois que je vais dormir un mois.

Puis il perdit conscience…

◆

Pierre Coen ne dormit pas un mois. En fait, il se réveilla le lendemain midi, lavé et pansé par son fidèle serviteur. En dépit de la lourdeur qu'il ressentait dans tous ses membres et du carcan de douleur qui lui enserrait la tête, il s'aperçut qu'il avait assez d'appétit pour avaler un peu de potage. Son serviteur resta près de lui à le regarder manger, son expression à la fois inquiète et désapprobatrice.

— Allez-vous m'expliquer ce qui vous est arrivé, pour apparaître ainsi, quasi mort, couvert de sang ?

Un sourire sans joie souleva les lèvres tuméfiées de Pierre.

— Une aventure sans gloire, j'en ai bien peur.

Le serviteur haussa ses épaules rondes de paysan. Il savait qu'il ne réussirait pas à convaincre son maître de s'amender.

— Ai-je reçu des messages ?

— Par le courrier, deux lettres de dames…

— Ah oui ? demanda Pierre, aussitôt intéressé.

— Toutes deux de mademoiselle Privet.

Pierre poussa un immense soupir.

— Il est clair que la lettre par laquelle je lui annonçais notre rupture a été trop subtile… Mademoiselle Privet est bien jolie. Dommage : ce que je prenais pour de la réserve et de la modestie s'est avéré à la longue langueur et vacuité. La seule chose qui m'étonne, c'est que j'aie pu mettre autant de temps à m'en apercevoir.

Son serviteur toussota, mais ne sembla pas enclin à commenter.

— C'est tout ? demanda Pierre.

— Vous avez également reçu un message de maître Corybantier, par… Enfin, vous savez comment…

— Une lettre de Ian ? Enfin, mon pauvre ami, quelle idée de me bassiner avec les missives de notre péronnelle au lieu de m'apporter cette lettre ? Cours la chercher, voyons !

Le vieux domestique se renfrogna mais, sans plus de commentaire, alla quérir la lettre, que son maître décacheta et lut.

Bonjour Pierre,

Lorsque tu auras l'occasion, accorde-moi le plaisir de ta visite. Je compte sur toi pour m'aider à résoudre un petit mystère qui se produit en ce moment dans mon laboratoire. Je crois que cela risque de t'intéresser.

Ton ami, Ian Corybantier

P. S. : si tu possèdes toujours ton fil d'arachne, apporte-le, au cas où.

Pierre replia la missive, songeur.

— De mauvaises nouvelles ? s'inquiéta son domestique.

— Oh ! Le message est on ne peut plus anodin. C'est le post-scriptum qui me plaît un peu moins…

Il déposa la lettre sur sa table de chevet, puis se laissa retomber sur son oreiller. Il pria son serviteur de le laisser. Il devait se reposer, car un autre voyage l'attendait.

Chapitre 4

Magie et sorcellerie

Au soulagement secret de Ian, de Marion et sans doute aussi de Bernières, dame Cinambre reprit le chemin de Besline, non sans avoir convoqué Marion pour une rencontre privée pendant laquelle elle lui prodigua des dizaines et des dizaines de conseils tournant tous autour de la nécessité de se comporter en jeune femme vertueuse et de faire preuve d'un peu plus de respect pour son oncle qu'elle n'en avait démontré jusque-là.

C'est du moins ce que Marion se dépêcha de répéter à Ian pendant que ce dernier profitait du retour du soleil pour lui faire visiter les environs immédiats du manoir. Accompagnés dans leur promenade par Petite-Caille, ils escaladèrent une colline au dos rocheux qui s'élevait au-delà de son potager. De cette élévation modeste, il était aisé de voir que le manoir avait été construit sur une presqu'île formée par un dernier méandre de la Rotonde avant que celle-ci ne se déverse dans le Pibole.

Ian embrassa d'un geste de la main le manoir, le potager, ainsi que les terres défrichées qui coulaient en pente douce jusqu'aux flots scintillants.

— J'occupe cette partie.

Il se tourna vers la forêt qui couvrait le reste de la presqu'île, traversait l'isthme et s'étendait au-delà, jusqu'à l'horizon de basses collines.

— La forêt est quasi inhabitée. Ma plus proche voisine est une recluse qui vit sur la partie sud de la presqu'île. Ne va pas la déranger. C'est une femme un peu bizarre.

Les mains en visière, Marion scruta avec intérêt le panorama d'un vert vibrant sous le soleil d'été.

— Bizarre ? Bizarre comment ? Elle est folle ? Elle souffre d'une difformité ?

Ian regretta immédiatement d'avoir employé ce qualificatif, le moyen assuré pour intriguer une jeune fille curieuse. Il expliqua, sur le ton le plus détaché possible.

— Rien d'aussi romantique… Le danger provient de ses chiens. Elle en a plusieurs, tous plus ou moins sauvages. Ils pourraient te mordre. Promets-moi de ne pas aller la déranger sans m'en parler.

— Donc, si je comprends bien, conclut Marion avec un sourire en coin, c'est sur cette péninsule que l'on relègue les solitaires excentriques.

— Je ne sais pas si je suis excentrique, mais il est de fait que je mène une vie un peu à l'écart du monde. Mes collègues magiciens ne vivent pas autrement. J'ai bien prévenu ton père que tu allais t'ennuyer à mourir en ma compagnie.

— M'ennuyer ! Impossible ! Pas tant qu'il fera soleil et que l'air sentira aussi bon !

Marion tourna sur elle-même, les bras étendus, ses longs cheveux blonds soulevés par la brise, son visage souriant tourné vers le soleil. Ian ne put s'empêcher de ressentir un pincement d'émotion et d'envie devant pareil abandon. Il était inutile de se faire accroire que cela n'était que la manifestation de la candeur de la jeunesse : à l'âge de sa nièce, il était déjà beaucoup trop sérieux pour se comporter ainsi…

— C'est merveilleux… continuait Marion, le visage levé comme la corolle d'une fleur. Il fait si rarement soleil, à Besline. Si tu savais comme c'est gris et lourd parfois d'être la fille de Héran Donat, l'intendant de Besline, à se savoir observée en tout temps par les autres ; les autres filles, qui me trouvent bizarre parce que je m'intéresse à autre chose que leurs bavardages et qui me jalousent à cause du poste de mon père ; les jeunes hommes, et leurs parents qui évaluent si je suis un bon parti pour leur fils ; et les serviteurs, et les démarcheurs, et dame Cinambre – ah ! ne parlons même pas de dame Cinambre et de mes autres préceptrices ; et par mes parents aussi, que j'aime plus que tout au monde, mais qui m'ennuient parfois.

Elle cessa de tourner, sourit à Ian et lui assura sur un ton convaincu :

— Je suis heureuse d'être ici, oncle Ian. Ne t'inquiète pas. Je ne m'ennuierai pas. Promis.

— À la bonne heure. Alors si tu me le permets, je vais retourner au manoir. J'ai une recherche importante à effectuer et j'aimerais rattraper mon retard maintenant que le calme est revenu.

◆

Ian sélectionna quelques livres dans sa bibliothèque et les posa sur sa table de travail. Il était plus que temps de commencer à débroussailler le terrain afin d'essayer de comprendre d'où pouvait bien provenir cette porte mystérieuse.

Fidèle à ses habitudes, il entreprit son étude par *Avatars Secrets des maîtres du Passé : Un Compendium Provisoire de Solutions Paranaturelles.*

Cette vaste encyclopédie de la magie était le seul ouvrage d'importance de sa collection qui avait été rédigé par un auteur encore vivant, qu'il connaissait même personnellement – Ignace le Catonien en l'occurrence. À l'image de son auteur, l'œuvre était aussi volumineuse qu'érudite, une somme impressionnante des connaissances magiques du temps, rédigée en une langue moderne accessible à tous. Hélas ! le *Compendium* était également révélateur des marottes et des caprices de l'auteur. En rébellion contre l'ordre traditionnel des lettres de l'alphabet, jugé arbitraire, Ignace lui avait substitué un ordre considéré comme plus actuel et logique : les lettres étaient classées selon la fréquence avec laquelle on les employait. L'initiative, quoique audacieuse, n'avait pas été suivie. Or comme l'auteur s'y était conformé avec opiniâtreté, il fallait une certaine familiarité avec l'alphabet catonien pour trouver rapidement les sujets.

Une fois l'entrée « porte » repérée, le lecteur découvrait une foule de renseignements, avec une introduction rappelant qu'il existe un grand nombre de portails magiques sous différentes formes : portes, barrières, tunnels, miroirs, écrans de feu, de fumée, de brume, etc. Certains sont fixes, d'autres transportables sous la forme d'une amulette, d'un anneau ou d'un livre. Les portails permettent un passage d'un lieu à un autre avec une grande variété de conséquences temporelles, physiques ou psychiques sur le voyageur qui en emprunte un. Bien entendu, un portail peut être invisible, et il est souvent gardé par une créature ou une manifestation elle-même surnaturelle.

Ian relut en diagonale cette introduction familière et essaya plutôt de trouver dans les pages suivantes la description d'une porte semblable à celle qui s'était matérialisée dans son atelier. Il découvrit de nombreuses pistes, mais rien de concluant.

Il tenta sa chance dans *Mythes de la Mère de la Terre*, ouvrage controversé dans les cercles magiques, ne serait-ce qu'à cause du sexe et de la qualité de son auteur, Cabale Femina. Non pas magicienne mais sorcière, avec une propension à vitupérer contre toutes les manifestations du principe mâle dans l'univers, elle avait réservé ses commentaires les plus vitrioliques à ses collègues magiciens de l'époque. Les premières phrases du chapitre consacré aux portails étaient assez représentatives de son style.

L'importance outrageusement disproportionnée accordée aux portes et portails dans la magie masculine révèle, encore et toujours, l'obsession de l'homme pour la pénétration, métaphore de la pulsion sexuelle dominatrice qui le caractérise. Traverser une porte, toute porte, est une « action pénétrante », par un « orifice », dans « l'autre ». Le particulier – principe masculin – envahit l'universel – principe femelle. L'univers, la chose en soi, se retrouve asservi à l'action ; la femelle asservie au mâle, telle la jouvencelle sous l'emprise du mâle conquérant qui la soumet...

Ian poursuivit sa lecture, partagé entre l'intérêt et l'agacement. C'était à cause des harangues de ce genre que la plupart de ses collègues refusaient d'accorder le moindre crédit à l'ouvrage. Or si l'on apprenait à ignorer les passages un peu trop édifiants, à atténuer certaines affirmations sans doute écrites sous la contrainte d'une des nombreuses manifestations de l'émotivité féminine, le livre était une mine précieuse de renseignements et de témoignages concrets.

Ian étudia avec une attention particulière un sort servant à faire fondre une planche de bois dans un mur pour ainsi créer une porte. Hélas ! la ressemblance avec le phénomène survenu dans son atelier restait superficielle. C'était par un pur hasard qu'il avait appuyé la vieille porte contre le mur. Il n'avait prononcé aucune incantation, ni à ce moment, ni avant, ni après. *Quelqu'un* avait certainement proféré une incantation. Mais qui ? Et comment ? Il avait entouré le manoir d'un champ de protection, qui normalement aurait dû le prévenir de toute tentative d'infiltration magique.

Ce n'est qu'à ce moment que Ian réalisa pleinement que la porte avait fusionné avec le mur lors du solstice d'été, une des périodes de l'année où les frontières entre les mondes sont les plus perméables. Il se remémora aussi le violent orage, que ni lui ni Bernières n'avaient prévu.

Ian haussa les épaules : comment partager le hasard de la nécessité ? Chaque jour se produisaient de nombreux événements, certains extraordinaires, d'autres anodins. Des collègues plus portés que lui sur les théories globalisantes postulaient que ce qui était en haut était comme ce qui était en bas. Qu'étudier le plus humble des cailloux jusqu'à en avoir compris la totalité de l'essence faisait connaître au savant les principes expliquant l'univers entier, tous les mystères des sciences naturelles, et tous ceux de la magie. L'un étant dans le tout, s'il ne contenait le tout, le tout n'était rien…

La véritable connaissance, donc, ne pouvait être que totale, sinon elle ne serait qu'une parodie d'icelle ? Pour Ian, cette proposition était irrecevable. Un magicien ne pouvait pas ignorer qu'il y avait entre les ordres de la réalité des interdépendances subtiles et secrètes. Mais pousser le raisonnement à son extrême et affirmer que « tout agissait sur tout » lui apparaissait une tautologie inconsistante qui touchait à la superstition. Ou, alors, c'est qu'il était un bien piètre représentant de son ordre, car toutes ses réflexions, chacune de ses lectures, au lieu de le rapprocher de la connaissance totale, ne faisaient qu'illuminer le champ grandissant de son ignorance. Chaque année qui le rapprochait de ses cinquante ans l'avait rendu plus sensible au temps qui passe, et à la compréhension que les études d'une vie ne seraient pas suffisantes pour lui permettre d'accéder à un niveau satisfaisant de maîtrise de la magie et des forces autour desquelles s'articulaient le monde terrestre, les cieux et les autres univers…

Ian fronça les sourcils en se rendant compte à quel point ses pensées avaient dérivé. Hum… Encore une chose qui ne s'améliorait pas en vieillissant.

La porte, oui, il essayait de découvrir d'où provenait la porte…

Mais d'avoir consulté le *Compendium* lui remit plutôt en mémoire la lettre d'Ignace le Catonien qu'il n'avait jamais terminé. Il trouva sous un livre la petite pile de feuilles couvertes de l'écriture serrée de son illustre collègue et reprit sa lecture interrompue quelques jours plus tôt par l'arrivée de Marion.

Je me suis rendu compte tout récemment que nous avions accepté un peu trop vite le consensus qui régnait chez nos amis mathématiciens, selon lequel la notion de l'infini avait été débroussaillée et que tout avait été dit.

Il est vrai que, par l'appariement des nombres, on peut avoir l'impression que tous les infinis sont semblables. Si l'on prolonge à l'infini les deux suites suivantes :

1 2 3 4 5 6 7 8 …
2 4 6 8 10 12 14 16 …

la première étant la suite des nombres naturels, la seconde celle des nombres pairs, il n'est pas besoin de les recenser tous pour accepter qu'on pourra toujours les faire correspondre un à un, sans répétition ni omission, ce qui nous permet de dire que les deux ensembles sont égaux. La partie est égale au tout, il existe autant de nombres pairs que de nombres entiers !

Et si l'on confronte la suite des nombres naturels et celle des nombres premiers :

1 2 3 4 5 6 7 8 ...

1 2 3 5 7 11 13 17 ...

on peut déduire avec la même rigueur qu'à l'échelle de l'infini il y a autant de nombres premiers que de nombres entiers...

L'écriture serrée d'Ignace le Catonien exigeait une lecture attentive, d'autant plus que ce qu'il écrivait n'était pas de la plus grande limpidité. À l'en croire, le seul infini connu jusqu'à ce jour n'était qu'un « petit infini de rien du tout » comparé à l'infinité de points que l'on pouvait retrouver sur une ligne, cet infini étant au premier « ce que la coupole entière du ciel était par rapport aux étoiles ».

Comme c'était souvent le cas lorsqu'il lisait, Ian perdit totalement conscience du temps qui passait, des murs qui l'entouraient et de la tiédeur de Petite-Caille couchée sur ses pieds. Jusqu'au moment où une voix claire prononça près de son oreille.

— Tu arrives vraiment à lire ces gribouillis ?

Ian sursauta, déchirant presque la page qu'il était en train de lire. Il ne s'était pas rendu compte que Marion était entrée dans son bureau et lisait par-dessus son épaule.

— Ah ! Marion... C'est toi...

La jeune femme contourna son fauteuil. Elle étudia avec un air intrigué les livres empilés sur son bureau.

— Je ne te dérange pas ?

— Non... Bien sûr que non.

— Je peux m'asseoir ici ?

— Je t'en prie.

Marion s'assit nonchalamment dans un des fauteuils faisant face à la table de travail, posa les pieds sur le second. Avec l'intérêt dédaigneux d'un chat, la tête appuyée sur le dossier du fauteuil, elle étudia la bibliothèque, les draperies, les tableaux. Ian essaya de se remettre à lire, mais il trouvait difficile de se concentrer en percevant la respiration de la jeune femme à quelques pas de lui, ponctuée par les grincements du fauteuil et le froissement de sa robe lorsqu'elle changeait de position. Il se rendit compte qu'il ne lisait plus la lettre de son collègue, que tout son esprit était occupé par un dilemme aussi délicat que ridicule : allait-il être obligé de revenir sur sa parole et d'expliquer à sa jeune visiteuse qu'en fait, oui, elle le dérangeait ?

— C'est ça que tu fais toute la journée ? demanda Marion. Tu lis ?

— Je lis beaucoup, en effet. Il faut lire et réfléchir sans arrêt pour pratiquer la magie.

— C'est quand même une drôle de vie que tu mènes.

— Il faut de tout pour faire un monde. Si j'étais intendant d'un royaume comme ton père, il ne me resterait plus de temps pour faire de la magie.

— Tu ne t'ennuies jamais, tout seul toute la journée ?

— Je suis loin d'être un solitaire. J'ai des amis. Tu as rencontré Trivelin. Mon collègue Pierre Coen vient souvent discuter avec moi. Tu auras sûrement l'occasion de le rencontrer.

— Mais tu ne sors pas ? Tu ne vas jamais danser ?

Ian éclata de rire devant l'incongruité de la suggestion.

— Danser ? Tu en as des idées !

— Qu'est-ce qu'il y a de drôle ? Moi, j'adore danser. Il y a sûrement des bals à Contremont ?

Le sourire de Ian se nuança de compassion.

— Ma pauvre Marion, j'ai l'impression qu'en dépit de toutes tes résolutions tu t'ennuies un peu de Besline et de tes amies, n'est-ce pas ?

— Non, protesta mollement Marion, le regard perdu dans la contemplation du plafond. J'admets que c'est un peu plus tranquille que je ne l'imaginais. Je pensais que nous ferions de la magie, et que ce serait amusant.

Une fois assuré qu'il réussirait à garder un ton sérieux, Ian lui dit :

— J'ai fait plus de magie depuis ton arrivée que depuis une éternité. Ce n'est pas tous les jours que je me transporte au château par Praticable. En fait, je crois que c'est la première fois que je le fais en amenant une autre personne avec moi. Tu es une grande privilégiée.

Un sourire souleva les lèvres de Marion.

— Il y a cinq ans, tu as dit que, lorsque je viendrais te rendre visite, tu me montrerais des objets magiques. Tu t'en souviens ?

— Eh bien… Non. Mais il est plausible que je t'aie fait ce genre de promesse pour que tu te tiennes tranquille.

— Hé ! Je n'ai jamais été aussi tranquille que lors de ta visite !

Ian déposa la lettre d'Ignace le Catonien et se leva.

— Je vais t'en montrer, des objets magiques. Si tu promets d'être sage.

Marion se leva à son tour en roulant des yeux exaspérés.

— J'ai l'impression d'entendre mon père !

Tenant une lampe, Ian se rendit à son laboratoire, suivi de Marion et de Petite-Caille. Dans la grande pièce aux murs de pierre, la lumière tremblotante de la lanterne révéla un extraordinaire fouillis.

— Qu'est-ce que c'est que tout ça ? s'exclama Marion.

— Habituellement, c'est beaucoup plus en ordre. Je n'ai pas fini de tout remettre en place.

À l'aide d'une chandelle, Ian alluma plusieurs lanternes suspendues au plafond.

— Étrange odeur, dit Marion en fronçant le nez. Et pourquoi est-ce que tu gardes cette pièce si sombre ?

— Une chose à la fois. Nous sommes ici pour les objets magiques.

Ian conduisit sa nièce jusqu'au fond du laboratoire, où la porte mystérieuse continuait de se métamorphoser. Le bois s'était coloré d'un peu de teinture et d'un hâle de cire. Le cadre de bronze s'était épaissi, tandis que les ferrures et la poignée s'ornaient de décorations géométriques en relief.

Le magicien expliqua à Marion les circonstances de l'apparition de cette porte, avoua qu'il n'avait pas la moindre idée de la raison de sa présence, mais que c'était dans l'espoir de résoudre ce mystère qu'il lisait tout à l'heure. Il approcha sa lampe pour mieux voir et dit :

— Regarde ces décorations. Ça n'y était pas hier. S'agit-il de symboles, de lettres d'un alphabet ou de simples décorations ? Je ne sais pas. J'espérais trouver une explication dans mes livres, dans l'espoir de deviner ce qui se trouve de l'autre côté de cette porte.

— Tu n'as qu'à l'ouvrir. Tu verras bien.

— L'action directe ? Mademoiselle ne manque pas d'audace… Qu'en penses-tu, Petite-Caille ? On ouvre ?

Les oreilles pointues de la chienne se dressèrent.

— Non !

— Petite-Caille est plus prudente que toi, observa Ian avec un sourire en coin.

— J'aime pas les portes magiques, ajouta Petite-Caille.

— En réalité, il serait imprudent d'ouvrir cette porte sans prendre des précautions. J'ai invité mon collègue Pierre Coen et je tournerai cette poignée en sa présence. Mais rassure-toi, j'ai tout de même des choses à te montrer.

Ian s'approcha d'un grand coffre d'acier fermé par une solide serrure. Il sortit une clé curieusement ouvragée de sa toge et ouvrit la porte du coffre. Les gonds rouillés grincèrent.

— Eh bien… Une goutte d'huile ne ferait pas de tort. À partir de maintenant, ne touche à rien sans ma permission explicite. L'heure n'est pas à la plaisanterie.

Marion s'approcha tout de même un peu, scrutant les profondeurs du coffre de fer. Sur une tablette se trouvaient une petite cage grillagée, de forme allongée, et un objet encore plus petit enveloppé d'un tissu de soie rouge. Avec des gestes prudents, Ian souleva la cage et l'approcha de la lumière. Des reflets métalliques scintillèrent à travers la grille. Marion vit qu'il s'agissait d'un court poignard au manche en bois sombre, comme du noyer, décoré d'une pierre pourpre.

— Cette lame a été traitée par un sortilège tel qu'aucune des blessures qu'elle inflige ne guérit jamais, expliqua Ian. La plus infime éraflure saignera toute la vie. C'est moi qui ai fait fabriquer cette cage protectrice.

Marion frémit.

— Qu'est-ce que tu veux faire avec un poignard pareil ?

— Rien. On me l'a confié afin qu'il reste bien caché dans ce coffre. Il existe des objets magiques qui ont intérêt à ne jamais servir. Ce poignard en est un. La pire chose serait qu'il tombe entre les mains d'un guerrier, d'un assassin… ou d'un maladroit.

— Pourquoi ne le détruis-tu pas ?

— On ne peut pas simplement jeter cette lame dans la flamme d'une forge, expliqua Ian avec un froncement de sourcils songeur. Ce genre d'arme a tendance à se défendre d'elle-même si on cherche à la détruire. Il faudrait confier cette tâche à un magicien qui s'intéresse aux armes. Ce n'est certainement pas mon cas.

— Qu'y a-t-il dans le tissu rouge ? J'espère que c'est un objet plus amusant.

Ian hocha la tête avec un sourire las.

— Je viens de te le montrer.

— Quoi ?

— À l'intérieur du tissu rouge se trouve un magnifique bracelet d'or serti de huit perles bleues. Je te l'ai montré deux fois, Marion. Tu l'as même enfilé autour de ton poignet et tu as constaté qu'il était trop grand.

— Oh, oncle Ian, tu te moques de moi ! Je n'ai rien fait de la sorte !

Ian tendit une feuille de papier à sa nièce, sur laquelle était inscrit un court message :

Je reconnais avoir tenu entre mes mains le bracelet d'or caché dans le tissu rouge. C'est oncle Ian qui insiste pour que j'écrive ce stupide message.

Marion Donat

Celle-ci relut le message, incrédule. C'était pourtant bien son écriture !

— On ne sait pas trop d'où vient le poignard, mais l'origine de ce bracelet est bien connue, expliqua Ian. Les huit perles bleues étaient le symbole du pouvoir dans l'ancien royaume de Mareil. Pour éviter qu'on lui vole son bracelet, le roi a demandé à Delphes L'Aporrhétique, un mage puissant de l'Antiquité, d'entourer le bijou d'une aura d'oubli. On peut l'admirer à loisir, mais dès qu'il est soustrait à notre regard, on oublie non seulement son existence mais aussi les circonstances qui ont entouré cette vision. Le roi de Mareil s'est rapidement rendu compte à quel point le sortilège était peu pratique. S'il avait le malheur d'exhiber son bracelet à une cérémonie ou à un conseil de guerre, personne ne se rappelait l'événement par la suite. On ne sait trop si Delphes L'Aporrhétique était distrait lorsqu'il a conçu ce sortilège ou s'il faut y voir une manifestation de son humour malicieux. Le roi de Mareil a dû choisir un autre symbole de pouvoir : un sceptre à tête de pigeon qui tient dans son bec un radis, au cas où ce détail t'intéresserait. Le bracelet inutile a été cédé d'un magicien à un autre, comme curiosité.

— Je ne comprends pas. Comment sais-tu tout ça ? Comment sais-tu que j'ai vu deux fois le bracelet ? Tu es insensible à cette aura d'oubli ?

Ian tendit à sa nièce un registre dans lequel s'alignaient en rangs serrés des annotations.

— Rien ne m'interdit de prendre des notes. Voici toutes les occasions où j'ai regardé le bracelet. Ici je l'ai dessiné. Je ne suis pas très habile, mais ça te donne une idée. Ceux qui ont gardé le bracelet avant moi possédaient un cahier semblable. Bien entendu, aucun d'entre nous ne se *souvient* de l'avoir vu.

— C'est ça, tes objets magiques ? Un couteau horrible et un bijou qui pourrait bien ne pas exister que ça n'y changerait rien ?

— Oh, j'en ai bien d'autres. Mais tiens, je crois que celui-ci va te plaire un peu plus.

Ian extirpa du coffre un grand objet plat que Marion avait confondu avec la paroi intérieure. Il plaça devant elle un haut cadre joliment ouvragé. Marion poussa un cri aigu de surprise. Dans le cadre se reflétait sa propre image, à côté de celles de son oncle et de Petite-Caille, tous trois debout sous la lumière jaune des lanternes au milieu du laboratoire encombré. Comme un miroir… Mais ça ne pouvait pas être un miroir : leurs reflets n'agissaient pas comme eux ! Marion tendit la main vers la surface de verre. Au lieu de tendre la main en retour, la Marion du miroir poursuivait sa discussion avec son oncle, ce dernier lui répondant avec un sourire paternel. Et voilà que le reflet reculait au fond de la pièce, pour se rapprocher de nouveau en courant, le visage rouge d'excitation…

— Qu'est-ce qui se passe ? murmura Marion. Est-ce que c'est moi ?

— Ce *sera* toi, dans quelques instants. Ce miroir reflète le futur proche.

— Hooo… *Ça,* c'est intéressant !

— Les miroirs magiques sont toujours très populaires.

— Est-ce que… Est-ce que l'image va très loin dans le futur ?

— Pas beaucoup. Réfléchis : on nous voit encore dans la même pièce, l'un près de l'autre, en train de discuter.

— Tu n'as jamais calculé la durée avec précision ?

— C'est un peu plus compliqué que ça. Le décalage dépend de l'état du miroir.

Mais Marion n'écoutait pas vraiment. Ne quittant pas de l'œil son reflet qui s'était remis à discuter avec son oncle du miroir, elle recula vers le fond de la pièce. Elle reconnut soudain le mouvement qu'elle était en train de faire.

— J'ai rattrapé le reflet ! s'exclama Marion en se rapprochant vivement du miroir et en reconnaissant chaque pas et chaque geste que son reflet avait fait quelques secondes plus tôt. C'est extraordinaire ! Mais enfin, oncle Ian, pourquoi caches-tu ce miroir dans le coffre ? Tu devrais le suspendre dans le vestibule ou dans ta bibliothèque. Je suis sûre que tous tes visiteurs trouveraient cela très amusant.

— Il y a une bonne raison, mais je vais te laisser la découvrir toi-même.

— Encore une entourloupette, je suppose, soupira Marion, reproduisant l'air agacé que son reflet avait exprimé quelques secondes plus tôt.

Ian ne répondit pas mais laissa sa nièce poursuivre son observation. Marion essaya tout d'abord de bouger le moins possible. Les deux Marion se contemplèrent un certain temps, immobiles l'une en face de l'autre, comme dans un miroir normal. Soudain le reflet se détourna vers Ian, un peu impatienté, et lui posa une question. Ce dernier répondit avec un sourire en coin. Marion observa encore un peu. Il y avait un je-ne-sais-quoi d'agaçant à examiner les gesticulations silencieuses de son reflet. Qu'est-ce qu'elle était en train de dire ? Un peu exaspérée, Marion se tourna vers son oncle. La question « Qu'est-ce qu'elle est en train de dire ? » allait franchir ses lèvres lorsqu'un sentiment étrange lui coupa la parole. Elle comprit que c'était justement *cette question-là* que son reflet avait posée ! C'est donc parce qu'elle s'était vue poser la question qu'elle la posait encore… Mais pourquoi dire « encore » ? *Elle* ne l'avait pas encore posée, elle n'avait fait qu'y penser… Un étourdissement s'empara de Marion, comme si un gouffre s'était ouvert à ses pieds : avec tout ça, elle *ne disait toujours rien !* Elle bredouilla stupidement, paralysée sur place comme un acteur qui a oublié sa réplique.

L'image reflétée par le miroir disparut, remplacée par un brouillard opaque.

— Et voilà… dit Ian.

Marion tendit la main vers le miroir. La surface lisse était aussi terne et grise qu'une mare de glaise desséchée.

— Que s'est-il passé ?

— Ce qui se passe toujours avec les miroirs de ce genre. Le futur brièvement entrevu t'a incitée à modifier ton comportement. Le futur annoncé ne s'est donc pas produit. Ce qui revient à dire que le miroir t'a montré *autre chose* que ton véritable futur. Incapable de résoudre cette contradiction, le miroir cesse de refléter quoi que ce soit.

— Mais… Mais je ne l'ai pas fait exprès. J'ai été prise par surprise !

— Ne t'excuse pas, ma pauvre Marion. Personne n'arrive à se conformer scrupuleusement aux actions futures que le miroir leur a dévoilées. Le miroir ne fonctionne correctement que lorsque celui qui s'y reflète n'a pas conscience de l'effet en cause. Ne t'inquiète pas. Les brumes du paradoxe se dissiperont dans quelques jours. Lorsque l'image réapparaîtra, elle ne reflétera hélas que le présent, comme un miroir ordinaire. Ce n'est qu'avec le temps que la réflexion se déplacera vers un futur de plus en plus lointain. Il faut être patient : la progression est d'environ deux secondes par an. Jusqu'à ce qu'on perturbe de nouveau l'image avec un paradoxe. Alors le cycle recommence. La dernière personne à l'avoir contemplé est le roi Philophanes, il y a plus de quatre ans. Bien entendu, il s'est montré tout aussi incapable que toi de ne pas laisser la vision du futur modifier sa conduite.

Marion demanda, un peu déçue, un brin suspicieuse :

— La magie ne sert donc à rien ? Ou alors tu as fait exprès de me montrer trois objets magiques qui fonctionnent de travers ?

Ian fronça les sourcils, un peu désarçonné par l'accusation.

— Mais n'est-ce pas le propre de la magie de fonctionner « de travers » ? La magie ne respecte pas les lois naturelles – c'est d'ailleurs ainsi qu'on la reconnaît. Tu t'étonnais que je consacre de longues heures à la lecture et à l'étude. Mais on ne peut pas saisir l'essence de la magie sans comprendre le fonctionnement du monde naturel qui nous entoure. D'ailleurs, le fait qu'un phénomène ne soit pas expliqué ne signifie pas qu'il est d'ordre magique. Je te donne un exemple : tu sais certainement que la Lune est un monde semblable à la Terre, quoique de plus petite taille, et qu'elle tourne autour de notre planète.

— Oui, je le savais.

— Ce qu'on ne comprend pas encore, pourtant, c'est comment la Lune tient là-haut. Pourquoi ne tombe-t-elle pas sur la Terre ? À ce que je sache, tous les objets, partout dans le monde, finissent par tomber. Un oiseau peut voler, mais dès qu'il cesse de battre des ailes, il tombe. Que signifie cette entorse aux lois générales qui gouvernent le monde ? La Lune est-elle retenue là-haut par un phénomène magique, par une puissante incantation ?

— Les nuages ne tombent pas.

— Excellente objection. La Lune ne tombe pas, les nuages non plus. Par le même mécanisme ? Examinons cela en détail. Les nuages ne sont finalement pas très hauts – on en voit qui s'accrochent au flanc des montagnes. Ils apparaissent et disparaissent au gré des vents en changeant continuellement de forme. Alors qu'il n'y a qu'une seule Lune, qu'elle est lointaine et apparemment fort solide. En tout cas, sa surface n'a pas changé depuis des siècles d'observation, pas plus que son orbite. J'en conclurai que la Lune n'a rien à voir avec les nuages.

— Ce n'est pas ce que j'ai dit. Tu as affirmé que tout tombait et je t'ai donné un exemple d'un objet qui ne tombe pas, c'est tout.

Ian sourit.

— Excellent. Mais revenons à la Lune. Est-ce donc vraiment si exceptionnel, qu'un astre flotte dans les airs ? Nous savons aussi que la Terre tourne autour du Soleil. Certains astronomes suggèrent que les mouvements célestes de Vénus, de Mars, de Jupiter et de Saturne sont également des conséquences de leur orbite autour du Soleil. La Lune ne serait ainsi qu'un astre parmi les autres dansant avec une grande régularité dans ce ballet céleste autour du Soleil. Sans comprendre le mécanisme, ne peut-on pas supposer qu'il s'agit d'un phénomène tout à fait naturel, quoique propre aux astres lointains ?

Ian empoigna le miroir devenu opaque et le secoua devant Marion.

— Un objet magique ne se comportera jamais selon une loi générale et naturelle ! Chaque objet magique est unique ! Un miroir ordinaire, brisé en deux, formera deux miroirs. Pas ce miroir-ci. Si je le brise en deux, nous n'obtiendrons pas deux miroirs magiques, nous n'obtiendrons que des miroirs ordinaires, ou même pas, peut-être que le verre se réduira en poussière sous nos yeux… Mais qu'est-ce qui t'arrive ?

Marion se retenait de rire, la main sur sa bouche, ses yeux gris-vert pétillants.

— J'ai dit quelque chose de drôle ? demanda Ian, interloqué.

— Ce n'est pas ce que tu dis qui me fait rire. C'est toi.

— Moi ?

— Je trouve ça drôle quand tu m'expliques une chose et que tu deviens si sérieux et passionné.

Ian resta immobile le temps d'un battement de cœur, puis son visage refléta un mélange de compréhension et de déception. Avec le plus imperceptible des soupirs, il rangea le miroir dans le coffre de métal.

— Je vois que je t'ennuie.

— Mais non ! Je trouve ce que tu dis extrêmement intéressant.

— Inutile de te moquer, Marion. Je m'étais tout simplement laissé emporter en te parlant de mes lectures et de mes intérêts, comme un vieillard qui radote.

— Oh ! Tu es vexé, oncle Ian ?

Ian haussa une épaule indifférente.

— Pourquoi serais-je vexé ? Je conçois bien qu'une jeune femme comme toi a d'autres intérêts que l'orbite des astres dans l'espace profond. Je vais me renseigner pour savoir où l'on peut danser. C'est effectivement plus de ton âge.

Un froncement de sourcils remplaça l'expression navrée de Marion.

— Hé, maintenant c'est moi qui suis vexée ! Ce n'est pas parce que j'aime rire et danser que je ne m'intéresse pas à d'autres choses.

— Ce n'est pas ce que…

— Je sais ce que les gens pensent, interrompit Marion avec chaleur. On pense que je suis stupide parce que je suis une fille, blonde de surcroît. Les gens s'imaginent qu'une fille ne s'intéresse qu'à la danse, et aux vêtements, et à son mariage. Sais-tu ce que je déteste le plus, oncle Ian ? C'est lorsqu'un de mes précepteurs me dit de ne pas lire un livre d'histoire ou de philosophie parce que ça ne m'intéressera pas. Personne ne peut savoir ce qui va m'intéresser ou non. Ce genre de présupposition me met chaque fois dans une colère terrible.

— Comme en ce moment ?

La colère de Marion tomba d'un coup. Elle parut à la fois décontenancée et incrédule.

— Oui, comme maintenant. Oh, oncle Ian, je suis désolée de m'être emportée. Je ne me souviens même plus d'où est partie cette conversation.

— Elle a suivi des méandres dignes des flots du Pibole, mais je crois en avoir compris l'essentiel. Je te propose une entente : tu me laisses tranquille lorsque je lis dans mon bureau, et de mon côté je ne te dirai jamais qu'un livre ne t'intéressera pas avant que tu aies pu en juger par toi-même. En fait, je dirai le contraire. Je te promets également de me renseigner au sujet des prochaines danses prévues à Contremont, et cela sans la moindre présupposition de ma part sur l'intérêt que tu peux porter à ce genre d'événement.

Marion tendit la main.

— J'accepte cette entente.

Ian serra la main tendue, puis accompagna sa nièce hors de son laboratoire. Une fois dans le vestibule, Marion lui lança un regard taquin.

— Autrement dit, malgré tes dénégations, je t'ai dérangé tout à l'heure. Tu es donc capable de mentir lorsque les conventions l'exigent.

Ian émit un petit rire silencieux, puis il salua sa nièce et retourna lire dans sa bibliothèque.

◆

Ce jour-là, Bernières ne demeura pas au manoir toute la journée. Elle retourna chez elle vers la fin de l'après-midi pour s'occuper de son potager – ce qui faisait l'affaire de Ian qui était le premier à bénéficier des fruits de son travail maraîcher.

Pour la première fois depuis son arrivée, Marion se retrouva donc laissée à elle-même. Elle monta à sa chambre et, un peu désœuvrée, continua de ranger ses effets. Elle décida qu'elle avait apporté trop de robes peu appropriées pour sa nouvelle résidence. D'ailleurs, ce qu'elle avait sur le dos en ce moment ne lui plaisait plus. Elle retira sa robe et choisit plutôt un ensemble de chasse que son père lui avait fait confectionner dans un accès d'humeur fantasque.

Marion enfila un pourpoint de cuir noir et brun, relevé par deux ceintures pour lui donner une touche féminine, un haut-de-chausses rouge à la genouillère lacée de cuir, de courtes bottes. Une cape retenue par un rabat complétait l'habit, mais Marion la laissa de côté : il faisait trop chaud. Avec un ruban de la même couleur que son haut-de-chausse, elle s'attacha les cheveux en une simple queue de cheval. Elle se planta devant le miroir, assez amusée de la transformation. Le costume était léger et pratique. Il avait une autre qualité, suprême : il avait scandalisé dame Cinambre au point qu'elle avait fait promettre à sa mère de lui interdire de se promener ainsi affublée à Besline.

Mais Besline et ses contraintes étaient bien loin maintenant. Marion descendit l'escalier et rencontra Petite-Caille.

— Je vais me promener, tu viens ?

Petite-Caille obtempéra, sans manifester de véritable enthousiasme.

Dehors, le soleil avait poursuivi sa course dans le ciel, mais il restait encore plusieurs heures de clarté. Marion fit le tour du manoir, admirant la vieille bâtisse, puis escalada à nouveau la basse colline rocheuse pour admirer le paysage. Elle s'assit sur la pierre chaude, déterminée à méditer jusqu'à l'heure du souper, bercée par le pépiement des oiseaux et le bruissement de la brise dans les jeunes feuilles des arbres.

Elle se rendit compte tout de suite qu'elle n'était pas d'humeur à méditer. Elle se releva et descendit vers la forêt. Après tout, n'était-elle pas vêtue pour ce genre d'activités ?

Petite-Caille la suivit, son regard désapprobateur encore plus sévère que d'habitude.

— Pourquoi me regardes-tu comme ça ? dit Marion, amusée. Tu as peur de te promener dans la forêt ?

— Je n'ai peur de rien ! protesta Petite-Caille. Mais il faut prévenir mon maître.

— Hé ! Si j'avais voulu d'un chaperon, j'aurais demandé à dame Cinambre de rester avec nous !

Petite-Caille fit « Pff », mais suivit. Près du mur nord du manoir, où l'orée de la forêt était toute proche, Marion repéra un sentier. Les bois n'étaient pas si sauvages après tout. Elle s'élança le long du sentier, admirant ce nouveau monde. Ici la lumière du soleil se diffusait, comme une pluie d'or vert, à travers la voûte frémissante des feuilles. Il y faisait plus frais aussi. Le temps pour Marion de regretter d'avoir laissé sa cape dans sa chambre, l'impression de fraîcheur était déjà oubliée.

Le sentier n'était certes pas un chemin très fréquenté. Par endroits, Marion perdait sa trace, mais le retrouvait un peu plus loin, par un éclaircissement dans la pousse naturelle du sous-bois. Petite-Caille semblait avoir délaissé toutes ses réserves au sujet de la pertinence de cette promenade : elle gambadait partout, n'ayant pas assez d'un seul museau pour renifler tout ce qu'il y avait à renifler.

À un détour du sentier, Marion tomba sur l'énorme carcasse d'un arbre. Pas question de passer dessous ; ç'aurait été indigne d'une chasseresse de sa qualité. Elle tenta de grimper sur le vaste tronc, mais la branche à laquelle elle se retenait se rompit avec un craquement sec. Avec un cri de stupéfaction, Marion tomba sur le dos dans un tapis de feuilles encore un peu détrempées.

Petite-Caille accourut à la rescousse, puis se mit à lécher le visage de Marion, qui l'écarta en riant.

— Non, non, ça va ! Arrête !

Avec une prudence renouvelée, Marion escalada le tronc, le parcourut sur sa longueur en conservant son équilibre, puis sauta en bas pour poursuivre sa promenade, qui ne tarda pas à lui proposer un autre obstacle, cette fois-ci un ruisseau qui coupait très inopportunément le sentier. Ce n'était pas un ruisseau très large, mais il avait creusé une berge glissante couverte de ronces. Impossible de le franchir sans se mouiller et se couvrir d'écorchures.

Le sous-bois n'étant pas trop touffu, elle décida de suivre le cours naturel de l'eau libre. Au début, le choix lui parut bon. Le terrain semblait plus sec et plus ouvert. De nouvelles espèces d'arbres apparurent. Fille de château, Marion ne s'y connaissait guère en essences forestières, mais il était facile de constater que les feuilles et l'écorce étaient différentes. Même l'odeur qui parfumait l'air avait changé de nature.

Au bout d'un moment, les arbres commencèrent à se resserrer, puis de profonds replis de terrain se découvrirent à l'improviste. À chaque descente, Marion trouvait le creux rempli d'épais buissons et de broussailles entremêlées. Elle traversa quelques-uns de ces obstacles, mais après quelques péripéties de ce genre, essoufflée et un peu écorchée, elle décida que ce n'était plus amusant et décida de rebrousser chemin.

Ce n'est qu'une fois qu'elle voulut mettre en œuvre cette décision qu'elle se rendit compte à quel point la pente qu'elle avait descendue était abrupte. Elle n'arrivait pas à croire que les replis du terrain qu'elle escaladait en sens inverse avaient été aussi escarpés. À un moment, le sol se fit mou. Marion s'aperçut qu'elle longeait un marécage et ressentit un premier pincement d'inquiétude. Elle ne reconnaissait pas ce marécage, ni cette haute voûte d'arbres sous laquelle résonnait le criaillement des corneilles. Une armée de mouches de toutes sortes se mit à lui bourdonner autour de la tête. Elle eut l'impression qu'il faisait bien sombre, tout à coup.

— Petite-Caille ? demanda-t-elle, heureuse de savoir que personne n'était là pour se moquer du tremblement d'inquiétude dans sa voix.

À son grand soulagement, elle s'aperçut que la chienne l'avait suivie tout ce temps.

— Je suis perdue, dit Marion en battant l'air pour éloigner les insectes.

— Je te suivais, dit Petite-Caille.

— Qu'est-ce que tu veux dire ? Tu es certainement capable de retrouver ton chemin.

— Pas sûr.

— Quoi ? Tu es perdue, toi aussi ? Mais quelle sorte de chien es-tu ?

— Je suis pas un chien de chasse. Je garde le manoir. Fallait rester au manoir.

— Je n'en crois pas mes oreilles…

Marion réfléchit. Inutile de s'inquiéter. Elle avait eu tort de quitter la rive du ruisseau, c'est tout. L'important était de le retrouver, et de ne plus s'en écarter, même au prix de quelques écorchures de plus.

Marion retourna sur ses pas, retraversa des buissons d'aubépines dont les longues aiguilles s'accrochaient dans son pourpoint. Il ne lui fallut que quelques instants pour comprendre qu'elle avait perdu tout sens de l'orientation.

La seule chose qui l'empêcha de céder à la panique, ce fut le confort de savoir que la péninsule n'était pas très grande, qu'elle finirait bien par atteindre soit le Pibole, soit la Rotonde. Une fois sur la rive... Eh bien, elle ne savait pas trop ce qu'elle ferait à ce moment, mais tout valait mieux que de tourner en rond dans cette horrible forêt marécageuse.

Comme par un portail, Marion aperçut soudain le soleil. Elle constata qu'elle avait cheminé dans une profonde fissure au bas d'une haute paroi escarpée, presque une falaise. À ses pieds s'étendait un vaste espace d'herbe et de roseaux, au milieu duquel un sentier serpentait jusqu'à une pittoresque chaumière, image vibrante et un peu irréelle dans la brise épaisse et chaude qui s'élevait de la vallée.

Marion sentit une bulle de soulagement lui éclater dans la poitrine, sentiment teinté d'un peu d'inquiétude. Il s'agissait sûrement de la maison de l'étrange voisine de son oncle, la recluse. Marion avait-elle le choix, désormais, de déranger cette mystérieuse vieille en dépit du conseil de son oncle Ian ? De toute façon, elle ne s'éterniserait pas, elle se contenterait de demander le chemin le plus court pour retourner au manoir.

La promeneuse descendit l'escarpement rocheux. Une fois dans la vallée, les herbes et les roseaux étaient partout luxuriants, souvent plus hauts que sa tête. Mais une fois découvert, le sentier était facile à suivre dans ses tours et détours qui épousaient la fermeté du terrain au milieu du marécage. À chaque pas qu'elle faisait, Marion apercevait l'éclair vif des grenouilles qui sautaient, suivi du plop qu'elles faisaient en se réfugiant dans le marécage. Au bout du sentier, elle fit une rencontre un peu plus inquiétante. Deux grands chiens étaient allongés sur le porche de la chaumière : un noir et un blond.

Le chien noir se leva, oreilles dressées, surpris par l'arrivée des deux intruses. Puis le chien blond aussi se dressa et émit un bref aboiement de surprise. Comme si cela avait été un signal, les deux bêtes s'élancèrent vers Marion et Petite-Caille en aboyant férocement.

Marion aurait bien voulu s'enfuir, si elle avait eu un endroit où se réfugier. La réaction de Petite-Caille fut plus énergique et directe. Elle s'élança à la rencontre des deux chiens, ébouriffée de colère, ses aboiements rivalisant de férocité avec ceux des deux autres.

Dans un concert de grondements furieux, une bagarre confuse s'ensuivit, un tourbillon de poils blond, noir et argent au travers duquel brillait l'éclat de crocs pointus.

— Arrêtez ! cria Marion, catastrophée. Gentils ! Gentils chiens !

Au lieu d'en profiter pour s'enfuir, elle accourut en répétant « Arrêtez ! Gentils chiens ! », cruellement consciente de la futilité de ses efforts mais incapable d'imaginer un autre moyen d'empêcher ces deux bêtes féroces d'égorger Petite-Caille.

Heureusement, à ce moment la porte de la chaumière s'ouvrit, livrant passage à une femme qui, sans élever la voix, mais avec une aura d'autorité clairement perceptible malgré le bruit, appela les deux chiens.

— Tueur ! Céleste ! Au pied !

Les deux chiens rompirent aussitôt l'engagement. Ils abandonnèrent Petite-Caille et accoururent s'asseoir de chaque côté de leur maîtresse, haletants, la langue pendante sur le côté de leur grand museau, des touffes de poil gris entre les crocs.

— Tu n'es pas blessée ? demanda Marion en s'approchant de Petite-Caille.

— Par eux ? Tu plaisantes ?

Marion contempla avec un peu de surprise la jeune femme qui s'approchait, suivi de près par ses deux chiens. Lorsque son oncle avait parlé de sa voisine, Marion l'avait imaginée vieille et chenue. Or, sur le coup, elle eut l'impression de se retrouver devant une fille de son âge. De plus près, elle comprit que non : ce qui rajeunissait la femme, c'était la simplicité de sa robe noire piquetée de brindilles et la blancheur de son visage rond auréolé d'une épaisse chevelure rousse et frisée qui flottait dans la brise tiède. Ce qui la vieillissait le plus, c'était la lueur de condescendance qui illuminait son regard pendant qu'elle étudiait Marion des pieds à la tête.

— Qui es-tu ? demanda-t-elle avec un plissement hautain de ses lèvres charnues.

— Je… Je m'appelle Marion.

— Que fais-tu ici avec Petite-Caille ?

La raideur des questions de la jeune femme frisait l'impolitesse, mais Marion se rendait compte qu'elle était dans une position délicate pour s'en offusquer.

— Je me promenais dans la forêt et je me suis perdue.

— Tu devrais bien savoir qu'on se perd en forêt lorsqu'on n'a pas l'habitude.

— Maintenant, je le sais.

La femme haussa les sourcils avec un bref soupir, comme si pareille étourderie ne l'étonnait pas. Elle demanda, avec un peu plus de douceur.

— Tu as marché longtemps ? Tu as soif ?

— Oui, mademoiselle.

La femme émit un rire subtilement moqueur, puis fit signe à Marion de la suivre dans la chaumière. Les deux chiens suivirent leur maîtresse, maintenant doux comme des agneaux.

Après la lumière éblouissante du jour, l'intérieur de la chaumière paraissait sombre et frais comme un caveau. Une odeur de musc, assez forte mais pas vraiment désagréable, flottait dans l'air. Du coin de l'œil, Marion eut l'impression que toutes sortes de créatures furetaient le long des murs de la maison.

— Bière ? Vin ? lança la femme rousse.

— Vous avez de l'eau ?

— Je vois. Ta mère ne doit pas te permettre de prendre de l'alcool.

Marion commençait à être un peu agacée par l'attitude de son hôtesse. Passe encore qu'elle la traitât comme une enfant, mais elle aurait pu au moins se présenter après lui avoir demandé son nom. Marion accepta un cruchon d'eau et, comme on ne lui offrait pas de verre, comprit qu'elle devait boire au goulot. Ce qu'elle fit, retenant un sourire à la pensée de ce que dame Cinambre aurait dit de la chose.

La femme rousse lui fit signe de s'asseoir.

— Repose-toi un peu, puis je te montrerai le sentier du retour.

Marion obtempéra. Elle s'aperçut que Petite-Caille s'était couchée avec les autres chiens, tous trois indifférents au couple de furets qui étaient venus les renifler.

— Je suis soulagée de voir qu'ils ont fait la paix.

— C'était de la frime, cette bagarre, expliqua la femme rousse en s'assoyant sur un banc en face d'elle. Ils se connaissent bien, tous les trois. Tu me rappelles ton nom ? C'est bien Marion, oui ?

Celle-ci répondit sur un ton léger, en espérant que son irritation ne serait pas perceptible :

— Vous vous rappelez mon nom, un avantage que vous avez sur moi, mademoiselle.

— Qu'est-ce que tu racontes ? Tu sais bien que je m'appelle Valériane.

— Non, je l'ignorais.

— Tu n'es pas une des filles de Bernières ?

— Quelle drôle d'idée !

Marion avait failli ajouter « Je suis la nièce de Ian Corybantier », mais préféra attendre un peu avant de donner cette information. C'est avec une satisfaction un peu mesquine qu'elle constata que l'expression hautaine de Valériane avait cédé la place à la perplexité. Elle consentit à ajouter, en choisissant ses mots.

— J'habite à côté.

— À Contremont ?

— À côté, tout juste à côté, chez Ian Corybantier.

— Ah ! Voyez-vous ça…

L'expression de Valériane changea du tout au tout. Dans la pénombre, son regard noir scruta la jeune visiteuse comme si elle la voyait sous un nouvel angle. *Elle croit que je suis sa maîtresse,* devina Marion, pensée à la fois choquante et hilarante. Elle décida de se venger un peu de la curiosité de la voisine de son oncle en se trémoussant sur sa chaise, l'air embarrassé… juste un peu, il ne fallait pas exagérer.

— Je vais rester chez Ian quelque temps… Je suis… Euh… je suis sa nièce…

— Voyez-vous ça… Sa nièce, hein ? Enchantée de faire ta connaissance…

— Et moi de même.

Le plus difficile fut de ne pas éclater de rire en décelant l'expression de scepticisme qui luisait dans le regard de Valériane, maintenant d'une fixité minérale. Une fois remise de sa surprise, cette dernière se leva et dit avec la brusquerie qui semblait coutumière chez elle :

— Enfin, si tu es reposée, je vais t'indiquer le chemin du retour. J'ai à faire.

Les deux femmes sortirent, suivies des trois chiens, contournèrent la chaumière jusqu'à l'orée de la forêt, dans laquelle se découpait l'entrée d'un large sentier bien entretenu.

— Cette piste mène au manoir, expliqua Valériane. Nous l'avons un peu négligée ces derniers temps, mais elle devrait encore être facile à suivre. Ne t'en écarte pas. Si tu crois que la forêt est traîtresse le jour, c'est parce que tu ne t'y es jamais perdue la nuit.

— Je serai prudente. Au revoir, Valériane. J'ai eu plaisir à faire votre connaissance.

— Je n'en doute pas, répondit la jeune femme rousse avec un sourire difficile à déchiffrer.

Marion et Petite-Caille s'élancèrent dans le sentier, toujours suivies par Tueur et Céleste qui semblèrent fort désappointés de rebrousser chemin lorsque leur maîtresse le leur ordonna. Au bout de quelques pas, Marion se retourna, salua de nouveau et lança ingénument :

— N'hésitez pas à venir nous visiter.

— J'y songerai.

Une fois bien engagée dans la forêt, Marion se libéra enfin de l'éclat de rire qui pétillait en elle depuis tout à l'heure. Contrairement à nombre de ses amies de Besline, elle n'avait jamais montré beaucoup d'intérêt pour les mille et un scandales et histoires de mœurs qui épiçaient l'existence des nobles de sa ville natale. Elle n'aimait pas non plus les malentendus, mais dans ce cas particulier elle jugeait que Valériane n'avait eu que ce qu'elle méritait. De toute manière, qu'avait-elle dit, sinon la stricte vérité ? Si l'autre avait choisi d'interpréter de travers ses paroles, bien fait pour elle.

Comme annoncé, le sentier se révéla envahi par l'herbe et les jeunes pousses, mais demeura parfaitement repérable. Heureusement, car l'après-midi avait passé et la voûte des feuilles commençait à s'assombrir. Soudain, Marion et Petite-Caille débouchèrent de la forêt. Elles étaient restées perdues plus longtemps que Marion ne l'avait cru. L'or du soleil vespéral s'étendait, chaud et lourd, sur le terrain vallonné au sein duquel se nichait le manoir de son oncle.

Marion avait vaguement espéré apercevoir Ian sur le pas de la porte, en train de s'inquiéter de sa disparition. Elle aurait pu courir à sa rencontre et se moquer de lui. Mais une fois à l'intérieur elle s'aperçut, en pointant le nez dans la bibliothèque assombrie, que son oncle n'avait pas cessé de lire, qu'il s'était simplement déplacé pour maintenir son livre dans les derniers rayons du soleil de la journée.

— C'est comme ça que tu me surveilles ?

Ian se redressa en sursaut, clignant les paupières sur ses yeux rougis.

— Quoi ? Quoi ? Que dis-tu ?

— Oh, là, là ! Est-ce que tu vas sursauter comme ça chaque fois que je vais t'adresser la parole ?

— C'est que… Ian se secoua, comme s'il avait de la difficulté à réintégrer le plan normal de la réalité. Je… Eh bien, n'avions-nous pas convenu que tu me laisserais lire tranquille désormais ?

Marion s'assit dans le fauteuil qu'elle avait adopté plus tôt dans la journée et posa avec résolution ses pieds sur l'autre.

— Je me suis perdue en forêt. Comme surveillant, tu n'es pas très attentif.

— Ah… C'est vrai que j'aurais dû te prévenir que la forêt… Enfin, tu as retrouvé ton chemin, c'est le principal.

— C'est tout l'effet que ça te fait ? s'écria Marion, feignant, mais à peine, d'être outragée.

— Que voulais-tu que je fasse ? Que je me mette à courir en tous sens en criant : « Horreur ! Horreur ! Marion a disparu ! Elle va se faire dévorer par les loups ! »

— Ha ! Tu ne t'es même pas rendu compte que j'étais partie.

Marion sourit finement, ajoutant presque en aparté.

— Heureusement que ta voisine m'a aidée.

Comme espéré, cette phrase anodine lui mérita soudain toute l'attention de son oncle. Ian chercha son signet, le trouva par terre, le glissa dans son livre qu'il referma. Puis il toisa Marion, visiblement mécontent.

— Tu as rencontré Valériane ?

— Oui. Je crois que ça l'a un peu vexée de constater que tu n'avais pas jugé bon de me parler d'elle.

Ian se renfrogna.

— Je t'avais dit de ne pas aller la déranger. Je suis un peu fâché, Marion.

La jeune fille le toisa, plus intriguée qu'effrayée.

— C'est vrai ? Tu es vraiment fâché ou tu fais semblant ?

— Je le suis vraiment.

— Oooh ! Me voilà dans une bien fâcheuse situation ! Vas-tu m'envoyer à ma chambre, comme la vilaine fille que je suis ?

— C'est ce que je devrais faire.

— Eh bien, fais-le.

Un long silence tendu s'installa sans qu'aucun des deux détourne le regard.

— T'a-t-on déjà dit que tu étais une insupportable mâtine ? finit par demander Ian.

— Cela, et pire encore !

Soudain sérieuse, Marion appuya ses coudes sur la table, le menton au creux des mains.

— En tout cas, tu avais raison sur un point. Elle n'est pas très aimable, ta voisine.

— Eh bien, eh bien…

Ian se leva et se mit à déambuler dans la pièce, les mains dans le dos, comme s'il prenait la mesure de ce qu'il devait révéler ou non à sa nièce.

— Mes relations avec Valériane ont déjà été cordiales. Mais il y a quelques années, nous nous sommes – comment dire ? – disputés. Nous sommes en froid. Voilà pourquoi je ne voulais pas que tu ailles la déranger.

— Je suis désolée. Qu'est-ce qui a causé la dispute ?

— Des questions éthiques qui concernent nos activités, dit Ian après une longue hésitation. C'est un peu délicat à expliquer. Les gens qui ne s'y connaissent pas confondent presque toujours magie et sorcellerie, alors que ce sont des pratiques extrêmement différentes. Le magicien cherche à comprendre l'ordre dans les structures de l'univers, et même à consolider cet ordre si la chose s'avère possible. Les sorciers et les sorcières se plaisent à perturber ces structures, à les affaiblir. On pourrait dire que je suis un praticien de l'ordre, tandis que Valériane est une praticienne du chaos. Comment veux-tu que nous adoptions des vues communes sur des bases philosophiques aussi irréconciliables ?

— Je ne sais pas… C'est un peu triste de se disputer juste pour des idées.

— C'est le commentaire le plus naïf que j'ai entendu depuis longtemps. Nos idées guident nos actions. Nos actions sont sources de conflit. *Tout le monde* se dispute pour des idées.

Marion hocha négativement la tête.

— Je ne suis pas d'accord. Tu penses comme ça parce que tu vis dans les idées, oncle Ian, pas dans le monde réel.

Un sourire incrédule flotta sur les lèvres de Ian.

— Je ne vis pas dans le monde réel ?

— D'une certaine façon, non. Tu vis seul, retiré du monde. Tu ne vois les gens que lorsque ça fait ton affaire.

— C'est comme ça que tu me vois ? Un être désincarné et sans émotions qui flotte dans l'abstraction et qui ne comprend rien à l'âme humaine ?

Marion rougit un peu.

— Hé, tu déformes ce que j'ai dit. Ce que j'essaie d'expliquer, c'est que… Écoute, si tu vivais parmi nous à Besline, si tu faisais ce que fait mon père, tu saurais que la plupart des gens ne sont pas guidés par leurs idées mais par leurs sentiments – l'égoïsme, l'amour, l'envie, la peur… Mes parents sont un bon exemple, je trouve. Au fond de son cœur, mon père est quelqu'un de très sensible, tandis que ma mère est la personne la plus rationnelle que je connaisse.

— Tu me surprends. J'aurais dit le contraire.

— C'est parce qu'ils tentent de se conformer à l'image que le peuple se fait d'un intendant – forcément froid et réfléchi – et de sa jolie femme – émotive et séductrice. Moi, je sais que ce n'est pas vrai. Je sais que ce sont des personnes qui pensent de façon très différente et qui pourtant s'entendent bien. Pourquoi ? À cause du sentiment qui les unit, l'amour, qui n'a rien à voir avec la pensée rationnelle. Il en va ainsi du reste du monde, oncle Ian.

Ian resta un long moment médusé, puis éclata de rire.

— Eh bien, eh bien, ma chère nièce. Une chance que tu es là pour m'instruire.

— Ne te moque pas de moi.

— Mais je n'ai aucune intention de me moquer. Je retire tout que j'ai dit sur ta naïveté. Tu fais montre d'une sagesse déconcertante pour ton âge, au contraire. Je veux tout de même t'assurer que je ne me fais aucune illusion sur l'ampleur du désastre qui suivrait si je tentais de piloter le processus de démocratisation à Besline à la place d'Héran. Dis-toi bien que je n'envie pas ton père une seule seconde et que je suis heureux de ne pas être mêlé à une histoire aussi compliquée.

— Si on excepte le fait que tu me « protèges », dit Marion avec un sourire mutin.

— Et c'est déjà beaucoup, admit Ian sur le même ton. Bon ! Je crois que nous avons assez philosophé pour aujourd'hui. N'as-tu pas faim ? Moi si. Dame Bernières doit nous avoir préparé quelque chose avant de partir. Je vis peut-être dans l'abstraction, mais je ne suis pas encore assez désincarné pour survivre d'axiomes et de théories. Et toi, Petite-Caille ?

— J'ai faim aussi, dit la chienne. J'ai rien compris du reste.

Chapitre 5

Intrigues à Besline

Au moment où Marion éduquait son oncle sur la subtilité des rapports humains, à trois jours de chevauchée plus au sud, Héran Donat se versait un second verre de vin pour calmer sa nervosité. Il le but d'un trait, regrettant aussitôt son empressement. La cuvée méritait d'être savourée avec un peu plus de considération. Pire, s'il continuait ainsi, il serait ivre lorsque Trigaud daignerait apparaître. En supposant que le burgrave respecte sa promesse de venir discuter en personne. Toute l'affaire devait se dérouler avec la discrétion seyant aux rencontres non officielles : voilà pourquoi Héran l'attendait dans l'ancienne salle d'armes du château de Besline, réaménagée depuis en bureau qui avait l'avantage d'être situé tout près d'une discrète porte de service.

Héran repoussa le carafon de vin, s'assit plus droit. Il avait souvent tancé Marion sur sa mauvaise posture à table ; or il était difficile d'éduquer un enfant lorsqu'on donnait soi-même le mauvais exemple. Il tenta de profiter de l'attente pour réfléchir à quelques-uns des problèmes plus triviaux qui ne manquaient pas d'accabler un homme politique dans sa situation, surtout pendant une période de changements de cette envergure. Ces réflexions ne réussirent qu'à l'irriter davantage. Aussi, bien qu'il redoutât cette rencontre, c'est avec un soupir de soulagement qu'il aperçut son valet, venu le prévenir que messire Juval Trigaud, burgrave de Privance, était arrivé.

— Seul ?

— Deux gardes déguisés en cantonniers l'attendent à l'extérieur. Je les fais surveiller en douce.

— Brave garçon. Prie notre invité d'entrer, sers-nous à boire et retire-toi.

Le valet obéit aux ordres. Il revint aussitôt accompagné d'un homme grand coiffé d'un large capuchon pourpre qui lui dissimulait fort commodément le visage. Héran se leva. Avec un geste affecté, le visiteur repoussa le capuchon vers l'arrière, ce qui révéla le visage anguleux du burgrave Trigaud. Ce dernier sourit et tendit une main volontaire.

— Mon cher intendant Donat !

— C'est toujours un plaisir de vous voir, cher burgrave.

Les deux hommes se serrèrent la main. Trigaud s'exclama avec truculence :

— J'arrive directement de Privance. Je crois que je pourrais parcourir le trajet en dormant !

— Toutes ces discussions nous auront fait voyager.

— À qui le dites-vous ! Quoi qu'il en soit, merci d'accepter de me recevoir avec un pré-avis aussi court. Je ne m'éterniserai pas. Je suis un homme occupé et vous aussi.

— Tout à fait juste.

En observant ce visage osseux encerclé d'une couronne de barbe poivre et sel, Héran dut faire un effort pour se souvenir que Juval Trigaud n'était pas plus âgé que lui. Impossible de nier l'évidence, pourtant. Il se dégageait du burgrave une aura d'autorité, de force animale, qui expliquait en grande partie l'ascendant qu'il exerçait quotidiennement, même sur des hommes qui ne l'aimaient guère.

Les deux hommes s'assirent. Le valet servit un plateau de viandes froides, emplit leur verre et disparut après avoir refermé sans bruit la porte derrière lui.

Une fois le domestique hors de portée de voix, le masque de bonhomie de Trigaud s'effrita quelque peu. Le burgrave trempa les lèvres dans son vin, le déclara bon de façon distraite, puis sur un ton moins expansif, que l'on aurait presque pu croire réprobateur, reprit :

— J'espérais ne pas être obligé de revenir vous voir, Héran. J'ai attendu un message de votre part, en vain.

— J'ai dit que je vous contacterais si je changeais d'avis. Ça n'a pas été le cas.

— Avez-vous bien réfléchi à ce que je vous ai proposé ?

— Je vous assure, messire, que j'y ai consacré une longue et profonde réflexion. Aucun des arguments que vous m'avez offerts ne m'a convaincu.

Trigaud se leva d'un bond et se mit à marcher de long en large après avoir repoussé sa cape d'un grand geste du bras, comme s'il brandissait une épée.

— Mais il *faut* que vous changiez d'idée, Héran ! dit-il d'une voix tonnante. Il le faut ! Vous ne voulez donc pas régler la succession de Mordicant une fois pour toutes, et qu'on n'en parle plus ?

— C'est mon désir le plus cher.

Trigaud s'approcha, les mains tendues en un geste implorant.

— Alors qu'attendez-vous pour m'appuyer publiquement ? Avec votre appui et votre caution, les trois villes se rangeront de mon côté. Comment pourrait-il en être autrement ?

— Vous surestimez mon influence. Je ne suis que l'intendant.

— Pas de fausse modestie. Je connais le respect que l'on vous accorde ici. J'ai besoin de votre appui, Héran. Dois-je vous supplier à genoux ? Dites-moi que je n'ai qu'à vous supplier. J'avalerai mon honneur et je ramperai devant vous. Moi, le futur roi de Besline, à vos pieds, si c'est cela qu'il vous faut pour vous convaincre que je suis sincère !

Héran détourna le regard, embarrassé et un peu effrayé aussi par la lueur d'exaltation qu'il avait vue briller dans le regard du burgrave. Il toussota.

— Vous transformez une affaire d'État en question personnelle, sire. Je n'ai jamais douté de votre honneur. Je crois simplement que, dans les circonstances, il sera impossible de contenter à la fois Privance, Besline et Triplebuies sans une réforme complète de notre système politique. Tout cela est affreusement compliqué et je comprends votre impatience. Mais la paix est à ce prix.

— Vous me décevez, soupira Trigaud en hochant la tête. Faudra-t-il attendre que le royaume soit ruiné et que le sang de la révolte abreuve nos rivières pour que vous compreniez l'ampleur de cette folie démocratique ? Héran, réfléchissez ! Je vous croyais un homme sensé, doué d'un bon sens politique.

— Mon sens politique est né de mes observations et s'est nourri de mes lectures. La situation actuelle rappelle la situation au royaume de Rodion le Troisième, lui aussi mort sans descendant. Ses généraux se sont partagé les divers territoires et ont entrepris une guerre de trois siècles pour réunifier par la force ce qui n'aurait pas dû être séparé au départ. Les historiens s'intéressent peu à cette guerre, car elle a été parfaitement futile. Elle n'a fait évoluer aucune idée, aucune réflexion politique. Un conflit de personnalités et d'intérêts dans ce qu'il a de plus décourageant. Bien entendu, la situation actuelle est un peu différente – rien n'est jamais *tout à fait* semblable en politique – mais…

Héran hésita. Il savait que tout ce qu'il était en train de dire était inutile, qu'il risquait au contraire de regretter un jour de ne pas avoir cédé aux pressions de Trigaud. Mais, d'un autre côté, il n'avait pas grand-chose à perdre. Son interlocuteur n'entendrait que ce qu'il voudrait entendre. Il poursuivit :

— Mais vous n'êtes pas aimé du peuple, sire. Voilà la vérité. Si vous vous proclamez roi, on vous plébiscitera sans doute à Privance, mais mon appui ne vous suffira pas. Les populations de Triplebuies et Besline se braqueront contre vous. Les trois villes se sépareront et on peut parier qu'une guerre aussi vaine que celle qui a passionné les généraux de Rodion et leurs descendants se déclenchera. C'est ainsi que je vois les choses, et je préfère vous les exposer crûment que de vous emberlificoter dans de belles paroles et des promesses non tenues. Je reconnais que, sur cet aspect, votre diagnostic sévère au sujet de mon sens politique est justifié.

Trigaud n'avait pas fait le moindre geste pour l'interrompre pendant sa harangue, n'avait pas dit le moindre mot, son visage aussi impassible qu'un masque d'ivoire. Le masque finit par s'animer, la bouche s'ouvrit pour dire, d'une voix anémiée :

— Je n'abuserai pas de votre hospitalité. Au revoir, messire Donat.

Héran se redressa.

— Je sonne mon valet.

— Inutile. Je connais le chemin.

Sans autre commentaire, le burgrave alla ouvrir la porte. Le valet, qui attendait dans le couloir, sauta sur ses pieds et courut à sa suite.

Héran resta immobile un long moment, ruminant de sombres pensées, puis il se tourna vers une des tapisseries représentant un haut fait d'arme du passé de Besline. Derrière la tapisserie, il posa la main sur un des panneaux de bois peint aux anciennes armoiries de la ville. Avec un déclic, le panneau de marqueterie s'écarta et révéla un placard étroit dans lequel Alcanthe brodait à la lueur d'une bougie.

— Tu devais avoir hâte de sortir, dit doucement Héran.

Sans quitter des yeux son ouvrage, Alcanthe fit un geste de l'épaule.

— Pas vraiment. Je suis bien ici. C'est le seul endroit où personne ne vient me déranger. Regarde, j'ai presque fini.

— Tu as tout entendu ?

— Excellemment. Trigaud parle fort pour un comploteur.

— Je ne suis pas sûr qu'il se considère comme un comploteur. Ses intentions sont connues de tous. Et moi, que penses-tu de ma prestation ?

Avec un geste d'une grande lenteur, Alcanthe posa son ouvrage, le contempla un certain temps. Puis elle se leva et enlaça son mari.

— Je suis inquiète, lui murmura-t-elle à l'oreille.

Héran resta silencieux un moment : pareil aveu de la part de sa fougueuse Alcanthe étayait ses pires inquiétudes.

— As-tu pris ta décision ? interrogea le souffle tiède et parfumé auprès de son oreille.

— À quel propos ?

Alcanthe plongea son regard clair dans le sien, une moue réprobatrice sur le visage.

— Ne fais pas la bête. Tu sais ce dont je parle. Si Privance plébiscite Trigaud, Besline se rangera derrière toi. Triplebuies suivra.

Héran, le cœur battant, voulut protester, voulut expliquer à sa femme qu'elle s'illusionnait, mais lui aussi savait qu'elle avait raison. S'il se déclarait roi de Besline, on ne lui ferait aucune véritable opposition : au contraire, il ne comptait plus le nombre de personnes qui avaient tenté de le convaincre que c'était la chose logique à faire. La gloire était venue à lui sans qu'il la cherche – un autre des petits paradoxes de l'existence. Il voulut expliquer à Alcanthe qu'il ne souhaitait pas devenir roi, surtout pas d'un royaume divisé par une guerre fratricide, que la réforme avait été imaginée pour sauver les trois villes de ce triste sort. Mais ç'aurait été répéter des arguments ressassés jusqu'à en perdre haleine. Il dit plutôt :

— Je regrette de n'avoir pas demandé à Ian de garder l'identité de Marion secrète. Je ne pensais pas que les choses s'envenimeraient à ce point.

Alcanthe enlaça son mari de nouveau.

— Tu ne m'en veux pas ? Pour Marion ?

— Alcanthe… Je t'ai déjà dit que je ne voulais pas répondre à une absurdité pareille. Après toi, tu sais que c'est l'être que je chéris le plus au monde.

— Je sais que tu aurais préféré… un fils…

Héran serra un peu plus fort Alcanthe contre lui.

— Non… Dans les circonstances… (Il chercha ses mots, n'étant pas trop sûr lui-même de ce qu'il cherchait à dire.) Dans les circonstances, je crois qu'il valait mieux que ce soit une fille…

Héran sentit des larmes mouiller son épaule. Il caressa doucement les longs cheveux noirs, embrassa le front, les joues humides et les lèvres tremblantes, oubliant pour un précieux instant l'infinie complexité de l'existence.

◆

Le burgrave Trigaud eut beau rabattre avec le plus de fracas possible la porte de la suite qu'il avait réservée à l'auberge, cela ne sembla pas émouvoir Malitorne qui l'attendait, debout près de la fenêtre. Avec la nonchalance d'un geste que l'on fait en rêve, le magicien détourna son regard des étoiles et des reflets de la lune sur les toits de tuiles. Il sourit au burgrave et lui dit d'une voix douce.

— Elle n'est plus à Besline.

Trigaud s'approcha, le pas lourd. Tout le long du trajet qui les avait menés, lui et son escorte, du château de Besline à l'auberge, la rage avait bouillonné au creux de son estomac. Il avait eu hâte d'arriver enfin à sa chambre pour la laisser éclater avec toute la furie appropriée. Mais Malitorne avait le don de le prendre à contre-pied.

— De quoi parles-tu ?

Le magicien ouvrit de grands yeux candides.

— De Marion Donat, bien sûr. La fille d'Héran.

— Je *sais* qui est Marion Donat ! Qu'est-ce qui te fait croire que je pensais à elle ?

Un sourire illumina le visage poupin du magicien, le transformant en un masque d'autosatisfaction qui irritait toujours Trigaud.

— N'alliez-vous pas m'annoncer qu'Héran Donat s'était révélé imperméable à la raison ? N'alliez-vous pas en conclure, par une série de raisonnements dont j'aurais admiré l'implacable rigueur logique, que, de tous les leviers susceptibles de le faire changer d'idée, le plus facile à manier était sa fille ? L'infatuation qu'il lui porte est notoire – tous les témoignages en ce sens sont d'une mièvrerie à donner la nausée. Vous alliez me demander de me renseigner au sujet des allées et venues de Marion Donat, n'est-ce pas ? Je me suis donc empressé d'obéir aux ordres que vous n'auriez pas manqué de me donner si je n'avais pas volé à leur rencontre, si vous me permettez l'expression. Voici les résultats de mon enquête préliminaire : la fille d'Héran n'est plus à Besline.

Trigaud se débarrassa de sa cape. Il s'assit et enleva ses bottes avec un grognement d'aise. Ignorant le plissement dégoûté sur les lèvres pâles de Malitorne, il se massa les pieds.

— Alors ? Continue ! Si elle n'est pas ici, où est-elle, cette gamine ?

— Ce n'est plus une gamine, messire. C'est maintenant une jeune femme, que l'on dit charmante. Je n'ai jamais pu en juger par moi-même. (Il émit le spectre d'un soupir.) Il faut dire que je fréquente peu Besline. C'est une ville grise, pluvieuse, ennuyeuse. Les gens y ont l'esprit étroit.

— Malitorne, tu m'embarbouilles encore avec ton bavardage sans me donner l'essentiel. Où est-elle ?

— Je ne sais pas.

— Enfin une réponse claire. Puisque tu es si habile à deviner mes pensées, explique-moi maintenant ce que j'attends de toi.

Les épaules de Malitorne s'affaissèrent.

— Que je découvre où se cache Marion ?

Trigaud lui fit signe de poursuivre.

— Que j'envoie quelques agents pour la capturer… ou la tuer ?

— La capturer d'abord, et me la ramener. Un otage, c'est comme une cane aux œufs d'or. Ça a plus de valeur vivant.

— Il en sera fait selon votre bon désir, dit Malitorne en s'inclinant.

— Une précision tout de même. Tout cela doit être accompli dans le plus grand secret. Je préférerais que ces « quelques agents » dont tu m'as parlé soient réduits au nombre de un. Et comme tu es déjà au courant…

— Pour être parfaitement franc…

— Avec ta maîtrise des forces surnaturelles, continua le burgrave comme s'il ne s'était même pas rendu compte que l'autre parlait, je n'imagine pas que tu puisses avoir la moindre difficulté à me ramener une jeune fille naïve et sans défense.

Malitorne ouvrit la bouche, sembla décider que les paroles qu'il se préparait à émettre seraient regrettables, surtout si l'homme qui venait de s'allonger sur le lit accédait au trône de Besline un jour… Il s'inclina de nouveau.

— Ça ne devrait effectivement poser aucun problème, sire.

— Excellent. Maintenant, laisse-moi. Je suis fatigué de parler.

Malitorne grimaça comme s'il venait d'avaler quelque potion amère, mais ne trouva rien à répondre à cela. Il enfila sa cape noire, se retira et ferma la porte derrière lui, sans bruit.

Chapitre 6

Enfin un peu de magie

Au manoir, deux jours passèrent pendant lesquels Ian, Marion, Bernières et Petite-Caille s'habituèrent petit à petit au nouveau rythme de vie qu'imposait leur cohabitation. La femme de ménage s'était aussitôt prise d'une affection à la fois maternelle et bourrue pour la nièce de son employeur, affection que Marion acceptait avec une bonne grâce amusée.

— Si vous me permettez d'exprimer mon opinion, maître, ce n'est pas dans les livres que l'on apprend à élever des enfants, expliqua Bernières à plusieurs reprises, sur le ton sentencieux de celle qui exprime une vérité profonde.

— Et vous avez bien raison, admettait volontiers Ian. Votre aide m'est plus précieuse que jamais.

Ian avait consacré l'essentiel de ces deux jours à réinstaller les rideaux dans son atelier, à redémarrer son four et à tout remettre en ordre afin de reprendre quelques-unes des expériences en cours.

Il était toutefois difficile de se lancer dans des expériences trop complexes ou exigeant trop de concentration. Ian dut accepter de s'interrompre pour régler une multitude de petits problèmes domestiques, soumis par Marion, ou par Bernières s'inquiétant pour le bien-être de celle-ci. Il fallut ainsi ajuster la fenêtre de sa chambre – qui ne restait pas ouverte – et changer le tapis – qui sentait effectivement un peu le moisi. Un jour de grand soleil, un épervier aperçut le reflet du ciel dans la fenêtre de la cuisine et s'y assomma. Avec de grandes exclamations, Marion enrégimenta toute la maisonnée pour qu'on soigne le pauvre volatile, et ce, malgré les protestations scandalisées de Petite-Caille, qui aurait expédié rapidement l'affaire en croquant l'oiseau. Heureusement, l'épervier reprit conscience et, après avoir fixé ses sauveteurs d'un regard aussi jaune que sévère, reprit son envol, un peu chancelant tout de même.

Ian finit également par céder aux demandes de Marion, qui lui rappelait constamment sa promesse de lui apprendre un « tour de magie ». Un soir après le souper, sitôt Bernières partie, Ian fit signe à la jeune femme de s'asseoir dans un des confortables fauteuils de sa bibliothèque.

— Je vais t'apprendre une incantation à la fois facile et utile, communément appelée la Flammèche. Elle permet de faire jaillir une petite étincelle du bout des doigts. Regarde.

Ian tendit la main, le regard dans le vague. Une longue étincelle jaillit de son index en émettant un craquement bref. Marion applaudit, ravie.

— Très commode pour allumer un feu de camp. Ou pour surprendre quelqu'un, ajouta Ian avec un sourire.

— Explique-moi comment tu as fait.

— Attention. J'ai dit que c'était facile. J'aurais dû préciser : pour moi. Il en va de la magie comme des autres talents. Chaque individu est différent, a ses forces et ses faiblesses, et une incantation se perfectionne avec l'entraînement. Il est probable que tu ne seras pas capable d'émettre une flammèche au premier essai. Il est également possible que tu n'en sois jamais capable. Ce qui ne signifierait pas que tu es dépourvue de tout talent pour la magie, mais simplement que tu ne démontres pas d'affinité avec cette incantation particulière.

— Oh là là, oncle Ian, as-tu fini de me faire languir ? Montre-moi l'incantation et nous verrons bien !

Ian hocha la tête avec un soupir. Il faillit répondre que l'empressement et l'impatience n'étaient d'aucune utilité dans l'apprentissage de la magie, mais préféra se taire. Il prit un petit opuscule parmi les livres empilés sur sa table de travail, l'ouvrit et trouva rapidement ce qu'il cherchait. Il tendit le livre ouvert à Marion en montrant au milieu d'une page deux mots écrits en gros caractères :

salamazer — flogis

— C'est tout ? dit Marion. Elle tendit la main devant elle et prononça d'une voix forte et claire : « Salamazer… Flogis… »

Rien ne se passa.

— Salamazer ! Flogis ! répéta Marion en pointant le doigt avec autorité.

Il fut difficile à Ian de ne pas éclater de rire en voyant sa nièce scruter le bout de ses doigts comme si ces derniers étaient défectueux. Il fit plutôt remarquer, sur le ton le plus sérieux du monde :

— Tu as récité l'incantation avec un aplomb remarquable. C'est bien. Tu auras pourtant noté que moi, je n'avais rien dit.

— Tiens ! c'est vrai. Comment ça marche, alors ? Il faut seulement penser les mots ?

— Regarde l'incantation de plus près.

Marion prit le livre des mains de son oncle. Elle s'aperçut que le tiret grisâtre qui séparait les deux mots n'était pas constitué d'un simple trait. Il était formé des deux mêmes mots, « salamazer » et « flogis », en caractères si petits qu'elle ne s'était pas tout de suite aperçue qu'il s'agissait d'écriture.

salamazer *salamazer – flogis* ***flogis***

— Bon. D'accord. Le tiret n'est pas un tiret. Ça veut dire quoi ?

— Ça veut dire qu'il te faut maintenant fermer les yeux, te taire, et surtout te concentrer. Allez ! Ferme les yeux. Détends-toi… Essaie de ne penser à rien.

Marion obéit, mais elle pouffa aussitôt de rire. Ian attendit patiemment que son élève eût fermé de nouveau les yeux et que son sourire ironique eût cédé la place à l'expression la plus neutre possible.

D'une voix basse comme une confidence, Ian demanda :

— Tu es calme, maintenant ?

— Je suis calme.

— Maintenant, Marion, je vais te prier de m'écouter attentivement et d'obéir à mes instructions. Crois-tu être capable de faire ça sans m'interrompre, sans rire ?

— Oui.

— Parfait. Je veux que tu t'imagines debout au centre d'une grande salle. Une grande salle sombre, silencieuse, déserte. Au fond de la salle se trouve un drap blanc, sur lequel tombe le seul rayon de lumière qui traverse une haute fenêtre. La seule fenêtre percée dans le mur de la salle. Vois-tu ce drap blanc, Marion, tendu dans l'espace de ton imagination ?

— Euh…

— Prends ton temps.

— Oui… Oui, je le vois.

— Je veux que tu t'en approches, Marion. Je veux que tu t'approches du drap blanc. Tu es seule dans cette grande salle déserte. Tu avances et un écho sourd accompagne chacun de tes pas. C'est le seul bruit dans la salle silencieuse. Je veux que tu t'approches suffisamment du drap illuminé pour distinguer l'incantation inscrite sur le tissu, une incantation très courte, toute simple, constituée de deux mots. Une incantation que tu viens tout juste d'apprendre.

— Salamazer et flogis, murmura Marion. Je la vois. J'arrive à lire l'incantation.

— Excellent. Arrives-tu à distinguer aussi ce qui sépare les deux mots, Marion ? Regarde bien.

— Un tiret.

— Rapproche-toi. Ce n'est pas vraiment un tiret, n'est-ce pas ?

— Non, ce sont les mêmes mots, écrits très petit.

— Quels mots ?

— Salamazer et flogis, dit Marion avec un lent hochement de la tête. Deux mots séparés par un minuscule tiret…

— Regarde de plus près…

La respiration de Marion se fit un peu moins régulière.

— Je m'approche encore… Ce tiret est constitué aussi de l'incantation, avec au centre un autre tiret…

— Rapproche-toi, Marion, n'arrête pas…

— Je me rapproche toujours, expliqua Marion sur un ton rauque. Chaque tiret se transforme en incantation en s'agrandissant, révélant au centre l'incantation, et ainsi de suite…

— Et ainsi de suite, répéta Ian. Ça n'a pas de fin. Tu as maintenant l'impression de tomber dans un puits sans fond… Tu tombes, Marion, tu tombes dans un puits sans fond.

— Je tombe…

— Ça s'accélère. Tu tombes de plus en plus vite…

Marion se lécha les lèvres. Sous ses paupières fermées, ses yeux frémissaient.

— Je tombe… Je tombe de plus en plus vite… Je distingue… Je distingue quelque chose au fond…

— De la lumière ?

— Du feu…

— Maintenant, Marion, tend la main…

Avec un geste de somnambule, la jeune femme obéit. D'une voix forte, Ian ordonna :

— Maintenant… Pousse !

— Pousser quoi ?

— Ne réfléchis pas ! *Pousse fort !*

Avec un grognement inarticulé, Marion *poussa.* De sa main jaillit un éclair éblouissant qui traversa la bibliothèque de tout son long. Un craquement assourdissant fit trembler la pièce. Le flot d'énergie brute frappa de plein fouet un des tableautins, qui s'enflamma instantanément.

Sous le regard stupéfait de Marion, Ian s'élança pour s'emparer d'un tisonnier, avec lequel il jeta le cadre au sol et le piétina pour l'éteindre, opération surveillée de près par Petite-Caille, qui aboyait furieusement.

De part et d'autre de la pièce enfumée, Ian et sa nièce échangèrent un long regard. La jeune fille contempla de nouveau sa main, incrédule.

— Ça a marché…

— Eh bien, eh bien, eh bien… Une chance que dame Bernières n'était pas ici.

Avec un balai et un porte-poussière, Ian ramassa les débris carbonisés du cadre, les jeta dans l'âtre, puis il essuya le mur de pierre noirci de suie, tout cela en silence, avec des regards calculateurs en direction de sa jeune nièce. Cette dernière finit par éclater d'un rire incertain.

— Hé, pourquoi me regardes-tu comme ça ?

— Parce que les personnes qui démontrent autant d'affinité avec la magie sont rares. Aurais-tu suivi des leçons de magie sans m'en parler ?

— À Besline ? Tu plaisantes ? Si j'ai le malheur de raconter à mon père ce qui vient de se passer, il va subir une attaque d'apoplexie.

— Peut-être alors vaut-il mieux garder cet incident pour nous, reconnut Ian en frottant sa courte barbe noire d'un air déconcerté. La plupart des talents magiques sont héréditaires… Ça voudrait dire que mon grand frère Héran a autant d'affinité que moi avec la magie, sinon plus. Je suis surpris qu'il n'ait jamais montré le moindre intérêt pour cette pratique même lorsque nous étions plus jeunes et qu'il assistait à mes premières expériences.

Maintenant que Marion était revenue de sa surprise, elle arborait un sourire de triomphe.

— Oh, oncle Ian, tu vas me montrer d'autres tours de magie, n'est-ce pas ?

Ce dernier fronça les sourcils.

— Avant de commettre pareille imprudence, je devrai t'enseigner à maîtriser la Flammèche. Il faut que tu apprennes à doser la puissance de l'étincelle.

— Mais tu vas m'en montrer d'autres, n'est-ce pas ?

— Je vais y penser. Il me faudra demander la permission à tes parents.

— Hé ! Tu te moques encore de moi…

— Mais pas du tout. Je ne vais tout de même pas t'initier à la magie en secret.

— Quelle histoire ! fulmina Marion. J'ai seize ans. J'ai le droit de décider ce que je veux faire sans la permission de quiconque.

Ian secoua la tête, comprenant à quel point il avait été naïf d'imaginer que sa nièce se contenterait d'une seule incantation une fois qu'elle aurait goûté à la chose. Bernières n'avait pas tort de lui rappeler à quel point il s'y connaissait mal en psychologie des jeunes femmes.

Ainsi allait la vie au manoir…

◆

Le lendemain matin, Ian et Marion allèrent à Contremont faire le marché. Habituellement, c'était Bernières qui s'acquittait de cette tâche, mais Ian avait besoin de sel, de soufre et d'autres produits nécessaires à la préparation de ses réactifs.

Il n'oubliait pas non plus une promesse faite quelques jours plus tôt. Comme il s'y attendait, il rencontra Trivelin sur la place du marché. Ce dernier les salua avec l'expression de la plus parfaite jovialité :

— Maître Corybantier ! Et son exquise nièce ! Nous avions convenu de prendre une bière, si je me souviens bien ! Serais-tu le genre de personne qui trahit sa parole ?

— Tu me connais trop bien pour poser la question.

Ils se retrouvèrent tous trois à la terrasse de l'auberge, devant une bière, à contempler l'activité du marché autour d'eux. Trivelin ne parla pas de Soubeline, et comme il semblait par ailleurs d'excellente humeur, Ian n'osa pas aborder le sujet. Il garda secrète sa satisfaction.

Le capitaine Gabeur les aperçut et se joignit à eux, ce qui rendit la compagnie encore plus dissipée, au point qu'on se mit à les regarder d'un air réprobateur. Le rire aigu de Trivelin était célèbre pour être entendu par-delà les fortifications de Contremont quand il avait bu. Marion trouva cela fort drôle : s'il avait fallu qu'elle participe à un tapage pareil dans les rues de Besline, dame Cinambre en serait certainement morte d'outrage. Elle essuya avec un grand geste l'écume de bière sous son nez, puis déclara :

— Boire, rire et parler fort. Je suis un homme maintenant !

— Je ne sais pas pourquoi, dit Ian, je sens un courant d'ironie sous cette observation.

— Moi, je trouve ça bien observé ! rétorqua Gabeur.

Le rire de Trivelin atteignit un niveau de stridence inégalé.

Une voix nouvelle se fit entendre.

— C'est donc vous qui faites tout ce bruit.

Ian émit une exclamation ravie. Nonchalamment accoudé sur la rampe de la terrasse, Pierre Coen les observait. Fidèle à son habitude, son collègue était vêtu avec panache. Il portait un pantalon et un pourpoint court bleu ciel lacé d'or, ainsi qu'un munificent chapeau à large rebord de la même couleur, piqué d'une plume de faisan. Ses longs cheveux blonds encadraient un regard bleu foncé, un sourire soulevait sa fine moustache couleur de paille. Son visage avait la blancheur de la poudre, maquillage qui aurait pu lui donner un aspect trop maniéré, si on n'avait deviné que l'artifice servait à masquer deux ecchymoses verdâtres sur une pommette et au coin de la bouche.

Le nouvel arrivant accepta sans se faire prier l'invitation joyeuse de la compagnie. Il se découvrit pour saluer Trivelin.

— Mais, je ne rêve pas, tu as encore grandi !

Le fou du roi émit un soupir condescendant.

— Tu es beau et je suis drôle. Chacun sa spécialité, d'accord ?

Ian présenta ensuite les deux autres convives. Pierre Coen salua Gabeur et s'inclina plus bas encore devant Marion.

— L'homme de goût s'incline devant la beauté.

— Pas trop bas, alors, dit la jeune femme, qui avait tout de même rougi un peu.

Pierre se redressa, trois roses jaunes à la main. Il allait les tendre, mais suspendit son geste avec une grimace de contrariété.

— Quel impair allais-je commettre ? Des roses jaunes à une jouvencelle. Vraiment !

Il secoua les fleurs, desquelles s'envola une nuée de papillons jaunes. Avec un sourire infiniment suave, il tendit les trois roses maintenant d'une blancheur virginale à Marion, qui les accepta avec une stupéfaction ravie.

— Sacré Pierre, tout pour se faire remarquer, commenta Trivelin. Assieds-toi donc et explique-nous plutôt pourquoi tu t'es poudré comme ça. Tu t'es battu ?

Pierre s'assit, hautain.

— Il serait déplacé de s'étendre sur le sujet, vu la compagnie.

— Ha ah ! C'est bien ce que je pensais. Tu es tombé sur un mari jaloux.

— Néanmoins, c'est moi qui ai invité Pierre à Contremont, intervint Ian. Il y avait longtemps que nous ne nous étions pas parlé.

— Ho, ho… dit Trivelin avec l'air de celui qui n'était pas dupe. Il y a de la magie dans l'air.

Ian haussa les épaules.

— Dans ses aspects les plus abstraits, j'en ai peur. Rien qui t'intéresserait. Parlons d'autre chose…

Et ils parlèrent d'autres choses, qui ne tardèrent pas à devenir prétextes à rires bruyants, Pierre n'étant pas en reste sur cet aspect.

Ce fut donc un quatuor joyeux formé de Ian, Marion, Pierre et Trivelin qui se présenta plus tard dans l'après-midi au manoir – Gabeur aurait bien voulu les accompagner, mais son tour de garde allait commencer. Petite-Caille accourut à leur rencontre et redoubla de joie en reconnaissant Pierre Coen. Elle lui sauta autour en aboyant joyeusement. Ce dernier lui ébouriffa le poil avec de grands rires, puis découvrit – ô surprise ! depuis combien de temps est-ce que cela traînait dans son sac ? – un gâteau sec qu'il tendit à Petite-Caille. Avec un bruit d'inspiration avide, la chienne bondit sur le gâteau et l'avala en une fraction de seconde.

— Tu ne prends pas le temps d'y goûter, lui dit Pierre sur un ton de reproche.

— C'est trop bon.

Pierre Coen et Trivelin saluèrent ensuite Bernières, qui les regardait approcher du manoir. La brave femme de ménage répondit à leur salut sans trop d'enthousiasme.

— Allons, dame Bernières, dit Pierre d'un air attristé. Ne me regardez pas avec cette expression. Ian m'a bien fait la leçon : pas de magie lorsque vous êtes là.

— Je ne prendrai pas de risque. Je vais aérer votre chambre et préparer un souper froid. Je préfère rentrer tôt aujourd'hui.

Pierre éclata d'un rire vaste comme le monde. Ian lui fit signe d'entrer.

— Prends le temps de t'installer, et surtout de dessaouler un peu. Tu vas comprendre pourquoi notre valeureuse Bernières est si pressée de partir. Tu n'as pas oublié d'apporter ce que je t'ai demandé ?

D'un air entendu, Pierre donna une petite tape sur son sac de voyage.

— Tout est là. Je suis intrigué, je l'avoue.

— Tu en sauras bientôt autant que moi.

◆

À la fin de l'après-midi, une fois Bernières partie, Ian conduisit son collègue jusqu'au mur du fond du laboratoire, suivi bien entendu de Marion, Trivelin et Petite-Caille. Soudain sérieux, Pierre Coen s'immobilisa à quelques pas de la porte, les poings sur les hanches, tel un pugiliste étudiant l'adversaire qu'il va bientôt affronter. Ian récapitula tout ce qu'il savait au sujet de la porte – fort peu – et ce qu'il en supposait – guère plus.

Cette dernière avait poursuivi son évolution. N'eût été de sa modeste largeur, elle aurait pu servir de porte d'entrée à un palais. La serrure et le chambranle de bronze poli s'ornaient de dorures alambiquées tandis que les panneaux étaient maintenant couverts d'une marqueterie d'essences exotiques décorée à la feuille d'or.

Pierre s'approcha, étudiant de plus près les décorations. Il hocha la tête négativement.

— S'il s'agit d'une écriture, je ne sais ni la lire ni même la reconnaître. Dis-moi, cette vieille porte, avant que tu l'appuies sur le mur, d'où provenait-elle ?

— Elle était déjà dans ce tas de bois quand j'ai acheté le manoir.

Pierre fronça les sourcils, caressant sa pommette meurtrie.

— Je ne vois qu'un moyen d'en avoir le cœur net : l'ouvrir et jeter un coup d'œil. Va savoir, on va peut-être se cogner le nez sur ton mur de pierre et ce sera tout.

— Tu as raison.

Ian ordonna à Marion de s'éloigner. Celle-ci protesta.

— Hé ! Ça m'intéresse autant que vous.

— Tu peux regarder, mais de plus loin. S'il se passe quoi que ce soit d'étrange et d'anormal, je veux que tu t'enfuies à toutes jambes, tu as compris ?

— Tu voudrais que je me sauve s'il vous arrivait un malheur ? Pour qui me prends-tu ?

Pierre émit un sifflement admiratif.

— Mademoiselle a du caractère.

— Elle me plaît de plus en plus, dit Trivelin.

— Ma fougueuse Marion, reprit Pierre. Rassurez-vous. Votre oncle et moi sommes deux vieilles canailles qui en ont vu d'autres. Quant à Trivelin, sa perte n'aurait pas d'importance de toute façon.

— Je proteste. Si on établit un rapport de proportionnalité, chaque livre de ma chair vaut plus qu'une livre de la tienne.

— Pour cette fois – notez bien que ce n'est pas la règle –, je suis d'accord avec Ian, continua Pierre. Nous ne pourrions pas nous pardonner s'il vous arrivait quelque chose. Patience et prudence, pour l'instant du moins.

Un peu boudeuse, Marion alla rejoindre Petite-Caille au centre du laboratoire.

Les deux magiciens reportèrent leur attention sur la porte. Pierre s'inclina avec un geste de déférence un peu moqueur.

— C'est ta maison. À toi l'honneur. J'ai un sort d'immobilisation tout prêt.

Sans plus de tergiversations, Ian posa la main sur la lourde poignée de bronze richement dorée. Un désir d'une intensité irrépressible remonta le long de son bras pour s'emparer de tout son être. Il lui sembla qu'il préférerait mourir plutôt que de résister encore à l'appel de la porte. Et c'est justement à cause de l'intensité de ce désir que son esprit se rebella. L'âme déchirée par la sensation qu'il laissait passer une chance qui ne se reproduirait plus jamais dans sa vie, Ian lâcha la poignée et recula d'un pas.

— Que se passe-t-il ? demanda Pierre, le regard vigilant.

— J'ai l'impression que notre porte a hâte de se faire ouvrir, expliqua Ian en essayant de garder un ton normal.

Le désir intense qu'il avait ressenti s'atténuait déjà en ne lui laissant qu'une vague nostalgie, tel le souvenir d'une passion.

— Veux-tu que j'essaie ? dit Pierre.

— Non. Ça va aller… Je voulais être sûr que j'étais capable de résister.

Ian posa la main à nouveau sur la poignée. Le désir resurgit. Réussissant malgré tout à verbaliser une puissante incantation de protection capable de repousser à plusieurs dizaines de pieds tout ce qui se trouverait devant lui, Ian tourna la poignée. Il sentit un déclic résonner jusque dans ses os, puis il tira, prêt à tout.

La porte s'ouvrit, révélant un couloir de pierre qui s'enfonçait dans la nuit.

C'était tout. Un couloir sombre, désert, silencieux.

Ian lâcha la poignée. Il essuya la sueur qui lui coulait sur le front. Son cœur battait comme s'il avait couru une lieue. Pierre s'approcha à son tour, humant un parfum de poussière et de moisissure typique des lieux confinés. La pierre était grise, lisse, sans la moindre caractéristique permettant de l'identifier. La faible lumière venue du laboratoire permettait tout juste de deviner qu'au bout de quelques pas le couloir déviait doucement vers la droite.

— Qu'est-ce qu'on fait maintenant ? demanda Marion qui s'était approchée en scrutant aussi le couloir.

Pierre Coen puisa dans sa besace un curieux bijou : un gros camée représentant en relief une araignée de marbre blanc enserrant dans ses huit pattes une sphère de marbre noir, le tout sculpté avec un remarquable talent. Un petit anneau d'onyx était fixé au bout de l'abdomen de l'araignée. Pierre tira sur l'anneau, et un mince fil iridescent surgit d'un minuscule trou percé dans la sphère noire.

Le magicien marcha ensuite jusqu'à l'un des coffres d'acier de Ian, où il attacha le fil autour d'une des solides moulures. Il revint sur ses pas en laissant défiler le mince fil contenu dans le camée.

— Qu'est-ce que c'est ? demanda Marion.

— Une précaution, dit Pierre avec un sourire sardonique.

— C'est un fil d'arachne, expliqua Ian. Il nous aidera à retrouver notre chemin si nous rencontrons des embranchements. On peut l'étirer autant qu'on veut, rien ne peut le rompre, et il est insensible à la magie. De plus… (Ian s'interrompit, comme s'il s'en voulait de trop en révéler.) Bref, comme dit Pierre, c'est une précaution. N'y touche surtout pas. Je t'interdis d'ailleurs de t'approcher de la porte pendant que nous serons partis.

— Quoi ? protesta Marion, outragée. Tout le monde y va sauf moi ?

Ian leva une main sévère.

— Ça suffit, Marion ! L'heure n'est pas aux enfantillages. Ce que nous allons faire est peut-être dangereux. Nous verrons s'il est possible que tu nous accompagnes une autre fois. Mais pour l'instant, je veux que tu me promettes de ne pas nous suivre.

Marion poussa un énorme soupir.

— Bon, bon, bon… Je te le promets.

— Et toi, dit Ian à Petite-Caille, je te charge de la surveiller.

— Et quoi encore ? dit la chienne avec un regard dégoûté vers Marion.

Pour sa part, Pierre salua galamment Marion, son visage toujours illuminé par un sourire excité.

— Patience, Marion. Lorsque vos trois vaillants chevaliers auront débarrassé le couloir de tous leurs vampires et leurs spectres, je vous amènerai moi-même faire un tour.

— Pourvu que vous gardiez à l'esprit qu'une jolie femme est beaucoup plus en danger avec Pierre qu'avec un vampire ou un spectre, dit Trivelin.

— Assez plaisanté, dit Ian en s'emparant d'une des lanternes à huile. Allons-y.

Ian, Pierre et Trivelin traversèrent le pas de la porte. Ian fut immédiatement saisi par une déplaisante sensation de claustrophobie. Il eut la soudaine impression de marcher dans un couloir creusé à une grande profondeur sous terre.

Les deux magiciens et leur ami avancèrent doucement jusqu'à l'endroit où le couloir s'incurvait. Ian se retourna pour voir une dernière fois Marion et Petite-Caille, toutes deux visiblement inquiètes.

Ian salua Marion, qui le salua en retour. Petite-Caille émit un bref aboiement, qui lui parut parvenir d'une immense distance. Modérément rassuré, Ian s'engagea dans la partie courbe du couloir, sa lanterne soulevée au-dessus de la tête. Marion et son laboratoire disparurent de sa vue. Le trait iridescent du fil d'arachne s'appuya contre le mur courbe mais continua de s'allonger sans difficulté.

Le couloir redevint droit presque aussitôt, puis s'incurva dans la direction opposée. Une longue partie droite suivit, interrompue par une série de courbes très peu marquées.

Ian, Pierre et Trivelin marchèrent assez longtemps. À l'exception de l'impression d'écrasement – peut-être psychologique – et de l'âcre odeur de renfermé, le couloir de pierre grise n'avait vraiment rien de particulièrement magique, ni même de remarquable. Il n'y faisait ni chaud ni froid. Le silence régnait. À aucun moment Ian n'eut l'impression de gravir ou de descendre une pente. Aucun embranchement.

— On dirait une anecdote de Philophanes, dit Trivelin. C'est long, il ne se passe rien et on ne sait pas où ça mène.

L'impression générale qui se dégageait du couloir de pierre était une impression d'abandon, de désaffectation immémoriale, comme si le passage n'avait pas été employé depuis des années, voire des siècles. De fait, au fur et à mesure qu'ils avançaient, l'état des lieux se détériorait. Des fissures apparurent dans des pierres. Plus loin, quelques moellons de la voûte s'étaient descellés. Ian souleva sa lanterne pour essayer de découvrir ce qu'il y avait au-delà du trou : roche, terre battue, mortier… Mais il eut beau soulever la lanterne au bout de ses bras, ni lui ni Pierre ne réussirent à distinguer autre chose qu'un vide obscur.

Plus ils avançaient, plus le tunnel s'abîmait, au point que Ian, qui menait la marche, se trouva bientôt devant un effondrement. Impossible d'aller plus loin, le couloir était entièrement obstrué par les pierres et les gravats.

Avec sa main libre, Pierre secoua la poussière dans ses longs cheveux blonds. Il regarda vers l'arrière, où le fil d'arachne luisait dans l'obscurité, puis reporta son attention sur l'obstruction.

— Ça valait bien la peine de marcher autant. À quelle distance crois-tu que nous sommes du manoir ?

— Je ne sais pas. Un quart de lieue. Peut-être moins.

— Tu crois qu'on pourrait dégager ça ?

Ian fit la grimace.

— Si ça t'amuse de manier la pelle et la pioche… Ce n'est pas tellement dans mes goûts.

— Je connais quelques incantations appropriées pour ce genre de situation.

— Je doute que ce soit une bonne idée d'employer de la magie dans ce tunnel.

— Alors quoi ? dit Trivelin. On fait un feu et on chante des chansons ?

Question de pure rhétorique. Ian, Pierre et Trivelin rebroussèrent chemin, maintenant guidés et rassurés par le fil d'arachne devant eux – guide bien inutile puisqu'il n'y avait eu aucun embranchement.

— Finalement, nous aurions pu emmener Marion, dit Trivelin.

— Mais elle aurait été déçue, dit Pierre. Quand même curieux qu'une porte aussi luxueuse mène à un couloir vétuste et à moitié effondré. J'ai une théorie. Ce couloir magique a été créé il y a très longtemps pour connecter le manoir à un autre lieu. On dissimulait son existence en enlevant la porte du mur. Bien avant que tu deviennes propriétaire du manoir, Ian, on a retiré la porte une dernière fois et on l'a jetée dans le fond de ton atelier. Avec le temps, la porte et le couloir se sont détériorés. Jusqu'à ce que tu appuies de nouveau la porte sur le mur, ce qui l'a réactivée.

— Théorie intéressante… dit Trivelin.

Ian haussa les épaules.

— Mais qui soulève autant de questions qu'elle en résout. Je n'ai jamais entendu dire, première des choses, que les anciens propriétaires de mon manoir aient pratiqué la magie.

Pierre fit un geste aérien de la main.

— Ce n'est qu'une théorie. Je ne suis pas Ignace. Je ne sais pas tout.

— Dis donc, c'est une bonne idée, ça. Nous pourrions demander à Ignace de venir jeter un coup d'œil.

— Si tu veux…

Ian sourit au manque d'enthousiasme de son ami. Les deux magiciens se toléraient, tout au plus. Pour Ignace le Catonien, Pierre n'était qu'un amuseur sans envergure qui gaspillait un réel talent. Tandis que Pierre était incapable d'apprécier à sa juste valeur l'érudition du vieil ermite. Ian, qui estimait ses deux collègues, avait renoncé à les réconcilier, une situation qui pouvait parfois être inconfortable.

Le trajet du retour parut long. À chaque tournant du couloir, Ian s'attendait à ce que ce fût le dernier, mais une fois passé le virage, au lieu d'une porte s'ouvrant sur son atelier, c'était un autre tronçon de couloir gris qui se perdait dans la noirceur au-delà de la lumière émise par sa lanterne. S'il n'y avait pas eu le fil d'arachne, il aurait commencé à se dire que lui et ses compagnons tournaient en rond ou que le couloir s'était allongé de façon magique.

Pierre, qui marchait un peu en avant, s'arrêta soudain en levant la main. Ian s'immobilisa aussitôt.

— J'ai cru entendre… chuchota Pierre, pour aussitôt s'interrompre.

Ian entendait lui aussi. Au bout du couloir devant les deux magiciens, la courbure du mur s'éclaira d'une lueur chaude et fluctuante. Le bruit augmenta d'intensité, un frottement de pas légers, accompagné d'un cliquetis rapide et régulier que Ian connaissait bien : c'était le son des griffes de Petite-Caille claquant sur le sol.

Et effectivement, Marion apparut, une lanterne à la main, suivie de la chienne.

— Enfin vous voilà ! dit la jeune femme avec un sourire soulagé. Je ne pensais pas que vous seriez aussi loin.

Ian sentit son visage blêmir de stupéfaction.

— Ma… Marion ?

Souriant avec la plus parfaite candeur, Marion s'approcha.

— Hé oui ! Alors, c'est juste ça, votre fameux tunnel ?

Ian hocha la tête, incrédule. Jusqu'à présent, il avait trouvé plutôt amusantes les manifestations du caractère rebelle de Marion, les considérant comme normale chez un esprit aussi vif que le sien. Pour la première fois, il commença à douter du bon sens de sa jeune nièce. Il demanda d'une voix sifflante.

— Mais qu'est-ce que tu fais ici ?

Le large sourire de la jeune fille se nuança de perplexité.

— Quoi ? Mais c'est toi qui m'as dit que je pouvais venir.

— Non ! explosa Ian. Ça suffit, Marion, ça suffit ! J'ai toléré jusqu'à présent tes enfantillages, mais cette fois-ci tu dépasses les bornes et ce n'est plus drôle du tout.

— Je… Je ne comprends pas… bredouilla Marion, le visage défait. Qu'est-ce qui te prend, oncle Ian ? Pourquoi cries-tu ?

— Je crie parce que de toute évidence tu n'écoutes pas quand je m'exprime d'une voix normale ! Ne t'avais-je pas *ordonné* de ne pas nous suivre ? Ne t'avais-je pas *répété* que c'était dangereux ?

— Je lui ai bien dit, renchérit Petite-Caille.

Pierre posa une main sur l'épaule de Ian, les sourcils froncés.

— Tais-toi…

Il se tourna vers Marion, lui prit la main, son regard plongé dans le sien.

— Tu dis que Ian t'a appelée ? Du fond du couloir ?

— C'est ce que j'essaie de vous expliquer ! affirma Marion sur un ton outragé. Mais vous ne me laissez pas parler.

Pierre se tourna vers Ian et Trivelin, le regard dilaté.

— Nous sommes en danger ! Sortons vite !

Au premier pas que Marion fit pour rebrousser chemin, une convulsion terrible secoua le tunnel. Dans un grondement de fin du monde, l'air s'épaissit de poussière et de gravats. Les cinq explorateurs s'élancèrent. D'autres convulsions encore plus violentes faillirent les faire trébucher. Ian échappa sa lanterne, qui s'éteignit. Il reçut un morceau de moellon sur l'épaule, puis un autre au visage. La douleur fit éclore un firmament d'étoiles tourbillonnantes au sein de la nuit poussiéreuse. À demi aveugle, il percuta Marion, qui s'était arrêtée. Il lui hurla à l'oreille « Cours ! Ne t'arrête pas ! », et c'est à peine s'il entendit sa réponse : « Je ne peux pas ! »

Clignant des yeux et suffoquant, Ian réussit à distinguer, dans la faible lumière de la lanterne toujours tenue par Marion, que le tunnel s'était refermé sur eux. Il ne s'agissait pas d'un simple effondrement : on avait plutôt l'impression que le plancher, le plafond et les murs de pierre étaient devenus flexibles, permettant au tunnel de se contracter, amenuisant le passage en un trou à peine assez large pour y passer la tête.

À travers le vacarme de la pierre broyée et les aboiements frénétiques de Petite-Caille, Ian sentit, bien plus qu'il ne les entendit, les consonnes dures et les voyelles fluides d'une puissante incantation. Pierre avait activé le fil d'arachne, il avait lancé un appel à travers des distances incommensurables, à travers les couloirs du temps et de la matière, par le biais du fil iridescent, toujours tendu devant eux, toujours visible malgré la poussière.

Par le trou de pierre, qui s'était maintenant contracté à la taille d'un poing, apparut une lumière éblouissante, chatoyante comme le fil émergeant du camée. Huit appendices iridescents de la taille de doigts d'enfants, frémissants comme des pattes d'insectes, s'insinuèrent dans le trou pour se plaquer avec raideur sur les bords de l'ouverture, comme pour agrandir celle-ci. Le trou se contracta encore plus pour écraser les appendices lumineux, Mais ceux-ci s'étaient épaissis, s'étaient solidifiés. Dans un grincement qui déchirait les oreilles et faisait mal aux dents, les deux magies se combattirent, celle du couloir et celle invoquée par le fil d'arachne.

Les huit appendices iridescents furent les plus forts. Soulevant une bouffée de poussière âcre, le passage du tunnel s'ouvrit de nouveau avec un craquement sourd.

Ian cria « Cours ! » à l'oreille de Marion. Cela n'avait pas été nécessaire : la jeune femme s'était déjà élancée. Ian, Pierre, Trivelin et Petite-Caille filèrent à sa suite le long du tunnel grinçant et oscillant, étayé de force par les appendices maintenant larges et noueux comme des branches d'arbre. Des tréfonds du tunnel montait le grondement d'une bête aux dimensions du monde, ulcérée de voir sa proie lui échapper.

Marion trébucha, échappa sa lanterne en reprenant son équilibre. Heureusement, à travers la poussière ils apercevaient maintenant une intense lumière devant eux. La porte de l'atelier !

Marion n'eut pas aussitôt mis le pied à l'extérieur du tunnel qu'elle émit un cri aigu de frayeur et d'incompréhension. Les huit appendices noueux qui avaient maintenu le couloir autour d'elle se prolongeaient et révélaient leur réelle nature : il s'agissait des pattes d'une monstrueuse araignée luminescente tapie au milieu du laboratoire. Son abdomen tavelé était plus haut qu'un homme, si large qu'il avait repoussé et renversé plusieurs meubles. Du haut de son céphalothorax, une multitude d'yeux luminescents étudiaient Marion avec un intérêt glacial. Petite-Caille, grise de poussière et hors d'elle-même de rage, s'élança vers la créature. Ne sachant trop où mordre, elle se contenta d'aboyer. C'est presque avec désintérêt que quelques-uns des yeux se tournèrent pour contempler l'animal.

Marion recula et tomba dans les bras de Ian, qui lui cria de ne pas avoir peur, en ayant l'impression que c'était une bouffée de poussière et non pas de l'air qui jaillissait de sa gorge. Pierre leva une main autoritaire vers la gigantesque créature et ordonna d'une voix forte :

— *Kca ! Kcodow ! Estrebw'w !*

Sous le regard stupéfait de Marion, la gigantesque araignée diminua de taille. Avec des spasmes irréguliers, les longues pattes s'amenuisèrent, se raccourcirent. Bientôt, l'araignée lumineuse ne dépassa pas la taille de Petite-Caille. Elle resserra ses pattes frémissantes contre son abdomen, comme certaines araignées le font pour se protéger d'une agression, et continua de rapetisser…

Un claquement sourd et violent les fit tous sursauter. La porte du tunnel s'était refermée derrière eux, comme par dépit.

Lorsqu'ils reportèrent leur attention sur l'endroit où se trouvait l'araignée magique, ils ne trouvèrent que le camée, abandonné au centre du laboratoire chambardé. Petite-Caille approcha le museau, toujours grondante.

Pierre alla ramasser le camée. Il le montra à la ronde. Ce n'était plus qu'un morceau de pierre terne et poreux, sur lequel on devinait vaguement la forme d'une araignée. L'anneau d'onyx et le fil avaient disparu. Il leva un visage hagard. Son maquillage était devenu gris de poussière et marqué par le tracé des larmes.

— Un pacte immémorial est venu à échéance aujourd'hui, expliqua Pierre d'une voix enrouée. L'arachne est retournée à sa dimension. Elle est libre.

◆

Ian, Marion, Pierre et Trivelin, une fois un peu dépoussiérés, se retrouvèrent dans la bibliothèque. Chacun blotti dans un fauteuil, ils partagèrent le contenu d'un flacon de cordial aux herbes pour se remettre un peu de leurs émotions et faire le point sur ce qui s'était passé. Ian exigea d'entendre tous les détails de la version de Marion. Celle-ci ne se fit pas prier.

— J'ai fait comme vous me l'aviez ordonné. J'ai attendu dans le laboratoire. Au bout d'un moment, lasse de contempler le fil lumineux, j'ai regardé un peu autour de moi dans le laboratoire – sans rien toucher, oncle Ian, je te le jure !

— Je te crois. Continue.

— Au bout d'un moment, j'ai entendu qu'on m'appelait : « Marion… Mariooon… » Ça venait du tunnel. C'était faible, ça venait de loin. J'ai crié : « Oncle Ian, c'est toi ? » Tu as répondu… Enfin, la voix, qui ressemblait à la tienne, a répondu… Maintenant, je me rends compte qu'elle sonnait bizarre, mais j'ai pensé que c'était à cause du tunnel… Alors oui, la voix a dit que je pouvais venir, qu'il n'y avait aucun danger. J'ai dit: « C'est tout noir, je ne vois rien. » Tu m'as répondu: « Prends une lanterne. Dépêche-toi. » J'ai pris une lanterne. Petite-Caille ne voulait pas me suivre.

— Ça sentait mauvais. J'aimais pas ça.

— Oui, mais j'ai traité Petite-Caille de peureuse et je l'ai convaincue de venir aussi. J'ai marché longtemps. Lorsque je suis arrivée devant toi et que tu m'as disputée, je ne comprenais plus rien. Ça alors ! Je ne t'avais jamais vu fâché comme ça, oncle Ian.

— Je suis navré d'avoir crié ainsi.

— Je t'en prie, oncle Ian, ne t'excuse pas. Tu aurais eu raison de te fâcher si je t'avais vraiment désobéi. Je vois bien maintenant à quel point la magie peut être dangereuse.

— On t'a bien appelée par ton nom ? demanda Pierre. Tu es sûre de ce détail ?

La jeune femme hocha affirmativement la tête en trempant les lèvres dans son verre de cordial. Personne ne parla pendant un certain temps, chacun plongé dans ses réflexions. Pierre se racla la gorge et fit signe qu'il allait dire quelque chose. Il ne s'était pas remaquillé après s'être débarbouillé: son visage marqué d'ecchymoses, encadré par ses longs cheveux blonds encore humides, lui conférait un air farouche qui détonnait chez lui.

— Le tunnel et Marion sont liés. Il est apparu le jour même où celle-ci est arrivée chez toi. C'est la seule parmi nous trois qui a été *appelée*. Et c'est lorsqu'elle a voulu rebrousser chemin que le tunnel s'est refermé sur nous.

Marion fronça les sourcils.

— Comment le tunnel aurait-il pu prévoir que la vieille porte serait placée contre le mur le jour même où j'arriverais ?

— La magie ne tient pas compte des relations de cause à effet du monde normal, expliqua Ian. Ce que je ne comprends pas, c'est pourquoi mon champ de vigie n'a pas réagi.

— Il est conçu pour réagir aux attaques de l'extérieur, dit Pierre sur le ton de l'évidence. Cette ouverture s'est faite de l'intérieur.

— Un champ de vigie ? demanda Marion.

— Une incantation de surveillance, comme une bulle autour du manoir pour me prévenir de toute intrusion magique.

— Hé ! Je commence à trouver que tu me caches bien des choses.

— Un magicien ne révèle pas tous ses secrets à la première venue.

— Tu qualifies ta propre nièce de première venue ? protesta celle-ci avec un sourire qui révélait qu'elle n'était pas vraiment offusquée.

— Une chose est certaine, dit Ian. Tant que nous n'en saurons pas plus au sujet de ce tunnel – ce qui signifie entre autres qu'il faudra attendre qu'Ignace nous ait donné son avis – je t'interdis d'approcher de cette porte de nouveau.

Marion serra son verre de cordial de sa fine main blanche et hocha la tête d'un air un peu agacé.

— Vraiment, oncle Ian… Tu n'avais pas besoin de m'interdire *ça*.

◆

Un peu plus tard, Ian utilisa de nouveau la craie bleue, sous la surveillance attentive de Marion, Pierre et Trivelin. Cette fois-ci, l'Opercule voyeur ne révéla pas la chambre de son frère Héran à Besline, mais un sombre caveau encombré d'étagères croulant sous des centaines de livres et d'un fouillis invraisemblable d'appareils insolites. Éclairé par deux lanternes dépareillées, un espace avait été gardé, tout juste assez grand pour laisser la place à un fauteuil élimé, à une table bancale et à un buffet sur lequel on distinguait encore d'autres livres, certes, mais aussi une miche de pain, du fromage et deux bouteilles de vin. Dans le fauteuil, un vieil homme corpulent souleva le regard de l'épais tome relié qu'il était en train de lire et retira la pipe noircie piquée dans sa barbe grise.

— Salut, Ignace, dit Ian. J'espère que je ne te dérange pas.

Ignace le Catonien haussa ses larges épaules rondes, avec un vague grognement.

— Bien sûr que non. Au contraire. J'attendais que tu me contactes.

— Ah oui ?

— Tu es là pour discuter de ma lettre, je suppose…

Il fallut le temps d'un battement de cœur pour que Ian se souvienne de la lettre qu'il avait reçue quelques jours plus tôt.

— Eh bien, euh… non… C'est-à-dire… je ne l'ai pas encore tout à fait terminée.

Le vieil homme parut un peu vexé.

— Ah bon… Mff… Je vois… Je pensais que ça t'intéresserait, mais puisque ce n'est pas le cas…

— Là n'est pas la question : ta lettre est tout à fait fascinante. Mais je te contacte à un autre sujet. Je suis ici en compagnie de Pierre, et nous butons contre un mystère concernant un tunnel magique qui est apparu dans ma demeure. Nous nous sommes dit que toi, peut-être, tu saurais de quoi il retourne.

Le visage grisâtre du vieil érudit se plissa de perplexité. Il aspira à sa pipe, pour se rendre compte qu'elle s'était éteinte.

— Ah... Mff... Un tunnel, tu dis ? As-tu consulté mon compendium ?

— Bien sûr. C'est la première chose que j'ai faite.

— Étonnant... Je croyais avoir été exhaustif sur ce sujet particulier. Pierre Coen est chez toi, tu dis ?

— Bonsoir, Ignace, dit Pierre.

— Mff... Oui, oui, bonsoir Pierre... Je... (Un autre plissement de perplexité.) N'est-ce pas Valériane que j'aperçois derrière toi ?

Comme Marion s'était approchée de l'Opercule pour voir son interlocuteur, Ian fit les présentations, puis reprit le fil de la conversation. Il décrivit la manière dont la porte était apparue, ce qu'il y avait de l'autre côté, et il relata comment ils avaient tous failli rester prisonniers.

Entre ses essais infructueux pour allumer sa pipe, Ignace marmonnait : « Étonnant, étonnant... » Il était clair que ce que lui rapportait son jeune collègue le surprenait grandement.

— Voilà un résumé de l'affaire, conclut Ian. Je pense qu'à cette étape l'opinion de l'auteur du compendium sera la bienvenue.

Après bien des marmonnements, et une tentative enfin réussie pour rallumer sa pipe, le vieil érudit finit par concéder :

— Je peux reporter de quelques jours mes recherches – malgré leur importance cruciale – pour examiner de plus près cette fameuse porte. Le temps de me préparer, oui, oui... Une bonne journée... Deux jours de marche tranquille... Mff, je devrais arriver chez toi dans la soirée. Dans trois jours. Ou quatre.

— À très bientôt, dit Ian. Nous t'attendrons.

— Mff… Oui, oui, à plus tard.

Le cercle de craie bleue avait à peine été rompu par Ian que Marion éclata de rire.

— Je n'ai jamais vu quelqu'un d'aussi bizarre !

— Ce n'est rien, dit Pierre. Attends de le rencontrer en personne. Il va te regarder des pieds à la tête, et de la tête aux pieds, et marmonner « Mff… Mff… Vous êtes bien charmante, mademoiselle… Oui, oui, bien charmante… »

— « Étonnant, étonnant », renchérit Trivelin en imitant à la perfection la voix et les maniérismes d'Ignace le Catonien.

Marion s'esclaffa de plus belle.

— C'est un grand savant, intervint Ian, qui n'appréciait qu'à moitié ce persiflage.

— Tu veux dire un *gros* savant, le reprit Trivelin.

— Il faut accepter ses excentricités avec patience. J'endure bien les vôtres, moi.

Pierre, Marion et Trivelin échangèrent un regard entendu, puis éclatèrent de rire encore une fois. Ian haussa les épaules :

— C'est ça, moquez vous aussi de moi. Je suis heureux de voir que vous vous êtes trouvé un intérêt commun.

Petite-Caille vint poser la tête sur son genou, son regard brun signifiant : « Moi, je ne me moquerai jamais de toi. »

Remis de son hilarité, Pierre s'étira en regardant autour de lui.

— Qu'allons-nous faire en attendant Ignace ?

— J'ai de la lecture, dit Ian. Je ne m'ennuie jamais.

Cela ne sembla pas enthousiasmer Pierre. Il demanda à Marion :

— Et toi ? Je parie que ce vieil encroûté de Ian ne t'a pas dit qu'il y avait un bal au château après-demain.

La jeune femme ouvrit de grands yeux.

— Non !

Trivelin se tourna vers Ian, scandalisé.

— Sans blague ? Tu ne lui as pas parlé du bal de l'été ?

— Tu dis ça comme si je l'avais fait exprès, dit Ian, tout de même sur la défensive. J'avais oublié, c'est tout.

— Je veux bien lire et étudier le jour, dit Pierre, mais le soir j'aime me changer les idées. Je propose que nous allions tous nous dégourdir les jambes au bal de Contremont. Enfin, si notre charmante amie aime danser, bien entendu.

Marion s'étouffa avec le reste de cordial qui restait dans son verre, si bien qu'il lui fallut beaucoup plus de temps que prévu pour répondre à la question…

Chapitre 7

Le bal de l'été

Bien avant de franchir le mur d'enceinte de Contremont, Ian, Marion et Pierre avaient senti dans le vent tiède du soir la riche odeur provenant des cuisines du palais, où rôtissaient depuis le matin des bœufs, des cerfs et toute une basse-cour de poules, de canards, d'oies et de paons, fumet auquel se mêlait l'odeur chaude du pain qui cuisait dans les fours.

Ils n'étaient pas les seuls à converger vers la porte de l'est en cette fin d'après-midi. Au royaume de Contremont, le bal du début de l'été était une tradition qui remontait au temps du roi Darien, et avait continué sous ses descendants, Japier, Melsi, et ainsi de suite jusqu'au souverain actuel, Philophanes. Bien qu'il s'agît d'une des traditions les mieux établies du royaume, à laquelle assistaient nombre d'étrangers, la fête était relativement informelle et ouverte à quiconque se donnerait le mal de s'habiller pour la circonstance.

Pour certains, comme maître Corybantier, cette simple exigence frôlait de près l'inacceptable. Ian n'aimait pas s'habiller, ni pour les bals ni pour aucune autre cérémonie ; il avait toutefois cédé aux supplications de Marion et accepté temporairement de troquer son uniforme de magicien contre une chemise azur ajustée à la taille et une cape sinople retenue par un bouton d'or. Comme il faisait chaud, il avait refusé de porter un chapeau. Les magiciens étaient reconnus pour leur dédain des conventions.

Pierre, par contre, était plus que jamais l'incarnation du gentilhomme de goût dans un justaucorps de velours en damiers pourpre et jaune, un pantalon sable brodé d'argent, et un chapeau de même couleur et décoré des mêmes motifs.

Quant à Marion, qui aurait pu deviner en admirant l'insouciance de sa démarche, la sobriété presque provocante de sa robe bleue sans ornements, presque sans accessoires, une simple ruche de dentelle autour du cou, qui aurait pu deviner en vérité qu'un peu plus tôt, ce même après-midi, le manoir entier avait vibré sous les courses effrénées et les cris d'angoisse d'une jeune femme qui venait de constater qu'elle « n'avait rien à se mettre » ? C'est en vain que Bernières avait protesté qu'elle n'était qu'une vieille paysanne ignorante qui ne connaissait rien à l'habillement des jeunes filles modernes ; elle avait été enrégimentée de force comme aide-habilleuse, tandis que Ian et Pierre avaient été conscrits comme juges. À intervalle régulier, en coup de vent, Marion avait surgi de sa chambre dans un nouveau costume, guettant leurs réactions avec anxiété. Ian avait rapidement compris que la moindre hésitation ou le plus petit sourire moqueur de leur part ne ferait que prolonger leur supplice.

Finalement, la robe bleue ayant suscité le commentaire « Belle dans sa simplicité, telle une goutte de rosée » de la part de Pierre, et « Comment peut-on battre la perfection ? » de la part de Ian, le trio avait finalement pu se mettre en route.

À l'intérieur de l'enceinte, il y avait déjà beaucoup de monde sur le chemin menant à la haute cour. Des fillettes jetaient des fleurs sous le pas des visiteurs pour créer un sentier multicolore et parfumé. Les conversations, les sons de la flûte, du cornet, de la harpe, tout se fondait en un brouhaha festif. Une arche tressée de fleurs marquait l'entrée du lieu de la fête. Marion passa un bras sous celui de Ian et tendit l'autre à Pierre, souriant à chacun de ses cavaliers avec une expression un peu compassée. Ian la salua d'un hochement de la tête, amusé en lui-même par l'authentique sentiment de vanité qu'il ressentait soudain à apparaître, lui, le digne et ténébreux maître Corybantier, en aussi séduisante compagnie.

Le trio traversa l'arche. La salle de bal du château n'aurait pu contenir tout le monde qui était attendu : le parquet de la fête occupait donc toute la haute cour, alors que la salle d'audience s'était métamorphosée en salle à manger. Le trône avait été remisé, remplacé par des tables sur tréteaux croulant de victuailles. Des fleurs odorantes couvraient le sol de pierre et de tuiles bleues. Comme le soleil effleurait les remparts, des flambeaux de résine brûlaient déjà, reflétant leur lumière fauve dans les miroirs de cuivre, l'orfroi des mantels des nobles et les bijoux des dames.

À peine arrivé à l'intérieur, Ian aperçut Trivelin, vêtu d'un costume de bouffon, en train de jongler avec quatre balles au milieu d'un groupe d'enfants. Exagérant une mimique de ravissement, le nain s'interrompit pour saluer Ian : ce qui fit tomber les quatre balles sur sa tête l'une après l'autre, au vif amusement des enfants.

Trivelin salua bien bas son auditoire puis, ignorant les cris de déception, s'approcha des nouveaux arrivés, les bras ouverts aussi grands que cela lui était possible.

— Ian au bal de Contremont ? Il y avait longtemps… Et regardez-moi ce costume. Laisse-moi deviner… Ce n'était pas ton idée.

— Ta perspicacité est inversement proportionnelle à ta taille, dit Pierre.

— Et je te salue aussi, mon cher Pierre. L'homme le plus courageux que je connaisse. Il le faut bien, pour s'habiller comme ça.

— Vous êtes aussi insupportables l'un que l'autre, dit Marion.

Ian sourit de voir ses deux amis rivaliser de taquineries, puis son attention fut détournée par un appel du roi Philophanes, qui accueillait en personne ses invités, suivi dans ses déambulations par une petite cour de courtisans, sans oublier son inséparable sénéchal Risorius. Le visage du roi s'étira en une expression de surprise amusée.

— Maître Corybantier ? Je ne vous avais pas reconnu sans votre cape noire. Et au bras d'une frisque jouvencelle ? Bigre, bigre, que se passe-t-il ?

— Mes hommages, Majesté. Ainsi qu'à vous tous, messires et gentes dames. Permettez-moi de vous présenter Pierre Coen, un de mes distingués collègues.

Pierre salua bien bas avec une volte élégante de son couvre-chef. Philophanes le regarda à peine, il n'avait cessé de contempler Marion.

— Et vous ne me présentez pas votre escorte ? Vous avez peur qu'on vous la dérobe ?

— Mille pardons, Majesté. Je croyais que vous l'aviez reconnue. Il s'agit évidemment de Marion, ma nièce, que je vous ai déjà présentée.

— Majesté, messires, gentes dames, fit Marion avec une attitude empreinte de modestie.

Philophanes étudia la jeune fille, stupéfait.

— Vous m'auriez été présentée ? Or ça, c'est extraordinaire, mais je ne m'en souviens pas.

Risorius lui murmura une phrase à l'oreille. La bouche du sénéchal forma le nom de Trivelin. Le roi s'exclama soudain :

— Ah ! cette stupide histoire… Je vous reconnais maintenant… D'où venez-vous, jeune fille, et qui est votre père ?

— Je suis de Besline. Mon père est Héran Donat.

Philophanes cligna des yeux rapidement, puis se tourna vers Ian.

— Votre nièce est la fille d'Héran Donat ? Le réformateur de Besline ? Quel est ce mystère ?

— Un mystère facile à expliquer, Majesté. Héran est mon frère aîné.

— Comment se fait-il que vous vous appeliez Corybantier et non pas Donat ?

Ian, désarçonné, se sentit rougir.

— Eh bien… Il est de coutume pour nous, magiciens, d'employer un nom de pratique. « Corybantier » signifie « celui qui dort les yeux ouverts ». Je sais que tout cela démontre une certaine vanité, mais… euh… la tradition…

Mais Philophanes n'écoutait plus. Le visage plissé par la réflexion – ou par le mécontentement, difficile de décider –, il fit signe à Ian de le suivre un peu à l'écart. Une fois éloigné de ses courtisans, d'une voix suffisamment basse pour être noyée par le bruit ambiant, il lui dit :

— Quel stupéfiant hasard. La fille de l'intendant de Besline… Et moi qui voulais justement que nous discutions un peu de la situation politique là-bas.

— Ici ? Maintenant ?

— Non, non… Les circonstances ne sont pas propices aux discussions sérieuses. Revenez me voir… euh… Après-demain, tiens.

Avant même que Ian puisse demander la moindre explication, Philophanes avait reporté son attention sur un nouveau groupe de dignitaires venus assister au bal.

Un peu décontenancé par cette convocation imprévue, Ian tenta de retrouver Marion et Pierre parmi la foule des convives, pour s'apercevoir que sa nièce et son ami n'avaient pas tardé à succomber à leur passion commune. Ils s'étaient déjà joints à la pavane qui était en cours. Ian ressentit un bref pincement de déconvenue et de jalousie en constatant la facilité et le naturel avec lesquels ils s'étaient tous deux intégrés aux autres danseurs. Si c'était lui qui avait eu le malheur de s'intégrer à une danse déjà commencée, il était convaincu que cela aurait perturbé tout l'alignement.

— Elle t'a déjà abandonnée ? ironisa une voix féminine tout près de lui.

Ian porta son attention sur la femme aux longs cheveux roux qui s'était approchée, une coupe de vin à la main, un sourire finement ironique sur ses lèvres très rouges. De sa main libre, Valériane souleva le rebord de sa robe vert clair comme une feuille de roseau, et salua Ian d'une révérence moqueuse.

Ian salua à son tour, satisfait de lui-même de ne pas avoir exprimé la moindre surprise en la reconnaissant. Sur un ton tout à fait léger, il s'étonna de la voir en ce lieu. Il ne pensait pas que sa voisine assistait encore à ce genre de festivités.

— Exactement ce que je me suis dit en te voyant.

La jeune femme pointa le menton vers la procession des danseurs, dans laquelle il était facile de repérer la robe claire de Marion, et elle poursuivit :

— Or j'ai vu que tu étais accompagné, ce qui explique bien des choses. Elle s'appelle Marion, je crois me souvenir.

Ian sourit.

— C'est vrai. J'oubliais que vous vous connaissiez. C'est pour lui faire plaisir que je suis ici, tu le devines bien.

— Oh, je le devine fort bien ! dit Valériane sur un ton de badinage aérien qui surprit un peu Ian. Que ne ferait-on pas pour faire plaisir à une si jolie chose ? Même si – tu me permets d'être franche ? – sa robe ne lui convient pas. Elle lui donne l'air bien jeune, tu ne trouves pas ?

Ian haussa une épaule.

— Pour ce que je connais de ces choses, j'aurais plutôt dit que ça la vieillissait. Elle n'a que seize ans, tout de même.

Valériane le toisa un moment. Elle ouvrit la bouche, sans dire un mot, puis émit un bref rire en hochant la tête.

— Et tu t'en vantes, en plus ! Sous cette façade de grand savant, tu es bien un homme comme les autres… Avoue que tu es fier de venir parader en sa compagnie.

Ian resta tout d'abord complètement décontenancé, puis il comprit le sens et l'ampleur du malentendu.

— Halte-là ! Qu'est-ce que tu es allée t'imaginer ? Marion n'est pas ma… ma… (Le mot lui parut trop inconvenant pour être prononcé.) C'est ma *nièce !*

— Mais bien sûr ! Ta « nièce ». Non, sérieusement, tu me prends pour une gourde ? D'abord, elle ne te ressemble absolument pas.

Ian poussa un immense soupir.

— Valériane, tu es ridicule. Marion est le portrait craché de sa mère Alcanthe, si ce n'est qu'elle est grande et blonde comme mon frère Héran. (Il étudia son interlocutrice d'un regard soudain intrigué.) Marion ne t'avait pas expliqué qui elle était ?

Valériane fit une moue vexée.

— Je lui ai posé la question. Elle a été plutôt évasive. J'ai conclu qu'elle avait quelque chose à cacher.

Ian allait répondre avec fraîcheur qu'aurait eu intérêt à contrôler son imagination, qu'elle aurait dû le connaître mieux que ça, lorsqu'il se rendit compte que Marion avait tout de même eu de bonnes raisons de ne pas révéler tout de suite à une inconnue le lien qui l'unissait à son oncle. N'avait-elle pas été envoyée à Contremont pour sa sécurité ?

— Eh bien… grommela Ian. La vérité, c'est que Marion est ma nièce, et le malentendu est résolu. Je ne vois pas en quoi ça t'aurait concernée de toute façon…

— En rien, dit Valériane qui regardait la danse se poursuivre. En rien du tout.

— Je suis heureux de te l'entendre dire.

— De toute façon, tu ne serais pas le premier homme qui, en vieillissant, se prend de passion pour les très jeunes femmes. Rien de nouveau sous le soleil.

— Et tu ne serais pas la première femme qui, en vieillissant, *jalouse* l'intérêt des hommes pour les très jeunes femmes, rétorqua Ian, sachant que la réplique était malheureuse mais incapable de lui laisser le dernier mot. Rien de nouveau sous le soleil là non plus.

Valériane le toisa encore une fois, un rictus outragé sur les lèvres.

— Voilà ce que je gagne à venir te parler, à essayer de faire la paix.

— Tu m'accuses de coucher avec ma nièce ! (Ian baissa le ton : malgré la musique, on commençait à les regarder.) C'est ça que tu appelles faire la paix ?

— Je ne *savais pas* qu'elle était ta nièce, répéta Valériane comme si elle avait affaire à un sourd.

— Peu importe. Tu te mêlais de ce qui ne te regardait pas. Oh, Valériane, oh, tu n'as pas changé.

— Toi non plus ! Toujours drapé dans ta morgue et ta suffisance.

Dans un tourbillon de cheveux roux, Valériane pivota sur elle-même et s'éloigna, abandonnant Ian qui bouillait d'exaspération. La pavane avait pris fin. Marion accourut, suivie de Pierre. Elle jeta autour d'elle un regard intrigué.

— Tu n'étais pas en train de parler avec Valériane ?

— Oui. Elle est partie.

— Qu'est-ce qui s'est passé ? Tu as l'air fâché.

— Nous nous sommes disputés.

— Vous n'avez pas perdu de temps, dit Pierre.

Le visage de Marion exprima un mélange de surprise et de tristesse.

— Vous vous êtes disputés ? À quel sujet ?

— Un sujet trop ridicule pour être évoqué. Parlons d'autre chose.

— Vous ne vous êtes tout de même pas disputés pour des questions de magie, en pleine fête ?

— Il faut que tu saches, ma chère Marion, expliqua Pierre avec un sourire sardonique, qu'entre Ian et Valériane les sujets de dispute sont plus nombreux que les sujets d'accord.

— C'est vraiment dommage, dit Marion.

— J'ai dit : changeons de sujet.

— Volontiers, dit Pierre. Je vois que les gens se sont approchés des victuailles et cette pavane m'a mis en appétit.

— Moi aussi ! C'est incroyable, je ne fais que manger depuis que je suis partie de Besline.

Ian suivit ses compagnons pour s'asseoir au bout d'une des longues tables. L'estomac contracté par l'exaspération, il eut l'impression qu'il serait incapable de manger, mais le vin, le parfum des viandes et des herbes aromatiques, ainsi que l'humeur joyeuse de ses compagnons de table, lui firent oublier la discussion avec Valériane, discussion qui, à chaque nouveau verre de vin, lui apparaissait de plus en plus futile, effectivement.

Le ciel indigo était devenu presque noir lorsque le roi Philophanes se joignit aux convives. Lui et sa cour occupèrent une table surélevée placée à l'endroit où habituellement s'érigeait le trône. Les hauts dignitaires venaient à peine de s'asseoir lorsqu'un nuage de fumée rose éclata au milieu de la salle, accompagné d'un bruit d'explosion qui fit crier ces dames en général et Marion en particulier.

Le nuage de fumée se dissipa aussitôt, révélant trois saltimbanques immobilisés dans une pose hiératique, telles des statues. Ils étaient tous les trois vêtus de collants rayés ocre et rouge grenat. Même s'ils avaient été vêtus plus sobrement, ils ne seraient pas passés inaperçus dans une foule ordinaire. Le premier était un colosse tout en muscles, presque un géant ; le second arborait un regard dur, des joues très creuses et une longue moustache qui lui donnait un air incroyablement farouche ; la troisième était une jeune femme d'une très grande beauté. Leur visage à tous les trois avait le teint brun clair des Musaphes, encadré par de longs cheveux noirs.

Les trois saltimbanques s'animèrent d'un coup. Surgis d'on ne sait où, des bâtons enflammés apparurent. Les jongleurs se mirent à lancer leurs bâtons haut dans les airs, pour les rattraper, toujours par le bon bout. Un murmure de stupéfaction parcourut aussitôt l'assemblée lorsqu'on se rendit compte que la jeune femme possédait quatre bras et quatre mains. Marchant sans hâte, avec nonchalance, les deux hommes s'éloignèrent de la femme. Les bâtons enflammés circulaient maintenant entre les trois jongleurs. Les deux hommes s'éloignaient de plus en plus de leur compagne. Des torches tourbillonnèrent bientôt au-dessus des convives, sous les rires et les petits cris d'effroi.

Du coin de l'œil, Ian aperçut Trivelin qui se joignait à leur tablée, une bouteille de vin blanc à la main et un large sourire un peu éméché sur le visage.

— C'est fini pour moi ce soir. J'ai le droit de fêter moi aussi. Tu vas voir. Je les connais. Ils sont bons.

Trivelin posa un épais coussin sur le banc et tendit son bras court pour s'emparer d'un demi-canard et du reste d'un plat d'asperges qu'il versa au complet dans son assiette.

Les trois saltimbanques conclurent leur premier numéro sous un tonnerre de vivats et d'applaudissements. Le second numéro fut consacré à un duo mettant en scène le colosse et la jeune femme aux quatre bras. L'homme projetait sa compagne dans les airs à une hauteur stupéfiante – où elle se contorsionnait et effectuait une grande variété de cabrioles – pour la rattraper sans le moindre effort. Cela fut suivi par un numéro un peu comique, dans lequel la jeune femme, munie d'un rasoir, avait beau couper à répétition la corde que lui tendait l'homme à la moustache, cette corde retrouvait constamment son état original.

Entre deux bouchées, Trivelin fit un geste de son menton luisant de jus.

— Qu'est-ce que je vous avais dit ?

— Ils sont bons, reconnut Ian.

— Pas mal, dit Pierre.

— Pas mal ? s'offusqua Marion. Je vous trouve bien condescendant avec vos collègues. Seriez-vous capable de faire aussi bien qu'eux ?

— Ma charmante amie, dit Pierre avec un sourire. Ce ne sont pas des magiciens, ce sont des prestidigitateurs. La corde n'est jamais coupée. Ils nous le font croire en détournant notre regard grâce à des mouvements habiles.

— Qu'est-ce qui me prouve que vous avez raison ? Peut-être sont-ils des magiciens plus forts que vous.

Ian éclata de rire devant l'expression quelque peu décontenancée de son collègue.

— À ton tour de goûter au scepticisme de mademoiselle.

Mais Pierre n'était pas du genre à rester décontenancé longtemps. À la fin du numéro des saltimbanques, il profita du retour des musiciens pour expliquer à Marion qu'il existait divers registres de magie.

— Il y a d'abord la prestidigitation qui, comme on l'a vu, peut être très spectaculaire. Mais ce n'est pas de la magie : il suffit d'être rapide et habile de ses mains. Il y a ensuite *l'illusion*, induite par influence psychique. Ça, c'est un peu plus sérieux. Tu te souviens des papillons jaunes qui se sont envolés des roses blanches, lors de notre première rencontre ? Possèdes-tu toujours ces roses, Marion ?

La jeune femme fronça les sourcils.

— Je… Non, j'ai dû les oublier sur la table de l'auberge… Je suis désolée.

— Ne t'excuse surtout pas. Il n'y a jamais eu ni papillon jaune ni rose blanche. C'était une illusion, qui s'est dépêchée de disparaître dès que tu as pensé à autre chose. Les illusions ont ceci de particulier qu'elles effleurent la mémoire sans y pénétrer très profondément. Tu en aurais complètement oublié l'existence si je ne t'avais pas rappelé l'anecdote. Les illusions psychiques sont une forme de magie, mais qui ne fait que flotter à la surface du réel, si tu me permets de m'exprimer ainsi. Si un malandrin m'attaquait, je pourrais lui donner l'impression que son couteau s'est transformé en serpent, pour l'effrayer.

Mais si mon attaquant n'était pas dupe, s'il me donnait quand même un coup de son serpent, c'est une véritable lame de couteau, bien réelle et bien tranchante, qui s'enfoncerait dans ma poitrine.

Pierre remplit à nouveau sa coupe de vin, y trempa les lèvres. Son regard croisa celui de Ian, puis replonga dans les yeux gris-vert de Marion. Il reprit, sur un ton plus sérieux quoique un peu empâté par l'alcool :

— Quant à la *véritable* magie, c'est une affaire sérieuse, comme tu as pu t'en rendre compte dans le tunnel…

— Sujet qu'il vaudrait mieux éviter de mentionner ici, interrompit Ian en indiquant les autres convives attablés autour d'eux.

— De quoi ? demanda Trivelin d'une voix stridente. De quoi qu'il faut pas parler ? (Le nain fit un clin d'œil à Marion, puis donna une bourrade sur l'épaule de Ian.) Tu me fais rire, Ian. Qui est-ce que tu crois que ça intéresse, autour de nous, tes histoires de magie ? Les gens sont ici pour fêter, pas pour t'espionner !

— C'est vrai ça, approuva Marion. Nous sommes ici pour fêter, pas pour parler. Les gens se sont remis à danser, là-bas. Mais regardez comme c'est drôle : ils dansent un passe-pied, alors que la musique est une doublebande !

Ian expliqua doctement.

— Ce que tu appelles passe-pied à Besline, ici on appelle ça un pas de trois. Mais ce sont toutes des variations de la même danse à trois temps, itérative, avec échange progressif de partenaires. D'un point de vue mathématique, le parcours de chaque danseur ressemble au trajet d'une corde dans un nœud. J'ai un peu étudié la chose : la doublebande est la plus simple, elle correspond au nœud capon ; le passe-pied oscille entre le nœud en huit et son image miroir, tandis que tu peux constater que le pas de trois…

Marion émit un cri incrédule.

— Oncle Ian ! Une danse n'est pas faite pour être analysée. Elle est faite pour qu'on s'amuse, qu'on se rencontre, qu'on forme des liens.

— Eh bien… Je comprends, mais l'un n'exclut pas l'autre…

Elle se leva, attrapa Ian par la main et l'obligea à l'accompagner.

— Tu es vraiment trop cérébral. Arrête de parler de nœuds et allons danser !

— Excellente idée ! approuva Pierre, qui se leva d'un bond.

Poussé dans le dos par Pierre et entraîné de force par Marion, Ian fut conduit jusqu'à la haute cour où, sous le plafond étoilé et la lumière chaude des torches, le pas de trois venait de commencer. Les danseurs déjà présents se resserrèrent un peu, Pierre ayant réussi on ne sait comment à cueillir au passage une partenaire.

Ian se retrouva en face de Marion, qui lui souriait avec un pétillement à la fois triomphal et un peu moqueur dans son regard clair. Ian avait déjà dansé – sa nièce aurait sans doute été étonnée de savoir que des années plus tôt il ne manquait aucun bal de l'été – mais il lui fallut tout de même un peu de temps pour se réchauffer et laisser ses jambes se souvenir des mouvements. Heureusement, comme cette variation de la danse était nouvelle pour elle, Marion était tout aussi hésitante que lui, si bien qu'il ne se sentit pas trop ridicule à copier sur les autres danseurs – avec un léger décalage – les salutations, les battements de pied et les autres figures de la danse. Chaque cycle se terminait par une accolade tournante du danseur et de la dame qui lui faisait face. Ian et Marion s'enlacèrent.

— Mais tu danses bien ! murmura celle-ci contre l'oreille de Ian. Tu as encore beaucoup de secrets comme ça ?

— Je n'ai jamais dit que je ne savais pas danser. J'ai dit que ça ne m'intéressait pas.

— Oh, tu es tellement drôle, parfois.

Ian n'eut pas le temps de répondre : il dut se séparer de Marion et saluer la femme à sa droite, qui lui répondit avec une révérence empreinte de charme. Pierre, de son côté, salua bien bas Marion, redevenue pour un temps sa cavalière. Ce n'est qu'à ce moment que Ian aperçut, à l'autre bout de la double rangée des danseurs, un flamboiement roux reflété par les miroirs de cuivre accrochés aux murs de la haute cour. Valériane aussi s'était mêlée à la danse.

Une pensée soupçonneuse flotta dans l'esprit de Ian. Simple coïncidence ou Marion l'avait-elle fait exprès ? La question n'étant pas d'une importance cruciale, il préféra se concentrer sur sa nouvelle cavalière, qu'il reconnut comme étant la femme d'un des riches commerçants de Contremont.

La danse se poursuivit, la musique accélérant doucement la cadence à chaque changement de partenaire. Finalement, selon les règles de la danse, Ian se retrouva en face de Valériane qui arborait le petit sourire impertinent qui semblait avoir été peint sur ses lèvres à la naissance. À la fin du cycle, ils s'enlacèrent, la danse tournant plus vite, et le cœur de Ian battant plus fort que jamais. Pour la tenir, il lui fallut serrer Valériane un peu plus contre sa poitrine. Les longs anneaux roulés de ses cheveux de cuivre lui effleurèrent les joues. À ce moment, un trouble s'empara de lui, et c'est avec soulagement qu'il s'aperçut que la danse se terminait.

Il salua brièvement Valériane, puis tourna les talons pour retourner s'asseoir à sa table. Marion le rattrapa, les joues rouges, essoufflée, un peu stupéfaite.

— Hé ! Tu ne danses déjà plus ?

— Je vais reprendre mon souffle.

— J'ai eu l'impression que Valériane aurait aimé que tu continues à danser.

Ian émit un rire sardonique.

— Ho ! Ho ! Il s'agissait donc bel et bien d'un traquenard. Que se passe-t-il, Marion ? Tu joues les marieuses, maintenant ?

La jeune femme haussa une épaule, avec un soupir de renoncement. De toute façon, Pierre vint récupérer sa partenaire, car un bransle campagnard succédait au pas de trois, choix à la limite du bon goût de la part des musiciens, mais avec la tombée de la nuit et le départ des enfants, la fête devenait de moins en moins guindée, les voix devenaient plus fortes, les rires plus lascifs.

Ian retourna dans la salle à manger presque désertée, où il retrouva Trivelin, qui avait sérieusement entamé la pente de l'ébriété – avec la taille qu'il avait, cela ne lui en prenait pas beaucoup, bien sûr.

— Assieds-toi, s'exclama le nain en soulevant son verre de vin. Assieds-toi, mon cher Ian, et partage ma bouteille. À la table des laissés-pour-compte, il y a toujours de la place !

Ian n'était pas certain d'apprécier le qualificatif, mais il accepta tout de même de s'asseoir et de trinquer avec son vieil ami. Il savait qu'il avait lui-même trop bu, tout comme il savait que la brève période de gaieté qu'il avait ressentie plus tôt était en train de dégénérer en sombres ruminations pendant lesquelles toutes les vexations de son existence, même les plus futiles, se presseraient à la porte de sa mémoire afin de lui rappeler sa petitesse et son insignifiance.

Il comprenait plus que jamais la raison pour laquelle il avait évité de mettre le pied au bal de Contremont depuis tout ce temps. L'ambiance du lieu l'avait ramené, tel le voyageur du conte emporté par le fantôme des temps passés, au dernier bal de l'été auquel il avait assisté, trois ans plus tôt. Ou étaient-ce quatre ? Les années pouvaient-elles avoir passé aussi vite ? Ces bals, comme tous les grands rituels, ne se déroulaient-ils pas dans un univers et un temps qui leur étaient propres ? N'étaient-ce pas des événements hors du temps, hors du cycle normal de la vie, reliés les uns aux autres en une chaîne plongeant dans un passé immémorial ?

Ian émit un gloussement incrédule. Voilà qu'il était de nouveau reparti sur une idée abstraite. Tout était bon pour ne pas se remémorer les événements on ne peut plus concrets qui étaient survenus entre lui et Valériane cette année-là.

Comme ils avaient dansé, en effet, dans cette version de la fête, à la fois si proche dans l'espace et si lointaine dans le temps. Il revoyait la lumière des flambeaux autour d'eux. La coupole étoilée de la nuit tournait encore au-dessus de sa tête, images embrouillées tel un horizon lointain par un jour de canicule. Marion n'aurait pas eu besoin de l'asticoter cette fois-là pour qu'il danse toute la nuit : sa voisine sorcière, qu'il ne connaissait pas encore beaucoup à l'époque, s'était fort bien chargée de cette tâche.

À bout de souffle, un peu étourdis par le vin, ils s'étaient ensuite assis à l'écart, où ils s'étaient mis à discuter, chacun appréciant la vivacité d'esprit de l'autre. Comment éviter de parler de magie dans ces circonstances ? N'étaient-ils pas, à leur façon, frère et sœur d'une même communauté, unis par leur soif de savoir, leur dédain pour les convenances d'un monde étriqué ? Hélas ! dès qu'ils avaient abordé un domaine qui plongeait si profondément dans leurs fibres intimes, la conversation s'était colorée d'une nuance d'affrontement. Ian se maudit encore en repensant à la vitesse à laquelle son arrogance naturelle avait resurgi – un trait de sa jeunesse qu'il réussissait à contrôler depuis, du moins l'espérait-il. La conversation qui s'était déroulée ensuite résonnait encore douloureusement à son oreille :

« Tu admettras qu'il n'est pas nécessaire de vraiment connaître beaucoup de magie – je parle ici de la grande magie – pour faire de la sorcellerie », avait-il pontifié.

Le sourire de Valériane s'était atténué, et une lueur nouvelle, d'une fixité minérale, avait brillé dans son regard.

« De la *grande* magie ? Il y a de la magie de différentes tailles, maintenant ? Voilà qui est novateur et intéressant à entendre. »

« Allons, Valériane. Tu comprends ce que je veux dire. »

« Absolument pas. Explique-toi. »

« Eh bien… » Ian avait un peu hésité en voyant l'air défiant de la jeune femme et la tournure que prenait la conversation. « La grande magie, ce sont les métamorphoses, les déplacements dans l'espace et le temps, les foudroyances, les champs répulsifs. Des actes de transformation de l'ordre naturel. »

« Et le fait que je ne sois pas intéressée par les foudroyances et les champs répulsifs signifie donc que je fais de la petite magie ? Encore ici, je veux des exemples. Allons, donne-moi un exemple de petite magie. »

« C'est toi qui insistes en répétant le terme *petit* », fit remarquer Ian.

« C'est toi qui as introduit une hiérarchie, avec ta notion de *grande* magie. Allons, allons, je veux mes exemples. »

Ian s'était impatienté. Il n'allait quand même pas affirmer le contraire de ce qu'il savait vrai parce que la jeune femme avec laquelle il conversait était plaisante et jolie.

« Je t'en prie, ne le prends pas pour une attaque personnelle, mais il faut reconnaître que la divination, l'herbologie, les philtres d'amour et d'amitié... Tout ça n'est pas très sérieux. »

S'il y avait encore un sourire sur les lèvres de Valériane, c'était devenu un rictus. Elle avait toisé son interlocuteur de haut en bas.

« Pas très sérieux, vraiment ? »

Ian s'était rendu compte qu'il était allé trop loin. Il avait tenté de se rattraper.

« Ce que j'essaie de dire... Eh bien, voici un exemple, puisque tu aimes les exemples : lorsque tu prescris une tisane, pour soigner une maladie, comment savoir si la personne n'aurait pas guéri de toute façon ? »

Valériane avait ouvert la bouche pour répondre quelque chose qui aurait sans doute été cinglant, mais une lueur de malice avait traversé son regard. Elle avait remis de l'ordre dans ses longs cheveux roux et s'était détournée avec un haussement d'épaules.

« Je reprendrai du vin », avait-elle dit en faisant signe à un serviteur, geste que Ian avait interprété, à son grand soulagement, comme le signe qu'elle préférait changer de sujet de conversation.

À ce moment, Trivelin était venu les rejoindre pour leur présenter une jeune fille blonde, tout à fait ravissante, qui s'était identifiée sous le nom de Soubeline. Trivelin l'enlaçait affectueusement – quoiqu'un peu maladroitement – par la taille… Ian avait supposé que c'était pour la drôlerie de la situation qu'une aussi jolie fille avait accepté de se laisser courtiser par le nain. Il regrettait depuis cette pensée mesquine, puisque effectivement la jeune femme avait accepté les avances de Trivelin et avait été sa maîtresse pendant des années. Certes, elle avait fini par rompre avec Trivelin, mais jusqu'à ce moment elle avait toujours montré, en public comme en privé, les marques du véritable amour.

Du véritable amour… fut la pensée sarcastique qui surgit dans l'esprit de Ian en évoquant la manière dont la fête s'était poursuivie. Les serviteurs avaient servi du vin aux deux couples, puis ces derniers avaient discuté et ri de mille sottises, Ian et Valériane évitant désormais le sujet dont ils avaient à tort cru qu'il les rapprochait. Il avait été clair que la jeune femme voulait faire oublier l'aigreur de la conversation survenue plus tôt. Avec un sourire minaudier, elle avait repris sur la table le verre de vin de Ian pour l'inviter à boire en sa compagnie. Il avait accepté, incapable de détourner les yeux de son regard pétillant.

Les musiciens avaient annoncé qu'ils joueraient encore deux danses. Lorsque les règles de la danse avaient obligé les couples en présence à s'enlacer, Valériane et son partenaire étaient restés dans les bras l'un de l'autre. Le visage plongé dans les longs cheveux soyeux de la jeune femme, ses joues caressées par les doux anneaux parfumés de l'odeur du buis, du vin et de la fumée des torches, Ian avait ressenti une grande chaleur…

Lorsqu'il s'était réveillé au creux du lit de la chambre d'auberge le lendemain matin – chambre qu'il avait louée au prix fort après avoir supplié l'aubergiste de l'accommoder – Valériane était déjà éveillée. Ses épaules nues émergeant des couvertures emmêlées, le menton soulevé par la paume de la main, ses longs cheveux roux délicieusement ébouriffés, elle l'avait regardé émerger du sommeil avec un mélange d'intérêt et de satisfaction narquoise.

«Tu sais qu'il est passé midi ?»

Ian avait cligné des yeux, puis il avait regardé sous les couvertures et constaté qu'il était aussi nu qu'il était possible de l'être. Il avait ensuite hoché la tête, encore un peu incrédule.

«Je croyais avoir rêvé.»

«Eh bien non. Alors ? Ça t'a plu ?»

« Oui… Oui, ça a été… » Ian avait réfléchi, mesurant ses paroles, mais comme toujours il s'était senti tenu d'exprimer la simple vérité. « Ça m'a beaucoup plu.»

« Tu n'as jamais connu pareille extase, n'est-ce pas ?»

«En toute franchise, non… Ce n'est toutefois pas très modeste de ta part de le souligner», l'avait gentiment admonestée Ian.

Avec cette désinvolture qu'elle affichait volontiers, Valériane avait écarté une épaisse boucle de cheveux de son visage.

«Rassure-toi, je resterai modeste, sachant que mon charme n'est pas seul en cause. Tu te souviens quand je t'ai offert ton verre ? J'y avais ajouté un aphrodisiaque.»

Ian avait eu l'impression d'être frappé par la foudre. Il s'était redressé dans le lit, toisant Valériane d'un air incrédule. Le corps soudain couvert d'une sueur glacée, il avait senti son estomac se soulever de nausée en songeant à l'euphorie amoureuse qui s'était emparée de lui, à l'abîme de passion dans lequel il avait sombré la nuit précédente. Tout était clair maintenant !

Seule une drogue pouvait expliquer qu'il se fût abandonné à des étreintes aussi bestiales, aussi débridées !

« Tu m'as intoxiqué ! » avait-il rugi. « Comment as-tu osé me souiller avec ta magie perverse ? »

Valériane avait ouvert de grands yeux innocents.

« Ta réaction m'étonne, Ian… Allons, allons… N'en fais pas une histoire. Un aphrodisiaque, ce n'est que de la petite magie de sorcière. Tu l'as dit toi-même, ce n'est pas sérieux… »

Avec un cri inarticulé, Ian avait rejeté ses couvertures et s'était rhabillé, les mains tremblantes de colère.

« Oh, mais c'est qu'il est vraiment très fâché. »

Renonçant à finir de reboutonner sa chemise, Ian avait contemplé la sorcière enroulée dans les couvertures, ses longs cheveux roux répandus autour de son visage telle une crinière de feu, un petit sourire moqueur sur ses lèvres rouges. L'incarnation parfaite de la perversité féminine !

« Ce qui s'est passé ici cette nuit est l'illustration même de ce qui nous sépare, et de ce qui nous séparera toujours », avait réussi à articuler Ian. « La magie doit être mise au service de l'ordre, pas du chaos. Quand comprendrez-vous, vous les sorcières, à quel point sont fragiles les structures qui soutiennent la réalité du monde, à quel point est mince la membrane qui sépare ce monde de la noirceur et du chaos des seconds mondes ? Quand comprendrez-vous que chaque fois que vous vous livrez à un acte en rupture avec le fonctionnement normal de l'univers, vous affaiblissez cette barrière ? »

Sur le visage de Valériane, la joie sardonique avait cédé la place à une moue un peu attristée.

« Tu t'inquiètes *vraiment* pour le sort de l'univers, là ? Ou tu es vexé parce que j'ai eu le dernier mot ? »

Elle avait tendu ses délicieux bras nus.

« Cesse de faire la bête. Reviens te coucher, on va se réconcilier... »

« Tu ne comprends rien à rien », avait rétorqué Ian avant de sortir en claquant la porte de la chambre derrière lui.

Ian fut ramené du monde des souvenirs lorsqu'il s'aperçut qu'on l'observait. Debout près du buffet où des serviteurs endormis avaient commencé à ranger, un homme d'assez petite taille, élégamment vêtu, le salua. Ian essaya de replacer ce visage... On y voyait mal, cette partie de la salle était sombre. Il salua en retour d'un hochement courtois de la tête. Il pouvait s'agir d'un noble entrevu à la cour de Philophanes. Inutile de commettre un impair. Ian fut toutefois soulagé de voir que l'autre se contentait de cette salutation. Il semblait comme lui préférer la contemplation et la réflexion solitaire.

De toute façon, Ian ne resta pas solitaire longtemps. Pierre vint s'asseoir lourdement près de lui, non sans avoir poussé légèrement Trivelin en mimant une expression dégoûtée. Le nain marmonna « Soubeline » mais ne se réveilla pas.

Pierre retira son chapeau et éventa son front en sueur.

— Ouf ! J'ai les jambes mortes. Je crois que c'est tout pour ce soir.

— Et Marion ?

— Elle est allée se rafraîchir. Ah ! Ian, Ian... Ta nièce est merveilleuse. Drôle sans être vulgaire. Une silhouette déliée. Une fleur comme il en éclôt trop rarement dans ce triste monde.

— Ton enthousiasme m'inquiète.

— Qu'est-ce que tu veux dire ?

— Je veux dire que je te connais, Pierre Coen. Tu ne t'es pas mis en tête de la séduire, j'espère ?

Pierre émit un rire condescendant.

— Tout le monde n'a pas fait vœu de chasteté comme toi, mon brave Ian.

— Tu ne cherches qu'à me taquiner, n'est-ce pas ? Tu essaies de me mettre en colère pour te moquer ensuite de ma crédulité, avoue.

— Tu serais donc le gardien de la virginité de ta nièce ?

La question avait été posée sur un ton de badinage ironique, et c'est sur le même ton que Ian répondit :

— Je n'ai qu'une règle : le prétendant de Marion ne devra pas être assez vieux pour être son père.

— Tu exagères ! Tu es même insultant !

— Fais le calcul.

— Bon, j'imagine que ce serait physiologiquement possible, reconnut Pierre avec une grimace. Merci de me déprimer pour le reste de la soirée, mon cher Ian. C'est gentil de ta part.

Trivelin, sans soulever sa tête de son plat, marmonna une phrase qui ressemblait à « laissés-pour-compte… toujours de la place… ».

Marion réapparut à son tour. Elle obligea Pierre et Ian à s'écarter pour s'asseoir entre eux, toujours souriante quoique l'on devinât une brume de fatigue au fond de son regard.

— Alors, de quoi parliez-vous ?

— Mais de toi, ma chère Marion, dit Pierre avec un sourire onctueux. C'est autour de toi que tournent toutes nos pensées et nos actions.

— Je sens de l'ironie. Est-ce un compliment ?

— Je n'en suis pas trop sûr moi-même, reconnut Pierre.

— Chers amis, je suis fatigué, dit Ian en se levant. Minuit est passé depuis longtemps, je propose que nous rentrions. N'oubliez pas que nous devons marcher jusqu'au manoir.

— Oh non ! protesta Marion. J'ai les pieds en compote !

— À qui la faute ? Tu n'avais qu'à tempérer tes ardeurs.

— Pourquoi n'emploies-tu pas ton truc magique ? fit Marion, ponctuant sa remarque d'un sourire enjôleur. Le Portail, ou quelque chose du genre ?

— Le Praticable.

— Oui. Nous serions de retour dans notre lit en moins de deux.

— Il n'en est pas question !

— Même pas pour ta nièce préférée ?

— Marion, je t'en prie. On n'emploie pas la magie pour des raisons aussi futiles.

— Beuh… Tu parles comme mon père…

Ian haussa les épaules. Pour lui, la soirée était terminée. Après avoir demandé à des serviteurs de ramener Trivelin à sa chambre, Ian retraversa la salle de bal, suivi de Pierre et de Marion, cette dernière répondant aux salutations de plusieurs de ses partenaires de danse, qui tous déploraient son départ. Avant de sortir, presque malgré lui, Ian jeta un coup d'œil à la ronde pour voir si Valériane était encore là, mais il ne l'aperçut nulle part. Il constata toutefois que le petit homme qui l'avait salué un peu plus tôt les fixait toujours tous les trois, à moitié caché par un pilier comme s'il espérait ne pas être vu. Ian eut l'impression que l'inconnu fixait Marion, en fait, quoiqu'il ne fût pas possible d'en être sûr à cette distance. Il songea vaguement à demander à Pierre s'il connaissait l'individu, mais ce dernier s'était détourné et ne fut bientôt plus qu'une ombre.

Chapitre 8

Un assistant de qualité

Maître Malitorne, bourreau par nomination, magicien par passion et espion par obligation, n'avait jamais aimé les chevaux. Il détestait leur odeur, abhorrait leur caractère borné et effarouchable. Leur œil glaireux le dégoûtait. Chaque fois que les circonstances l'amenaient à voyager sur une de ces bêtes suantes, il regrettait de n'avoir jamais appris à se déplacer convenablement par magie – soit par Translation, soit par Praticable. Regret qu'il savait vain, ayant car il avait compris depuis longtemps qu'il ne possédait tout simplement pas ce talent particulier. La pratique de ces deux déplacements magiques ressemblait assez à l'apprentissage de certains instruments difficiles, comme le cor ou le hautbois : bien avant de réussir à jouer un air reconnaissable, pour en tirer ne serait-ce qu'un son agréable à l'oreille, il fallait s'astreindre à d'innombrables et fastidieuses heures d'exercice. Or la patience de Malitorne était courte. Il préférait la réserver à des domaines de la magie plus… instrumentale. Il était ainsi un grand collectionneur de machines et de curiosités, intérêt qui lui coûtait cher, licou par lequel le burgrave Trigaud savait le tenir à sa main.

Ce que Malitorne détestait par-dessus tout de son commerce obligé avec les chevaux, c'était les écuries. S'il est vrai qu'à Contremont ces lieux semblaient mieux entretenus qu'à Privance, il n'en demeurait pas moins que la puanteur fétide stagnant dans l'air frais du matin accentuait le mal de tête qui lui cintrait le crâne à la suite des libations de la veille. Il ne voulait qu'une chose, atteler au plus vite et sortir de là.

En prenant soin de ne pas souiller ses élégantes bottes dans un des innombrables monceaux de crottin, Malitorne traversa l'écurie en cherchant de l'aide. Il aperçut enfin dans un recoin sombre un homme en train de brosser un petit cheval.

— Holà, palefrenier ! Je suis venu récupérer ma monture. Je suis pressé, alors activez-vous, maraud !

L'homme posa la brosse, puis sortit de l'enclos et s'approcha de Malitorne. Ce dernier s'aperçut que ce n'était pas le cheval qui était petit mais l'homme qui était grand. Un sourire goguenard souleva les lèvres du colosse, et celui-ci dit d'une voix étonnamment douce.

— Pas maraud : capitaine. Capitaine Gabeur, pour vous servir.

Malitorne s'inclina d'un coup.

— Mille pardons pour cette méprise, capitaine. C'est le diable pour trouver un palefrenier dans cette écurie.

— Ils sont occupés à soigner et promener les chevaux de nos nombreux visiteurs. Il me fera plaisir de vous aider, si vous me rappelez votre nom, sire.

Malitorne avait failli corriger le soldat par une réplique d'une piquante symétrie : « Pas sire : maître. Maître Malitorne, pour vous servir. » Hélas ! il voyageait sous un faux nom et il dut se priver de cette mesquine satisfaction. Il déclina son nom d'emprunt – sire Mehaigné – et rappela qu'il était arrivé la veille sur un palefroi noir tacheté, aux jarrets blancs.

En entendant son nom et la description de la monture, Gabeur se renfrogna.

— Il est hors de question que votre palefroi soit sellé, sire. Pas avant demain en tout cas.

— Comment ? Et pourquoi donc, je vous prie ?

La voix de l'officier resta aussi douce, mais son visage s'était coloré.

— Parce que tant que je serai responsable des écuries de Contremont, personne ne sellera une bête épuisée et blessée. Vous avez forcé une magnifique bête qui ne méritait pas un tel traitement. C'est une honte, sire.

— Mais… Mais…

Malitorne s'aperçut qu'il bégayait. Il reprit contenance, leva un regard impérieux vers le colosse.

— Il suffit, capitaine. J'exige que vous me selliez mon palefroi. Je suis un homme occupé, je dois partir.

Le capitaine Gabeur ricana.

— Qu'est-ce qui peut bien vous presser autant ?

— Ça ne vous regarde pas, mais puisque je constate que vous êtes intraitable, voici : je dois rencontrer maître Corybantier, qu'on dit habiter la région.

La mention de sa destination sembla amadouer quelque peu l'officier. Il fit un geste de la main en maugréant.

— Si c'est votre destination, ce n'est pas bien loin. Une lieue, pas plus. Ce n'est pas un exploit d'y aller à pied. Il suffit de suivre la route vers le sud. Vous passez le pont, et vous y êtes.

◆

Une fois traversé les épais remparts de Contremont, Malitorne resta immobile au milieu de la route poussiéreuse. Il cligna des yeux, ébloui par le soleil du matin. Le nez lui piquait – il était perpétuellement sur le point d'éternuer, sans réussir à le faire, une sensation qu'il trouvait particulièrement exaspérante.

Le soldat de garde posté à l'entrée lui ayant indiqué la direction du manoir, Malitorne se mit en marche en maudissant le capitaine Gabeur et le caractère impossiblement borné des habitants des petites villes. Il avait eu beau arguer que, si la route était courte pour un homme à pied, elle le serait également pour sa monture, l'officier s'était révélé insensible à la logique de l'argument. Il lui fallait donc marcher, au risque de se faire une entorse sur les pierres inégales de la chaussée, car bien entendu il s'était chaussé pour monter, pas pour courir la campagne.

Malitorne traversa des vergers où s'activaient des jardiniers – les travailleurs le saluèrent, mais ne reçurent en retour qu'un grognement. Il poursuivit sa marche, qui lui parut bien longue. Le nombre des paysans diminua à mesure que la route s'approchait de la berge quelque peu marécageuse du Pibole. Il aperçut le dos rond d'un pont de pierre : s'il avait bien compris, une fois cet affluent traversé, le manoir de Corybantier ne serait plus très loin.

Malitorne se permit un gloussement de satisfaction. Allons ! Il fallait garder le moral et oublier les petites vexations de la matinée. Il ne devait pas s'apitoyer sur son sort mais, tout au contraire, se rengorger en se rappelant la célérité avec laquelle il avait retrouvé la fille de l'intendant.

Aussitôt chargé de sa mission, il ne lui avait fallu que quelques heures et quelques pièces d'or à Besline même pour apprendre que, selon toute vraisemblance, la jeune fille s'était réfugiée chez le frère d'Héran Donat. Surprise : la rumeur voulait que le frère de l'intendant ne soit nul autre que maître Ian Corybantier.

L'information avait amusé Malitorne et celui-ci avait tancé en imagination ce collègue qu'il ne connaissait que de réputation : *Qu'est-ce qui se passe, cher maître ? Depuis quand les magiciens se mêlent-ils de politique ?* Il avait couru jusqu'à l'auberge pour rapporter cette importante information à Trigaud, mais ce dernier s'était impatienté. Sans attendre Malitorne, il était retourné à Privance, de fort mauvaise humeur à n'en pas douter.

Après avoir confié une lettre scellée à un courrier, dans laquelle il expliquait à Trigaud ce qu'il avait découvert, Malitorne avait lancé sa monture vers le nord. Il avait aussitôt découvert à quel point les rouages du ciel et du destin tournaient en sa faveur. Des dizaines de voyageurs et de voyageuses chevauchaient déjà en direction de Contremont. On y célébrait une sorte de bal annuel. Lui qui avait craint de se faire remarquer – difficile à éviter dans ce genre de petites villes – était passé complètement inaperçu parmi la foule. Un faux nom, et voilà.

Un bonheur n'arrivant jamais seul, non seulement le bal s'était-il révélé agréable – les dames étant moins rustaudes qu'il ne l'avait craint –, mais, en quelques questions apparemment anodines, Malitorne avait appris que Corybantier était présent, accompagné d'une jeune maîtresse qu'il avait présentée comme sa nièce. Malitorne avait trouvé la rumeur trop croustillante pour la corriger. Restant en retrait pour se faire remarquer le moins possible, il avait réussi à identifier parmi toutes ces jeunes femmes laquelle était Marion Donat, une blonde gracile qui ne se faisait pas prier pour accepter des invitations à danser. Le magicien avait même songé à aller lui offrir son bras – il fallait savoir épicer la vie de ce genre de petites audaces – lorsqu'il avait reconnu parmi les danseurs Pierre Coen.

Fulmination ! Malitorne s'était éloigné, dépité de retrouver cet insupportable poseur sur son chemin. À le voir aussi guilleret, habillé avec autant d'ostentation que d'habitude, aussi attentionné envers ses partenaires, il s'était vite remis des coups donnés par les hommes du burgrave. Quel dommage que Trigaud n'ait pu mener à bien son projet de lui arracher un œil et un bijou de famille ! Tout cela ramena à la mémoire de Malitorne le regard méprisant de Trigaud et de ses trois hommes lorsqu'ils avaient constaté que lui non plus n'avait pas su se prémunir contre le pouvoir hypnotique du cristal. Ah ! Il en rougissait encore d'humiliation.

Malitorne écarta de son esprit ces réflexions lorsqu'il aperçut l'arête d'un toit au-dessus de la frondaison verte de la forêt. Le toit d'un bâtiment assez imposant. Cela ne pouvait être que le manoir de Corybantier.

Malitorne quitta la route de pierre pour s'enfoncer dans le boisé. Inutile qu'on le remarque. C'est sous la voûte des feuilles qu'il poursuivit sa progression, pestant contre la maligne résolution que les branches mettaient à lui fouetter le visage. Toujours sous le couvert de la forêt, il étudia le manoir. Une belle demeure, mais le terrain aurait considérablement gagné à être défriché, pour faire moins campagne rustique.

Malitorne continua de s'approcher. Près du mur nord, à l'endroit où la forêt se rapprochait le plus de la bâtisse, il puisa dans sa besace un Affiquet de Todorov. Il extirpa le petit détecteur de son étui de cuir et le pointa en direction du mur de pierre. L'appareil avait presque cent ans – l'art de sa fabrication s'était perdu avec la mort du grand instrumentaliste –, mais il fonctionnait encore parfaitement. Sous le cristal un peu terni, l'aiguille hésita quelques secondes en position médiane, pour finalement basculer vers la droite jusqu'au bout de sa course.

Un champ de vigie entourait le manoir de Corybantier. Il fallait s'y attendre, mais Malitorne émit tout de même un sifflement dépité. Voilà qui compliquait la situation. Il lui fallait réfléchir et décider de ce qu'il pourrait improviser avec ce qu'il avait sur lui et dans ses bagages laissés à l'auberge.

Au moment de rebrousser chemin, le magicien crut apercevoir un mouvement à travers le feuillage. Il s'accroupit, le cœur battant. Il entendait bien quelques frottements et craquements à travers le bruissement des feuilles, mais rien qui ressemblât à des pas. Il se redressa lentement et distingua à travers le feuillage une silhouette perchée sur la branche d'un chêne. En se déplaçant un peu, Malitorne réussit à mieux voir. La silhouette haut perchée se révéla être un jeune homme vêtu de manière fort rustique. Un paysan. Ce dernier ne se rendait pas compte qu'on l'observait. Toute son attention était concentrée sur le manoir à quelques pas de là.

Malitorne suivit le regard du paysan jusqu'à l'une des petites fenêtres qui perçaient le mur à l'étage et comprit la source de tant d'intérêt. Au-delà de la fenêtre entrouverte, il vit une tête aux cheveux blonds, allant et venant. Maintenant qu'il y portait attention, Malitorne percevait une voix féminine fredonnant un des airs de danse joué la veille au bal. Le cœur du magicien battit un peu plus vite. Était-ce la fille d'Héran ? Cette dernière eut la complaisance de confirmer aussitôt cette supposition. Nue, avec l'insouciance parfaite de celle qui ne s'imagine pas observée, Marion Donat se pencha par la fenêtre pour écarter encore un peu le battant, ses longs cheveux mouillés drapant ses épaules et retombant sur sa délicate poitrine de jouvencelle. Malitorne cligna des yeux : la jeune femme avait disparu de nouveau.

Il reporta son regard sur le paysan, qui de son perchoir pouvait continuer à profiter du spectacle, un large sourire sur son visage en lame de couteau. De fait, plus on le regardait, plus on se rendait que le jeune homme ne payait pas de mine. Son large chapeau était informe, ses vêtements étaient crasseux, les lambeaux de ses bottes étaient retenus par des guenilles. Les paysans de Contremont que Malitorne avait aperçus jusqu'ici avaient meilleure allure. C'était un vagabond, tout simplement.

Le magicien sentit un sourire sardonique naître sur son visage. Ç'aurait été bien comique de crier « Hé toi ! » afin de faire basculer ce vilain mâtin en bas de son poste d'observation. Malitorne se retint. Le bruit aurait attiré l'attention de la jeune fille. De toute façon, il lui était venu une meilleure idée, une des innombrables idées de génie qui se bousculaient aux portes de son esprit et pour lesquelles il était bien loin de recevoir la reconnaissance qu'il méritait, et surtout pas du burgrave Trigaud…

À pas de loup, il fit marche arrière et contourna de nouveau le manoir par la forêt. Il s'éloigna un peu, puis attendit, assis dans l'herbe sur le bord du sentier de façon à ne pas être vu de loin. Il s'impatientait depuis un moment lorsqu'il aperçut une silhouette courbée qui émergeait des buissons et s'approchait en sifflotant comme si de rien n'était.

Malitorne surgit d'un coup. Ses spectacles de torture lui avaient enseigné les avantages d'une bonne mise en scène.

— Ah ! Vous voilà enfin, cher ami ! Je vous attendais.

Le vagabond sursauta à s'en arracher les hardes du dos. Il recula de plusieurs pas, puis s'arrêta en contemplant d'un œil torve le petit homme tout de noir vêtu qui semblait être sorti du sol. Il parut déconfit d'avoir eu peur d'une personne d'apparence aussi inoffensive.

— Z'êtes qui, vous ?

— Maître Malitorne, pour vous servir, dit le magicien avec courtoisie. À qui ai-je l'honneur ?

— Pourquoi c'est que vous voulez savoir mon nom ? Pourquoi que vous m'auriez attendu ?

— Je ne voulais pas vous déranger plus tôt. Vous interpeller dans l'arbre pendant votre... comment dire ?... méditation aurait été inconvenant.

Sous le rebord affaissé du chapeau, le visage étroit du jeune homme rougit.

— Quoi ? J'comprends pas de quoi vous parlez...

Malitorne éclata d'un rire attendri.

— Vous rougissez, mon ami ? Allons, il ne faut pas. Je ne bénéficiais pas de votre point de vue, mais j'ai pu aussi apprécier à quel point l'objet de votre attention était agréable à contempler. Je me flatte de savoir reconnaître la valeur d'un homme à l'instant où je croise son regard, et il est clair que, sous votre enveloppe un peu... rustique, bat un authentique cœur d'esthète. Ne laissez jamais personne vous convaincre du contraire.

Le jeune homme s'avança, le visage encore plus rouge, mais de colère maintenant. Il leva un poing osseux aux jointures couturées de cicatrices.

— Tu te trouves drôle, hein ? On va voir qui c'est qui se moque de qui.

Entre le pouce et l'index de Malitorne apparut un quatrain frappé à l'effigie du défunt roi Mordicant le Septième, qu'il envoya dédaigneusement tourbillonner contre la poitrine du jeune homme. Ce dernier, avec une vivacité réflexe, attrapa la pièce. Une autre pièce jaillit de la main de Malitorne. Un second papillonnement doré traça une parabole contre le ciel bleu, pour encore terminer sa course dans la paume du vagabond. Ce dernier étudia les deux quatrains, l'image même de l'incompréhension avec son menton affaissé et ses paupières qui battaient spasmodiquement.

— C'est bien de l'or, lui assura Malitorne. Presque aussi doux à caresser qu'une jeune fille en fleur, n'est-ce pas ?

— Vous… Vous êtes qui ? Vous me voulez quoi ?

— Tout d'abord, que vous me répétiez votre nom, je n'ai pas bien entendu.

— Gran… (Le vagabond avala sa salive.) Granguillain.

— Vous aimez l'or, Granguillain ?

— Oui.

— Si un jour quelqu'un répond « non » à cette question, je me demande quelle sera ma réaction, marmonna Malitorne, les sourcils froncés en sondant les profondeurs de cette soudaine réflexion.

— C'est pourquoi, cet or-là ?

— C'est moi qui pose les questions, répondit Malitorne sur un ton un peu plus abrupt que celui qu'il avait employé jusqu'à présent. Dites-moi donc, Granguillain, cette jeune fille que vous reluquiez tout à l'heure, que savez-vous à son sujet ?

Le visage en lame de couteau rougit encore un peu.

— C'est elle qui s'est déshabillée. Moé, je faisais juste regarder. Y a pas de mal.

— Je n'ai jamais dit le contraire.

— Ouais… Bon, ben, elle s'appelle Marion. C'est une catin que le magicien a ramenée je sais pas d'où. Elle boit à la taverne comme un homme. Elle se promène dans les bois sans chaperon, comme si elle avait peur de rien.

— Désolé de vous détromper. Cette jeune fille, bien que fantasque et délurée, n'est pas une catin – je doute fort que le qualificatif lui plairait, à bien y penser – mais sa nièce.

— C'est surtout une voleuse ! rétorqua Granguillain. Elle m'a volé mes deux chevaux qui m'appartenaient de droit. Qui trouve garde, c'est la loi des chemins ! Pour sûr, entre elle et moé, qui c'est que vous pensez que Gabeur a cru ?

— Gabeur ? Le *capitaine* Gabeur ? La grande brute qui s'occupe des écuries de Contremont ?

— Y en a qu'un, c'est lui.

À cette nouvelle, Malitorne applaudit avec un enthousiasme d'enfant.

— C'est merveilleux ! Absolument merveilleux ! Granguillain, mon ami, approchez et parcourez avec moi cette route vers une nouvelle ère de votre existence, toute en aventures et en richesses fabuleuses. Que signifie cette hésitation ? Puisque je vous dis d'approcher. Moi aussi, j'ai été floué par ce Gabeur. Ne voyez-vous pas que nous sommes faits pour nous entendre ? Ne voyez-vous pas en ce moment même autour de nous les rouages du destin tourner en harmonie ?

Granguillain regarda autour de lui, médusé.

— Hein ?

Malitorne éclata d'un rire franc devant la candeur du jeune homme.

— Tenez, voici une troisième pièce d'or – non, ne me remerciez pas. Ce n'est qu'une avance. Bien d'autres suivront si vous vous montrez aussi utile que je l'espère. En chemin, vous m'expliquerez dans ses moindres ramifications votre contentieux avec mademoiselle Donat. Ah, tout de même, restez sous le vent, s'il vous plaît, du moins jusqu'à ce que nous soyons à l'auberge, où vous pourrez prendre un bain.

— Un bain ?

— Oui, un bain ! exulta Malitorne avec ferveur. J'ai bien dit qu'une nouvelle ère s'ouvrait pour vous, n'est-ce pas ?

Le visage du jeune homme se renfrogna en étudiant son étrange compagnon. Mais il n'eut qu'à serrer les trois pièces d'or dans sa main pour comprendre qu'il faudrait bien faire quelques concessions à l'excentricité du personnage. Il salua Malitorne comme il avait vu les nobles le faire et se mit en marche à son côté.

◆

Ian Corybantier était englué dans un rêve confus où Philophanes et toute la cour de Contremont se moquaient de lui. On avait découvert qu'en réalité il ne connaissait rien à la magie, que tout ce qu'il avait accompli au fil des années avait en fait été le travail de Pierre Coen. Avec un sentiment de profonde trahison, Ian s'aperçut que même Marion avait rallié le camp des moqueurs. Le rire de sa nièce résonnait haut et clair, encouragée par le rire de Pierre et les aboiements joyeux de Petite-Caille.

Ian s'aperçut peu à peu qu'il ne rêvait plus. Il écarta la lourde couverture qui l'étouffait, plissant les yeux sous la lumière qui filtrait entre les volets. Les rires de Marion et de Pierre continuaient de le poursuivre dans le monde réel, accompagnés à l'occasion par un aboiement perçant.

Eh bien, songea Ian, la fête de la veille ne semblait pas avoir cessé pour ses joyeux compagnons.

Avec difficulté, il s'extirpa de ses couvertures et se leva. Il se sentait lourd et nauséeux, comme cela lui arrivait maintenant lorsqu'il buvait et mangeait trop.

Il s'habilla et descendit à la salle à manger, où Pierre lançait des miettes de nourriture à Petite-Caille, postée à l'autre bout de la pièce, qui les attrapait sans faillir.

— Elle est incroyable ! s'exclama Marion.

— Nous pourrions la vendre à des saltimbanques, dit Pierre.

Sa nièce devait avoir pris un bain, à en juger par ses cheveux mouillés et ses pieds nus qui sortaient de sa longue robe de chambre informe. Des tréfonds de son subconscient, Ian se souvint d'avoir entendu le bruit de l'eau versé dans le bain, des clapotis et des fredonnements reprenant les airs de danse de la veille.

Toute la compagnie salua joyeusement le nouvel arrivant. Bernières apparut à son tour, une spatule noircie à la main.

— Enfin, maître Corybantier, vous voilà. Je commençais à me demander si je devais tout ranger.

— Est-il si tard ?

— Presque midi, expliqua Bernières d'un ton réprobateur qu'elle s'efforçait de ne pas laisser paraître.

— Oncle Ian, on dirait que tu as passé la nuit pendu à un gibet, se moqua Marion. On voit que tu n'es pas habitué à fêter.

Ian s'assit lourdement, exagérant un soupir de découragement.

— Regardons les choses du bon côté. Mieux vaut être réveillé par des rires que par une dispute.

— Je suis désolée. C'est la faute de Pierre. Il me fait rire avec ses histoires farfelues.

— Farfelues ? Mais, ma charmante enfant, tout ce que je te raconte est la stricte vérité.

Marion se tourna vers Ian pour quêter une confirmation. Ce dernier haussa les épaules :

— Comme je le connais, il ne t'a probablement même pas tout dit.

— J'ai effectivement passé sous silence quelques épisodes qui ne conviendraient pas aux oreilles d'une jeune fille chaste.

— Qui a dit que j'étais chaste ? demanda Marion avec un sourire lourd d'équivoque.

Pierre s'adressa à Ian :

— Ta nièce ne serait pas une jeune fille chaste ? Je suis choqué.

— Je pensais au contraire que c'était la chasteté qui te choquait, à en juger par l'énergie que tu consacres à éradiquer ce fléau.

Marion trouva la saillie fort drôle, et Pierre s'inclina.

— Je le prends comme un compliment.

— Alors, demanda Marion pendant que Ian déjeunait, quel est le programme aujourd'hui ? Je suis heureuse qu'il y ait enfin un peu d'action.

— Je trouve qu'il y a un peu trop d'action depuis ton arrivée, dit Ian. En ce qui me concerne, le programme de la journée consiste en repos, lecture, et peut-être un peu de luth. Je commence à être rouillé.

— Tu sais jouer du luth ?

— Il le faut. Plusieurs invocations ne fonctionnent que si l'éther vibre selon une séquence musicale prédéterminée. Et comme la notation musicale a évolué au fil du temps, il faut apprendre à déchiffrer les partitions anciennes correspondant à la codification en usage à l'époque contemporaine du manuscrit. Tu n'ignores pas que les notes de la gamme musicale correspondent à des rapports de nombres bien précis ?

— Ne me dis pas que tu vas encore comparer les nœuds aux pas de danse ?

— Tu affirmes t'intéresser à la magie, mais tu voudrais escamoter les aspects fastidieux de son apprentissage. Désolé de te paraître encore sentencieux, mais ce n'est pas ainsi que ça fonctionne.

— Mais ce ne sont pas toutes les facettes de la magie qui m'intéressent, répondit Marion avec un sourire coquet. Je veux dire, ce qui m'intéresse surtout, c'est la façon dont vous vivez. Par exemple, où prenez-vous votre argent ? Pouvez-vous faire apparaître de l'or autant que vous voulez ?

Ian et Pierre échangèrent un regard, puis hochèrent tous les deux la tête d'un air désolé.

— Quoi ? s'insurgea Marion. Ne hochez pas la tête comme ça. C'est une question légitime.

— Ma pauvre Marion, dit Ian. Ta question est sans doute légitime, mais elle démontre surtout ta candeur. Bien sûr que nous pouvons faire apparaître de l'or. C'est très facile. Il suffit de le voler dans le coffre d'un noble ou d'un riche marchand.

— Oh ! Ce n'est pas…

— Ce n'est pas ce que tu voulais dire ? intervint Pierre avec un sourire pour atténuer la brusquerie de l'interruption. Nous baisserions dans ton estime, admets-le, si tu apprenais que nous nous finançons en puisant dans le coffre des autres. Tu voulais savoir s'il était possible de *créer* de l'or, n'est-ce pas ?

— Et la réponse est encore oui, dit Ian. Mais *ça*, c'est très difficile, long et complexe. J'en ai déjà créé quelques onces, dans ma jeunesse…

— Tu es plus patient que moi ! dit Pierre.

— Et j'ai trouvé l'expérience plus intéressante pour ce qu'elle m'a appris de la magie que pour la valeur du métal produit. Si nous nous sommes moqués de ta question, Marion, c'est parce qu'elle illustre la profonde méconnaissance que les gens ont du travail du magicien. Nous demande-t-on de faire apparaître du cuivre ou du soufre ? Non. C'est toujours l'or, l'or, l'or ! Pourquoi ? Parce que les personnes qui posent cette question se fichent en réalité du métal lui-même.

Qui se préoccupe de la ductilité de l'or? ou de sa température de fusion? Les gens ne sont intéressés par la nature qui les entoure que lorsqu'une manifestation de celle-ci a une influence directe sur leur vie, de préférence matérielle et pécuniaire. Ce que l'on veut savoir, c'est: est-ce que votre magie sert à vous rendre riche, à vous rendre puissant?

— Essaies-tu de me faire croire que ce n'est pas le cas? demanda Marion.

— Non, dit Ian, un ton plus bas. Je n'essaierai pas de te faire croire une chose pareille, Marion. Quiconque s'abreuve aux sources de la magie peut devenir puissant, très puissant. Mais c'est une source qui enivre. N'importe quelle forme de puissance peut devenir très dangereuse entre les mains d'une personne qui ne sait pas la contrôler, à la fois physiquement et psychiquement. Donne un poignard à un enfant, et lorsque son frère ou sa sœur le contredira, il pourra l'égorger. Il faut aussi que la puissance corresponde à la situation. Imagine le plus valeureux des guerriers perdu dans un désert. L'épée la mieux trempée, la plus affûtée, ne remplacera jamais une simple outre d'eau.

Pierre fit un clin d'œil vers Marion.

— Tu ne trouves pas qu'il parle bien, ton oncle Ian? Je l'écouterais pendant des heures…

— Qu'on le veuille ou non! s'esclaffa Marion, aussitôt accompagnée par Pierre.

Les deux eurent beau essayer de contenir leur hilarité, ils n'avaient qu'à croiser le regard noir de Ian pour repartir de plus belle. Petite-Caille s'était levée. Elle gronda.

— J'aime pas qu'on rie de mon maître.

Heureusement, Bernières apparut pour desservir la table, ce qui calma un peu l'humeur un peu trop joyeuse des deux compagnons de Ian.

— Je ne suis qu'une vieille femme ignorante, se permit de commenter la domestique sur un ton un peu attristé. Mais ça m'inquiète de vous entendre poser toutes ces questions sur la magie, mademoiselle Marion. À mon âge, on sait que les choses s'embrouillent lorsqu'on les regarde de trop près.

— Je ne suis pas sûre de comprendre le sens de cette remarque, répondit Marion, qui faisait des efforts méritoires pour garder son sérieux.

— Ce n'est pas mon rôle de juger ce qu'étudie maître Corybantier, mais ce que j'essaie de dire, c'est que ce sont des connaissances dont il vaut mieux se tenir éloignée.

— Je ne suis pas d'accord, dit Marion plus sérieusement. Il faut essayer d'en savoir le plus possible sur tout.

— Ah ! Je ne veux pas vous manquer de respect, mais permettez-moi de dire qu'on voit que vous êtes jeune. Personnellement, je ne toucherais pas à la magie, même si ma vie en dépendait.

— Si votre vie en dépendait ? s'exclama Pierre. Je refuse d'envisager un pareil malheur ! Qui nous ferait à manger ?

— Ce serait une catastrophe aux conséquences insondables, renchérit Ian avec un sourire en coin. Allons, dame Bernières, vous voyez bien que nous tenons trop à vous pour vous faire courir le moindre risque. Je vous promets de ne jamais vous mêler à nos histoires magiques.

La domestique hocha la tête avec l'expression grave qui lui était coutumière, pour montrer qu'elle savait qu'on se moquait d'elle mais qu'elle n'en pensait pas moins.

Chapitre 9

Que sont les héros devenus ?

Le surlendemain de la fête de l'été, c'est sans enthousiasme que Ian s'habilla pour son audience avec le roi Philophanes. Depuis que sa jeune nièce et son ami Pierre Coen étaient arrivés chez lui, les journées filaient à la vitesse de l'éclair. Il avait l'impression de ne jamais trouver le temps de reprendre ses études et ses travaux. Des livres qu'il s'était procurés à prix d'or, à la suite de nombreuses démarches, avec l'espoir de les lire sans tarder, accumulaient la poussière sur le coin de sa table de travail. Il n'avait même pas encore terminé la lettre d'Ignace le Catonien, alors que ce dernier risquait d'arriver dans la journée.

— Où vas-tu ? lui demanda Pierre en le voyant enfiler sa cape noire malgré la chaleur lourde d'un matin humide.

— Au château. Philophanes m'a convoqué. J'espère qu'il s'en souvient.

— Qu'est-ce qu'il te veut ?

— Solliciter mes bons conseils, comme toujours. Comment ferait-il pour administrer son royaume si je n'étais pas là pour le guider ?

Ian ponctua son explication d'un sourire pour montrer qu'il ne parlait pas sérieusement. Il reprit :

— Il veut me consulter au sujet de Besline.

Pierre réfléchit, puis décida.

— Je t'accompagne jusqu'au château. J'ai à faire en ville.

— Alors que je te laisse le champ libre avec la merveilleuse Marion ?

— Justement. Je ne veux pas qu'elle entende ce que j'ai à te dire.

Après avoir annoncé à Bernières qu'ils allaient certainement être de retour avant le dîner, Ian et Pierre sortirent. Petite-Caille accourut aussitôt :

— Je viens aussi !

— Non, Caille, répondit Ian. Je compte sur toi pour surveiller Marion pendant que je ne serai pas là.

— Je vais jamais nulle part !

Pour consoler la chienne, Pierre lui donna une gâterie, qu'elle accepta avidement. Puis Petite-Caille s'assit et regarda tristement son maître marcher vers Contremont.

Ian et Pierre cheminèrent d'un bon pas. C'était une belle journée, encore un peu fraîche et humide, quoiqu'il fût évident que cela allait se réchauffer. Pierre relata en quelques mots la nature du spectacle auquel il avait assisté dans les fondations du château de Privance, puis raconta sans tenter de se mettre en valeur sa tentative de séduction et la manière dont il avait échappé à l'énucléation aux mains des sbires du burgrave.

— Je sens que ce n'est pas seulement pour éveiller ma sympathie que tu me rapportes cette mésaventure, dit Ian.

— Ignorerais-tu que Trigaud est l'adversaire de ton frère Héran ?

— Qu'entends-tu par « adversaire » ? Il fait partie de ceux qui s'opposent à la réforme ?

— Je n'en reviens pas ! Ton frère ne t'a jamais parlé de lui ?

— Il m'a expliqué que certains nobles s'opposaient à la suppression de leurs privilèges héréditaires. Ça n'avait pas l'air très sérieux.

— Es-tu naïf à ce point ? Les visées de Trigaud sont tout à fait sérieuses. Il aspire au trône de Besline et ne s'en cache même pas. La situation est explosive. Pourquoi crois-tu qu'Héran a caché sa fille chez toi ?

Ian marcha un moment en silence, un peu agacé de se faire qualifier de naïf, lui qui se percevait au contraire comme un esprit clairvoyant. Ce qui l'agaçait – il s'en rendit compte en faisant un effort d'honnêteté avec lui-même –, c'était de s'apercevoir que Pierre était beaucoup plus au courant d'une situation qui aurait pourtant dû le concerner.

Ian fit un geste désinvolte.

— Je comprends à quel point Marion est un rouage dans la situation actuelle. Je l'héberge. Je la protège. Que pourrais-je faire de plus ? Nous sommes des magiciens, pas des politiciens. Ce n'est pas notre rôle de nous mêler de politique. Je te rappelle les termes de notre concordat. *Ne pas agir : conseiller. Ne pas conseiller : observer. Ne pas observer : étudier. Ne pas étudier : méditer...*

— *... et caresse-moi, Janot, la minette...* Oui, mon bon Ian, je la connais, la litanie. Et pendant ce temps, Trigaud renforce sa milice et place ses pièces pour la victoire, assisté de Malitorne. Eh oui ! Un de nos collègues, qui se fiche bien du concordat, lui. Par chance, c'est un idiot, plus intéressé par ses tortures et autres perversités que par les finesses d'un complot.

— Je ne connais pas bien ce Malitorne. N'est-ce pas lui qui collectionne les objets magiques ?

— C'est une autre de ses marottes.

— Il m'a déjà écrit à ce sujet. Il cherchait à se procurer divers objets. La liste qui accompagnait la lettre était, ma foi, assez longue et comprenait des objets qui pourraient être très dangereux entre de mauvaises mains. Le ton et le procédé ne m'ont pas plu. Je lui ai répondu par la négative.

— Tu as bien fait.

Les deux amis passèrent le pont sur la Rotonde et poursuivirent un bout de temps en silence, puis Ian reprit la parole.

— Rassure-toi, si Héran demande mon aide, je ne la lui refuserai pas.

— Tout de même…

— Mais je le connais, il ne le fera pas.

Un sourire entendu souleva la fine moustache blonde de Pierre.

— Si j'en juge par la fille, le père doit effectivement être une fameuse tête de pioche.

◆

Après le déjeuner, Malitorne et Granguillain retournèrent près du pont sur la Rotonde. Le capitaine Gabeur et ses soldats auraient certainement été surpris de voir le vagabond à ce moment-là. Sans doute ne l'auraient-ils même pas reconnu. La veille, après lui avoir fait monter de l'eau chaude pour un bain, Malitorne avait commandé à l'aubergiste des habits et des bottes neuves, ainsi qu'une épée, un étui et un ceinturon.

— C'est la culture qui distingue l'homme de l'animal, avait déclaré Malitorne en regardant son nouvel assistant déambuler dans la chambre d'un air guindé, visiblement mal à l'aise dans ses nouveaux atours.

N'est-il pas plus agréable de profiter de ce qu'elle nous apporte ?

— Tant que c'est pas moé qui paye…

— Votre solide bon sens campagnard vous honore, mon ami, mais rassurez-vous ! Au bout du compte, c'est le commanditaire de ma mission qui paiera toutes ces menues dépenses. Au fait, j'ai présumé que vous saviez vous servir d'une épée. Ai-je eu tort ?

— Absolument pas, avait assuré Granguillain en sortant l'arme de son étui et en fouettant l'air avec de grands gestes. Malheur à qui va me chercher noise ! Je t'y rentre ça dans les tripes !

Malitorne s'était dépêché d'assurer le jeune homme qu'il était convaincu de son expertise avant que ce dernier n'arrache les rideaux ou pire encore…

Une fois passé la Rotonde, Malitorne fit signe à Granguillain de le suivre dans le boisé. De là, ils trouvèrent un poste d'observation qui leur permettait de voir le manoir sans être vu. Ils aperçurent, couché sur le pas de la porte d'entrée, un chien au poil gris liséré d'argent. Ce qui ne plut pas du tout à Malitorne. La sale bête risquait de compliquer l'affaire.

Le chien se leva et regarda en direction de la porte du manoir. Celle-ci s'ouvrit. Corybantier et Pierre Coen sortirent, accompagnés d'une femme d'âge mûr. Granguillain chuchota qu'il ne s'agissait que d'une domestique. Corybantier donna des instructions à la femme, puis les deux hommes s'éloignèrent d'un bon pas. Le chien voulut les suivre, mais son maître l'obligea à rester. Coen se pencha vers le chien, le caressa et lui donna une gâterie. Malitorne gloussa. Bien typique de Coen : tout ce qui avait de la fourrure se recevait ses égards…

Les deux hommes abandonnèrent le chien pour se diriger vers Contremont. L'animal les regarda s'éloigner, visiblement déçu. Puis il alla se coucher près du petit potager où la domestique s'affairait à sarcler les jeunes plants.

Malitorne réfléchit à toute allure. Il était venu ici avec l'espoir de surprendre la fille d'Héran pendant une de ses promenades en solitaire. Voilà que la situation inverse se produisait : tout le monde était dehors sauf elle. Un sentiment légitime d'autosatisfaction gonfla sa poitrine : le véritable expert prévoit l'imprévisible et sait tirer profit du caractère contingent de l'existence. Il attendit que Corybantier et Coen eussent disparu, puis fit signe à Granguillain de le suivre.

Toujours sous le couvert de la forêt, ils rebroussèrent chemin jusqu'au pont, le traversèrent, puis coupèrent sur la rive nord de la Rotonde jusqu'à un bosquet de jeunes saules qui dissimulerait leur présence. Malitorne sortit de sa besace un bibelot large comme la main et sourit à son assistant.

— Si la moitié de ce qu'on m'a dit à propos de ce petit bijou est vrai, mieux vaut vous préparer tout de suite, mon cher Granguillain, à vivre une expérience hors du commun.

Le bibelot avait la forme d'une porte délicatement ciselée au milieu de laquelle une mollette décorée de signes cabalistiques avait été vissée. Du bout des doigts, Malitorne fit tourner la minuscule mollette. On entendit un léger cliquetis. Le magicien se mit à réciter, avec le curieux ton chantant que l'on emploie pour répéter quelque chose que l'on a appris par cœur.

— Impugnable Gardien des Portes, Grand Maître Huissier de l'espace et du temps, mène-moi à Marion Donat, fille d'Héran Donat, par les voies qui sont les tiennes.

Malitorne déposa la petite porte sur le sol moussu et fit signe à Granguillain de s'écarter.

— Et, surtout, ne touchez à rien.

Le jeune homme semblait trop étonné par ce qu'il voyait pour toucher à quoi que ce soit. Le cliquetis qui provenait de la porte avait augmenté d'intensité. La porte miniature grossissait sous leurs yeux. En quelques secondes, elle avait atteint la taille d'une porte normale. Le cliquetis ralentit tout en diminuant d'intensité, puis s'évanouit tout à fait.

La bouche ouverte, Granguillain contemplait une magnifique porte lambrissée en bois exotique richement décorée de dorures alambiquées, la moindre des merveilles n'étant pas qu'elle tenait debout toute seule entre les saules. La mollette s'était transformée en une poignée d'or décorée d'une pierre précieuse d'une taille telle que le vagabond ne pensait pas qu'il en existât de semblable dans le monde réel.

— Ah ben…

— À partir de maintenant, murmura Malitorne, silence et obéissance. Compris ?

— J'ai ben le droit de…

— Silence ! répéta impérieusement Malitorne en posant l'index sur sa bouche. Et obéissance absolue ! Sinon, finies les pièces d'or, terminée la nouvelle ère. Vous retournez dans votre forêt et dans votre médiocrité. Compris ?

Granguillain fit la grimace.

— Compris…

Malitorne écarta la main de sa bouche avec une lenteur théâtrale et la posa sur la poignée d'or. Ses yeux se fermèrent une seconde, son visage blêmit. Il poussa un soupir, puis ouvrit de nouveau les yeux. D'un geste vif, il tourna la poignée et poussa le battant de la luxueuse porte. Granguillain retint à grand-peine un cri de surprise : derrière la porte, au lieu d'apercevoir la rive de la Rotonde, il vit un couloir de pierre qui s'enfonçait dans l'inconnu.

Malitorne posa le pied dans le couloir. Il fit signe à son assistant de le suivre. Ce dernier ne put qu'obéir.

Sur le coup, le couloir parut très sombre. Une fois les deux hommes à l'intérieur, leur vision s'accoutuma et ils se rendirent compte qu'on y voyait fort bien grâce à une multitude de globes opalescents, fixés au plafond de pierre à intervalles irréguliers.

— Dépêchons-nous, murmura Malitorne. Et, je ne le répéterai pas, ne touchez absolument à rien tant que vous serez dans le couloir.

Granguillain acquiesça, le visage blême, puis s'élança à la suite de Malitorne. Pendant plusieurs centaines de pieds, même si ses nombreuses courbes empêchaient de voir très loin devant soi, le couloir magique s'avéra d'une parfaite monotonie. Il n'y faisait ni chaud ni froid. L'air confiné n'avait aucune odeur. Les murs, le plancher et le plafond étaient constitués des mêmes pierres d'un gris neutre, jointes sans mortier.

Au bout d'un certain temps, toutefois, le couloir s'élargit. Peu à peu, la section rectangulaire du tunnel s'arrondit en une arche décentrée. Des piliers apparurent, disposés de façon apparemment aléatoire, eux aussi en pierre grise. Sur la plupart des piliers étaient fichés un ou deux globes lumineux, de tailles et de couleurs diverses. Dans certains globes, des formes floues et nitescentes s'entremêlaient avec lenteur. D'autres pulsaient, comme des cœurs de lumière. Les murs, de plus en plus lointains, devinrent percés de niches et d'alcôves aux formes tarabiscotées, certaines meublées de bancs aux courbes alanguies, fabriqués de matières inconnues. D'étranges excroissances de pierre, enchevêtrées, s'élevaient du plancher. Peut-être des statues. Malitorne et Granguillain avaient l'impression d'avancer dans l'allée centrale d'une cathédrale aux proportions impossibles, issue du délire d'un architecte fiévreux. Le plafond était maintenant si haut que la multitude des globes lumineux rappelait un ciel nocturne poudré de constellations inconnues, sous lesquelles poussait une forêt de pierre.

Granguillain n'avait pas assez de ses deux yeux pour absorber tant d'étrangeté. Une envie presque douloureuse s'empara soudain de lui. Il aurait voulu s'élancer et courir en riant comme un fou pour se perdre dans le dédale désordonné de ces piliers. Subconsciemment, il fut soulagé de voir que Malitorne le surveillait de près. Il finit par murmurer :

— Ça fait longtemps qu'on marche. M'est avis qu'on a dépassé le manoir de Corybantier.

— L'espace et le temps du tunnel ne sont pas ceux du monde extérieur, expliqua sèchement Malitorne.

Granguillain se tut. Les deux hommes eurent l'impression que les murs se rapprochaient quelque peu. La taille et la fréquence des piliers diminuèrent. Les alcôves disparurent, et ils se retrouvèrent de nouveau dans un couloir étroit en pierre grise, se prolongeant devant eux sur une distance inconnue.

Un silence absolu avait régné depuis leur entrée dans le couloir magique. C'est pourquoi Malitorne et Granguillain sursautèrent lorsque, devant eux, ils crurent entendre des pas précipités. Ils s'immobilisèrent en échangeant un regard. On avait l'impression que plusieurs personnes approchaient. Granguillain posa une main tremblante sur la poignée de son épée. Malitorne, les sourcils froncés, lui fit signe de ne pas bouger.

Les deux hommes vécurent alors l'expérience la plus incroyable de leur séjour dans le couloir magique. Au-delà d'une courbe surgit nulle autre que Marion Donat, surveillée de près par deux hommes.

Malitorne et Granguillain écarquillèrent les yeux : ces deux hommes étaient eux-mêmes !

La jeune femme, qui marchait devant, continua sa route sans prêter attention aux personnes qu'elle rencontrait, ses yeux gris-vert fixés droit devant elle comme ceux d'une somnambule. Le Granguillain qui marchait à sa suite, l'épée en main, éclata d'un rire incertain.

— Ha ! C'est ici qu'on se revoit. Non mais, regarde-moé la tête que je fais !

D'un geste irrité, le Malitorne qui l'accompagnait fit signe à ses doubles de poursuivre leur progression.

— Nous sommes du futur. Vous y êtes presque. Vous la trouverez dans sa chambre. Traversez le laboratoire, montez l'escalier du vestibule, tournez à gauche, c'est la seconde porte à droite. Tout va bien se passer.

Sans plus de commentaires, le trio abandonna Malitorne et Granguillain. Ces derniers, après quelques instants de flottement, obéirent aux instructions de leurs incarnations du futur et ne tardèrent pas à arriver au bout du couloir magique, qui se terminait par une porte ouvragée identique à celle qui leur avait permis d'entrer.

Malitorne ouvrit la porte, qui révéla un vaste atelier, sombre et encombré. Le laboratoire de Corybantier. Malitorne et Granguillain traversèrent la grande pièce sans trop s'attarder, si ce n'est pour permettre à Malitorne de subtiliser quelques accessoires qui lui parurent intéressants. Ils poussèrent doucement une autre porte pour se retrouver dans un vestibule. Désert, comme promis. Ils montèrent l'escalier en prenant soin de ne pas faire de bruit. Malitorne eut de la difficulté à ne pas émettre un gloussement de jubilation. Quelle étrange et délicieuse sensation de visiter un lieu inconnu en connaissant d'avance la route à suivre et en sachant ce qu'on allait y faire !

Devant la porte de la chambre, Malitorne fit signe à Granguillain d'attendre un peu. Le magicien se concentra, puis poussa la porte d'un coup, surprenant Marion Donat dans une activité qui correspondait bien à la nature vaniteuse de toutes les femmes : assise face à un miroir, elle brossait ses longs cheveux blonds.

La jeune fille se tourna d'un bond. Son regard gris-vert s'écarquilla. La brosse tomba au sol. Marion était maintenant debout, en position de défense, une paire de ciseaux à la main.

— Qui êtes-vous ? Qu'est-ce que vous faites ici ?

Malitorne fit un geste vif de la main. La jeune fille se tut instantanément, le regard soudain voilé de brume. Son corps se détendit, ses bras retombèrent le long de son corps. La paire de ciseaux rebondit sur le tapis et alla glisser sur le plancher de tuiles avec un tintement métallique.

— J'aurais dû me prévenir que tu te défendrais avec autant de fougue, murmura le magicien sur un ton goguenard. Allez, ma jolie, maintenant tu vas faire exactement ce que je vais te dire.

— Je vais faire exactement ce que vous allez dire, répéta Marion Donat d'une voix sans timbre.

Lorsque Malitorne lui ordonna de sortir de la chambre et de descendre sans bruit l'escalier, la jeune femme obtempéra sans la moindre hésitation. Toujours suivie par le magicien et Granguillain – qui avait dégainé son épée autant pour se donner une contenance que par réelle nécessité –, la jeune femme pénétra dans le laboratoire, qu'elle traversa jusqu'à la porte magique restée ouverte. Ils entrèrent tous les trois dans le couloir de pierre. Malitorne ferma la porte derrière eux puis murmura sur un ton fébrile.

— Une opération exécutée à la perfection ! Mais je ne serai vraiment tranquille que lorsque nous serons revenus sur la berge de la rivière. Sortons d'ici.

Marion obéit sans discuter et s'enfonça dans le couloir, suivie par Granguillain. Le magicien ferma la marche, tout en étudiant sa prisonnière. Elle portait un drôle d'habit, une sorte de costume de chasse en cuir par-dessus une chemise blanche. Le tout aurait plutôt convenu à un garçon, s'il n'avait été évident que le pantalon avait été taillé pour des courbes féminines. Malitorne sourit, songeant qu'il aurait certes été encore plus croustillant de la surprendre nue, comme la journée précédente. Il fallait toutefois admettre que cela n'aurait pas été pratique pour la suite du programme.

Il en était là de ses réflexions lorsqu'ils rencontrèrent leurs doubles du passé, stupéfaits de les voir apparaître.

— Ha ! C'est ici qu'on se revoit, s'exclama Granguillain avec un éclat de rire incertain. Non mais, regarde-moé la tête que je fais !

Malitorne fut effectivement assez consterné de constater à quel point la surprise lui donnait une tête d'ahuri. Irrité, il fit signe à ces deux résurgences de leur passé de poursuivre leur chemin.

— Vous y êtes presque. Vous la trouverez dans sa chambre. Traversez l'atelier, montez l'escalier du vestibule, tournez à gauche, c'est la seconde porte à droite. Faites attention, elle va se défendre avec des ciseaux.

— Mais… Mais d'où sortez-vous ? demanda le Malitorne du passé.

— Nous sommes du futur. N'est-ce pas évident ?

Sans autre forme de procès, il poussa Granguillain dans le dos afin qu'il rattrape Marion dont le pas n'avait pas ralenti.

— Vous n'avez pas dit la même chose les deux fois, murmura Granguillain sur un ton de reproche. C'est normal, ça ?

— Tais-toi et regarde où tu marches.

Ils poursuivirent leur avance en silence jusqu'à ce que le couloir recommence à s'élargir. Les piliers de pierre, les alcôves et les excroissances multiformes réapparurent. L'improbable trio retraversa l'étrange cathédrale de pierre.

Pourtant, quelque chose avait changé. Alors qu'à l'aller l'air ambiant avait semblé parfaitement inodore, il régnait à présent un parfum subtil mais distinct de métal surchauffé, comme une gamelle vide qui aurait été abandonnée sur la braise. De nombreuses alcôves s'étaient assombries. Tout en haut, sur la voûte, des lumières fluctuaient et mouraient. Un des globes lumineux se détacha de son pilier et éclata sur le plancher de pierre. Malitorne et Granguillain sursautèrent, ce dernier faillit en échapper son épée. Seule Marion continua d'avancer comme si de rien n'était.

Un autre globe lumineux se détacha. Que se passait-il ? Les ravages du temps semblaient s'effectuer à une vitesse accélérée sur le couloir et ses dépendances. Malitorne sentit la panique croître au creux de sa poitrine : peut-être aurait-il été plus prudent de redire exactement les mêmes mots les deux fois, effectivement…

— Cours ! ordonna le magicien. Courez tous les deux !

Marion s'élança avec la vivacité du lièvre, et ses deux poursuivants eurent en fait beaucoup de mal à suivre son allure. À cette vitesse, ils atteignirent rapidement la partie où le couloir retrouvait sa taille normale. Plus ils avançaient, plus le couloir était sombre et poussiéreux. Un épais remugle de poussière et de métal brûlant prenait à la gorge. Il leur fallait maintenant faire attention de ne pas trébucher sur les éclats de globes ou sur les gravats tombés des fissures du plafond et des parois.

Alors qu'il commençait à croire qu'ils finiraient tous trois prisonniers de la magie du tunnel, Malitorne aperçut un rectangle de lumière devant eux. Il était plus que temps : ce n'étaient plus de simples gravats qui tombaient du plafond mais des moellons assez lourds pour les assommer. Avec un sentiment de soulagement indescriptible, Malitorne se retrouva enfin sur la berge de la Rotonde, au milieu du bosquet de saules. La main contre les côtes – un point de douleur transperçait sa poitrine, il n'était pas habitué à courir ainsi – il se tourna pour voir ce qui advenait du tunnel.

Tout avait disparu. Il n'y avait plus ni couloir ni porte. Reprenant péniblement son souffle, Malitorne récupéra dans les herbes la minuscule porte ciselée et la remit dans sa besace.

— Hé ! La fille court encore !

Malitorne étouffa un juron. Granguillain avait raison. Il n'avait jamais ordonné à Marion d'arrêter, alors forcément elle avait continué de courir, au point qu'elle était en train d'escalader le talus menant à la route.

— Halte !

Il tira en esprit les rênes magiques qui retenaient sa prisonnière. Mais son geste fut un peu trop brusque. La jeune femme interrompit sa course avec un cri étranglé, puis chuta cul par-dessus tête en bas du talus.

— Pardon, pardon ! J'oublie à quel point ces créatures sont délicates, se morigéna Malitorne. Relevez-vous, mademoiselle, et approchez. Doucement, cette fois.

Marion se releva et revint sur ses pas, décoiffée, soufflant comme une forge, le visage rouge maculé de poussière. Malitorne marcha à sa rencontre en tenant toujours sa poitrine douloureuse. Avec de petits gestes maniérés, il la recoiffa et essuya du mieux qu'il pouvait la poussière sur son visage. Elle se laissa faire, son regard exprimant la plus parfaite vacuité.

— Voilà qui est mieux. Il ne faudrait pas abîmer un si joli minois.

Granguillain s'était approché, son épée nonchalamment posée sur son épaule, lui aussi reprenant bruyamment son souffle. Il ponctua le commentaire de Malitorne d'un grand rire niais.

— Ça, c'est vrai qu'elle est mignonne, la voleuse...

— Taisez-vous un peu...

— Taisez-vous, taisez-vous. J'ai jamais le droit de parler, moé ?

Avec un geste impatient, Malitorne lui fit comprendre qu'il avait cru entendre quelque chose. Le jeune homme se tut. Lui aussi avait entendu un aboiement clair, qui semblait venir du pont. L'aboiement se fit de nouveau entendre. Le chien de Corybantier apparut sur la route. Du haut du talus, l'animal s'arrêta pour observer la jeune fille et les deux hommes. Ses oreilles dressées bien droit, le chien inclina la tête en un geste de perplexité presque humain, puis aboya encore un coup. Malitorne aurait juré que l'animal avait prononcé le nom de Marion. Il ordonna.

— Tuez cette sale bête si elle approche.

Granguillain dressa l'épée devant lui, sans enthousiasme.

— Vous auriez pas un truc de magie pour ça ?

— Pas pendant que je retiens la fille, siffla Malitorne. Je ne peux pas maîtriser deux incantations à la fois.

Le chien dévala doucement le talus, les oreilles baissées, un grondement au fond de la gorge. Avec son poil hérissé, il donnait l'impression d'avoir doublé de taille. Son regard brun passait de Marion – royalement indifférente à tout ce qui se passait – à Malitorne et Granguillain.

Ce dernier balaya l'air de son épée.

— Pch ! Pch ! Arrière, toé !

Cela ne fit qu'exciter le chien, qui fonça avec une soudaineté déconcertante, la gueule écumante. En quelques bonds, il rejoignit Granguillain. Le jeune homme tenta d'embrocher l'animal de la pointe de son épée, mais ce dernier esquiva le coup. Les crocs blancs se refermèrent sur la jambe de Granguillain, mais n'attrapèrent que le bas du pantalon. Le jeune homme recula en trébuchant et glapissant de consternation.

— Holà ! holà ! Foutue bête !

— Mais frappez-le, imbécile !

Facile à dire pour Malitorne, qui n'était pas secoué dans tous les sens par une bête en furie. C'est tout juste si Granguillain arrivait à tenir debout. Il abattit à nouveau son épée. La lame tinta contre la rocaille. Il frappa encore à côté. Le chien lâcha son pantalon pour refermer ses mâchoires sur le bras tenant l'épée. Granguillain émit un beuglement aussi rauque que discordant. Il trébucha sur le sol inégal, échappa son arme. Le chien raffermit sa prise. Sa victime tomba de tout son long en hurlant de plus belle.

Malitorne accourut et donna un coup de pied dans les côtes de l'animal.

— Sale bête ! Lâche-le !

Le chien obéit à l'injonction pour s'attaquer à ce nouvel adversaire, sa furie inextinguible. Malitorne s'enfuit à toutes jambes en criant d'une voix chevrotante :

— *Suicret sibro ! Rabqu ! Nölt !*

Un claquement puissant comme un coup de tonnerre fit vibrer la rive de la Rotonde, suivi d'un affreux bruit de déchirement. Une sphère irrégulière de couleur sombre apparut dans le ciel. La sphère se déploya avec des claquements de cuir mouillé pour se transformer en une immense créature volante toute en bec et en pattes griffues. Avec une implacable résolution, comme si depuis la nuit des temps elle n'avait existé que pour cette tâche, la créature de cauchemar s'élança vers le chien avec de lourds claquements de ses ailes membraneuses.

Le temps pour le chien de comprendre qu'il n'était pas de taille, la créature monstrueuse était déjà sur lui. Il bondit désespérément, mais le bec puissant de la créature se referma sur une de ses pattes postérieures. Le chien glapit de douleur, se libéra, mais presque aussitôt la créature volante referma ses immenses serres autour de sa proie pour s'envoler dans un tourbillon de poussière et de pollen.

Malitorne contemplait stupidement la créature volante s'éloignant vers l'ouest lorsqu'un cri de la jeune fille se fit entendre.

— Que se passe-t-il ? Petite-Caille ! Qu'avez-vous fait à Petite-Caille ?

Marion avait évidemment profité de la distraction du magicien pour émerger de sa transe. Elle toisait ses agresseurs avec un regard furibond.

— Qui êtes-vous ? Que me voulez-vous ?

Avec un soupir fatigué, Malitorne refit basculer la jeune fille dans sa transe, puis marcha sans se presser au chevet de Granguillain, qui beuglait en se tenant le coude, assis dans la pierraille.

— Foutu chien crotu ! Il m'a presque arraché le bras !

— Arrêtez de brailler et relevez-vous ! Qu'est-ce qui m'a pris de m'embêter d'un maladroit pareil ? Armé d'une épée et même pas capable de se débarrasser d'un chien. Vous m'avez fait gaspiller une invocation à usage unique qui m'a coûté une fortune !

Ignorant les vitupérations du magicien, le jeune homme retira sa veste de cuir. Il examina son coude marqué de traces de morsure qui commençaient déjà à bleuir.

— Vous voyez bien que ce n'est rien, dit Malitorne, rassuré malgré tout. Allez ! Voici un anesthésique qui a fait ses preuves.

Il tendit une autre pièce d'or, que Granguillain accepta en maugréant.

— L'incident est clos, reprit Malitorne. Remettez votre veste, reprenez votre épée, et en route. Je compte maintenant sur vous pour me guider dans les petits sentiers de ces contrées. En espérant que vous êtes plus habile pour courir les bois que pour tuer les chiens.

— Comme je vous ai dit, je peux vous mener jusqu'à la passe à bestiaux, rappela le vagabond en massant son coude. Personne nous verra dans le bois. Mais rendu là, faudra ben reprendre la grande route. Je connais pas les sentiers plus au sud.

— Alors nous reprendrons la route, puisqu'il le faut. Au moins nous avancerons plus vite. Car notre jeune amie est ardemment attendue à Privance. Ah, Privance ! Que j'ai hâte de voir votre regard ébloui lorsque vous contemplerez pour la première fois une véritable ville moderne.

— Privance ? Vous voulez que je vous suive jusqu'à Privance ?

— Vous ne comprenez donc pas que maintenir cette jeune fille sous contrôle psychique est épuisant, à la fois pour elle et pour moi ? Il me faudra quelqu'un pour la surveiller lorsque je me reposerai. Si je n'avais pas besoin de vous, vous croyez que je vous couvrirais d'or ?

— Ouain… J'aurais le cul à l'air avec juste quatre quatrains pour me couvrir…

— Ce n'est qu'un acompte, dit Malitorne, exaspéré par autant de rouspétance. Pour vous montrer à quel point je suis sérieux. Il suffit ! Nous poursuivrons cette édifiante discussion dans les bois. Corybantier pourrait revenir. Ça m'ennuierait d'employer une illusion devant un collègue, on ne sait jamais. Allez, jeune homme, je vous suis. Mademoiselle Donat, vous restez entre nous. En route, tout le monde. En route, en route, en route !

Granguillain enfila sa veste en grimaçant de douleur, puis il récupéra son épée et remonta le talus, l'air mécontent. Marion le suivit, le regard dans le vague. Malitorne poussa un profond soupir, puis ferma la marche.

◆

Arrivé à Contremont, Ian abandonna Pierre sur la place du marché – où ils convinrent de se retrouver plus tard – puis continua au château pour se présenter au chambellan. Le serviteur mena maître Corybantier jusqu'aux appartements du roi. En chemin, ils rencontrèrent Trivelin. Le nain salua Ian avec un grand sourire, puis marcha en sa compagnie quelques pas.

— Je suis ici à titre officiel, le prévint Ian. Je n'ai pas le temps de te parler.

— Je sais. Je voulais simplement te prévenir que Sa Majesté est d'humeur morose ce matin.

— Je vois, fit Ian, avec un regard entendu vers le nain pour lui démontrer qu'il appréciait l'avertissement. J'ai l'impression que ma rencontre sera plus brève que prévu.

— Ou plus longue…

Trivelin s'éloigna avec un clin d'œil. Tous les proches et conseillers du roi Philophanes savaient que l'humeur de leur souverain était aussi changeante que le temps. Une période de beau fixe pouvait être brutalement interrompue par un orage violent. Moins d'un an plus tôt, Philophanes avait failli déclencher une guerre contre les Musaphes par suite de la publication d'une épigramme, œuvre d'un satiriste musaphe de Priscantines, dans laquelle on se moquait de Contremont et de son monarque qui saignait du nez. C'était une autre de ces occasions où maître Corybantier avait été appelé en catastrophe pour réussir à calmer le monarque, opération à laquelle Ian s'était attelé avec d'autant plus d'exaspération qu'il savait fort bien que le satiriste en question n'était autre que Trivelin, qui avait trouvé fort drôle d'asticoter son monarque en publiant à l'étranger sous pseudonyme.

Heureusement, les colères du roi ne duraient pas. Ses périodes de mélancolie pouvaient par contre se prolonger des semaines durant, pendant lesquelles le souverain se retirait dans ses appartements en refusant de voir quiconque au-delà de son cercle immédiat.

Une fois dans l'antichambre, Ian comprit, à la façon dont le roi était affaissé dans son fauteuil et à son regard attristé sous ses sourcils bruns, qu'il était effectivement entré dans une de ses périodes de pluie et de brouillard. Tout d'abord, Philophanes ne porta pas attention à Ian ; il avait le regard perdu au-delà de la fenêtre – un spectacle qui aurait dû pourtant le rendre un peu plus guilleret, avec ses toits de tuiles luisantes comme des bibelots cirés de neuf, le moutonnement vert des collines, et les plaines fraîchement labourées, promesse de récolte et de prospérité, paysage bucolique traversé par les flots paresseux du Pibole venus se reposer un moment dans le lit calme du lac Emblic, pour repartir vers le nord jusqu'à la mer Géante.

Sans un mot, le chambellan quitta l'antichambre et ferma la porte derrière lui. Philophanes daigna enfin détourner son regard de la fenêtre pour le porter sur son visiteur.

— Vous m'avez convoqué, Majesté, rappela Ian. Vous vous rappelez, pendant la fête…

— Je m'en souviens, je m'en souviens…

Le silence régna ensuite un moment, silence que Ian n'osait pas interrompre. Philophanes finit par demander, sur un curieux ton, à la fois distant et mélancolique.

— Serai-je un jour le héros d'une histoire, maître ?

Philophanes avait tendance à poser les questions les plus inattendues lorsqu'il était de cette humeur, ce qui n'empêcha pas Ian d'être désarçonné encore cette fois.

— Je ne suis pas sûr de comprendre, Majesté.

— Écrira-t-on des histoires à mon sujet ?

— Eh bien… Les historiens vont certainement commenter votre règne dans leurs archives, comme ils l'ont fait pour tous vos prédécesseurs et vont continuer de le faire pour vos descendants…

Philophanes l'arrêta d'un geste agacé.

— Je ne vous parle pas de l'histoire des historiens. Qui se préoccupe de toutes ces inscriptions dans des pages jaunies ? Je parle d'*histoires* que les gens aimeront lire et se faire raconter. Fera-t-on de moi un héros d'aventures comme pour mes ancêtres Japier ou Melsi ?

— Ah, je vois ce que vous voulez dire. Mais pour cela, euh… pour cela il faudrait… Eh bien…

— Il faudrait que je sois autre chose qu'un monarque insignifiant ? proposa Philophanes avec un rire blessé.

— Majesté, non, ce n'est pas ce que je voulais…

Le roi lui fit signe de se taire, son visage exprimant une noble douleur.

— N'essayez pas de me dorer la pilule. Votre hésitation vous a trahi. Et vous avez bien raison. Imaginez une histoire qui nous mettrait en scène, vous et moi : ho ! ho ! quel ennui ! Pourquoi n'ai-je jamais pu voyager au pays des sylvaneaux comme la reine Melsi ?

— Allons, Majesté. Il y a *l'Histoire* et il y a *les* histoires. Ne confondons pas.

Philophanes se redressa, ses épais sourcils bruns froncés de mécontentement.

— Êtes-vous en train d'insinuer que ce que l'histoire nous rapporte de Darien, de Japier et de Melsi, mes plus illustres ancêtres, ne sont que des inventions ?

— Pas tout, bien entendu, se dépêcha de préciser Ian, conscient qu'il avait peut-être été un peu maladroit. Que Japier ait affronté Barrad, le dernier des ogres de Contremont, correspond à une vérité historique bien établie. Les aventures de la reine Melsi au pays des sylvaneaux sont d'une tout autre nature. Le seul point qui est attesté par les registres, c'est que Melsi – elle n'était que princesse à l'époque –, avec une dame de compagnie, a survécu à un naufrage en se réfugiant sur la rive nord de la mer Géante, où elle a été rescapée par la marine de Trioriz. On devine à quel point pareille mésaventure a pu impressionner une enfant qui avait déjà la réputation d'être vive et imaginative. D'où le caractère fantasmagorique du récit qu'elle a narré à son retour, avec son pirate au grand cœur, ses étranges compagnons de voyage, ses hiératiques sylvaneaux et leurs guerres fabuleuses, tout ce beau monde décidant – comme c'est commode ! – de disparaître à la fin. Faut-il ajouter à tout ce matériau les fantaisies des romanciers chargés de mettre en forme les mémoires de votre arrière-grand-mère, lorsqu'il s'est avéré que tout le peuple de Contremont voulait les lire ?

» Je constate que mes paroles vous déçoivent, ô Majesté, mais ne voyez-vous pas qu'une des causes de votre mélancolie tient à ce que vous comparez le prosaïsme de votre existence quotidienne à des péripéties magnifiées et enjolivées par des générations de conteurs ? Il serait certes rassurant de nous apercevoir que nous sommes des personnages d'une histoire écrite d'avance. Hélas, ce n'est pas le cas. Si la réalité suit un plan, ce plan nous reste irrémédiablement inconnu. C'est bien triste, mais nous ne sommes pas des héros luttant au péril de notre vie dans une quête pour sauver le monde. Si c'était le cas, eh bien, j'aurais voulu être un autre personnage. Un guerrier farouche, sans doute – grand, fort, ennemi de l'injustice et séducteur de ces dames.

Un sourire fleurit, presque à contrecœur, sur les lèvres du roi Philophanes.

— Un guerrier farouche ? Vous, maître Corybantier ?

— Pourquoi être parcimonieux lorsqu'on paie avec la monnaie du rêve ? Pourvu que nous nous souvenions que dans la réalité nous marchons à tâtons dans le brouillard, sans savoir ce qui nous attend de l'autre côté de la montagne, si même nous les voyons, toutes ces montagnes qui se dressent à l'horizon.

— Bigre ! Moi qui pensais que vous alliez me remonter le moral…

Philophanes se redressa un peu dans son siège, le regard de nouveau perdu sur son modeste royaume, son expression étant graduellement passée de l'amertume à une bouderie plus coutumière chez lui. Il reprit, assez abruptement.

— Mais, de toute façon, ce n'est pas de cela que je voulais vous parler. Je voulais vous parler de la situation à Triplebuies, à Besline et à Privance, et des conséquences que cela va avoir sur Contremont.

Ian poussa intérieurement un soupir. Autant il était soulagé que la conversation retombe sur un sujet plus terre à terre, autant il se sentait démuni pour conseiller Philophanes.

— Ce sera avec plaisir que je vous aiderai dans la mesure de mes modestes moyens, Majesté.

— Modeste est bien le mot, répliqua Philophanes. Vous auriez pu me révéler que vous étiez le frère d'Héran, le futur roi de Besline.

Ian se secoua, incertain d'avoir correctement compris.

— Majesté, mon frère n'a jamais eu l'intention de devenir roi. Au contraire, il est un des principaux champions de la suppression des titres héréditaires et de la constitution d'un parlement démocratique.

— Allons, maître, pas à moi, je vous en prie, ricana Philophanes. Toute cette histoire de « parlement » est de la poudre aux yeux, un moyen que votre frère a trouvé pour faire oublier qu'il n'est pas un véritable noble. Ne me dites pas que vous croyez à ces balivernes ? Sire Mehaigné, à qui j'ai accordé une audience hier, m'a chanté une tout autre chanson.

— Je vous demande pardon, Majesté, mais je n'ai pas l'honneur de connaître ce sire Mehaigné.

— C'est un conseiller du burgrave Trigaud. Un fin observateur de la politique des trois villes. Ce qu'il m'a révélé m'a ouvert un peu les yeux sur ce qui se trame chez nos chers voisins du sud. En fait, il était au bal. Ne me dites pas que personne ne vous a présentés ?

— Je… Je ne m'en souviens plus…

Au moment même où Ian disait cela, il comprit qu'il devait s'agir du petit homme vêtu de noir qui l'avait salué de l'autre bout de la salle de bal.

— Vous serez donc toujours aussi distrait ! dit Philophanes avec un hochement de tête découragé. Quoique… Bien sûr ! Je suis bête de ne pas y avoir pensé. Mehaigné vous a évité car il sait que vous appuyez Héran, l'adversaire de Trigaud.

— Je n'appuie ni l'un ni l'autre ! Je ne me mêle pas de la question !

Philophanes éclata d'un grand rire.

— Votre attitude de vierge effarouchée serait plus convaincante si je ne savais pas que la fille d'Héran, héritière potentielle d'un royaume, s'était réfugiée chez vous.

— Ce qualificatif – réfugiée – est tendancieux, Majesté. Marion Donat est ma nièce, et je reconnais qu'une des raisons de sa présence chez moi est le désir exprimé par mon frère de la mettre un peu à l'écart de Besline, où sa famille pourrait être victime d'une tête brûlée. Pour le reste, je vous ferai remarquer que ce sire Mehaigné, s'il est vraiment un conseiller du burgrave Trigaud, avait tout intérêt à déformer la vérité à l'avantage de son maître.

— Ah ha ! s'exclama moqueusement Philophanes. Trigaud est donc le méchant de notre histoire ?

— Je ne crois ni à la bonté ni à la méchanceté en politique. Je crois aux intérêts, répondit Ian, se trouvant un peu trop sentencieux à l'instant même où il prononçait ces paroles.

Philophanes se leva et déambula d'un mur à l'autre de l'antichambre, plongé dans ses réflexions. Ian le regarda aller et venir sans dire un mot, soulagé de constater que son souverain avait émergé de sa mélancolie, mais inquiet de la nature des réflexions qui l'agitaient maintenant.

— La fille d'Héran... dit soudain le roi en se penchant vers Ian, sur un ton de confidence un peu futile vu qu'ils étaient seuls dans l'antichambre.

— Marion.

— Marion, oui, oui, c'est bien cela. C'est sa seule fille, n'est-ce pas ?

— Oui, hélas ! Mon frère et sa femme auraient voulu avoir plus d'enfants, mais le sort en a décidé autrement.

— Connaissez-vous l'homme à qui on l'a promise ?

Ian hésita, désarçonné par ce nouveau méandre dans la conversation du roi.

— Eh bien... Je doute qu'elle soit fiancée.

— Surprenant ! dit Philophanes sur un ton désapprobateur. À son âge, cela aurait dû être réglé déjà. Oh, oh, mais je comprends : Héran attend de voir comment la situation va tourner à Besline avant de choisir ses alliances. Lorsqu'on a une seule fille, il faut choisir avec discernement à qui on va la marier.

— Je ne suis pas sûr que mon frère...

Mais Philophanes continuait, toujours sur le ton des confidences.

— Je dois maintenant vous révéler, mon cher maître, que lorsque je vous ai convoqué ici il y a deux jours, ce n'était pas pour éprouver votre patience avec mes idées noires, ni même pour discuter politique – quoique... bon... Enfin, voilà ! Comme vous l'avez sûrement noté, il est rare que je me laisse emporter par les sentiments. Or, lorsque j'ai appris que la charmante jouvencelle avec laquelle vous avez fait une entrée remarquée au bal était la fille d'Héran Donat, cela m'a rappelé avec force que moi-même je n'étais toujours pas marié.

» Parce que je suis toujours célibataire, certains de mes sujets s'imaginent que je n'ai jamais songé à cet aspect de mon existence. Qu'on se rassure. Je suis déterminé à me marier pour de multiples raisons. Premièrement, il est du devoir d'un monarque de donner le bon exemple à son peuple. Deuxièmement, je suis convaincu de travailler ainsi à mon bonheur. Troisièmement – mais sans doute aurais-je dû commencer par là – je répondrai ainsi au désir exprimé par Risorius et mes conseillers d'assurer la continuité du royaume, afin d'éviter à Contremont le genre de crise qui secoue en ce moment Besline. Risorius me le rappelait encore l'autre jour: "Faites un bon choix. Pour ma satisfaction, et pour la vôtre, trouvez une fille de bonne famille, modeste, de préférence jolie pourvu que son caractère ne soit pas trop vif. La question de la fortune est évidemment secondaire, pour autant que les lignées du sang s'avèrent irréprochables. Trouvez une telle compagne le plus tôt possible, il en va de l'intérêt du royaume."

» Voilà à quoi j'ai songé en apercevant votre nièce. Il ne manque certes pas de jeunes femmes charmantes à Contremont, mais vous savez comme moi que l'adjonction d'un sang étranger peut être vivifiante pour la descendance. Sa vivacité m'a plu. Elle danse avec grâce, ce qui sied à son futur rôle. Et le peuple appréciera que la reine soit jolie.

» Ajoutons à toutes ces raisons la perspective vraisemblable qu'elle devienne l'héritière du royaume voisin, avec tous les avantages que cela représentera d'un point de vue politique, et vous conviendrez avec moi que je dois m'empresser de faire connaître à son père mes intentions, afin qu'il sache à quoi s'en tenir à mon sujet et repousse toute autre offre de mariage. Je vous charge donc d'annoncer ma décision à votre frère, qui en préviendra la principale intéressée, afin que nous puissions commencer tout de suite à planifier les innombrables détails entourant mon mariage.

Et, sur ces mots, Philophanes sonna son chambellan, pour lui dire que son entretien avec maître Corybantier était terminé, si bien qu'il pouvait inviter le prochain démarcheur qui devait certainement s'impatienter.

— Je compte sur vous ! lança le roi au moment où Ian quittait la pièce.

Ian était à ce point abasourdi qu'il se retrouva sur la place du marché sans même se rendre compte qu'il avait retraversé le château. Il se dirigea vers la terrasse de l'auberge, où Pierre était assis à l'écart, une chope de bière devant lui, apparemment perdu dans ses propres réflexions. Ian fit un signe à la serveuse puis alla lourdement s'asseoir à son côté.

— Tu as la tête d'une personne qui a vivement besoin d'une chope, dit Pierre.

— Tu n'as jamais si bien dit.

— Que voulait donc Sa Majesté ?

La bière de Ian arriva. Ce dernier en prit une longue gorgée, puis posa la chope avec un profond soupir.

— Il est rare qu'une conversation avec Philophanes soit facile à résumer. Essentiellement, sache que je suis chargé de transmettre à Héran une demande officielle de mariage de la part de Philophanes.

— Surprenant. Ne sait-il pas que ton frère est déjà marié ?

— La demande en mariage concerne Marion, idiot !

Pierre exagéra une expression d'illumination.

— Aaah… Je comprends maintenant ton désarroi. Marion mériterait mieux, en effet.

— Qu'est-ce qui est mieux qu'un roi ? rétorqua Ian, un peu agacé par le refus de son ami de prendre la situation au sérieux.

— Un homme qui l'aime. Et qu'elle aime en retour.

— Je te reconnais bien ! L'amour, l'amour… Empoigne ton luth et chante-nous une ballade.

— Le rôle de cynique te convient mal, Ian, répondit Pierre, un voile de tristesse dans le regard. Je suis sûr que la perspective de voir Marion mariée à Philophanes te fait frémir autant que moi.

Ian haussa une épaule.

— Comme je connais Héran et Alcanthe, ils laisseront à Marion le choix de son futur époux. Enfin, je crois… Reconnaissons que l'offre de Philophanes sera difficile à refuser. Non, ce qui m'irrite surtout, c'est que le rôle de messager m'est dévolu. Promets-moi de ne pas toucher un mot de cette histoire à Marion – du moins tant que je n'aurai pas transmis la demande à mon frère. Elle a bien assez de raisons de se moquer de moi.

— Pas un mot. Ce projet est ridicule de toute façon et choque mon sens esthétique. Marion est un esprit libre, une fée moqueuse, une fleur de montagne qui s'est déployée pour admirer l'aube brumeuse et flotter dans la brise, pas pour être cueillie et flétrir sous un dôme de verre.

Ian, sans succomber au lyrisme de son fidèle ami, savait qu'au fond de son cœur il partageait le verdict. Il préféra ne rien répondre. Comme ils avaient promis à Bernières d'être revenus à temps pour le dîner, Ian et Pierre vidèrent leur chope et retournèrent au manoir en marchant d'un bon pas.

Un peu après avoir passé le pont, ils entendirent un concert d'aboiements en provenance du manoir.

— Petite-Caille a des invités, supposa Pierre.

— On dirait les chiens de Valériane.

Au moment même où il prononçait ces paroles, un grand berger noir apparut et courut à leur rencontre en aboyant. Il était suivi par un autre chien, blond celui-là, moins vociférant, quoique tout aussi excité.

C'étaient bien les chiens de Valériane. Ne sachant pas trop ce qu'ils faisaient là, Ian prépara mentalement un sort d'éjection capable de repousser momentanément les deux bêtes. Heureusement, un appel impérieux émis par une gorge féminine fut nettement audible par-dessus les aboiements.

— Tueur ! Céleste ! Au pied !

Les deux chiens rebroussèrent chemin, visiblement à contrecœur. Un peu plus loin, Pierre et Ian aperçurent Valériane qui les attendait au milieu du chemin, les deux chiens à ses pieds. La sorcière toisa Ian. Son visage naturellement clair était presque livide sous le soleil du midi. Des mèches rebelles de cheveux roux collaient sur son front en sueur. Sa poitrine soulevait rapidement son corsage hâtivement lacé, comme si elle s'était habillée en vitesse et courait depuis ce temps.

Malgré sa surprise, Ian se rendit compte qu'il était heureux de revoir sa voisine.

— Valériane ? Est-ce que ça va ?

— Où étiez-vous ? Qu'avez-vous fait ?

La brusquerie de la question, et le ton rauque qu'avait employé Valériane, les surprit tous les deux.

— Nous étions à Contremont, dit Ian. Nous n'y avons rien fait de particulier.

— J'ai senti un grand choc magique, dit Valériane d'une voix hachée par l'obligation de reprendre son souffle. Autour d'ici. Il y a un peu plus d'une heure. Une déchirure.

— Une déchirure ? Entre les mondes ? Impossible…

— Elle a raison, Ian, interrompit Pierre. Je sens quelque chose…

— Et comment ! s'exclama Valériane. Toute la région en vibre encore. Je le sens. Mes chiens aussi. Ils sont fous d'énervement depuis ce temps. Je pensais que ça venait de ton manoir, mais j'ai l'impression que ça s'est produit là-bas, près de la rivière.

En toute autre occasion, Ian aurait accueilli les affirmations de Valériane avec un ricanement condescendant et lui aurait recommandé d'éviter le vin anisé à l'avenir. Mais il n'eut qu'à penser à l'audace de sa jeune nièce, il n'eut qu'à l'imaginer en train de fouiller dans son laboratoire, pour qu'un pincement de panique lui traverse l'estomac.

— Marion !

Il courut vers le manoir, suivi de Pierre, de Valériane et de ses deux chiens qui s'étaient remis à aboyer d'excitation.

— Mais ça ne vient pas de cette direction, protesta Valériane.

Ian n'écoutait pas. Près du manoir, il tomba sur Bernières qui revenait du potager. En les voyant tous accourir de cette façon, la brave femme serra contre sa poitrine ses mains terreuses.

— Maître Corybantier ? Pourquoi courez-vous ainsi, avec mademoiselle Valériane et ses chiens ?

— Nous pensions… bredouilla Ian. Eh bien, euh… nous avions peur qu'il se soit passé quelque chose.

— Par le doux nom de ma mère, de quoi parlez-vous ?

— Vous n'avez rien observé de particulier ? intervint Pierre.

La domestique répéta qu'elle travaillait dans le potager, qu'elle n'avait rien vu, rien entendu sauf les chiens de Valériane. Alarmée par la possibilité qu'elle eût commis quelque tort irréparable à son maître sans s'en rendre compte, elle se confondit en excuses, expliquant qu'elle n'était qu'une vieille paysanne distraite.

— Bon sang, Bernières, ne vous excusez pas d'un crime avant de savoir si vous en êtes coupable ! dit Ian. Ce n'est probablement qu'une fausse alerte. Où est Marion ?

— À l'intérieur. Elle n'est pas sortie de la matinée.

Ian pénétra dans le manoir, avec sur les talons Pierre, Bernières et Valériane – celle-ci ayant ordonné à ses deux chiens de l'attendre sur le palier de la porte. Du vestibule, Ian appela sa nièce, d'abord doucement, puis plus fort. La poitrine étreinte par un sentiment funeste, il se rendit compte à quel point cela faisait longtemps qu'un silence pareil n'avait régné dans son manoir.

— Et Petite-Caille ? Où est Petite-Caille ?

— Marion doit faire la sieste. Ta chienne doit être couchée au pied du lit.

L'explication de Pierre était marquée au coin du bon sens. Ian monta tout de même les marches de l'escalier deux par deux. Arrivé à l'étage, il vit tout de suite que toutes les portes étaient ouvertes.

— Marion ?

Ian passa la tête par la porte de sa visiteuse. Personne. Sa première impression fut que tout était normal – la chambre était un peu désordonnée, mais ce n'était pas lui qui aurait reproché à sa nièce son désintérêt pour la méticulosité trop scrupuleuse. Des effluves de parfum, assez intenses, embaumaient l'air confiné de la chambre, ce qui surprit un peu Ian, car Marion n'était pas du genre à en abuser. En s'approchant de la coiffeuse, Ian vit un pot d'onguent laissé ouvert et un petit flacon de parfum renversé. Le liquide avait suinté malgré le bouchon et terni la patine du meuble. Ian s'approcha pour redresser le flacon de parfum lorsqu'il remarqua une brosse et une paire de ciseaux abandonnées sur le plancher de tuiles, entre le lit et le mur.

— Il se passe quelque chose d'anormal.

— Nous sommes bêtes de nous faire du mauvais sang, dit Pierre sur le ton d'une personne qui essaie désespérément de se convaincre lui-même. Elles sont allées se promener, tout simplement.

— Sans me prévenir ? protesta Bernières. Oh, maître Coen, ça ne ressemblerait pas beaucoup à mademoiselle Marion. Ah, et puis non, je me souviens d'avoir vu partir Petite-Caille toute seule.

Ian sortit de la chambre, cria « Marion ! Petite-Caille ! », puis redescendit jusqu'à son laboratoire. Le silence, l'horrible silence, régnait dans la longue pièce assombrie. Pierre et Valériane ne le quittaient pas d'une semelle – seule Bernières refusa de les accompagner dans cette pièce. Ses pauvres nerfs avaient déjà été suffisamment éprouvés.

— Ça n'a pas de sens, dit Pierre. Marion ne serait pas entrée dans ton laboratoire en ton absence. Pas depuis ce qui est arrivé avec la… (Il poussa un cri de surprise.) *La porte !*

Les deux magiciens s'immobilisèrent en face du mur qui donnait au nord, un simple mur de pierre nue, d'un gris presque noir dans la pénombre, qui ne montrait pas la moindre ouverture.

— Qu'est-ce qui se passe ? Que regardez-vous ? demanda Valériane, qui s'interrompit aussitôt, recula d'un pas en ouvrant et fermant la bouche comme si elle suffoquait.

— Valériane ? Tu te sens mal ?

— Une autre déchirure, dit la sorcière, les mains devant son visage comme pour se protéger d'un coup. Ne me dites pas que vous ne sentez *rien* !

Valériane avait déjà expliqué à Ian qu'elle était sensible à plusieurs formes de perturbation dans la trame de l'univers, affirmation que ce dernier n'avait pas crue. Un scepticisme malvenu, il s'en rendait compte, mais l'heure n'était pas aux excuses. En deux mots, il raconta à Valériane comment était apparue une porte magique dans son laboratoire, ce qu'il en savait, et ce que lui et Pierre avaient découvert en l'explorant – tout cela se résumant à fort peu de chose.

La disparition simultanée de Marion et de la porte magique ne pouvait être due au hasard. Ni Ian ni Pierre ne pouvaient imaginer que Marion ait été assez sotte et téméraire pour tenter d'explorer le tunnel en leur absence. Cela n'aurait pas expliqué la disparition de la porte de toute façon.

— Ni celle de ta chienne, ajouta Valériane.

Pierre se tourna vers celle-ci.

— Tu nous as dit avoir senti une déchirure près de la Rotonde ?

— Oui. Quelque chose de beaucoup plus important que celle-ci.

— Montre-nous.

Une fois dehors, le trio s'élança vers le pont de la Rotonde, suivi par les chiens et, de loin, par Bernières, qui avait passé l'âge de courir comme un chevreau. Les chiens furent incapables de se contenir et prirent les devants pour traverser le pont et disparaître au-delà.

Ian et ses compagnons entendirent des aboiements excités ponctués de grognements sourds. Passé le pont, ils aperçurent Tueur et Céleste en train de se chamailler auprès d'un bosquet de saule, sur la berge rocailleuse de la rivière. On avait l'impression que la chienne blonde tentait de dérober la carcasse d'un petit animal que le berger tenait dans sa gueule. Ce dernier se défendait des attaques de Céleste en lui assenant sur le museau des coups de ses grosses pattes, avec force grondements.

— Qu'est-ce qui se passe ici ? tonna Valériane. On se calme ! Au pied !

Les deux chiens interrompirent instantanément leur dispute et accoururent vers leur maîtresse, Céleste jetant des regards envieux vers son compagnon qui avait toujours l'animal dans sa gueule.

— Tueur, jette cette saloperie !

De mauvaise grâce, le berger obéit. Valériane ramassa ce qui était tombé de la gueule de Tueur.

— Mais… Mais c'est une patte.

Ian lui prit l'objet des mains. C'était bien une patte. Sous un épais poil gris strié d'argent, la présence d'une griffe blanche, parmi trois noires, confirma ses pires appréhensions.

— Une des pattes de Petite-Caille, expliqua-t-il en s'efforçant de garder un ton égal malgré la boule douloureuse qui s'était logée dans sa gorge.

Bernières émit un cri de désarroi.

— Maître ! Non, non, vous vous trompez !

— Je le voudrais bien.

— Montre-nous où tu as trouvé ça, ordonna Valériane à son chien. Montre !

Tueur s'écrasa à terre, les oreilles baissées, croyant qu'on le disputait. Heureusement, il finit par comprendre ce qu'on lui demandait et s'élança vers la rive de la Rotonde, où il gratta la rocaille en appelant sa maîtresse avec de vifs aboiements. Céleste le rejoignit aussitôt, elle aussi trépignant d'excitation.

Une fois sur place, Valériane écarta les chiens pour que Ian puisse examiner la rocaille. Le sol était zébré de traces que personne ne parvint à reconnaître.

— Ce n'est pas une morsure, dit Ian en examinant la patte de plus près. L'os est tranché net. La chair est cautérisée... Comme si la patte avait été sectionnée par une lame chauffée à blanc.

— C'est épouvantable ! gémit Bernières.

Tout le monde se déploya pour examiner les broussailles qui poussaient entre les saules, frémissant à la perspective de trouver le cadavre de la chienne. Valériane ordonna à ses deux chiens de retrouver Petite-Caille. Céleste retourna renifler la rocaille tandis que Tueur se mit à courir en rond, sans but, en aboyant hystériquement.

— Je ne les ai jamais vus aussi décontenancés, dit Valériane.

— Ils ne sont pas les seuls, ragea Pierre. Que ce passe-t-il ? Et Marion. Où est Marion ?

D'une voix rauque, Ian ordonna à tout le monde de se taire.

— Réfléchissons au lieu de courir comme des poules décapitées. Si Petite-Caille était autour d'ici, Céleste et Tueur la sentiraient, la suivraient à la trace, la retrouveraient d'une façon ou d'une autre. Elle n'est donc plus ici.

Il resta un moment silencieux, son esprit enfiévré essayant désespérément de reconstituer ce qui avait pu se dérouler. Il eut l'impression que du chaos il réussissait à extraire une explication plausible. Sur un ton de confiance qu'il aurait bien aimé posséder, il tendit la main vers le manoir.

— Le tunnel magique possédait deux portes. Une dans mon atelier. Tu comprends, Pierre ? La porte est apparue à *l'intérieur* du mur. Voilà pourquoi mon lieu d'arrivée. Rares étaient les magiciens qui maîtrisaient la technique, et Ian ne connaissait personne capable de parcourir autant de distance que Pierre.

Ce dernier ne fut bientôt plus qu'une tache impossible à définir, tache qui se fondit dans le ciel sans nuages.

Ce fut trop d'émotion pour Bernières, qui s'effondra en marmonnant des phrases à demi incompréhensibles. Elle se vilipendait d'avoir failli à un aussi bon maître, qui l'avait chargée de surveiller Marion, une enfant si gentille, si aimable. Ah ! Pourquoi s'était-elle obstinée à sarcler tout le potager ce matin-là, sachant que cela l'empêcherait de surveiller Marion ?... Ah ! Pourquoi ? Pourquoi avait-elle fait preuve de tant d'étourderie, pourquoi de telles choses arrivaient-elles dans ce triste monde ?

Ian savait qu'il ne servait à rien d'essayer de raisonner sa domestique lorsqu'elle se mettait dans un pareil état. Avec l'aide de Valériane, il ramena Bernières au manoir et l'obligea à s'allonger dans le lit de la chambre de bonne annexée à la cuisine. Elle se calma un peu sous la fraîcheur d'un linge humecté d'eau que Valériane lui passa sur le visage, puis s'endormit en murmurant des mots sans suite.

— Elle va s'en remettre, assura Valériane une fois sortie de la chambre. C'est le choc.

— Je ne me moquerai pas d'elle cette fois-ci. La mort de Petite-Caille aurait suffi à me bouleverser, mais comparée à l'enlèvement de Marion, sous mon propre toit que je pensais inviolable... À vrai dire, je ne suis pas sûr d'éprouver quelque émotion que ce soit. Je suis sonné, tout simplement.

— Tu n'es pas le seul... Ian, me donnes-tu la permission d'examiner la chambre de Marion ?

— Bien sûr ! Ça nous fournira peut-être des indices en attendant le retour de Pierre.

Ian et Valériane montèrent et examinèrent scrupuleusement la chambre de la jeune femme. Maintenant qu'il savait ce qui s'était passé, Ian s'étonna du peu de traces de violence. Le léger tapis déroulé au milieu de la chambre n'avait même pas été déplacé. Il essaya de détecter des traces du passage des ravisseurs, mais ne trouva rien de concluant.

Il connaissait un sort puissant et complexe permettant de se déplacer dans le temps, mais son fonctionnement imposait de sévères limites à son application : reculer dans le temps réchauffait rapidement tout objet ou personne, et ce jusqu'à sa fibre la plus intime, car la matière présente devait comprimer violemment la matière rigide du passé. Un objet de métal pouvait être expédié une heure dans le passé sans trop de risques pour sa trempe, mais il était dangereux pour un être vivant de reculer de plus de quinze secondes, à moins de s'exposer à une fièvre convulsive. Le transport vers le futur n'imposait pas de limites quant aux objets supportant le refroidissement et la congélation. Hélas ! les êtres vivants étaient fragiles. Un bond dans le futur de plus de dix secondes glaçait jusqu'à la moelle, tandis qu'un bond de trente secondes pouvait tuer.

Que de vaines considérations ! ragea intérieurement Ian, qui sentait la culpabilité grandir en lui en songeant que Pierre était parti seul. Certes, il ne maîtrisait pas la Translation aussi bien que son ami, mais il aurait pu l'accompagner pendant une lieue… En revenant à pied, s'entend. *Peste !* Ian s'en voulait d'avoir si peu pratiqué. Plus jeune, c'était une de ses invocations préférées, mais en vieillissant il avait trouvé cette manière de se déplacer un peu puérile, très tape-à-l'œil. Le Praticable était beaucoup plus raffiné : on n'arrivait pas à destination décoiffé et trempé de sueur.

Ian essaya de se calmer. L'examen de la chambre pouvait s'avérer aussi profitable que l'envol de Pierre. Pendant ce temps, Valériane avait ramassé la brosse et la paire de ciseaux, qu'elle examinait de près. Elle fouilla ensuite dans la poubelle et dans les tiroirs de la commode.

— Cherches-tu quelque chose en particulier ? demanda Ian.

— Je ne sais pas. Je réfléchis.

— Seigneur, je me rends compte qu'il faut que je prévienne ses parents… Quelle corvée ! J'en ai l'estomac retourné.

— Comment vas-tu faire ?

— Tu sais ce qu'est un Opercule voyeur ?

Valériane interrompit sa fouille en toisant Ian.

— Tu ne peux pas t'en servir pour retrouver Marion ?

— Ses limites sont les mêmes que celles du Praticable. Il faut connaître avec précision le lieu que l'on désire faire apparaître. Et s'y être auparavant rendu en personne, évidemment. On ne peut pas s'en servir pour repérer quelqu'un dont on ignore les allées et venues.

Valériane émit un gloussement dépréciateur.

— Toujours aussi utile, ta magie, je vois !

— La magie a ses règles, elle ne fait pas de miracles. Et toi, que proposes-tu ?

Ian s'en voulut du ton défiant sur lequel il avait posé la question, mais Valériane ne s'en offusqua pas. D'un air presque détaché, elle demanda :

— Tu sais ce qu'est une Simile ?

Ian se lécha les lèvres, un moment silencieux.

— Eh bien… Hum… Ça me semble un peu… Le mot m'échappe…

— Draconien ? demanda Valériane avec un sourire sans joie. Obscène ? Féminin ?

— Tu es *vraiment* capable de faire croître une Simile ?

— Te le proposerais-je, autrement ?

— Attendons le retour de Pierre. Peut-être aura-t-il repéré Marion. En attendant, je vais prévenir mon frère.

— Je t'accompagne ?

Ian faillit dire non, mais se ravisa : dans les circonstances actuelles, aucun avis ne serait dédaigné.

— Suis-moi.

Dans sa chambre, Ian activa un Opercule voyeur qui accédait à la chambre d'Héran. Il appela doucement, mais la chambre était vide. Il effaça l'Opercule, puis décida de tenter sa chance avec l'ancienne salle d'armes que son frère avait fait aménager en salle de conseil. Quand il jugea qu'il avait visualisé avec suffisamment de précision l'emplacement de cette pièce, il traça dans les airs un cercle avec la craie bleue.

L'Opercule oscilla un moment, puis en son centre apparut la salle d'armes. Non seulement Héran était-il présent, mais il était avec Alcanthe et une demi-douzaine d'hommes que Ian reconnut comme étant des amis et d'anciens conseillers du vieux roi Mordicant. Il était clair qu'il interrompait une discussion sérieuse. Mais son message était trop grave : son frère l'aurait assassiné s'il avait appris que l'annonce de l'enlèvement de Marion avait été retardée.

Alcanthe émit un petit cri de surprise lorsqu'elle aperçut l'Opercule. Tous les hommes se retournèrent d'un bond, certains avec la main sur la poignée de leur épée. La commotion qui suivit s'atténua rapidement. La plupart des conseillers connaissaient Ian, mais, à en juger par leur regard écarquillé, personne ne leur était jamais apparu dans un Opercule voyeur.

— J'ai un message d'une grande importance, annonça Ian. Héran et Alcanthe, puis-je vous parler en privé ?

Ces derniers échangèrent un regard inquiet. Héran s'avança, le visage blême.

— Il est arrivé quelque chose à Marion.

Ce n'était pas une question.

— Dois-je parler devant tes invités ?

— Si ce que tu dois m'annoncer a la moindre incidence politique, oui.

— À la fois politique et personnelle, dit Ian, étonné par le détachement avec lequel il réussissait à prononcer ces paroles. Marion a été enlevée ce matin. Nous ne savons pas quand exactement : il y a plus d'une heure, certainement. Les ravisseurs ont réussi à pénétrer dans ma maison par une sorte de couloir magique. Nous soupçonnons, sans preuve formelle, que le forfait a été accompli par un de mes collègues de Privance, un certain Malitorne, et ce, en violation flagrante du concordat qui stipule que…

Ian dut s'interrompre, l'évocation de Privance et de Malitorne ayant causé un brouhaha de commentaires vifs et passionnés parmi les conseillers d'Héran. Ce dernier eut fort à faire pour les calmer, afin que tout le monde écoute le reste du message.

Ian, hélas, n'avait pas grand-chose à ajouter, si ce n'est qu'un de ses collègues s'était aussitôt envolé vers le sud, dans l'espoir d'apercevoir Marion et ses ravisseurs. Ian jugea bon d'expliquer qu'il était à peu près aussi épuisant de parcourir une lieue par Translation que si on l'avait courue. Son collègue ne pourrait pas survoler tellement plus de cinq lieues, du moins s'il voulait revenir par le même moyen. Ian expliqua que d'autres moyens magiques permettaient de voyager rapidement, ce qui signifiait qu'il était impossible d'avoir la moindre idée de l'endroit où pouvait se trouver Marion.

— Je suis épouvantablement navré, conclut Ian. J'ai trahi la confiance que tu avais mise en moi.

— C'est moi qui aurais dû être plus prudent et plus clair dans mes recommandations, dit Héran, le visage défait. Alors c'est la fin. Trigaud a gagné.

Plusieurs conseillers protestèrent, mais un geste d'Héran les fit taire.

— Ne me demandez pas de sacrifier Marion à notre cause. Je vous avais prévenus.

— Sire, rien ne nous assure qu'elle n'est pas déjà morte, dit gravement un des conseillers.

— La réalité est que nous ne savons pas où se trouve Marion ni qui est le ravisseur.

Alcanthe était intervenue sur un ton si calme et si posé qu'on aurait pu la croire insensible à la situation. La seule marque visible d'émotion était le tracé d'une larme sur chacune de ses joues. Elle poursuivit :

— Si Trigaud a réussi à la capturer, nous serons les premiers à l'apprendre. Soyez assurés qu'il ne détruira pas inconsidérément le levier à l'aide duquel il compte nous écarter de sa route. En attendant, il faut garder la tête froide : les pourparlers pour la constitution d'un parlement doivent suivre leur cours.

Héran sembla électrisé par le rappel à l'ordre de sa femme :

— Alcanthe a raison ! Les préparatifs continueront comme prévu.

Il s'adressa à un officier de l'armée.

— Il faudra placer des patrouilles sur toutes les routes menant à Privance. Des patrouilles réduites, avec des hommes de confiance. La nouvelle ne doit pas être ébruitée.

— Ce sera fait, sire.

— Aucune action mettant ma fille en péril ne doit être entreprise.

— Cela va sans dire, sire.

— De mon côté, intervint Ian, en attendant, j'espère, des nouvelles encourageantes de mon collègue, je crois pouvoir créer un… comment dire ?… un *dispositif* qui permettait de suivre Marion à la trace. Ce dispositif devrait être prêt, euh…

Il lança un regard de biais à Valériane, qui dit :

— Demain matin, si nous y travaillons toute la nuit.

— Je dois vous quitter maintenant, car l'Opercule est en train de s'effriter, ajouta Ian en vitesse. Je vous recontacterai demain matin, au plus tard. Bonne chance, et ne vous inquiétez pas…

Ian se tut, l'Opercule voyeur s'étant métamorphosé en une poussière scintillant dans la lumière du soleil. Il échangea avec Valériane un long regard. Il ne leur restait plus qu'à attendre le retour de Pierre…

Chapitre 10

Les périls de Marion

Pour Marion, le choc et l'horreur de son enlèvement furent considérablement atténués par le sort de sujétion qu'avait employé Malitorne dès son arrivée dans la chambre. À l'exception du bref moment de liberté survenu lorsque Petite-Caille s'était élancée à sa défense, Marion avait accepté avec une sérénité suprême tous les événements survenus depuis son départ du manoir, événements dont elle était à la fois consciente et irrémédiablement détachée. La traversée du tunnel magique, sa chute en bas du talus, l'apparition de la créature volante et la façon dont cette dernière s'était emparée de Petite-Caille – toutes ces péripéties avaient été vécues avec le désintérêt que l'on ressent à écouter le bavardage d'une personne ennuyeuse.

Et maintenant, comme on le lui avait ordonné – et, vraiment, l'idée de désobéir lui aurait paru absurde – elle marchait d'un bon pas le long d'un sentier forestier en compagnie de ses deux ravisseurs. Elle n'avait pas la moindre idée de l'identité de celui qui se faisait appeler « maître ». Elle se rappelait l'avoir aperçu au château de Contremont pendant le bal. C'était une de ces personnes qui préfèrent observer la danse plutôt que d'y participer – un choix qui lui avait toujours paru incompréhensible. Quant à Granguillain, le troisième membre de leur trio, avec ses habits neufs, Marion avait mis un certain temps à reconnaître en lui le vagabond qui avait récupéré leurs chevaux perdus, le lendemain de leur arrivée à Contremont, et qui avait argué que les bêtes lui appartenaient. Dans l'état d'indifférence séraphique où Marion baignait, elle était incapable de se remémorer la raison pour laquelle on s'était opposé à la demande du jeune homme. Que les chevaux appartiennent à une personne ou à l'autre, quelle importance ? Quelle importance y avait-il à quoi que ce soit ?

Ils marchaient sous le couvert de la forêt depuis un bon moment lorsque le sentier rejoignit un chemin que Marion reconnut comme la route de l'Est, la principale voie de communication entre Contremont – dont les tours étaient encore visibles par-delà les moutonnements de la plaine du Pibole – et Besline, à trois jours de route au sud.

— À partir d'ici, je connais juste la grande route, dit Granguillain. Et même là…

Le maître ordonna à tout le monde de se cacher dans un massif de buissons qui bordait le chemin. Marion obéit. Marcher, courir, sauter à cloche-pied ou se dissimuler dans des buissons : elle ferait ce qu'on lui demanderait, avec la plus parfaite égalité d'humeur.

Le petit homme en noir étudia entre les branches la vallée défrichée qui descendait en pente très douce de la route jusqu'à la rive du fleuve. Les champs grouillaient de paysans occupés à des activités plutôt mystérieuses pour la fille de château qu'était Marion. Un groupe de cavaliers venus du nord apparut. Ils chevauchèrent jusqu'aux buissons où étaient dissimulés Marion et ses ravisseurs, puis passèrent leur chemin.

Le maître ordonna à ses deux compagnons de retourner dans la forêt. Une fois tout le monde bien caché par les arbres, le petit homme en noir expliqua :

— Nous formons un groupe de voyageurs un peu trop remarquable. Que vont dire ces paysans si on vient les interroger ? « Deux gentilshommes de belle prestance et une jolie jeune fille ? Mais si, je m'en souviens très bien. Ils sont partis dans cette direction. » Le temps est venu de changer de stratégie. Je vais nous entourer d'une bulle d'invisibilité. Pour ce faire, il me faudra libérer Marion du sort qui la maintient en de si agréables dispositions. Je compte donc sur vous pour la contenir, mon jeune ami.

Granguillain empoigna fermement Marion par le bras.

— Faut-il donc tout vous expliquer ? s'impatienta le maître. Ne comprenez-vous pas que dès qu'elle se sentira libre elle va crier et s'agiter ? Serrez-la plus fort et plaquez votre main sur sa bouche. Ne me dites pas qu'il vous répugne d'embrasser de plus près une si agréable créature.

— Pour ça, non…

Granguillain contourna Marion. Celle-ci sentit des bras nerveux lui serrer le torse et une main calleuse se plaquer contre sa bouche.

— J'aime mieux ça, dit le maître.

— Moé aussi, ricana Granguillain tout contre l'oreille de la prisonnière.

Le jeune homme ponctua son commentaire d'un baiser sur la joue de Marion et poussa l'audace jusqu'à lécher son oreille. Le geste ne dérangea pas le moins du monde Marion mais ne fut pas apprécié par le maître.

— Halte-là ! Je vous prie de ne plus vous livrer à ce genre de familiarité. Mademoiselle Donat est notre invitée et bénéficiera de tous les égards dus aux personnes de son sexe, dans la mesure où elle fera preuve d'obéissance, il va sans dire.

— Mais ça m'excite, moé, de la tenir comme ça.

— Il suffit ! Maintenant taisez-vous ! Et vous aussi, Marion. Je sais que vous entendez ce que je dis, faute de le comprendre.

Le petit homme fit un geste curieux sous le nez de Marion. Celle-ci éprouva un étrange sentiment de libération, comme si depuis le début de son périple elle avait traîné sans s'en rendre compte une carriole lourdement chargée, et qu'à ce moment on l'avait soulagée de cette charge. Elle se sentit emportée par un tourbillon d'émotions contradictoires, tourbillon qui s'amplifia en un véritable ouragan de peur, d'outrage et de stupéfaction. Elle eut l'impression que son cœur allait éclater de dégoût quand elle sentit la main sale de Granguillain sur ses lèvres et son autre bras qui lui écrasait complaisamment la poitrine. Par réflexe autant que par décision consciente, elle se débattit et tenta de crier, incapable de retenir le flot de rage qui se déversait en elle.

— Elle en gigote un coup ! ricana Granguillain. M'est avis qu'elle est réveillée.

— Silence, vous deux ! Ne me forcez pas à vous faire mal, Marion. Car je peux vous faire très mal, je vous préviens.

La jeune fille cessa de se débattre. La lueur malsaine luisant dans le regard du petit homme en noir la persuada qu'il était fin prêt à lui prouver ses dires. Ce dernier reprit, murmurant sur un ton curieusement las :

— Je vais maintenant nous dissimuler aux regards, et nous pourrons reprendre la route. Cela demande de la concentration, alors je ne le répéterai pas une autre fois, je ne veux plus entendre un son.

L'homme vêtu de noir ferma les yeux et se mit à psalmodier une longue incantation. Marion eut soudain l'impression qu'elle et ses deux ravisseurs étaient enfermés dans une grande boule de verre d'un jaune un peu laiteux mais suffisamment transparente pour lui permettre de voir encore le paysage autour. Ce n'est qu'à ce moment que la compréhension finit par se frayer un chemin dans le tumulte de son esprit : le petit homme en noir était un puissant magicien, comme Pierre et son oncle Ian !

— Et maintenant, en route ! dit Malitorne, la main pointée vers la route de l'Est. Lentement et surtout, surtout, en silence. Vous avez compris, mademoiselle Donat ?

Cette dernière hocha doucement la tête, geste de bonne volonté qui lui valut d'être partiellement libérée de l'emprise de Granguillain, qui se contenta de la retenir par le coude.

Le trio émergea du sentier pour s'engager sur la route principale. La bulle de verre laiteux avançait au même rythme, nimbant le panorama qui les entourait d'une aura dorée quelque peu irréelle. Marion resta un certain temps médusée par la situation et le phénomène. Comme elle continuait de voir parfaitement ses deux ravisseurs, elle ne se sentait pas le moindrement du monde invisible. Il est vrai que pas un des paysans qui travaillaient dans les champs ne leva le regard dans leur direction, pas même pour un simple coup d'œil, mais cela aurait pu simplement signifier qu'ils étaient concentrés sur leur tâche.

Obéissant à la consigne de silence, Marion suivit le rythme de marche imposé par ses ravisseurs. Cela lui donna le temps de reprendre contenance et de réfléchir à la situation, besoin qu'elle n'avait pas ressenti pendant qu'elle était sous le joug du magicien, mais qui maintenant se déployait en elle avec un intense sentiment d'urgence. L'obéissance aveugle n'était pas dans sa nature, pas plus que la résignation ; il lui fallait donc trouver un moyen de se libérer.

Il était clair que la sphère d'invisibilité était centrée sur la personne du magicien. Ce qui signifiait, songea fébrilement Marion, que si elle réussissait à se libérer de l'emprise du jeune homme et qu'elle s'éloignait en courant, elle émergerait de la bulle et redeviendrait aussitôt visible, n'est-ce pas ?

Un murmure de Granguillain interrompit ses réflexions :

— On vient. Derrière nous.

L'homme en noir se retourna et vit qu'effectivement une petite troupe de cavaliers était apparue, à une centaine de pieds derrière eux. Les bêtes marchaient d'un pas alerte. Si les deux groupes maintenaient chacun leur vitesse de progression, les cavaliers ne tarderaient pas à rattraper les marcheurs.

— Écartons-nous du chemin, murmura l'homme en noir à ses deux jeunes compagnons.

Il donna l'exemple en quittant la route et s'avança de plusieurs pieds dans l'herbe. Marion suivit, entraînée par Granguillain. Ils s'immobilisèrent tous les trois au milieu des fleurs des champs, toujours enveloppés de la sphère opalescente. Par geste, l'homme fit signe à Granguillain d'empêcher Marion de parler. La jeune femme se retrouva de nouveau retenue et bâillonnée. Soumise à cette indignité, des larmes de colère lui embrouillèrent la vue : jamais personne n'avait levé la main sur elle, même pas ses parents lorsqu'elle avait été une enfant turbulente qui l'aurait mérité.

Les cavaliers s'approchaient… Par leurs vêtements et leur maintien, Marion identifia deux couples avec leurs serviteurs et leurs dames de compagnie. Le groupe semblait d'excellente humeur. Maîtres et domestiques riaient et plaisantaient, babil auquel s'entremêlait le claquement des sabots sur le chemin de terre battue. La jeune prisonnière put constater que son ravisseur avait dit vrai : la sphère laiteuse qui les entourait n'atténuait pas les bruits.

La joyeuse troupe arriva à leur hauteur et poursuivit son chemin en continuant d'échanger calembours et réparties spirituelles, sans se préoccuper le moins du monde des trois personnes debout comme des piquets à quelques pieds de là.

C'en fut trop pour Marion. Avec toute la vigueur dont elle était capable, elle donna un coup de talon sur la rotule de Granguillain et un violent coup de tête vers l'arrière. Elle sentit une douleur fulgurante à l'endroit où son crâne frappa la bouche de son ravisseur. Un juron siffla contre son oreille, mais l'étreinte qui lui écrasait la bouche et la poitrine mollit.

Marion tourna la tête, libéra sa bouche et hurla :

— *Au secours ! Aidez-m...*

Avec la brutalité d'une gifle, la main se plaqua de nouveau sur sa bouche. Marion continua de gémir par le nez, mais Granguillain lui écrasa la poitrine avec tant de force qu'elle fut soulevée de terre et cessa de respirer. Avec l'acuité surréelle de toute expérience vécue dans la douleur, Marion vit que son cri avait été entendu. La troupe s'était arrêtée. Maîtres et domestiques regardèrent autour d'eux, perplexes. Les cavaliers qui trottaient à l'avant tancèrent la plus jeune des domestiques qui fermait la marche : qu'est-ce que c'était que cette plaisanterie ? La jeune fille protesta, à la fois déférente et craintive. Ce n'était pas elle qui avait crié.

Un événement encore plus inusité se produisit à ce moment. Dans le ciel sans nuages apparut une étrange créature volante, qui se révéla être un gentilhomme élégamment vêtu, aux longs cheveux blonds flottant dans le vent de sa course. L'homme descendit à quelques pieds au-dessus de la troupe des voyageurs. En reconnaissant Pierre Coen, Marion crut que son cœur allait jaillir de sa poitrine, mais Granguillain la serra avec tant de force qu'un voile rouge lui obscurcit la vue.

Sans s'embarrasser de salutations, Pierre demanda à la troupe s'ils avaient aperçu une jeune femme sur le chemin, accompagnée d'un ou de plusieurs hommes. Il donna une brève description de la jeune femme, puis celle d'un des ravisseurs, description qui collait parfaitement à celle du magicien. Un des cavaliers répondit par la négative, trop impressionné par l'homme qui les survolait pour demander les raisons d'un tel intérêt.

Le visage de Pierre se fronça de déception. Sans autre commentaire, il s'éleva de nouveau dans le ciel, scruta l'horizon en tous sens puis, après ce qui apparut comme une hésitation, poursuivit son vol vers le sud.

Aussitôt revenus de leur ébahissement, nobles et domestiques commentèrent l'extraordinaire apparition, le tout ponctué d'exclamations et de rires incrédules. Ce n'était pas tous les jours qu'un magicien volant venait leur poser des questions ! Les dames affirmèrent d'ailleurs avoir vu cet homme au bal de Contremont et avoir dansé le pas de trois en sa compagnie. Qui aurait pu croire que cet élégant gentilhomme était un magicien ? Ces individus n'avaient-ils pas la réputation d'être de fâcheux excentriques, solitaires et un peu fêlés ?

La jeune domestique que l'on avait accusée d'avoir crié intervint timidement :

— Je ne m'y entends guère en affaire de magiciens, mais puisqu'il était à la recherche d'une jeune femme, n'aurait-il pas fallu lui parler du cri que nous venions d'entendre ?

Ils se regardèrent tous avec une stupéfaction piteuse : personne n'y avait pensé ! Ces dames s'inquiétèrent soudain et supplièrent que l'on s'éloigne de cette plaine qui – disait-on – exhalait encore un peu de magie ancestrale. Le groupe remit ses montures en marche, d'un pas un peu plus rapide que précédemment, et s'éloigna dans un silence inquiet.

Marion avait vu Pierre repartir avec un mélange de désespoir et d'horreur, sentiment qui redoubla lorsqu'elle s'aperçut que les voyageurs l'abandonnaient à leur tour. Une fois le groupe suffisamment éloigné, le magicien ordonna à Marion et à Granguillain de se remettre en marche. Ils reprirent la route et traversèrent la plaine jusqu'à une forêt qui se profilait derrière les champs défrichés. Arrivés à la hauteur de la forêt, avec des gestes ne laissant aucun doute sur la suprême exaspération qui l'habitait, le magicien leur ordonna de quitter le chemin. Ils s'enfoncèrent dans le sous-bois jusqu'à une petite éclaircie.

À ce moment, la sphère laiteuse qui les entourait vacilla et disparut. Le magicien poussa un long soupir rauque qui rappela à Marion le râle qu'on émet lorsqu'on reçoit un coup au creux de l'estomac. Son visage était devenu blafard, ses yeux étaient injectés de sang. De la salive coulait du coin de sa bouche. Il fixa ses compagnons avec l'expression d'un mauvais acteur exagérant l'outrage, vision que Marion trouva aussi grotesque qu'inquiétante.

— Tu peux la lâcher, Granguillain, dit le magicien, accompagnant son ordre d'un geste épuisé.

Aussitôt libérée, Marion bondit comme un faisan levé par un chien. Elle bénit le fait qu'elle portait son habit de chasse au lieu d'une robe qui aurait ralenti sa course. Mais elle eut à peine le temps de faire cinq enjambées qu'elle sentit une flèche de feu s'enfoncer dans chacune de ses cuisses. Elle tomba de tout son long dans la mousse du sous-bois. L'atroce douleur la fit gémir. Mais elle avait beau examiner ses jambes, tâter ses cuisses, elle ne voyait ni sang ni empennage.

La douleur disparut aussi rapidement qu'elle était apparue. Pantelante, Marion regarda le magicien s'approcher d'elle avec une démarche claudicante. Il dit, la voix éraillée :

— Il arrive que j'aie de la difficulté à me faire comprendre. Est-ce mon accent ? Faut-il y voir une lacune dans mon éducation ? Sans doute n'est-ce ni le moment ni le lieu pour trancher la question. J'implore donc votre indulgence si je n'ai pas été plus explicite en ce qui concerne les conséquences fâcheuses que toute résistance de votre part entraînerait.

Marion eut l'impression qu'on garrottait impitoyablement ses chevilles et ses poignets avec une corde aussi rugueuse qu'invisible.

— J'admets aussi avoir oublié, dans la précipitation du moment, cette réalité fondamentale : il n'est pas dans la nature de votre sexe d'appréhender les choses par la raison.

Quatre mains invisibles serrèrent les tourniquets. Marion ne voulais pas donner à ses ravisseurs la satisfaction de l'entendre gémir, mais la douleur vint à bout de sa fierté. Elle eut l'impression qu'on lui broyait les os. Un râle lui déchira la gorge, pendant qu'elle s'efforçait spasmodiquement de desserrer les liens invisibles.

— Je vous prie de croire que c'est sans malice que je vous inflige cette correction, poursuivait le magicien en contemplant sa victime qui se tordait à ses pieds. Si je sollicite le vecteur de la douleur, c'est dans un souci d'efficacité, afin de vous convaincre une fois pour toutes de votre totale sujétion à ma volonté. J'ai noté la manière distraite avec laquelle vous aviez accueilli mon affirmation concernant ma maîtrise de la douleur humaine. Oh, je respecterai toujours chez mes interlocuteurs un sain scepticisme. S'il fallait gober tout ce qu'on nous raconte ! C'est moi qui suis fautif, je le répète, par le peu de talent que je démontre parfois à persuader avec le seul usage de la rhétorique.

— Arrêtez ! sanglota Marion. Arrêtez…

La douleur disparut aussi soudainement qu'elle était apparue.

— Alors, chère amie ? Cette démonstration vous aura-t-elle convaincue ?

— Ordure ! Paltoquet !

Marion eut l'impression que sa bouche explosait : c'était comme si une grosse écharde de bois avait été enfoncée à coup de maillet entre chacune de ses dents. Elle ne fut plus qu'une bête douloureuse, sans pensée, sans conscience d'elle-même sinon de sa souffrance.

La douleur finit par refluer, la laissant affaiblie, prostrée, vaincue. Le magicien lui demanda s'il devait poursuivre la démonstration. Cette fois Marion hocha négativement la tête.

— Aidez-la à se relever, ordonna le magicien.

Marion accepta l'aide de Granguillain. Les mains tremblantes, elle essuya ses joues mouillées de larmes et les feuilles mortes sur ses vêtements. Elle toisa le magicien d'un regard assassin et découvrit avec un peu de surprise que Malitorne ne semblait pas en meilleure forme qu'elle.

Même Granguillain s'en inquiéta :

— Euh… maître, ça va ?

— Ça va aller, le rassura le magicien. Maintenir un Prisme dissimulateur si longtemps épuiserait le plus vigoureux des athlètes. Voilà pourquoi j'aimerais que nous poursuivions notre route sans être constamment obligé de vous maintenir subjuguée, mademoiselle Donat. Vous croyez que cela sera possible ?

Marion hocha affirmativement la tête, en écartant ses longs cheveux qui lui retombaient sur le visage.

— Alors allons-y.

Marion obéit sans discuter. Ils sortirent de la forêt et marchèrent tous trois en silence le long de la route désertée. La fierté naturelle de Marion en avait pris un coup, et il lui fallut un certain temps pour remettre un peu d'ordre dans son esprit.

Petit à petit, le sentiment d'horreur et de panique s'atténua. Elle n'était pas près d'oublier l'atroce douleur ressentie quelques minutes plus tôt, mais elle réussit à examiner l'incident avec du recul, comme un des éléments dont elle devait froidement tenir compte dans son plan pour fausser compagnie à ses ravisseurs. Une chose était claire, il lui serait impossible de fuir sans mettre le magicien hors d'état de nuire d'une manière quelconque. Granguillain lui semblait un adversaire moins formidable : elle ne doutait pas de pouvoir lui échapper en courant. Un effort de lucidité l'obligea toutefois à reconnaître qu'il était beaucoup plus fort qu'elle – elle se rappela l'emprise d'acier de ses bras autour de sa poitrine et frémit au souvenir du contact répugnant de sa langue dans son oreille. Jamais elle n'avait été traitée avec autant d'indignité ! Elle ne doutait pas que le rustaud eût poussé plus loin les familiarités s'il avait été laissé à lui-même.

Marion songea ensuite à l'apparition de Pierre Coen. Elle ravala les larmes inutiles qui lui montaient aux yeux. Bien sûr, de le voir repartir alors qu'il avait été si proche lui fendait le cœur. Néanmoins, son apparition comportait des éléments qui lui permettaient de garder espoir: Pierre semblait connaître l'identité de son ravisseur. En réalité, ce n'était pas surprenant, songea Marion: tous les magiciens devaient se connaître.

Sur un ton qu'elle s'efforça de garder le plus hautain possible, Marion finit par demander:

— Puis-je savoir votre nom?

— Comment? s'exclama le magicien sur un ton gouailleur qui démontrait que lui aussi avait un peu repris ses esprits. J'aurais commis l'impolitesse de ne pas me présenter? Il faut admettre que les événements se sont considérablement précipités. Réparons cet oubli: je suis maître Malitorne, pour vous servir. Et mon valeureux assistant s'appelle Granguillain.

— Lui, je le connais.

— Hein, ma voleuse, tu te souviens de moé, hein?

Le regard que lui lança Marion fut d'une froideur à fendre la pierre. L'autre fit la moue, puis ses sourcils s'arquèrent sous l'emprise d'une soudaine réflexion.

— Parlant de chevaux... Dites donc, maître, vous n'en aviez pas un à Contremont?

— Effectivement. Je l'ai laissé aux bons soins du capitaine Gabeur. Il semble apprécier la compagnie de ces machines à fumier. Pas moi.

— Sauf que je me demande pourquoi on marche, plutôt que de chevaucher. M'est avis que ça irait plus vite et que ça serait moins fatigant.

— Ah, mon cher Granguillain! s'exclama Malitorne. Vous êtes un compagnon merveilleux! Avec quelle candeur ne m'assenez-vous pas de pareilles évidences. Je m'empresse de vous rassurer: *je sais* qu'il est plus rapide et moins fatigant de chevaucher que de marcher. Je devine par conséquent votre prochaine question. Oh oui ! Je vois ces rouages qui tournent avec lenteur mais obstination dans votre solide tête de paysan. *Pourquoi ?* Pourquoi ne sommes-nous pas en ce moment tous trois en selle, sur de fiers destriers, galopant à toute allure, la fraîcheur du vent tel un baume sur notre front ? Je crois avoir encapsulé l'essence de votre prochaine question, n'est-ce pas ?

— Ouain… À peu près…

Le sourire extatique de Malitorne disparut, remplacé par un plissement de dégoût.

— Parce que ces sales bêtes deviennent incontrôlables lorsqu'elles sentent le moindre effluve magique. Voilà pourquoi.

Du coin de l'œil, Marion continuait d'étudier le magicien.

— Vous êtes à la solde de Trigaud ?

— Quelle vulgarité dans l'expression ! « À la solde de Trigaud… » Je me serais attendu à un peu plus de diplomatie de la part d'une jeune fille rompue aux usages de la cour. Je suis en effet attaché au service de sire Juval Trigaud, burgrave de Privance, homme de noblesse et de qualité.

— Et vous êtes toujours aussi verbeux ?

— Pour ça, oui ! s'esclaffa Granguillain.

Malitorne adressa à son assistant un regard noir, avant de se tourner de nouveau vers Marion, un sourire onctueux sur les lèvres.

— La jeunesse survalorise la franchise, corollaire de la sincérité. Mais comme le rappelle Du-Chêne-le-Gay dans un de ses excellents ouvrages, une appréciation subtile des relations humaines accorde une valeur à cette forme atténuée d'hypocrisie que l'on nomme la politesse. En ménageant des intervalles entre les sujets, la politesse protège ; elle est un garde-fou contre le contact direct, la *violence* toujours possible…

La manière dont Malitorne avait accentué l'antépénultième mot de son petit discours n'échappa pas à Marion. Elle hocha brièvement la tête et poursuivit sa marche en silence. De toute façon, il lui fallait réfléchir. Réfléchir calmement.

Ses pensées la ramenèrent à Pierre Coen. De voir avec quel empressement il s'était lancé à sa rescousse réchauffait son cœur bien maltraité. Pierre… Déjà qu'elle le trouvait drôle et charmeur : voilà qu'il se révélait un magicien brave et puissant. Elle pensa aussi à son oncle Ian, bien sûr. Pauvre cher oncle Ian ! Comme il devait être inquiet. S'était-il aussi rendu compte de la disparition de Petite-Caille ? S'était-il servi de sa craie bleue pour prévenir ses parents ? Marion imagina les visages angoissés de son père et de sa mère et ne put retenir cette fois des larmes silencieuses. Elle comprit aussi – considération bien abstraite à ce moment – à quel point son enlèvement allait perturber les plans de son père. Lui qui fondait tant d'espoir dans la réforme, lui qui y avait consacré tant de travail, tant de nuits blanches.

Ces réflexions de Marion peu à peu cédèrent la place à des considérations plus physiques, plus sereines, plus immédiates. Elle trouva particulièrement choquant qu'on ait osé l'enlever pendant une journée d'été aussi splendide, un peu trop chaude sans doute, même si, maintenant que le soleil avait entamé sa course descendante, il faisait bon. Une brise légère, embaumée, s'était levée, et elle pouvait entendre les feuilles des arbres bordant la route murmurer et soupirer d'aise.

Des cigales bourdonnaient. Au loin s'élevaient des chants d'une espèce d'oiseaux qu'elle ne connaissait pas. La jeune femme essaya de se remonter le moral en songeant que sa mésaventure aurait été bien pire si on l'avait enlevée un jour de pluie.

Cela lui fit penser que l'heure du dîner était passée depuis longtemps. Ils avaient bu à la gourde que Malitorne transportait dans sa besace, mais elle avait faim. Et commençait à avoir mal aux pieds. Allaient-ils marcher ainsi encore longtemps ?

Elle ressentit contre son gré un peu de respect pour le petit homme malingre vêtu de noir. Son drôle de visage rond avait repris des couleurs depuis la disparition de la sphère d'invisibilité et sa démarche était imprégnée d'une résolution toute martiale. En silence, démontrant également qu'il était capable de se taire. Mais peut-être avait-il été vexé par la remarque de sa prisonnière au sujet de sa volubilité…

À la grande satisfaction de Marion, ce fut Granguillain qui se plaignit le premier.

— Je me reposerais ben un peu, moé. Et je mangerais aussi. Avez-vous autre chose que de l'eau dans votre sacoche ?

— Courage ! L'auberge de l'Allouvi nous attend. Notre jeune amie risque de trouver le décor et le service bien en deçà des normes de Besline, mais nous n'aurons guère le choix. Parions que Granguillain, lui, a des attentes moins élevées lorsqu'il encourage de sa clientèle ce genre d'établissement.

— La première fois que j'ai couché dans une auberge, c'est hier avec vous. Pourquoi je paierais pour ça ? J'ai ma cabane, qui me coûte rien.

— Comme toujours, c'est la voix du bon sens et de l'honnête sobriété qui parle par votre bouche, mon excellent ami. Hélas ! je voyage beaucoup et n'ai pas toujours le temps de revenir chez moi à la fin de la journée. Comme je fais partie de ces gens que le confort de la civilisation moderne a rendu douillets, j'apprécie le soir venu un toit sur ma tête, un souper chaud et un matelas, de préférence sans puces ni morpions. Je ne suis pas sûr que nous réussirons à trouver tout cela à l'Allouvi, mais la chance nous sourira peut-être.

Marion lança un regard en coin à Malitorne, sceptique.

— L'Allouvi… Je ne me rappelle pas avoir croisé une auberge de ce nom à l'aller. Elle est en retrait de la route ?

— Plutôt en retrait, en effet, dit Malitorne. Elle est sur l'autre rive du Pibole.

— De l'autre bord du fleuve ? s'exclama Granguillain. Comment c'est qu'on va faire pour aller là ? Et pourquoi ?

— Comment ? répéta Malitorne qui sembla amusé par le ton scandalisé de son assistant. En prenant le bac au coude de la Vipère, bien sûr. Mais ne me regardez pas avec cet air perpétuellement hébété, bon sang ! Ce n'est qu'une grosse barque retenue par des câbles qui profite de l'étroitesse du fleuve à cet endroit. Enfin, vous verrez bien. Quant au pourquoi, il est encore plus évident : la vieille route est beaucoup moins fréquentée que la route de l'Est.

— Elle est encore loin, votre barque ? s'inquiéta Granguillain. Et quand est-ce qu'on va manger, avec tout ça ?

— Voilà un fortifiant, dit Malitorne en lui lançant une pièce d'or. Et je vous prie de croire que moi aussi, j'ai faim, et tout comme vous j'en ai assez de marcher. Haut les cœurs ! Le temps nous paraîtra moins long en chantant. Vous connaissez certainement celle-ci : elle est célèbre. *Ah ! Que le chemin est long ! Qu'il est rocailleux ! Jusqu'à Privance et au-delà ! Fi ! Lidon ! Lida !*

Le mutisme obstiné de ses compagnons de voyage finit par venir à bout de l'entrain de Malitorne. Le silence retomba sur le petit groupe. Chacun continua à marcher, plongé dans des pensées dont la nature était certainement fort différente chez l'un et l'autre, mais qui devaient se rejoindre dans le désir d'atteindre l'auberge de l'Allouvi avant la tombée de la nuit.

◆

À Contremont aussi le soleil avait poursuivi sa course dans le ciel, et l'après-midi tirait à sa fin lorsque Ian et Valériane, hors d'eux-mêmes d'impatience, entendirent un appel, lancé d'une voix claire :

— Ho ! Y a quelqu'un ?

La voix était facile à reconnaître, c'était celle de Trivelin. Ian traversa le vestibule à la course pour ouvrir la porte en se rendant compte à quel point il était étrange de ne pas entendre les aboiements de Petite-Caille l'accompagner. Valériane ayant pris le temps de ramener ses propres chiens chez elle, le silence qui régnait dans le manoir lui sembla inquiétant et faux.

Deux cavaliers et leur monture se dressaient devant le manoir : Trivelin, sur une jument toute menue, et le capitaine Gabeur, en uniforme, sur un puissant palefroi gris. Le nain sauta prestement au sol, le visage grave.

— Nous sommes au courant pour Marion. Venez me donner un coup de main.

Trivelin s'empressa auprès du cheval de Gabeur. Ce n'est qu'à ce moment que Ian vit Pierre Coen, chevauchant en croupe, caché par l'imposante carrure de l'officier. Ian et Valériane accoururent pour aider Trivelin à faire descendre Pierre de la monture. Ils n'étaient pas trop de trois : dès que Gabeur le laissa aller, leur ami se laissa tomber, mollement, les yeux mi-clos, ses longs cheveux blonds ébouriffés. Il avait perdu son chapeau.

— Il est apparu en plein ciel, pour venir s'effondrer devant la porte du Nord, expliqua Gabeur en mettant pied à terre.

Pierre n'était pas tout à fait inconscient. Soutenu par Ian et Gabeur, il réussit à marcher jusqu'à la bibliothèque, où il s'effondra dans un des fauteuils. Il regarda tour à tour ses compagnons, l'œil vitreux. Un sourire triste souleva sa moustache blonde.

— Je ne l'ai pas vue, désolé.

— Il a volé jusqu'à la plaine des Blêches, expliqua Trivelin.

— Tu as volé tout ce temps ? dit Ian. Es-tu devenu fou ?

Pierre haussa une épaule, comme si le reproche de son ami était nul et non avenu. Il expliqua d'une voix un peu pâteuse :

— À l'aller, j'ai survolé la route de l'Est. Je suis revenu par la vieille route. J'ai fait un détour au-dessus du Pibole. Tu comprends ?

— Ils auraient pu partir par bateau, c'est vrai.

— Rien vu. Là non plus.

— Tu es épuisé. Nous allons te monter à ton lit.

— Pas si vous discutez de stratégie, protesta Pierre, qui semblait retrouver un peu d'énergie. Demande à Bernières de nous apporter du vin.

— Elle est allongée. Elle s'est sentie mal.

— Je vais mieux, maître, annonça Bernières qui s'était approchée de tout le monde sans qu'on s'en rende compte. Je vous sers un clairet et je prépare à manger. Oui ! Il faut manger quand même, oui, même si tout s'écroule autour de nous…

Et la domestique disparut dans la cuisine en continuant de marmonner.

Après avoir complété le portrait de la situation à l'intention de Trivelin et de Gabeur – le nain versa une larme en apprenant le sort de Petite-Caille, tandis que l'officier serra les poings lorsqu'on lui révéla la véritable identité de sire Mehaigné – Ian rapporta la conversation qu'il avait eue avec son frère.

— Bon, maintenant qu'on sait tout, qu'est-ce qu'on fait ? demanda Trivelin, toujours direct.

— Je propose de faire croître une Simile, dit Valériane.

La proposition fut accueillie par des grimaces de surprise et des regards méfiants vers la sorcière.

— Une quoi ? dit Gabeur.

— Une Simile, expliqua Trivelin d'une voix blanche. Un double magique, un Eidolon.

— Un Eidolon est de nature illusoire, corrigea Valériane. Une Simile est un double de chair et de sang, aussi réelle que vous et moi, mais qui garde un contact en esprit avec l'être auquel elle se conforme. Je peux, cette nuit, faire croître une Simile de Marion, qui nous indiquera où se trouve celle-ci.

— Je connais mal la magie féminine, intervint Pierre, visiblement intrigué. Ne te faudra-t-il pas un peu de chair ou de sang de Marion ?

Valériane tendit une brosse de laquelle pendaient de longs cheveux blonds.

— Cela devrait suffire comme bouture. Bien entendu, il faudra ajouter du sang d'une ou de plusieurs autres personnes pour accélérer la croissance.

Trivelin tendit ses deux poignets.

— Je ne suis pas gros, mais tu peux prendre la quantité que tu veux.

Un sourire flotta sur les lèvres de Valériane.

— Je suis désolée, Trivelin. Nous avons besoin de sang de femme. Nous prendrons donc le mien.

— Et le mien ! clama Bernières, qui revenait avec une bouteille et des verres. Si le sang d'une vieille femme peut encore être d'une certaine utilité pour créer une jeune fille, je braverai ma peur de la magie pour mademoiselle Marion.

— Votre sang sera aussi précieux qu'utile, la rassura Valériane. Et bien entendu, toi aussi, Ian, tu peux participer. Tu partages le sang de son père. Tout sang qui a des affinités avec celle que l'on veut reproduire est le bienvenu.

— Je donnerai de mon sang, c'est l'évidence même, dit Ian. Où est-ce que tu te proposes de… de faire ça ?

— Chez moi, où j'ai mes affaires.

— Alors allons-y, et ne tardons plus !

— Prenez tout de même le temps de souper ! protesta Bernières.

— Bernières a raison, dit Valériane en récupérant un à un les longs cheveux blonds capturés par la brosse de Marion. Mangeons vite. Nous aurons besoin de toutes nos forces pour traverser la longue nuit qui nous attend.

Ils se versèrent du vin, d'un rouge profond dans la lumière rasante du soleil, et trinquèrent. Ian avait failli dire « À Marion », mais cela lui apparut inconvenant. Le même scrupule dut retenir ses compagnons, car c'est en silence qu'ils trempèrent les lèvres dans leur verre, avec l'impression de sceller un pacte.

◆

Petite-Caille n'avait pas tout de suite compris qu'elle avait été capturée par une créature surgie d'une autre dimension. Elle était en train de poursuivre un des agresseurs de Marion lorsqu'elle avait eu l'impression qu'un grand drap occultait le soleil. D'immenses ailes brunes avaient battu autour d'elle. On l'avait soulevé par sa patte arrière. Cela avait fait très mal. Elle s'était libérée, mais pour se faire rattraper aussitôt par une sorte de main géante. Des rafales de vent lui avaient claqué aux oreilles. Il lui avait fallu un certain temps pour comprendre, en apercevant Marion et ses deux agresseurs en train de rapetisser sous ses yeux, et en voyant le paysage subir le même sort, qu'elle était en train de s'élever dans les airs. Elle… Elle volait !

Petite-Caille s'était contorsionnée pour mordre une des serres qui lui comprimaient douloureusement les flancs. Hélas ! ces serres semblaient plus dures que de la corne. L'oiseau magique – avec une odeur pareille, il ne pouvait pas venir de ce monde – avait continué de monter et de s'éloigner, indifférent aux efforts de sa proie pour se libérer.

À chaque puissant battement de ses ailes de cuir, la créature s'élevait de plus en plus, au point que Petite-Caille commença à ne plus trop comprendre la nature de l'étrange panorama qui défilait sous ses yeux. Dans les tréfonds de son intelligence canine, elle supposa que l'étrange ville jouet à sa droite était Contremont, que ce tapis morcelé représentait des champs, et que cette large flaque scintillante devait être le lac Emblic.

Mais alors, songea Petite-Caille, où la créature l'emportait-elle donc ? Une seule chose lui semblait certaine : elle était complètement à sa merci. Elle essaya encore de mordre les serres de la créature. Cela ne fut pas plus efficace qu'auparavant. De toute façon – Petite-Caille n'avait jamais volé, si bien que cette évidence mit un certain temps à lui apparaître – si elle réussissait à se libérer maintenant, la chute la tuerait.

Une fois accoutumée à l'étrangeté de son sort, Petite-Caille s'aperçut que la patte que la créature lui avait mordue brûlait. Elle fut stupéfaite de constater qu'en fait sa patte de derrière n'était plus là. Comment était-ce possible ? Après tout, elle *sentait* sa patte absente, mélange de brûlure et d'engourdissement...

Petite-Caille n'était pas plaignarde, mais elle ne put s'empêcher de gémir un peu. De douleur, mais surtout de contrition. En s'avérant incapable de protéger Marion, elle avait failli à son rôle de protectrice. Elle avait trahi le serment secret de tous les chiens de garde. Elle avait perdu sa patte et surtout, surtout, elle avait perdu son maître adoré.

La créature s'éloignait toujours. Petite-Caille eut le temps de pleurer, et de se consoler, puis de s'ennuyer. Lorsqu'elle aperçut une ville, son cœur bondit dans sa poitrine endolorie. La créature l'avait-elle ramené à Contremont ? La chienne comprit, en réfléchissant à la manière dont cette ville était construite sur les deux berges d'une rivière, que ce n'était pas Contremont. D'ailleurs – elle se trouva bête de ne pas y avoir songé plus tôt –, il n'y avait même pas de lac.

Une autre ville... Un de ces endroits mystérieux où son maître allait parfois et d'où il revenait avec les vêtements parfumés de cent odeurs exotiques. Oui, son maître voyageait beaucoup. C'était sûrement l'humain le plus célèbre du monde. Petite-Caille, pleine d'espoir, imagina que si la créature magique la déposait ici, il lui suffirait de nommer son maître pour qu'on lui montre le chemin de la maison.

Vains espoirs. La créature poursuivit son vol. La ville inconnue se fondit dans le paysage derrière eux.

Petite-Caille aperçut d'autres hameaux. Elle avait renoncé à comprendre où elle était. Même le cours d'eau qui avait traversé les champs avait disparu.

Le vol de la créature, jusque-là puissant et régulier, se mit à faiblir, comme si son fardeau commençait à la fatiguer. Petite-Caille eut l'impression que la pression sur sa poitrine diminuait. Elle leva le museau vers les ailes brunes, qui pâlissaient à vue d'œil. Le soleil était visible à travers le corps de la créature. Pour la première fois depuis le début de son envolée, la créature ailée tourna sa tête cauchemardesque vers sa proie et la toisa d'un regard rouge qui ne cillait pas.

La créature se mit à perdre de l'altitude et son vol devint carrément erratique. Les serres, presque insubstantielles maintenant, furent bientôt incapables de retenir leur proie.

Petite-Caille tomba…

Pendant de longues secondes, son hurlement de terreur déchira le ciel sans nuages dans lequel on apercevait les derniers vestiges d'une ombre qui aurait pu évoquer un oiseau gigantesque. Petite-Caille tomba en tournant sur elle-même et termina sa chute avec un choc qui l'assomma presque. Aussitôt, une saisissante sensation de froid la força à reprendre ses esprits. Avec un sentiment de frayeur pire que celui qu'elle avait ressenti en découvrant la créature surnaturelle, elle comprit qu'elle était tombée dans l'eau.

Or Petite-Caille avait *horreur* de l'eau.

Lorsqu'elle n'était encore qu'une toute jeune chienne, presque un chiot, maître Ian l'avait amenée sur la rive de la Rotonde et l'avait jetée à l'eau pour s'amuser. Elle avait failli se noyer. Il avait fallu que maître Ian plonge à son secours. Petite-Caille avait dû faire face ce jour-là à la plus cruelle des désillusions, celle qui guette tous les chiens un jour ou l'autre : même un bon maître pouvait être stupide parfois.

Voilà quels souvenirs traumatisants affronta Petite-Caille en se débattant dans l'eau. Et cette fois, elle était seule. Son maître ne pourrait venir la sauver.

Heureusement, elle n'était plus un chiot. Ses réflexes la sauvèrent. Battant l'eau froide avec vigueur, elle réussit à remonter à la surface du petit lac, où elle reprit son souffle en essayant d'évaluer quelle était la berge la plus rapprochée. D'instinct, elle choisit une direction et nagea en battant l'eau de ses pattes, comme le faisaient les deux chiens stupides de Valériane – le fait qu'ils *aimaient* l'eau n'étant qu'une des nombreuses preuves de leur stupidité.

Petite-Caille nagea, nagea, nagea… Ivre de fatigue et d'émotions, elle atteignit enfin une berge moussue, piquetée de roseaux. Elle sortit de l'horrible lac et alla s'effondrer au pied d'un saule. Elle reprit son souffle, frissonnante, la langue pendante. Puis elle tenta de se secouer – ce qui n'était pas une mince affaire avec une fourrure aussi fournie que la sienne –, mais, sans sa quatrième patte, elle basculait sans y arriver.

Une nuée de moustiques se mit à tourbillonner autour de Petite-Caille. Le sol était humide au pied du saule. La chienne s'éloigna de la berge et s'engagea dans la forêt, essayant de trouver un moyen pratique de se déplacer sur trois pattes.

Il faisait plus sombre sous la voûte feuillue. Heureusement, la forêt était clairsemée, il n'était pas trop difficile d'y progresser, puis elle s'interrompit brusquement. Petite-Caille reconnut un champ défriché. Plus loin, il y avait une petite maison.

Pleine d'espoir, la chienne boita vers la maisonnette. C'était vraiment une *très* petite maison. De près, elle s'aperçut que ce n'était qu'une simple cabane protégeant la margelle d'un puits. Cela valait mieux que rien, décida Petite-Caille, qui se coucha en boule dans un coin de la cabane. Au moins, là, il n'y avait pas de moustiques.

Petite-Caille lécha ensuite le moignon de sa patte, doucement, très doucement. La magie goûtait mauvais. Elle gémit un peu. Que n'aurait-elle pas donné pour une caresse de son maître à ce moment-là ! Allait-il continuer à l'aimer maintenant qu'elle n'avait plus que trois pattes ? Ou la renierait-il au détriment d'une autre chienne, plus jeune, qui aurait toutes ses pattes ? Après tout, elle avait failli à sa tâche de protéger Marion. Elle accepterait toutes les punitions du monde, pourvu qu'il lui permette de rester auprès de lui.

Toutes les inquiétudes du monde se bousculaient dans son esprit.

Elle lécha à nouveau son moignon, pleura encore un peu, puis s'endormit.

Chapitre 11

Mademoiselle la Simile

Ian redressa spasmodiquement la tête, les yeux grands ouverts. Il… Il s'était endormi… Le temps d'un battement de cœur, il se demanda ce qu'il faisait assis sur la terre battue autour d'un feu en compagnie de Valériane et de Bernières. Puis les événements récents se bousculèrent dans sa mémoire. L'enlèvement de Marion, la Simile…

Il était dans la cour arrière de la maison de Valériane. L'atmosphère était enfumée, vibrante du cri des engoulevents et du crépitement des braises. On devinait dans la pénombre les deux chiens endormis, et d'autres bêtes, plus petites, plus actives, qui allaient et venaient. Trivelin, Gabeur et Pierre étaient restés au manoir : il fallait payer de son sang le droit d'assister à la création de la Simile.

La coupole noire du ciel s'était depuis longtemps couverte d'étoiles, et une lune jaune aux trois quarts pleine était apparue au-dessus de l'horizon, lorsque Valériane annonça que l'appareil était prêt. Elle avait tressé des tiges de roseaux, des racines et des bouts de tissus pour en faire un mannequin d'une taille humaine, allongé si près du feu que les herbes s'étaient mises à fumer. Elle avait ensuite tressé les cheveux de Marion, tresse qu'elle avait nouée sur la tête du mannequin.

Il fallut ensuite nourrir la Simile. À l'aide d'un éclat d'obsidienne, Valériane s'entailla le poignet. Son sang, noir dans la lumière fluctuante des flammes, coula en un mince filet dans une coupelle de terre cuite. Une fois le récipient plein, la sorcière déposa un peu de salive sur la plaie de son poignet. Elle essuya. L'entaille avait disparu.

En murmurant quelques phrases dans une langue étrangement fluide, qui semblait surgir d'un passé immémorial, Valériane versa le sang sur l'appareil de tissu et de fibre.

Ce fut ensuite au tour de Bernières. Elle tendit un poignet un peu tremblant, mais son visage effaré, d'une pâleur maladive, ne frémit même pas lorsque la pierre noire trancha la peau. Un sang épais coula par lentes pulsations. Le flot se serait tari avant d'avoir rempli la petite coupe si Bernières n'avait pas serré le poignet et pressé l'avant-bras avec sa main libre. Avec une goutte de salive, Valériane guérit aussitôt la plaie. Le sang de Bernières nourrit à son tour la Simile.

Ian souleva la manche de sa chemise et allongea le bras avec résolution. L'éclat d'obsidienne était à ce point tranchant que c'est à peine s'il ressentit une brûlure là où la pierre fendait la chair. Un flot abondant coula de la plaie. Valériane s'empressa de tendre la coupelle pour recueillir le liquide vivant.

Bernières émit un cri étranglé. Ian vit aussi, à sa profonde stupéfaction, que son sang refusait d'entrer dans la coupelle. Il eut beau placer son poignet au-dessus du réceptacle, le mince filet rouge s'écartait et coulait par terre, comme pris d'une volonté propre !

Valériane retira la coupe et toisa Ian d'un regard brûlant de colère et de surprise.

— Qu'est-ce qui se passe ? demanda Ian, désarçonné autant par le phénomène que par le regard furibond de la sorcière.

— Comment oses-tu faire l'innocent en un moment pareil ? Tu n'as aucun lien de sang avec Marion !

— Quoi ?

— La coupe refuse ton sang ! Elle n'est pas ta nièce !

Un voile de tristesse couvrit le regard de Valériane, qui reprit, un ton plus bas.

— Oh Ian, Ian… L'heure n'est plus aux mensonges puérils. Qu'est-ce que tu allais t'imaginer ? Même si c'est ta maîtresse, je t'aiderai à la retrouver, voyons ! Je suis blessée que tu aies pu penser autre chose. Ne me dis pas que tu m'en veux encore pour ce qui s'est passé il y a quatre ans ? Je sais que j'ai été arrogante – mais toi aussi, tu admettras. Je n'aurais jamais pensé que tu m'en garderais une rancune aussi tenace.

Ian était trop stupéfait pour répondre. Heureusement, Bernières vint à son secours.

— Mademoiselle Valériane ! Je ne suis qu'une vieille femme ignorante et je n'y connais rien en sorcellerie, mais j'ai des yeux pour voir et des oreilles pour entendre, et une domestique sait forcément ce qui se passe dans une demeure, et je suis… je suis… je suis *choquée* par vos affirmations. Ce n'est pas ainsi que les choses se passent chez maître Corybantier. Mademoiselle Marion m'a été présentée comme sa nièce, et je n'ai aucune raison de douter de la parole de mon maître.

— Le sang ne ment pas, répliqua Valériane, catégorique quoique visiblement ébranlée. La coupe refuse le sang qui n'a aucune affinité avec la Simile.

Elle se tourna vers Ian.

— Ou bien Héran n'est pas ton frère.

— Impossible !

— Ou Marion n'est pas sa fille.

Ian se tut, sonné. À quoi bon crier haut et fort que c'était impossible ? Qui était-il pour se porter garant de sa belle-sœur… ou de sa propre mère !

— Tu n'as rien à faire autour de ce feu, reprit Valériane. Va dans la maison… Bernières et moi redonnerons du sang. Non ! Ne proteste pas, nous avons perdu assez de temps. Va ! Va !

Ian obéit. Dans la maison de Valériane, il s'allongea sur son lit. Il n'avait pas l'intention de s'endormir, il voulait simplement se reposer les yeux quelques instants. Céleste vint se coucher contre son flanc. La lente respiration de l'animal le plongea dans un état de stupeur onirique.

Il était de retour au manoir, dans son antichambre, ramené à une conversation qui avait réellement eu lieu avec Marion. Sa nièce avait découvert parmi ses bibelots une poupée de bois à l'intérieur de laquelle se trouvait une autre poupée plus petite, elle-même servant de boîtier à une poupée encore plus petite, et ainsi de suite jusqu'à un minuscule poupon gros comme un pois. Ian avait expliqué à sa nièce ravie que, au-delà de la démonstration du talent de l'artisan, le jouet symbolisait le fait que chaque individu était un maillon dans la chaîne des générations.

Elle symbolisait autre chose, avait dit Marion : chaque personne offrait une image au monde extérieur, mais sous cette image se dissimulait d'autres aspects de sa personnalité. Lorsque l'on était intime avec une personne, il était possible de jeter un coup d'œil à la seconde poupée, et peut-être à la troisième.

Mais plus les poupées étaient petites et éloignées de l'enveloppe externe, moins il était facile de les voir.

À ce moment, Ian s'aperçut avec terreur que des éclats de bois jaillissaient d'une large blessure à sa poitrine. Il distinguait au creux de la plaie plusieurs minces parois de bois défoncées. À chacune de ses inspirations, les différentes couches de bois frottaient l'une contre l'autre avec un affreux bruit de grattement…

Ian ouvrit les yeux, réveillé par une légère sensation de pattes sur sa poitrine. Un hérisson le regardait de ses petits yeux noirs, fasciné par le visage de cet étranger. Ian cligna des yeux. Par les fenêtres se déversait la luminosité délavée de l'aube. Il repoussa doucement le hérisson puis se leva. Dans l'état de détachement un peu irréel qui accompagne un réveil trop matinal, Ian voulut aller voir si Valériane et Bernières étaient toujours à leur poste autour du feu – lorsqu'à ce moment la porte de la chaumière s'ouvrit. Trois femmes passèrent la porte : Valériane et Bernières, toutes deux vannées, le visage gris de fatigue et, entre les deux…

— Marion ! Tu es revenue !

Au moment même où il prononçait ces paroles, Ian comprit que ce n'était pas sa nièce qui se dressait devant lui, mais la Simile, vêtue d'une des robes apportées de la chambre de Marion pour cette circonstance. Et de fait, si la conformité physique du double était parfaite, il était impossible à une personne ayant connu la jeune femme de confondre ce visage morne et impassible avec celui de la véritable Marion. Les traits étaient là, dans toute la délicatesse de leur modelé, mais en l'absence d'une expression vive et souriante pour les soutenir, sans un pétillement de malice dans ses yeux gris-vert, l'impression générale était celle d'un inaboutissement, telle une empreinte attendant la finition.

Valériane frotta ses yeux cernés, un sourire incertain sur les lèvres.

— Je sais qu'elle a l'air un peu… endormie. C'est normal. Enfin, je crois…

— Moi-même, je ne suis pas sûr d'être éveillé, dit Ian. Que faisons-nous maintenant ?

Valériane se tourna vers la Simile.

— Il faudrait commencer par lui donner un nom. On ne va quand même pas l'appeler « la Simile ».

— Sûrement pas Marion non plus, dit Ian, qui commençait à éprouver des scrupules sur le bon sens de leur décision maintenant que le troublant résultat se dressait devant lui.

— Si vous me demandez mon avis, dit Bernières, de la voix d'une personne qui avait voyagé jusqu'au plan le plus éloigné du réel, et qui en était revenue transformée, je préférerais ne pas lui donner un vrai nom de vraie jeune fille. Au moins jusqu'à ce que je m'habitue à sa présence.

La sorcière émit un pâle sourire. Elle dit à la Simile :

— Pour l'instant, nous nous adresserons à toi en disant simplement « Mademoiselle ». Comprends-tu ?

— Oui.

Seules les lèvres de la Simile avaient bougé. Pas un autre muscle de son visage, ni de son corps, n'avait frémi.

— Bien, dit Valériane. Je constate que tu parles et comprends. Peux-tu aussi me dire si tu sais où se trouve Marion ?

Pendant un long moment, la Simile – *Mademoiselle*, se reprit intérieurement Ian – resta silencieuse. Impossible de dire si elle réfléchissait ou si elle n'avait pas compris la question. Elle tourna lentement la tête et posa sur Valériane son regard aussi expressif qu'une pierre.

— Laquelle d'entre nous est Marion ?

— Celle qui n'est ni moi ni Bernières.

Les yeux gris-vert se posèrent longuement sur Bernières, puis revinrent vers Valériane.

— Tu es construite à l'image de Marion, répéta Valériane, qui ne semblait plus tout à fait sûre de la manière dont il convenait de poursuivre cette conversation. Ignore notre présence, à moi et à Bernières. Concentre-toi sur la boucle de cheveux.

— La boucle de cheveux. Oui, la boucle de cheveux...

— Ce sont les cheveux de Marion. Tu comprends ce que je dis ?

— Oui. Je m'appelle Mademoiselle. J'ai été créée à l'image de Marion.

— C'est exactement ça. Maintenant, peux-tu dire où elle se trouve ?

Chacun des battements du cœur de Ian lui paraissait plus lourd que le précédent, et il sentit son estomac se contracter en réfléchissant à l'une des causes qui pouvait expliquer l'incapacité de la Simile à repérer sa nièce...

— Oui, finit par dire la Simile.

Ian, Bernières et Valériane échangèrent un regard. La sorcière reprit :

— Peux-tu nous dire dans quelle direction elle se trouve ?

— Je ne sais pas.

— Tu ne sais pas comment nous *l'expliquer,* c'est ça ?

— C'est ça.

— Tu peux nous le montrer ?

— Je ne sais pas.

— Soulève la main et tends-la en direction de Marion.

— J'ai deux mains. Laquelle dois-je soulever et tendre en direction de Marion ?

Valériane toucha la main droite de la Simile.

— Cette main-ci.

La créature tourna aussitôt sur elle-même, le bras droit tendu en direction du sud.

— Est-ce qu'elle est loin ? demanda Ian.

Le bras toujours tendu, la Simile regarda le magicien avec la plus insubstantielle des lueurs de surprise dans le regard. Comme si jusqu'à présent elle ne s'était même pas rendu compte que ce dernier était présent dans la pièce.

— Vous n'êtes pas en moi. Qui êtes-vous ?

— Elle pose une question, dit Valériane. C'est très bon. Ça démontre que son esprit est en train de se structurer. Qu'est-ce que tu attends ? Réponds à sa question !

— Je suis Ian Corybantier.

— Vous n'êtes pas en moi, répéta la Simile, comme si elle n'en revenait pas qu'une telle chose fût possible.

— Non. Je suis autre. Il y a quantité d'autres comme moi dans le monde.

La Simile médita cette réponse un certain moment, puis elle expliqua :

— En moi ne se trouvent que Marion, Valériane et Bernières. Je ne sens personne d'autre.

— C'est tout à fait normal, dit Valériane. Tu peux baisser le bras et répondre à la question de Ian. Est-ce que Marion est loin d'ici ?

— Oui. C'est la plus loin des trois.

— À quelle distance, environ ?

— Je ne comprends pas le sens de cette question.

— Sais-tu ce qu'est une lieue ? demanda Ian.

— Non.

— Elle est encore très proche de la matière, expliqua Valériane. Il lui faudra un certain temps pour appréhender des abstractions comme une unité de mesure de distance. Il faut apprendre à poser les bonnes questions. Attends ! Nous n'avons pas posé la plus évidente : Mademoiselle, vois-tu ce que Marion voit ? Entends-tu ce qu'elle entend ?

— Je réponds oui aux deux questions.

Le cœur de Ian bondit d'un espoir renouvelé. Il se dépêcha de demander :

— Que voit-elle ? Qu'entend-elle ?

— Elle ne voit rien. Elle entend des bruits.

Le magicien laissa échapper un rire nerveux.

— Comment pouvons-nous faillir avec des indices aussi clairs ?

— Il faut apprendre à interpréter ses réponses, Ian. N'est-ce pas toi qui me disais que la magie ne faisait pas de miracles ?

— Pardonne-moi. Je suis fatigué et angoissé. J'ai l'impression de parler avec une demeurée.

— Il est peut-être trop tôt, dit timidement Bernières.

— Je vous ai certes prévenus qu'il fallait laisser le temps à son esprit de se structurer, dit Valériane.

— Je voulais dire qu'il était peut-être trop tôt pour que Marion soit réveillée, précisa Bernières. Ça expliquerait pourquoi elle ne voit rien. Et les bruits sont peut-être des ronflements. En tout cas, mon défunt mari, lui, il ronflait, pour sûr.

Ian imita un bruit de ronflements et demanda à la Simile si ça ressemblait à ce qu'elle entendait. Celle-ci approuva. Ian ne put s'empêcher de s'écrier :

— Dame Bernières, vous êtes la plus clairvoyante de nous trois !

— Ah, non, maître, ne dites pas des choses pareilles…

Tout le monde ayant convenu qu'il faudrait attendre le réveil de Marion et de ses ravisseurs pour en savoir plus, ils décidèrent de retourner au manoir pour rassurer leurs compagnons.

L'arrivée de la Simile causa un émoi considérable. Il fallut un certain temps pour que Trivelin et Gabeur acceptent qu'ils n'étaient pas les victimes d'un canular particulièrement tordu et que la créature qui se dressait devant eux n'était pas la véritable Marion. Pierre ne fit pas montre de tant de scepticisme, même s'il était clair que la vue de la Simile le troublait. Le visage encore blême malgré quelques heures de sommeil réparateur, il étudia de près l'imitation de jeune femme dressée au milieu du vestibule.

— Je ne suis plus vraiment sûr que ce soit une si bonne idée…

Ian ne perdit pas de temps à répliquer qu'il était un peu tard pour les scrupules. Il fit un bref compte rendu des événements de la nuit, passant sous silence le fait qu'il avait été expulsé du cercle de magie, ainsi que la raison pour laquelle cela avait été nécessaire. La Simile refit une démonstration de sa capacité à tendre la main en direction de Marion.

— Impressionnant, dit Trivelin. Mais ça, on s'en doutait déjà…

Ian possédait une carte des territoires au sud de Contremont. Il débarrassa la table de sa bibliothèque de tous les livres qui s'y empilaient, puis déploya la carte. À l'aide d'une boussole de marin, il détermina avec le plus de précision possible la direction indiquée par la Simile, puis traça à la règle sur la carte un trait correspondant à l'angle déterminé par la boussole. Le trait coupait à plusieurs endroits les méandres du Pibole, glissait entre Besline et Privance, et allait se perdre dans les terres sauvages plus au sud.

— Ça veut dire qu'ils ne sont pas encore à Privance, observa Pierre, satisfait.

— On le dirait. Mais les angles de cette carte sont-ils fiables ? La Terre est ronde. Une carte est une représentation plate d'une surface courbe. Tout cartographe doit forcément faire des approximations, selon qu'il cherche à respecter les distances ou à respecter les angles.

— Tu crois que c'est le moment de nous donner des cours de cartographie ? s'impatienta Trivelin.

— Eh bien, admettons que la précision de cette carte est suffisante, admit Ian avec un grognement. Je peux transporter Mademoiselle jusqu'à Contremont par Praticable, ce qui nous donnera une base pour faire une triangulation.

— En espérant que la distance sera suffisante, dit Pierre.

— S'il le faut, je ferai plusieurs bonds.

Sans perdre plus de temps, Ian fit signe à la Simile de le suivre hors du manoir. Il invoqua le Praticable. Autour de lui, le manoir et sa cour se transformèrent en un cylindre de toile peinte. Il toucha la partie de la toile représentant l'extérieur de l'enceinte de Contremont : inutile d'apparaître en plein centre de la place du marché.

La seule personne à sursauter en les voyant apparaître fut le soldat de garde devant la porte de l'est.

— Maî… Maître Corybantier ? Est-ce bien vous ?

— Ne vous occupez pas de nous. Nous ne faisons que passer.

À l'aide de la boussole, Ian mesura soigneusement la direction indiquée par la Simile. De retour au manoir, il traça un nouveau trait à partir de Contremont, avec un angle légèrement différent du premier. Les deux traits se rejoignirent à la hauteur d'un méandre du Pibole, communément appelé le coude de la Vipère à cause du rétrécissement du fleuve à cet endroit.

— Ils sont à moins d'une journée de marche ! exulta Pierre.

Ian n'eut pas le cœur de rappeler qu'une journée de marche d'avance, c'était beaucoup. Il préféra saluer Valériane d'une révérence, afin de montrer sa satisfaction.

— La découverte est d'importance et démontre l'utilité de la Simile. J'espère que personne ne me traitera de rabat-joie si je fais remarquer que cette triangulation ne nous permet pas de savoir sur quelle rive se trouvent Marion et ses ravisseurs. Ont-ils emprunté la vieille route ou suivent-ils la berge de l'est du Pibole ?

— Aucune importance ! dit Pierre. Mettons-nous en route tout de suite. La Simile nous accompagnera et nous permettra de corriger le tir à mesure que nous avancerons.

— Ton plan a le mérite de la simplicité, reconnut Ian. Auras-tu assez de force pour une journée de marche rapide après tes exploits d'hier ?

— Tu plaisantes ? Nous parlons de sauver Marion.

— Pourquoi marcher ? s'étonna Gabeur. Je vais demander la permission à Philophanes de vous accompagner. J'ai des chevaux pour tout le monde, prêts à partir en tout temps.

— Impossible, contra Valériane. La Simile est une créature magique. Aucun cheval n'acceptera de s'en approcher.

L'officier ne se laissa pas démonter.

— Alors prenez la route de l'Est ! Je longerai la vieille route avec une patrouille de mes meilleurs hommes. Chacun une rive ! À pieds ou à cheval, comme vous voulez !

Pierre Coen hocha négativement la tête, un sourire compatissant dans les yeux.

— Capitaine, capitaine… Vous ne comprenez tout simplement pas à qui vous avez à faire. Malitorne est un homme dangereux, un maître des illusions qui vous roulera dans la farine, vous et vos hommes. Vous n'êtes tout simplement pas de taille.

— C'est la première fois qu'on me dit que je ne suis pas de taille avec quelqu'un, grogna l'officier.

— Pierre a pourtant raison, dit Ian. Réfléchis : tu n'auras pas de Simile pour te guider. Et puis, Philophanes voudra s'en mêler. Comme je le connais, il voudra t'accompagner. Il va nous convoquer pour savoir ce qui se passe. Il faudra tout répéter. La matinée – que dis-je ? – la *journée* va y passer. Alors qu'il faut se mettre en marche. *Maintenant*.

Il se tourna vers Valériane :

— En espérant que la Simi… que Mademoiselle soit capable de suivre notre rythme.

— Elle possède les mêmes capacités physiques que Marion.

— Je viens aussi ! dit Trivelin.

— Mon pauvre ami, mais c'est impossible, dit Ian. Tu ne comprends donc pas qu'il va falloir marcher le plus vite possible ?

— Les femmes m'ont toujours fait marcher, j'ai de l'entraînement !

Mais la tentative de plaisanterie du nain sonna creux.

Il fut donc convenu que le groupe qui se lancerait à la rescousse de Marion comprendrait Ian, Pierre et

Valériane, ainsi que la Simile. Pendant quelques secondes, Ian eut l'impression qu'ils oubliaient quelqu'un – cela lui prit un certain temps avant de comprendre l'origine de ce sentiment. Avec tous les événements catastrophiques qui s'étaient accumulés, la disparition de Petite-Caille avait été écartée de ses pensées. Ian sentit une larme poindre au coin de ses yeux en songeant à l'enthousiasme que la chienne aurait mis à les accompagner dans leur poursuite. Elle aurait même pu s'avérer utile. Avec un soupir silencieux, Ian essuya discrètement une larme.

Avec l'aide de Bernières, Ian emplit en vitesse un sac de tout ce qu'il put trouver comme provision pour le voyage. Ce qui ne représentait pas grand-chose, mais il faudrait qu'ils se débrouillent en chemin pour le reste. Puis ils sortirent tous du manoir. Ian fut étonné de constater que le soleil du matin s'était à peine détaché de l'horizon : il avait eu l'impression que beaucoup de temps avait passé depuis son réveil dans la maison de Valériane, mais en réalité tout s'était décidé très vite.

Le Praticable fut convoqué. Sur la toile cylindrique qui entourait maintenant Ian et ses compagnons se dressaient Gabeur, son visage sévère et immobile, Trivelin, les yeux luisants de déception, ainsi que la silhouette trapue, courbée de fatigue, de Bernières. Ian porta son attention vers les champs cultivés au sud de Contremont. Une courte section de la route de l'Est était visible de là : il n'oserait pas transporter ses compagnons plus loin, car le Praticable pouvait être dangereux si on n'avait pas une vue parfaitement claire du point d'arrivée.

La toile autour de Ian fut remplacée par un panorama de champs cultivés, avec le Pibole à leur droite et les contreforts du plateau des Espingards presque invisibles dans l'air brumeux du matin. Quelques corneilles, taches noires contre la toile bleue, s'animèrent et s'éloignèrent à tire-d'aile dans le véritable ciel d'été.

Après s'être assuré que tout le monde allait bien, Ian tendit la main vers la route poussiéreuse qui se prolongeait jusqu'à l'orée d'un boisé.

— À partir d'ici, nous marchons.

Ils se mirent tous en route à un rythme rapide. La Simile n'avait aucun mal à suivre. Valériane, qui marchait de concert avec celle-ci, lui demanda :

— Marion voit-elle et entend-elle quelque chose, maintenant ?

La Simile réfléchit un long moment, comme si elle avait de la difficulté à extraire des mots de sa mémoire trop neuve. Valériane s'inquiéta :

— Tu es toujours en contact avec Marion ?

— Oui, répondit la Simile en caressant doucement ses longs cheveux blonds, comme si elle n'en était pas trop sûre.

— Maintenant réponds-moi. Marion voit-elle et entend-elle quelque chose ? Utilise les mots qu'emploierait Marion.

La réponse de la Simile fut presque instantanée :

— Elle voit un plafond et une section de mur. Elle voit maintenant une fenêtre. Elle voit encore le plafond. Tout est noir maintenant… Elle voit encore le plafond et le mur… Ça redevient noir.

— Et qu'entend-elle ?

— Des ronflements.

— Combien de personnes ronflent ? demanda Ian.

— Je ne sais pas. Tout est noir maintenant.

— Mademoiselle, implora Ian. Écoute attentivement. As-tu l'impression d'entendre un seul ronflement ou plusieurs ?

La Simile toisa Ian de ses yeux gris-vert vides de tout sentiment.

— Je n'entends aucun ronflement.

— Ian voulait dire : combien de ronflements *Marion* entend-elle ? intervint Valériane.

— Je ne sais pas.

Valériane hocha la tête.

— Les questions trop compliquées devront attendre.

— De toute façon, moi, j'ai compris, dit Pierre. Marion est encore couchée et ses ravisseurs continuent de ronfler. Elle voit un plafond et une fenêtre. Où peuvent-ils se trouver sinon à l'auberge du Florès ? C'est à moins d'une lieue du coude de la Vipère.

— Espérons que c'est le cas, dit Ian, jugeant inutile de parfaire son rôle de pisse-vinaigre en expliquant qu'ils pouvaient tout aussi bien se trouver dans la maison d'un paysan. Il se souvint aussi vaguement que sur l'autre rive du Pibole, à peu près à la même hauteur que le Florès, se dressait une vieille auberge dont il avait oublié le nom.

Mieux valait garder son souffle pour la longue journée de marche qui les attendait. Plus jeune, Ian marchait beaucoup et n'aurait pas rechigné à la perspective de marcher pendant trois jours. Mais il s'était un peu encroûté depuis, et ses pieds s'étaient attendris. Il lui faudrait mesurer ses forces, éviter d'attraper une ampoule ou de se fouler la cheville sur une inégalité de la route. La même nécessité de garder leur souffle pour la route à venir semblait occuper les pensées de ses compagnons, car personne ne dit mot et c'est en silence que le petit groupe poursuivit sa marche vers le sud.

◆

Lorsque Marion se réveilla le matin, courbaturée des pieds à la tête, avec pour seul matelas une couverture puant l'humidité étendue sur le plancher, elle décida qu'il lui faudrait classer son bref séjour à l'auberge de l'Allouvi comme une des expériences les plus désagréables de sa vie. Seule la fatigue consécutive à la longue marche de la journée précédente expliquait qu'elle ait réussi à dérober quelques heures à la nuit.

Avant de traverser le fleuve dans le bac du coude de la Vipère, Marion avait dû subir une indignité supplémentaire. Malitorne avait ordonné au trio de quitter la route et de s'asseoir sur la berge rocailleuse du fleuve, à l'abri des regards d'éventuels passants.

— L'apparition impromptue de mon valeureux collègue Pierre Coen m'a fait réfléchir, avait expliqué Malitorne en observant Marion, les yeux mi-clos. Il est clair que votre oncle et vos amis vont remuer ciel et terre pour vous retrouver. Se rendre invisible est extrêmement fatigant, et pas toujours pratique. Il faudra bien être visibles si nous voulons manger à l'auberge, n'est-ce pas ? Que faire ? Votre pittoresque costume, ma chère amie, m'a donné une piste de solution. Il sera simple d'en accentuer le caractère masculin en coupant quelques boutons, en retirant cette ceinture qui souligne un peu trop la finesse de votre taille, et ainsi de suite.

Avec un geste désinvolte, le magicien avait puisé dans sa besace une paire de ciseaux, tandis que de sa main gauche il avait soulevé une mèche des longs cheveux blonds de Marion.

— Mais si nous voulons entretenir le moindre espoir de berner les gens sur la nature de votre sexe, je crains que nous soyons obligés de couper plus que quelques boutons. Croyez-vous être capable de vous tenir tranquille ou devrai-je encore une fois vous contenir magiquement ? Je vous préviens que, dans ce dernier cas, l'obligation de maintenir un charme va me distraire et la qualité du résultat risque de s'en ressentir. Ce serait dommage de vous bretauder n'importe comment, n'est-ce pas ?

Marion était trop fatiguée et démoralisée pour protester. Elle n'avait pas bougé pendant que le magicien lui coupait les cheveux, quoiqu'elle eût senti des larmes couler de ses yeux brûlants.

— Les femmes ! s'était moqué Granguillain. Regardez comme ça coule ! Ça va repousser, pauvre poulette !

Marion aurait voulu lui clore le bec par une réplique bien sentie, mais sa gorge était trop serrée par la colère pour laisser passer un mot.

Malitorne avait terminé son ouvrage en examinant son œuvre d'un regard critique. Il s'était déclaré assez satisfait : après tout, un chirurgien de sa qualité se devait de posséder les rudiments de la coiffure. Granguillain était resté plus sceptique.

— Ouain… C'est pas à moi qu'on ferait accroire que c'est un gars.

— Votre perception est colorée par ce que vous savez déjà, avait protesté doctement Malitorne, qui s'était adressé de nouveau à Marion. Moi, j'affirme que vous faites un jouvenceau fort acceptable, ma chère amie. Peut-être vous trouvera-t-on un peu efféminé, mais je suis convaincu que personne ne soupçonnera la vérité. Par contre, il vous faudra impérativement cesser de pleurer – les garçons ne pleurent pas, c'est bien connu.

Marion avait glissé la main sur ses cheveux courts. La sensation de fraîcheur était étrange. Elle avait ensuite essuyé ses joues et son menton mouillés de larmes, apercevant du coin de l'œil Malitorne qui glissait ses ciseaux et les cheveux coupés dans une pochette intérieure de sa besace.

— Oh, oui, je les garde, avait expliqué le magicien avec un sourire sardonique. Il y a des acheteurs pour ce genre de choses.

— Entre pervers, vous vous comprenez.

Malitorne avait éclaté de rire.

— Plus que vous ne l'imaginez ! Allons maintenant ! Granguillain, je vous présente Marin, mon nouveau serviteur. Ça vous convient, comme prénom ? Marin, Marion : il suffit d'enlever une lettre.

— Quelle astuce ! Brillant, rien de moins !

— Je constate qu'il vous reste assez d'énergie pour ironiser. Ce que j'apprécie par-dessus tout de vous, mon cher Marin – et voilà la raison pour laquelle jamais je n'accepterai de me passer de vos services – c'est votre obéissance *scrupuleuse* aux ordres et un *mutisme* qui compensera un peu la propension au bavardage de votre maître. Je crois que je me suis fait comprendre ?

Marion avait approuvé doucement de la tête, encore un peu déconcertée par l'étrange sensation de vide sur son dos et ses épaules.

Le bac qui permettait de traverser le fleuve au coude de la Vipère était toujours en service. La traversée s'était déroulée sans anicroche – Marion n'étant pas d'humeur à écouter les pompeuses explications de Malitorne au sujet de l'ingéniosité des gens qui avaient conçu ce moyen de transport – mais, comme ils avaient raté de justesse un des départs, ils avaient dû attendre patiemment le suivant. Une des rares sources de satisfaction de la journée pour Marion avait été de constater la déconvenue du magicien à ce moment.

La nuit tombait lorsqu'ils avaient mis pied à terre sur la rive ouest du fleuve et c'est un trio de voyageurs bien affamés qui s'étaient présenté à l'auberge de l'Allouvi.

Le séjour dans ledit établissement n'avait rien fait pour améliorer l'humeur de Marion. L'établissement s'était révélé vétuste, la salle commune enfumée par une cheminée qui tirait mal, la clientèle ivre et grossière, la nourriture infecte, les latrines immondes – cette dernière visite, devenue irrépressible en dépit de toute la volonté de Marion, avait été d'autant plus humiliante qu'elle avait su que Malitorne surveillait ses pieds juste de l'autre côté de la porte.

Une fois dans la chambre, Malitorne et Granguillain avaient installé l'unique et infâme grabat en travers de la porte. Marion avait par contre refusé de partager cette couche avec ses compagnons.

— Ne soyez pas inutilement scrupuleux, mon cher Marin, avait dit Malitorne. Nous sommes entre hommes, je vous le rappelle. Personne ne se livrera à des actes déplacés.

— Parlez pour vous, avait réfuté Granguillain, son mince visage fendu d'un sourire graveleux. Moé, je commence à comprendre le goût de certains pour les p'tits gars…

— Il suffit ! Songez plutôt à vous reposer, mon ami, car à la mi-nuit ce sera à mon tour de me reposer et au vôtre de la surveiller.

En dépit des assurances de Malitorne, Marion avait refusé de s'allonger dans le même lit que Granguillain. Elle s'était assise sur une des chaises branlantes et avait fixé fiévreusement le mur de la chambre, jusqu'à ce que la nuit tombe. Elle avait entendu Granguillain ronfler. La lumière spectrale de la lune avait permis de distinguer un peu mieux les contours de la chambre.

Malitorne, assis sur l'autre chaise, s'était rapidement mis à somnoler mais sans glisser vraiment dans le sommeil.

La lune était haute lorsque la position assise avait soudain paru intolérable à Marion. Elle s'était allongée sur une couverture, bien mince coussin entre le plancher et son dos…

Et voilà que la nuit était passée. Marion eut l'impression que dormir lui avait fait du bien malgré tout. Son esprit était plus clair ; le choc de sa capture s'était atténué. Elle passa la main sur sa tête dégarnie. De quoi avait-elle l'air maintenant ? Que n'aurait-elle pas donné pour un miroir ! Inutile de dire que, si les murs de l'infâme clapier qui leur servait de chambre avaient déjà arboré un miroir, celui-ci avait depuis longtemps été cassé ou volé par la clientèle raffinée qui devait habituellement y faire escale.

Marion s'aperçut que ses deux ravisseurs dormaient l'un près de l'autre sur le grabat. Avec des gestes d'une suprême lenteur, elle se mit debout et s'approcha de la fenêtre laissée entrouverte. Elle regarda dehors. La chambre était à l'étage, mais ce n'était pas un exploit de sauter de cette hauteur. Il lui faudrait pour cela ouvrir plus grand la fenêtre. Le cœur de Marion battait si fort qu'elle en était étourdie. Oserait-elle ? Le battant de la fenêtre n'allait-il pas grincer épouvantablement dès qu'elle le pousserait ?

La jeune femme s'aperçut que Malitorne s'était redressé sur son lit et la regardait. Voilà qui réglait la question…

— Bien dormi ? demanda le magicien sur le ton de la plus parfaite cordialité.

— Non.

— C'est ce qui arrive lorsqu'on dort par terre au lieu de profiter d'un lit – même si ce dernier est d'un confort tout relatif. (Un sourire faussement attendri fleurit sur les lèvres de Malitorne.) Voyez comme notre rustique compagnon en profite. Lui qui pourtant était chargé de vous surveiller… *Debout !*

Le cri fut si soudain que même Marion sursauta. Granguillain s'agita en bredouillant « Quoi ? C'est quoi ? », mais se tut finalement en apercevant le regard sévère braqué sur lui.

— Pas de pièce d'or ce matin, dit Malitorne sur le ton qu'on emploie quand on retire le jouet d'un enfant turbulent.

— Ben quoi, maugréa Granguillain en se frottant les yeux. Elle s'est pas sauvée.

— Heureusement. Pour vous.

Les circonstances particulières de leur cohabitation les ayant obligés à se coucher tout habillés, les trois voyageurs furent aussitôt prêts à quitter la chambre. Un déjeuner aussi médiocre que le souper de la veille les attendait dans la salle commune : du hareng fumé, une épaisse tranche de pain noir à la croûte piquetée de moisissure, une chope de cidre trouble à la surface duquel une mouche minuscule se débattait. Un parfum rance flottait dans l'air. Marion se força à mâcher la chair huileuse du poisson et, après avoir sauvé le moucheron de la noyade, but un peu de cidre. L'aigreur de la boisson la fit frissonner, mais elle se força à avaler, car elle avait compris qu'elle n'aurait rien d'autre à boire pendant un certain temps. Granguillain, lui, mâchait et buvait avec appétit, en faisant bénéficier ses compagnons du spectacle de ses grandes dents croches mastiquant son hareng.

Marion lançait à gauche et à droite des regards discrets. Comment réussirait-elle à s'évader ? Comment trouver de l'aide ? Il n'y avait pas beaucoup de monde, le matin, sous les voussures noircies de la salle commune. Elle croisa le regard d'un homme courtaud, au long nez soutenu par une épaisse moustache noire. Un artisan ambulant, à en juger par son costume. Le regard de ce dernier s'attarda, sans la lueur appréciatrice que Marion avait fini par ne plus remarquer, du moins chez les hommes. Il sembla plutôt déconcerté. S'étonnait-il qu'elle le regarde ou était-il troublé par la douceur étonnante des traits de ce jouvenceau ? L'artisan se détourna, gratta sa moustache en fixant sa chope de cidre.

C'en était douloureux pour Marion de se retenir de courir à travers la salle commune, de crier, de supplier les autres convives ou le propriétaire de l'auberge de lui venir en aide. Mais elle comprenait que Malitorne l'immobiliserait aussitôt avec son sort de sujétion. On la prendrait pour une folle – enfin... pour un fou... Elle n'avait pas oublié non plus la démonstration de la journée précédente, quand Malitorne lui avait donné un petit aperçu de ses compétences.

Ils furent bientôt prêts à repartir. Malitorne avait fait préparer des provisions pour la route : pain moisi, hareng et cidre. Marion fut chargée de les transporter. Ils sortirent de l'auberge. Marion restait capable d'apprécier les petits bonheurs qui s'offraient à elle dans les circonstances : un de ceux-ci fut d'aspirer le bon air du matin, frais et pétillant comme un vin fin après l'atmosphère de la salle commune.

Ils se remirent en marche. Au début, Marion éprouva un peu de douleur dans les jambes et dans un pied. Rapidement la raideur disparut. La seule partie de son corps qui resta un peu sensible fut l'arrière de son crâne, avec lequel elle avait frappé la mâchoire de Granguillain. Ce dernier arborait d'ailleurs une ecchymose bleuâtre sous sa lèvre inférieure, mais cela ne semblait pas l'incommoder. Malitorne aussi boita un peu pendant les premiers pas, mais, tout comme celui de sa prisonnière, son pas s'assouplit.

Le trio avait à peine perdu de vue l'auberge de l'Allouvi lorsque Malitorne montra les buissons qui poussaient à l'orée d'un champ en friche. Il expliqua qu'il devait s'arrêter pour satisfaire un besoin naturel. Granguillain, qui semblait avoir de la difficulté à censurer ses pensées, s'étonna :

— Vous auriez pu y penser avant de partir.

Un sourire acide souleva les lèvres pâles du magicien.

— La raison pour laquelle je n'ai pas profité des commodités de l'auberge n'est pas très flatteuse pour vous, mon jeune ami. C'est parce que je ne vous faisais pas confiance pour contrôler notre invitée avec tous ces gens autour de nous, au cas où l'idée serait venue à cette dernière de faire un scandale. Il vous sera plus facile de la contrôler ici, à l'abri des oreilles et des regards indiscrets.

Avant de disparaître derrière les buissons, il se tourna une dernière fois vers Marion.

— Inutile d'ajouter que j'apprécierais un moment de calme et de sérénité. Je serais considérablement irrité d'avoir à m'interrompre pour venir prêter main-forte à mon assistant. Je vous demande donc de bien mesurer les conséquences d'une tentative de fuite.

Malitorne disparut. Granguillain avait dégainé son épée et fixait sa prisonnière en silence, son sourire narquois révélant une fibre de hareng entre ses deux grosses incisives jaunes. Marion non plus ne disait rien. Malitorne lui avait demandé de réfléchir, elle réfléchissait donc. Activité qui n'allait pas de soi lorsqu'on était observé comme elle l'était en ce moment.

Elle avait bien noté que Malitorne avait toujours été juste à côté d'elle lorsqu'il l'avait subjuguée. S'il avait été capable de la contrôler à distance, il n'aurait pas été obligé de demander à Granguillain de la surveiller de près… Cela ne faisait que confirmer la déduction de Marion suivant laquelle le plus dangereux de ses ravisseurs était Malitorne. Une fois le magicien hors d'état de nuire, se débarrasser de l'autre ne serait qu'une formalité. Voilà qui était simple en théorie, sauf que Marion n'avait pas la moindre idée de la façon dont elle pourrait se débarrasser du magicien sans que l'autre lui tombe dessus.

— Ouain, ouain, ouain… finit par dire Granguillain, qui tout ce temps avait continué de la fixer avec un sourire appréciateur. Plus je te regarde, et plus je commence à comprendre le goût de certains pour les p'tits gars.

— Tu te répètes, répliqua Marion, glaciale.

— Sauf que moé, je *sais* qu'en dessous de ce costume-là, c'est plus plaisant à voir qu'un corps de p'tit gars.

— C'est pas demain la veille que tu vas pouvoir en juger.

Granguillain explosa de rire, de grandes inspirations rauques qui rappelaient les braiments d'un âne. Marion le regarda, à la fois agacée et interloquée.

— C'est déjà tout jugé, cré-moé ! réussit à dire le vagabond lorsque son rire se calma un peu.

— Qu'est-ce que tu racontes encore ?

Elle en fut quitte pour une autre explosion de rire qui dégénéra en quinte de toux.

— Tu diras à ton oncle de mettre des rideaux dans la salle de bain… À tout le moins, penche-toé pas par la fenêtre ! Ah, ma voleuse, la nature t'a ben faite, on peut pas dire le contraire.

Marion se sentit rougir jusqu'à la racine des cheveux, autant de colère que de gêne en comprenant que le mécréant avait trouvé un moyen de l'observer lorsqu'elle avait pris son bain. Cent invectives lui montèrent aux lèvres. Elle réussit néanmoins à comprendre qu'il ne servait à rien de gaspiller son souffle et ses esprits. Elle s'approcha de Granguillain et plongea son regard dans le sien. D'une voix rauque de colère contenue, elle murmura :

— Pourquoi obéis-tu à ce Malitorne ? Il te méprise. Il te traite comme un laquais.

— Ça se peut, mais il me paye en or.

— C'est de l'or que tu veux ? Aide-moi à me libérer, et mon père te donnera plus d'or que tu ne pourras en dépenser dans toute ta vie.

— Ouain… M'est avis qu'il va plutôt m'enfermer dans le plus noir de ses cachots.

— Je te donne ma parole que ce ne sera pas le cas.

— La parole d'une voleuse !

Marion explosa :

— Vas-tu arrêter de me traiter de voleuse ? C'est exaspérant à la fin ! C'est *toi* le voleur ! Voleur ! Et stupide en plus ! Oh, tous les hommes sont stupides, mais tu es le plus stupide de tous !

— Holà ! Holà, les enfants ! s'écria Malitorne qui sortait du couvert des buissons en remettant de l'ordre dans ses vêtements. Je m'éloigne deux secondes et vous en profitez pour vous disputer ?

— Elle m'a offert de l'or pour que je la libère, expliqua Granguillain avec une moue dédaigneuse. Vu que j'ai dit non, ben, elle est pas trop contente.

Marion resta coite, stupéfaite par la révélation de Granguillain. Heureusement, le magicien sembla beaucoup plus amusé que choqué. Avec un grand geste, il fit apparaître trois quatrains.

— De l'or ? Mais en voici ! .

Il tendit les pièces à Granguillain, le tout accompagné d'une tape paternelle sur l'épaule.

— J'apprécie cette marque de confiance, mon excellent ami. Un autre aurait pu se laisser étourdir par des rêveries chevaleresques. Ah ! Une promesse, dans la bouche d'une jeune fille, est un vin si doux qu'il enivre sans qu'on s'en rende compte. Le bon sens qui gouverne vos actions n'a pas faibli, et je ne me lasse pas de me féliciter de la clairvoyance que j'ai eue lorsque j'ai décidé de m'associer avec vous.

Granguillain enfouit les trois pièces d'or dans sa poche, gratifiant Marion d'un large sourire et d'un clin d'œil satisfait.

— Crétin !

L'invective ne réussit qu'à amuser ses deux ravisseurs. C'est en bouillant d'exaspération que Marion se remit en route, suivie par les deux hommes qui s'étaient remis à rire.

◆

Petite-Caille se réveilla à l'aube, les yeux bouffis et la truffe presque aussi douloureuse que sa patte. Les moustiques avaient profité de la nuit pour remonter de la berge du lac et la piquer sans rémission. Elle tenta de se lever et tomba sur le flanc… Ce n'était donc pas un rêve : elle avait réellement perdu une patte.

En claudiquant, elle sortit dehors. Tout son corps n'était qu'une immense courbature. Elle huma l'air humide de rosée. Oiseaux, plantes diverses, odeur musquée d'une bête aquatique inconnue. Pas d'odeur humaine.

Son estomac gronda. Elle avait faim.

Elle repéra un sentier peu fréquenté qui menait au puits. Ça sentait vaguement l'homme. Pas très frais, comme odeur. Elle emprunta le sentier. Il devait bien mener quelque part.

Le sentier menait à une route plus large. Plus fréquentée aussi, à en juger par la variété des urines de chevaux, de bœufs, d'humains et même d'autres chiens, qui parfumaient la terre battue.

Petite-Caille renifla, à gauche, à droite, partout. Elle n'avait pas la moindre idée de l'endroit où elle se trouvait. Rien à voir avec la fois où elle s'était égarée en forêt avec Marion. Tout ce qui l'entourait lui était inconnu. Elle n'apercevait plus les tours du château de Contremont. Elle ne pouvait se fier à aucun de ses repères habituels. Parmi les centaines d'odeurs qui lui venaient au museau, rien ne rappelait l'odeur des poules de Bernières ou celle des chiens de Valériane.

Une expérience nouvelle et extrêmement troublante.

Petite-Caille tourna en rond, indécise. Le sentier s'élançait dans deux directions : une de celle-ci la rapprocherait de son maître, l'autre l'en éloignerait. La chienne comprit qu'elle devrait choisir *au hasard*, un des concepts les plus déconcertants et effrayants qu'elle pouvait imaginer.

Le soleil levant apparaissait entre les arbres. Hier, la créature l'avait emportée vers le soleil couchant. Plus ou moins. Adoncques, il lui fallait ce matin marcher vers le soleil levant. Enfin, il lui sembla que l'argument se tenait… Oui ? Non ? Assez de réflexions, ça l'étourdissait ! Elle se mit en marche dans la direction du soleil levant, essayant de déterminer la meilleure façon d'avancer sur trois pattes.

Combien de temps Petite-Caille marcha-t-elle ? Difficile à évaluer. Normalement, elle se fiait à son appétit pour calculer l'heure de la journée. Ce repère ne fonctionnait plus. Le disque du soleil s'était élevé au-dessus de la frondaison, mais il était encore loin du zénith.

Petite-Caille avait souvent envie de s'arrêter, ne serait-ce que pour tenter de reconnaître une des intrigantes odeurs de la route. Pas question ! Il lui faudrait certainement marcher pendant plusieurs jours pour retrouver le manoir. Pas seulement pour la joie de retrouver son maître – quoique cette raison ait été suffisante en soi ! – mais aussi pour le prévenir de ce qui était arrivé à Marion.

Pour la première fois, la chienne eut l'occasion de s'interroger sur l'identité des répugnants personnages qui avaient attaqué la nièce de son maître. Elle évoqua dans sa mémoire les odeurs des deux hommes. Elle avait parfois senti une de ces odeurs le long des routes autour du manoir. Un vagabond, qu'elle avait vu une fois ou deux dans la forêt. L'odeur de l'autre était nouvelle, mais elle était sûre d'une chose, c'est qu'elle n'était pas près de l'oublier !

Elle continua de marcher. Avec une patte en moins, c'était fatigant.

Sans oublier qu'elle avait faim.

Et soif.

Elle s'arrêta soudain, les oreilles dressées. Un grincement de roue. Un pas de bête – non, ce n'était pas un cheval. Peut-être un mulet. Impossible de trancher : elle n'était pas sous le vent.

Des voix basses. Des invectives. Plusieurs personnes. Petite-Caille sentit son cœur battre contre ses côtes. Elle se trouva bête tout à coup. Elle n'avait pas songé qu'il lui suffirait de demander la direction de Contremont. Et peut-être… Oui, peut-être bien qu'on lui donnerait aussi à manger. Si elle le demandait poliment…

Au détour de la route apparut un bérot chargé de fumier, tiré par un mulet. Assis à l'avant du véhicule, un couple de paysans assez âgés, tous deux courtauds et d'allure sévère, tenaient les rênes. À côté du mulet marchaient un homme plus jeune et une petite fille dont le visage crasseux s'éclaira de surprise lorsqu'elle aperçut Petite-Caille.

— Regardez !

— Un chien, dit le marcheur.

Il arrêta le mulet et leva son bâton, méfiant.

— Qu'il est beau ! s'écria l'enfant en s'élançant vers Petite-Caille.

— Touche-z-y pas, bêtasse ! ordonna le vieux paysan d'une voix râpeuse. Il est p't'être mauvais.

— Il marche drôlement, ajouta le jeune homme en s'approchant. Oh ! Il a juste trois pattes.

— Trois pattes ? marmonna le vieux. Mauvais signe, ça !

Petite-Caille, dont le regard ne quittait pas le bâton toujours levé, s'assit en inclinant la tête de côté et en offrant une de ses pattes de devant. Elle savait que cette posture lui valait toujours des exclamations attendries. En prenant soin d'articuler avec le plus de clarté possible, elle dit :

— Aidez-moi. Je suis perdue.

La petite fille cria de surprise. Le jeune homme eut un sursaut vers l'arrière d'une telle vigueur qu'il faillit se retrouver sur le cul.

— J'ai-tu la berlue ? On… On m'a parlé ?

— N'ayez pas peur. Je suis douce. Je ne vous mordrai pas…

— Un chien à trois pattes qui parle ! s'étrangla la vieille femme. C'est une sorcière !

— Un démon !

Le mulet, effrayé par les cris, s'énerva. Il recula brusquement. Les deux vieux basculèrent en bas du bérot. Le mulet s'empêtra. Tout le monde criait. Les yeux blancs de terreur, le jeune homme s'élança vers Petite-Caille, le bâton levé. L'enfant courut à sa suite, elle aussi brandissant un bâton.

— Retourne en enfer, démon !

Ils rouèrent la chienne de coups et lui auraient certainement rompu le dos si celle-ci n'avait pas réussi à se sauver dans le sous-bois.

Petite-Caille resta cachée un long moment dans la forêt pour bien s'assurer que les méchants paysans avaient disparu, puis elle reprit son chemin en boitant autant des coups reçus que de sa patte manquante. Un des coups de bâton l'avait atteinte à une arcade sourcilière, si bien que cette dernière ne tarda pas à être tout enflée. Voilà qu'en plus d'être éclopée et perdue, elle était borgne maintenant !

Elle songea à sa mésaventure. On l'avait traitée de démon. Les autres chiens ne parlaient pas, c'est vrai. Petite-Caille se souvint que certains visiteurs de son maître avaient sursauté en découvrant qu'elle pouvait parler et comprendre. Il avait fallu que son maître rie avec eux pour les rassurer.

Elle n'aurait jamais imaginé que des gens auraient peur au point d'essayer de la tuer.

Elle réalisa qu'elle était maintenant très loin – très très loin ! – du manoir et de son maître et qu'il vaudrait peut-être mieux se comporter comme un véritable chien la prochaine fois qu'elle rencontrerait des gens. S'abstenir de parler n'était pas vraiment un problème – en fait, elle avait toujours trouvé cette activité un peu ridicule.

Cela dit sans vouloir vexer son maître ni ses amis qui parlaient tout le temps.

Petite-Caille soupira. Mais alors, comment allait-elle savoir si oui ou non elle était sur le chemin de Contremont, maintenant ?

Après la forêt commença une plaine. Le ciel s'ouvrit sur une largeur immense ; le dôme bleu azur se dégrada en nuances insensibles pour se perdre à l'horizon dans la blancheur. Petite-Caille n'avait jamais pensé que le monde pût être aussi grand, qu'il existât tant de panoramas dont elle ne soupçonnait pas l'existence. Des nuages apparurent, adoucissant la lumière crue du soleil et l'emprisonnant dans une poussière d'air épaissi. Leur lumière brisée et leurs ombres métalliques exprimaient la tristesse qui habitait le cœur de Petite-Caille. Elle commença à se demander si elle reverrait un jour son maître. Et Bernières. Et les chiens de Valériane.

Elle se remit en marche. Elle oublia ses préoccupations et s'absorba dans la sensation unique de l'air tiède et de cette profusion de clarté, de cet épanchement de lumière dorée.

Par-delà un repli du terrain apparut une modeste chaumière. Une femme sarclait son potager, un poupon en bandoulière. Des poules picoraient çà et là autour d'un poulailler. Dès qu'elle aperçut la chienne, la femme agita son bâton noueux.

— Arrière, sale bête !

Le bébé se mit à brailler. Petite-Caille s'éloigna sans demander son reste.

Quel pays !

Avec tout ça, il commençait à faire chaud. Elle but un peu d'eau dans un ruisseau et se reposa à l'ombre d'un bosquet, l'estomac gargouillant. Elle dormit un peu pour laisser passer les heures les plus chaudes du jour. Mal lui en prit: lorsqu'elle voulut repartir, elle eut toutes les misères du monde à se redresser. Son corps était raide de partout et son œil complètement clos. Elle marcha une lieue encore, puis renonça. Elle était trop épuisée pour continuer. Elle repéra un bosquet. Sous l'ombre frémissante des feuilles agitées, elle découvrit un tronc creux qui lui offrirait une cachette, dans laquelle elle se roula en boule. Elle lécha son moignon, gémit un peu, puis plongea doucement dans une torpeur agitée de cauchemars.

◆

De l'aube au midi, Ian et ses compagnons de voyages marchèrent vers le sud. Lorsque l'occasion se présentait, ils s'informaient auprès d'un paysan pour savoir si ce dernier avait vu passer Marion. Hélas ! ils avaient vraiment choisi la mauvaise période de l'année pour ce genre d'enquête. Avec toutes ces jeunes nobles qui étaient allées au bal d'été de Contremont et en revenaient, presque tous les paysans répondaient oui.

Le soleil monté au zénith leur sembla soudain bien chaud et leurs jambes leur parurent passablement plus lourdes qu'au départ. Qui plus est, personne n'avait vraiment bien dormi la nuit précédente, au point que Ian avait l'impression parfois que sa tête dormait pendant que ses jambes continuaient de maintenir le rythme.

Mais lui et ses compagnons avaient convenu de marcher jusqu'à Languard. C'était tout près de cette petite ville que s'érigeait l'auberge du Florès, l'endroit où avaient couché Marion et ses ravisseurs. Selon l'hypothèse de Pierre, du moins.

Valériane émit néanmoins une objection. Elle souligna que les capacités de la Simile n'étaient peut-être pas aussi grandes que les leurs. Elle demanda à la Simile si elle était fatiguée. Celle-ci répondit par un simple « Oui ».

— Crois-tu être capable de marcher encore quelques lieues ?

— Oui.

— As-tu faim ? soif ?

— J'ai très faim et j'ai très soif, répondit la Simile avec la même absence totale d'émotion.

— Elle n'a pas encore compris qu'elle pouvait exprimer son inconfort, dit Valériane. Il faut la surveiller. Mangeons légèrement et reposons-nous un peu avant de poursuivre jusqu'à Languard.

— Ça, je ne dirais pas non, dit Ian.

Ils mangèrent donc légèrement, assis sans façon dans l'herbe près de la route, en puisant dans les provisions que Bernières avait pu fourrer dans leur sac.

Ils en profitèrent aussi, comme ils l'avaient fait à plusieurs reprises cette journée-là, pour demander à la Simile de leur rapporter ce que Marion voyait et entendait. Jusque-là, le pouvoir de la créature s'était révélé aussi frustrant qu'utile. La créature ne pouvait rapporter que des faits bruts, sans les interpréter. Il était clair qu'elle était en contact avec les sens de Marion, mais pas avec son esprit. L'essentiel de ses rapports avait donc été constitué de descriptions laconiques : « Elle marche le long de la route. Elle voit le dos du petit homme qui marche devant elle. Elle voit un oiseau. Le grand homme la regarde. Il lui parle. »

Reconstituer les paroles qu'échangeaient Marion et ses ravisseurs faisait partie des éléments les plus frustrants de l'entreprise. Jamais la Simile ne prenait l'initiative de rapporter *verbatim* ce qu'elle entendait. Il fallait chaque fois lui demander « Qu'est-ce qu'il a dit ? », et cela sans tarder, car elle oubliait vite.

Néanmoins, en mettant bout à bout les images qu'elle voyait et les bribes de conversation qu'elle réussissait à répéter, il était rapidement apparu à Ian et à ses compagnons que les ravisseurs de Marion n'étaient que deux, le petit homme habillé en noir ne pouvant être que Malitorne, assisté d'un inconnu « assez grand, avec un chapeau, une épée et qui souriait beaucoup ». Un des sbires de Trigaud, avait expliqué Pierre, qui connaissait d'un peu trop près la racaille dont le burgrave aimait s'entourer.

Et, cette fois encore, le rapport de la Simile se révéla d'une concision exaspérante.

— Elle marche. Le grand homme marche devant. Elle voit de l'eau.

— À sa gauche ou à sa droite ? s'exclamèrent en même temps Pierre et Ian.

— Je ne comprends pas la question.

Patiemment, Valériane lui expliqua la différence entre la gauche et la droite.

— Alors ? insista Ian. L'eau est-elle à gauche ou à droite ?

— Quelle eau ?

— L'eau que voit Marion.

— Elle ne voit pas d'eau.

— Qu'est-ce qu'elle voit ?

— Elle voit la route. Elle marche. Le grand homme marche devant. Elle voit des arbres.

— Mais il y a un instant, elle a vu de l'eau, n'est-ce pas ?

— Oui.

— Cette eau était-elle à gauche ou à droite ?

La Simile battit lentement des paupières.

— Je ne me rappelle plus.

Pierre fit mine de s'arracher les cheveux.

— Elle va tous nous rendre fous.

— Laissez-la tranquille, dit Valériane. Elle nous permet de garder le cap sur Marion, c'est déjà beaucoup. Mademoiselle, as-tu encore soif ?

— Oui.

La Simile but beaucoup, au point que Valériane lui enleva l'outre des mains. Elle lui délaça ensuite ses souliers, une vieille paire trouvée dans les bagages de Marion, pour lui examiner la plante des pieds. La Simile aurait été capable de marcher sur une ampoule sans songer à se plaindre et se blesser sérieusement. Heureusement, tout allait bien de ce côté. De fait, Pierre s'étonna de voir que la jeune femme créée depuis moins d'une journée possédait un peu de corne sous les talons.

— C'est la reproduction parfaite de Marion, telle que cette dernière était lorsque ses cheveux ont été détachés par la brosse, expliqua Valériane. Le sort ne pourrait pas fonctionner autrement. Évidemment, plus le temps va passer, avec chaque bouchée de nourriture qu'elle va prendre, avec chaque gorgée d'eau, Mademoiselle va remplacer sa substance magique par de la matière normale. Elle va devenir de plus en plus autonome et distincte de la vraie Marion.

— Es-tu en train de nous dire qu'elle va perdre son contact mental ?

Un sourire souleva timidement les lèvres de la sorcière.

— Tes capacités de déduction sont toujours aussi aiguisées, mon très cher Ian. C'est bien le cas. À chaque jour qui passe, le lien mental perd de son efficacité.

Ian hocha la tête, incrédule.

— Elle va nous être bien utile, ta Simile, le jour où elle n'entendra plus rien ! Tu aurais pu être plus claire là-dessus !

— Qu'est-ce que ça aurait changé ? Il fallait faire quelque chose.

— Oui, mais peut-être aurions-nous convenu d'une autre stratégie. Qu'allons-nous faire de cette créature une fois qu'elle ne nous servira plus ?

— Allons, allons, intervint Pierre. La Simile perçoit toujours Marion. Inutile de se quereller.

Ian voulut protester qu'il n'était pas en train de se quereller, mais il se rendit compte que sa dénégation n'aurait été que ridicule.

À ce moment – distraction bienvenue – trois cavaliers apparurent au détour de la route : un jeune homme de la petite noblesse accompagné d'un serviteur et d'un soldat. En apercevant Ian et ses compagnons sur le bord de la route, les trois nouveaux venus ralentirent. Ils comprirent rapidement qu'il ne s'agissait pas d'une troupe de bandits. On se salua courtoisement de part et d'autre, puis les trois cavaliers passèrent leur chemin. Ce n'est qu'une fois qu'ils eurent dépassé Ian et ses compagnons que les chevaux se retrouvèrent sous le vent et perçurent l'odeur de la Simile. Les trois bêtes, d'une placidité absolue jusqu'à ce moment, se mirent à hennir, les naseaux et les oreilles frémissants. Elles se heurtèrent les unes contre les autres, sourdes aux ordres du serviteur et du soldat. Ce n'est que plus loin que leurs cavaliers réussirent à ramener les bêtes à l'ordre. Le trio s'éloigna en jetant des regards noirs vers la compagnie de Ian, comme s'ils comprenaient d'instinct que ceux-ci étaient responsables.

— J'étais en train de me dire qu'il était bête que nous soyons obligés de marcher, dit Pierre. On aurait pu trouver une carriole ou un véhicule de ce genre.

— Avec des chevaux très placides, nous aurions sans doute pu utiliser une carriole, dit Valériane en remettant les souliers à la Simile. Quel manque de considération de la part de ces ravisseurs de ne pas nous avoir laissé le temps de nous organiser.

Ian se frappa soudain le front, consterné.

— Ignace ! J'avais complètement oublié Ignace le Catonien !

Pour la première fois depuis l'enlèvement de Marion, Pierre éclata d'un rire franc.

— Il va se cogner le nez sur la porte. Pauvre Ignace ! Je le vois bouder d'ici. « Mmf… Mmf… Qu'est-ce que c'est que cette histoire ? » Ou, mieux, tomber sur Bernières. Imagine le tableau !

— Moi, ça ne me fait pas rire. C'est nous qui lui avons demandé de venir.

— Sauf qu'il est *toujours* en retard. C'est bien fait pour lui. Et puis quoi ? Tu l'aurais attendu ? Pendant que les ravisseurs de Marion continuaient de s'éloigner ?

Ian se releva, un peu boudeur.

— Tout de même… Je me sens coupable. Ce n'est plus un jeune homme. Et c'est un grand érudit qui a mieux à faire que perdre son temps sur les routes.

— Oui, oui, je sais, il a écrit le *Compendium*, soupira Pierre. Je constate que ça t'a beaucoup impressionné. Mais il y a longtemps de cela, tu ne trouves pas ? Qu'a-t-il publié depuis ?

— Il travaille à une seconde édition, plus complète.

— Plus complète ? s'esclaffa Pierre. Diantre, comment va-t-on réussir à la soulever ?

— Je propose de continuer cette édifiante conversation en marche, dit Valériane.

Ses compagnons obtempérèrent, mais aussitôt qu'ils furent en marche la conversation mourut, chacun conservant ses forces pour la route.

L'après-midi était fortement entamée lorsque, un peu avant d'arriver à Languard, les marcheurs aperçurent le toit pointu de l'auberge du Florès. Ils pénétrèrent dans la grande salle commune. Il y avait beaucoup de monde. Les effluves du souper en train de cuire firent gargouiller l'estomac de Ian. Le propriétaire s'approcha, un grand bonhomme au front dégarni piqueté de gouttelettes de transpiration.

— Ha ! Messires et gentes dames, il ne me reste qu'une chambre avec un grand lit. Et encore, vous êtes chanceux. Tout le monde revient du bal de Contremont.

— Nous ne cherchons pas à loger, dit Ian. Nous voulons des renseignements.

— Ian, murmura Valériane. Attends un peu. Je préférerais que nous réservions cette chambre.

— Qu'est-ce que tu crois ? répondit Ian sur le même ton. Moi aussi, je suis fatigué. Mais il nous reste encore des heures de clarté.

Pierre appuya son collègue. Il leur fallait s'activer s'ils voulaient rattraper… – il lança un regard en coin à l'aubergiste qui assistait patiemment à la discussion – s'ils voulaient rattraper leurs amis.

— Mademoiselle a assez marché pour aujourd'hui, répondit Valériane, catégorique.

— Puisque tu le dis, concéda Ian, partagé entre la culpabilité et le soulagement de savoir qu'il pourrait reposer ses pieds.

— Sage décision, se dépêcha d'approuver l'aubergiste. Des gentilshommes se doivent de faire des concessions à la délicatesse de leurs compagnes. Vous ne regretterez pas votre séjour au Florès.

Le propriétaire voulut partir, mais Ian lui rappela qu'il désirait toujours avoir des nouvelles d'amis descendus là la veille. En montrant la Simile, il expliqua qu'il s'agissait de sa sœur jumelle, partie plus tôt, accompagnée de deux hommes, dont il fit une rapide description.

L'aubergiste eut une moue sceptique.

— Hier aussi c'était plein. Je n'ai pas accueilli tous les voyageurs.

Après un regard scrutateur vers la Simile, il reprit :

— Cela dit, je pense que, si j'avais vu sa sœur jumelle, je m'en souviendrais. Surtout si elle arbore la même drôle d'expression.

La conversation n'alla pas plus loin, le propriétaire étant mandé aux cuisines. Une fois dans la chambre, ils se débarrassèrent de leurs souliers avec des soupirs de soulagement, puis demandèrent à la Simile de montrer dans quelle direction était Marion. À l'aide de la boussole et de la carte, ils établirent qu'elle avait continué sa progression vers le sud. Hélas ! les méandres du fleuve continuaient de les empêcher de déterminer sur quelle rive elle avançait.

Ian demanda à la Simile de s'approcher de la carte étendue sur le lit.

— Regardez, Mademoiselle. Vous reconnaissez ce dessin ? Il représente les lieux que nous avons parcourus depuis notre départ. Vous comprenez ? Ici, c'est Contremont. (Ian tapa du bout de l'index l'endroit approprié sur la carte.) La maison de Valériane se trouve à peu près ici. C'est l'endroit où vous êtes… eh bien… où vous êtes née. Aujourd'hui, nous avons marché de Contremont – là – jusqu'à Languard – ici.

Voilà l'endroit où les chevaux ont paniqué. Comprenez-vous ce que je vous dis ?

— Pas tout.

— Vous savez où se trouve Marion, n'est-ce pas ? Vous le *sentez*.

— Oui.

— Cette carte nous permettrait *à nous aussi* de savoir où est Marion. Regardez bien. Nous sommes partis de *là*. Maintenant nous sommes *ici*. Montrez-nous où se trouve Marion. Montrez-le-nous.

La Simile regarda Ian, cligna des yeux à quelques reprises, puis elle souleva la carte pour regarder dessous. Elle reporta son regard vers Ian.

— Vous dites des choses étranges.

Pierre éclata d'un rire presque hystérique.

— Comment peut-elle autant ressembler à Marion et être aussi stupide ?

— Elle n'est pas stupide, s'insurgea Valériane.

— Pardon, se dépêcha de dire Pierre en frottant ses joues rougies par le soleil. Ne te fâche pas. Je suis fatigué…

Ils descendirent à la salle commune pour le souper. Ils étaient tous trop fatigués et inquiets du sort de Marion pour former une tablée très joyeuse. Une fois de retour dans la chambre, Ian décida de contacter Héran pour le tenir au courant des derniers développements. Il montra à ses compagnons le minuscule bout de craie bleue, qu'il était obligé de tenir du bout des doigts.

— C'est tout ce qui te reste ? s'étonna Pierre.

— Je n'avais pas prévu l'employer si souvent. Je n'en ai plus que pour deux utilisations.

— Héran est-il au courant, pour la Simile ?

— Je…

La phrase de Ian resta en suspens : il n'avait pas encore vraiment songé à la réaction que son frère et sa femme auraient lorsqu'ils apprendraient la création d'un double magique de leur fille.

— Gardez-la hors du champ de vision de l'Opercule. La situation est assez compliquée comme ça. Une fois que tout sera réglé, nous… nous ferons… Eh bien, je ne sais pas ce que nous ferons, mais pour l'instant essayons de nous en tenir à l'essentiel.

Ian ferma les yeux, fit le vide dans son esprit, souleva la craie devant lui. Il sentit la pointe grincer sur une surface invisible. Tout à son désir d'épargner sa précieuse craie, il appuya beaucoup moins fermement qu'il n'en avait l'habitude… Un cercle de craie bleue vacilla pendant quelques secondes, mais le trait se désagrégea presque aussitôt. *Peste !* Il avait gaspillé le peu de craie qu'il lui restait.

Le plus étrange, toutefois, c'est que le temps d'un battement de cœur, un Opercule s'était créé au centre du cercle de craie, révélant non pas son frère mais… Ignace le Catonien. Dès qu'il avait aperçu Ian, le vieil érudit avait ouvert la bouche, la main tendue comme une personne sur le point de lancer un cri d'avertissement. Mais le cercle de craie était devenu un nuage de poussière bleue.

Ian repoussa l'incident hors de son esprit. Comment aurait-il pu contacter Ignace en ne sachant même pas où ce dernier se trouvait ? Ce n'était pas ainsi que fonctionnait un Opercule voyeur. La culpabilité qu'il éprouvait envers son vieux collègue, conjuguée à la fatigue, lui avait fait voir des choses…

Cette fois-ci, Ian traça un cercle plus petit en appuyant avec autant de vigueur qu'il lui était possible de le faire avec un morceau à peine plus long que son diamètre tenu du bout des doigts. Le cercle se stabilisa. Ian, immensément soulagé, aperçut son frère qui rédigeait un document d'une main nerveuse, les cheveux en bataille, les yeux rouges de fatigue.

— Héran…

L'intendant de Besline aperçut l'Opercule qui flottait au milieu de son bureau et se dressa d'un bond.

— Ian ! Décidément, je ne m'habituerai jamais ! Peux-tu attendre un peu ? Je vais faire appeler Alcanthe. Elle insiste pour te parler.

— Non ! Le temps nous est compté. Il est possible que ce soit la dernière fois que je puisse te contacter par ce moyen.

En quelques phrases concises, Ian résuma à son frère la situation, en se contentant d'expliquer qu'ils possédaient un genre de boussole magique qui leur permettait de toujours savoir dans quelle direction se trouvait Marion, sans qu'ils puissent en déterminer la distance. Lorsque Ian eut terminé son rapport, Héran prit le relais. Ian l'avait rarement entendu s'exprimer avec autant de chaleur et de nervosité.

— Ça confirme ce que mes informateurs m'ont appris de la situation à Privance. Personne n'y a vu Marion, ni entendu dire qu'elle puisse y être retenue prisonnière. Ça n'empêche pas les événements de se précipiter. Je pense que Trigaud a perdu patience. Les troupes de Privance se préparent à l'action.

— Qu'entends-tu par « action » ? Une attaque ? La guerre ?

Héran émit un rire qui faisait mal à entendre.

— Mais oui, mon pauvre Ian. La guerre ! Toutes ces discussions, tous ces projets. Tant de mots et de papier. Regarde avec quelle facilité cela s'envole ! Quelle aveuglante démonstration de mon incompétence, n'est-ce pas ?

— C'est faux, et tu le sais !

C'était Alcanthe qui avait parlé ainsi. Elle était entrée dans le bureau et s'approchait à grands pas de son mari, son regard luisant d'impatience. Elle poursuivit :

— Ce n'est pas le moment de gémir. Trigaud ne bougera pas tant qu'il ne saura pas ce qu'il advient de Marion. Que veux-tu qu'il fasse si nous résistons ? Ses troupes sont moins nombreuses que les nôtres. Il compte sur Marion pour nous faire plier. Nous avons placé des patrouilles sur les routes menant à Privance. Ian est à sa poursuite. Ses ravisseurs vont tomber dans une souricière.

Héran se redressa après avoir été ainsi sermonné par sa femme. Un sourire flotta sur les lèvres de Ian. Il se rappela le jugement de Marion sur la rationalité d'Alcanthe et la sensibilité de son frère. Il fallait cette crise pour révéler à quel point sa nièce avait dit vrai. Ian se demanda jusqu'à quel point la détermination qu'il avait toujours admirée chez son frère aîné ne provenait pas en fait d'Alcanthe.

— Alcanthe a raison, concéda doucement Héran. Nous ne nous laisserons pas faire.

— Vous ne mentionnez jamais Triplebuies, dit Ian. Ne sont-ils pas de votre côté ?

— Randon-Pérenne est un indécis chronique, expliqua Alcanthe avec froideur. Il promet une chose un jour et se rétracte le lendemain. Si tu le connaissais comme nous, tu saurais qu'il va nous laisser nous débrouiller et se ranger du côté du vainqueur.

— La craie s'effrite, interrompit Ian. Je ne suis pas sûr de pouvoir vous contacter de nouveau par ce moyen. Nous reprendrons notre poursuite demain à l'aube. Souhaitons-nous bonne chance.

— Bonne chance, dit Alcanthe, les yeux soudain brillants. Je sais qu'en ta qualité de magicien tu n'es pas supposé intervenir dans les affaires d'État. Mais je n'oublierai jamais votre aide, à toi et à tes collègues.

— Alcanthe, tu dis des absurdités. Ceci n'est pas une affaire d'État ! En tout cas, pas pour moi !

Mais le cercle de craie s'était transformé en nuée de poudre bleue, si bien que Ian ne sut jamais si son frère et sa femme avaient entendu sa dernière phrase.

Lui et ses compagnons se lancèrent des regards entendus, mais d'un accord commun ils remirent au lendemain toute discussion. Ils étaient tous trop fatigués pour penser droit. Après avoir déterminé que Valériane et la Simile partageraient le lit et que ces gentilshommes coucheraient par terre, ils éteignirent la lanterne. Le silence tomba aussitôt dans la chambre assombrie, et malgré la dureté du plancher Ian s'endormit avant même de s'en rendre compte.

Chapitre 12

Apprentie louve, apprentie magicienne

Petite-Caille rêvait.

Le manoir était pris d'assaut par une meute de loups. Petite-Caille contemplait maître Ian en train de barrer la porte du vestibule, lorsqu'elle s'aperçut que la meute de loups avait emprunté la porte magique apparue dans le fond du laboratoire. Une douzaine de bêtes sombres aux yeux luisants défilaient à la queue leu leu. «Alerte ! Alerte ! » hurlait Petite-Caille, mais son maître l'observait sans comprendre, les sourcils froncés. « Tais-toi donc un peu », disait-il. Petite-Caille tournait sur elle-même, consternée. Son maître ne comprenait jamais rien ! Elle voulut refermer la porte du laboratoire, pour empêcher les loups de pénétrer dans le vestibule, mais elle avait l'impression d'être paralysée. Les loups, énormes, déferlèrent. Ils sautèrent à la gorge de maître Ian sous le regard impuissant de Petite-Caille. Elle-même se trouva soudain étouffée sous le poids de multiples attaquants qui, sans la mordre, l'écrasaient et l'étourdissaient par la richesse de leur odeur de fauve…

Petite-Caille se réveilla avec un geignement aigu. Il faisait presque nuit. Plusieurs museaux inquisiteurs la reniflaient de la tête à la queue. Derrière, d'autres bêtes grondaient. Ce n'était plus un rêve. L'odeur de loup – de vrais loups ! – était si forte que Petite-Caille crut défaillir.

Elle vit deux yeux jaunes flotter au-dessus d'une double rangée de crocs. Un grondement puissant. L'odeur musquée d'un mâle. Elle sentit les crocs se refermer sur son cou. Elle crut sa dernière heure venue, mais fut plutôt brutalement secouée en un geste qui signifiait :

Je suis le chef! Accepte ma domination ou meurs !

Elle gémit comme un chiot et prit une position de dominée.

J'accepte ! Tu es le chef! Je t'obéis !

Ce fut au tour d'une femelle de la rudoyer.

Je suis la femelle du chef! Tiens-toi loin de mon mâle !

Je t'obéis aussi ! se dépêcha de lui faire comprendre Petite-Caille.

Satisfaite, la femelle du chef s'écarta, laissant la place aux autres loups, plus jeunes, certains presque encore des chiots. Ces derniers, satisfaits de la déférence que la chienne avait marquée envers les chefs, se contentèrent de se bousculer et de glapir d'excitation.

Elle est étrange ! Elle sent l'homme ! Il lui manque une patte ! On l'a battue ! Le bâton ! Le bâton des hommes !

Et c'est ainsi que commença le séjour de Petite-Caille parmi les loups. Lorsque le chef et sa femelle décidèrent que la meute s'était assez attardée, Petite-Caille se joignit à eux, en s'efforçant de les suivre malgré sa patte blessée. Le chef ne s'opposa pas à la présence de cette nouvelle venue, alors aucun des jeunes loups ne trouva à y redire non plus.

L'odeur sauvage de la meute avait fait resurgir dans la mémoire de Petite-Caille un savoir et un instinct qu'elle ignorait posséder. Le langage des loups n'avait rien de comparable à celui des humains, mais Petite-Caille le comprenait tout de même. Il est facile de se comprendre lorsque tout le monde ressent la même chose. La meute avait faim. La meute avait toujours faim. Elle était à la recherche de nourriture. Elle était toujours à la recherche de nourriture.

Petite-Caille comprenait très bien cela, surtout en ce moment !

Le chef de la meute levait fréquemment son museau avide vers le ciel, imité par les autres. Une odeur de basse-cour flottait, ténue, venue d'on ne sait où. Petite-Caille, elle, le savait. Elle aboya en direction de la route. Tout d'abord, le chef des loups ne lui prêta pas attention. Il continua de mener la meute du côté qu'il avait choisi. Petite-Caille n'insista pas. De toute façon, le chef ne tarda pas à se rendre compte que la chienne avait raison : l'odeur venait de la direction vers où elle avait aboyé.

Le chef conduisit sa meute vers la route. Ils ne l'empruntèrent pas. Le chef était brave mais prudent. Ils seraient trop facilement visibles sous la lumière de la lune. Ils longèrent l'orée du bois à la queue leu leu. L'odeur de poulailler se fit plus forte.

Solitaire dans la nuit, la maison devant laquelle une paysanne avait houspillé Petite-Caille apparut. Le chef des loups gronda, déçu. Il connaissait cette demeure. Le poulailler était solide, les poules étaient bien à l'abri. Petite-Caille aboya : elle allait leur montrer…

Elle s'approcha du poulailler, silencieuse comme un spectre. Le chef ne la suivit pas. Il refusait de se déranger inutilement. Cette chienne ne comprenait rien à la chasse. Néanmoins, quelques jeunes loups la suivirent, par curiosité plutôt que par véritable espoir.

Petite-Caille étudia la porte du poulailler. C'était bien ce qu'elle pensait : la porte était composée de deux battants qui s'ouvraient vers l'extérieur, fermés par une barre de bois. Elle voulut se dresser sur ses pattes postérieures pour soulever la barre, mais chuta aussitôt.

Les autres loups vinrent la renifler, intrigués par son manège. Était-ce ainsi que l'on ouvrait une porte de poulailler ? Petite-Caille se redressa, irritée. Maudite patte coupée ! Sur une seule patte, en s'appuyant sur la paroi de la porte, elle se redressa à nouveau. Du bout du museau, elle poussa sur la barre.

C'était difficile. La barre était coincée. Plus fort. La barre céda d'un coup. Petite-Caille sauta à l'écart. Les deux battants s'ouvrirent d'eux-mêmes et laissèrent sortir une étourdissante bouffée d'air chaud et parfumé. À l'intérieur, des gloussements de surprise endormie se firent entendre…

Le forfait s'accomplit dans une explosion de plumes et de caquètements d'effroi. Une poule gigotante entre les crocs, Petite-Caille s'enfuit des lieux aussi vite que le lui permettaient ses trois pattes, rattrapée par les autres loups, chacun avec sa proie qui s'agitait hystériquement. On devinait à travers le tumulte les cris de consternation des paysans, qui n'osèrent toutefois pas sortir de leur maison. Sans doute avaient-ils aperçu le chef de la meute et tous ceux qui n'avaient pas fait partie de la première vague, venus s'emparer d'une des poules restantes.

Une fois tout le monde servi, ce qui ne tarda pas, la bande s'enfuit dans les bois. Dans une éclaircie nimbée de lumière de lune, ils se groupèrent pour dévorer leurs proies. Petite-Caille ne se rappelait pas avoir fait un festin aussi délicieux, obtenu dans des circonstances aussi excitantes. Une fois rassasiée, toute la meute se coucha ensemble. Petite-Caille et ses compagnons loups se léchèrent mutuellement leurs museaux couverts de sang, puis s'endormirent en émettant de temps en temps un grognement repu.

◆

Ian et ses compagnons se levèrent à l'aube, le premier se retenant de gémir en constatant à quel point ses genoux et ses hanches étaient raides. Pierre aussi maugréa :

— J'aurais bien aimé un bain. Et regardez-moi ce manteau tout froissé. Je ne peux pas sortir en public comme ça !

— Pierre a raison, dit Valériane. Faisons monter de l'eau chaude, du parfum, des onguents. Convoquons une lavandière, un teinturier, une manucure. Un coiffeur, aussi. Marion comprendra que si nous ne l'avons pas rattrapée, au moins nous n'aurons offensé l'odorat de personne sur la route.

— Tes sarcasmes ont la subtilité d'un coup de pioche.

— Franchement, tu l'as bien cherché, dit Ian.

— Je ne faisais qu'exprimer ma frustration. Laissez-moi me plaindre. Ça m'empêche de penser à ce que doit vivre Marion. J'espère que Trigaud aura ordonné à ses hommes de traiter leur prisonnière avec respect. Si vous comprenez ce que je veux dire…

Ian serra les dents sans répondre. C'était le genre de possibilité à laquelle il préférait ne pas trop réfléchir. Il sentit une main douce se poser sur son bras. Valériane lui sourit, un sourire rassurant qu'il ne lui connaissait guère.

— C'est une otage précieuse. Trigaud la veut sûrement saine et sauve.

— Je souhaite que tu aies raison.

Valériane remit un peu d'ordre dans sa coiffure, puis peigna les longs cheveux de la Simile. Elle arrangea un peu ses vêtements et lui remit ses souliers. Pour Ian, toute la scène baignait dans une aura d'irréalité. Il n'arrivait pas encore à s'habituer à la parfaite ressemblance de la créature avec Marion. Une Marion impassible, qui se laissait faire sans protester.

La Simile semblait toutefois plus éveillée que la veille. Elle aida même à lacer son second soulier, opération qu'elle réussit sans la moindre hésitation. Valériane lui demanda si Marion avait bougé depuis la veille.

— Non, répondit doucement la Simile. Elle est toujours au même endroit. Elle ne voit rien. Elle entend des ronflements.

— Deux renseignements de plus sur nos ravisseurs, conclut Ian. Ils ont besoin autant que nous de se reposer après une journée de marche. Et ce ne sont pas des lève-tôt.

Les quatre marcheurs reprirent la route sans passer par la salle à manger. Ils traversèrent le village de Languard. À cette heure matinale, seule l'échoppe du boulanger était ouverte. Ils y achetèrent du pain et des brioches au miel encore chaudes. L'artisan se révéla bourru et ne montra aucune bonne volonté à répondre à leur question au sujet de deux hommes et d'une jeune femme qui auraient traversé le village la veille.

— Une jeune femme blonde, insista Pierre. Qui ressemble beaucoup à notre compagne.

— Y en a qui se promènent, y en a qui travaillent, répondit le boulanger en jetant à peine un coup d'œil vers la Simile. Moi, je travaille. Pas le temps de regarder qui passe sur le chemin.

Les voyageurs n'insistèrent pas. Ils traversèrent Languard et poursuivirent vers le sud. Heureusement, la journée s'annonçait encore belle. Il valait certes mieux un peu trop de chaleur que de la pluie.

Pierre, qui marchait et mangeait sa brioche en silence, finit par exploser :

— Ça m'énerve ! Je suis sûr que nous sommes sur la mauvaise berge du Pibole. Quelqu'un aurait remarqué Marion si elle était passée sur cette route.

— Ce n'est pas tout le monde qui passe son temps à reluquer les filles, dit Valériane, qui s'empressa d'ajouter : Ceci est une objection légitime, pas un sarcasme.

— Je suis un spécialiste de ces questions et je vous dis que la beauté de Marion est remarquable. Au sens littéral : on la remarque. Malitorne, lui, a une drôle de tête. Une compagnie aussi étrangement appariée aurait dû se distinguer malgré l'afflux de voyageurs. Vous croyez qu'on ne se souviendra pas de *notre* passage à l'auberge ?

— Patience, dit Ian. Si nous continuons à marcher plein sud à ce rythme, nous atteindrons bientôt les plus larges méandres du Pibole. La Simile devrait réussir à trancher la question à ce moment.

— J'ai surtout hâte de faire quelque chose de plus excitant que lever la poussière des routes, marmonna Pierre.

Ian réussit à sourire.

— Rassure-toi. Sur cet aspect, nous sommes tous d'accord avec toi.

◆

Blottie dans la plus profonde des cavernes du sommeil, Marion sentit une caresse sur sa joue. Cela la ramena en rêve au temps où elle n'était qu'une petite fille. Sa mère venait souvent lui caresser la joue de cette façon, geste d'affection qu'elle avait toujours trouvé à la fois comique et profondément attendrissant. Cette fois-ci, par contre, la caresse descendit le long de son cou, sur son épaule, puis sur sa poitrine. La caresse devint insistante, absolument inconvenante pour tout dire. Une voix gouailleuse se réverbéra le long des parois du rêve.

Hé, hé, hé… Tu te laisses faire, à matin ? Tu dors ou tu fais semblant ?

Il suffit ! Nous avions convenu que vous ne vous livreriez pas à ce genre de familiarité.

La voix de Malitorne fit éclater pour de bon la bulle du rêve. Marion ouvrit des yeux effarés, reconnut la face hilare de Granguillain au-dessus d'elle et sa main toujours posée sur sa veste à la hauteur de la poitrine. Elle le repoussa de toutes ses forces, en sifflant de dégoût.

— Holà ! protesta le jeune homme. T'es pas le genre gai-pinson le matin, toé.

— Je t'interdis de me toucher ! Est-ce que c'est clair ?

— Bah… T'as qu'à te réveiller quand on t'appelle.

Malitorne apparut dans le champ de vision de Marion, au-dessus de Granguillain.

— Il me faut cette fois encore me ranger du bord de mon valeureux assistant, chère mademoiselle Donat, dit-il en époussetant la paille sur sa veste noire. Nous vous avons appelée. À deux reprises au moins. Vous sembliez impossible à réveiller. Faut-il s'en étonner ? Tous les médecins vous confirmeront qu'il n'y a rien de tel qu'une bonne marche de santé pour retrouver le sommeil. Allons maintenant, debout ! L'avant-midi est en train de nous filer sous le nez.

Marion obéit, évitant de justesse de se frapper la tête contre le plafond de planche grossière. Elle secoua elle aussi la paille sur ses vêtements, se secoua la tête. Elle commençait tout juste à s'habituer à ses cheveux courts. Elle reconnut de mauvaise grâce que cela n'avait pas que des désavantages. La veille, loin de toute auberge, il leur avait fallu demander le couvert à une chaumière dressée sur le bord de la route. Les paysans méfiants avaient accepté une pièce d'argent contre la permission de coucher dans la grange, une bâtisse basse où restait encore un peu de foin de l'année précédente. Couchée du mieux qu'elle avait pu dans la paille, les oreilles aux aguets des rats qu'elle avait imaginés dans le noir, Marion avait regretté toutes les critiques qu'elle avait exprimées contre l'auberge de l'Allouvi. Cela ne l'avait pas empêchée de s'endormir presque instantanément et de traverser la nuit sans s'en rendre compte.

Ils sortirent. Malitorne avait dit vrai. La rosée matinale avait séché, le soleil avait depuis longtemps déserté l'horizon. Il fallut repartir. L'estomac de Marion grondait. La veille, ils n'avaient soupé que d'un saucisson, séparé en trois, et d'un peu d'eau, les seules provisions que les paysans avaient pu leur vendre. Il avait été vain d'exhiber une autre pièce d'argent : les paysans avaient expliqué que c'était tout ce qui leur restait. Oui, l'estomac de Marion criait famine, mais elle refusait de se plaindre : ça, c'était le rôle de Granguillain.

Il ne lui fallut pas patienter longtemps d'ailleurs avant d'entendre le jeune homme demander d'une voix maussade si quelque chose avait été prévu pour le déjeuner.

— Moi aussi, j'ai faim, figurez-vous, répondit sèchement Malitorne. Plus notre pas sera leste, plus vite nous arriverons à Caquet. Ce n'est pas un gros village – enfin, ça ne l'était pas la dernière fois que j'y suis passé. Ça ne date pas d'hier, ni d'avant-hier, car j'ai traversé plus de ponts que vous n'avez marché de lieues, chers enfants. Ce n'est pas un gros village, dis-je, mais nous devrions pouvoir y trouver de quoi nous sustenter et acheter des provisions. Parce qu'ensuite, zou ! il faudra s'activer pour arriver à Pasquille avant la nuit. Je ne sais pas pour vous, mais personnellement je ne serai pas fâché de retrouver les douceurs de la civilisation.

À la mention de Pasquille, Marion sentit un serrement de découragement au cœur. Le village n'était qu'à quelques lieues de Privance. Sur place, aussi bien dire qu'elle serait déjà prisonnière du burgrave Trigaud. Elle devait impérativement trouver un moyen de fausser compagnie à ses ravisseurs. Le souvenir des tortures magiques que lui avait infligées Malitorne s'était quelque peu estompé. Elle était prête à tenter une nouvelle fois de se débarrasser du magicien. Il ne lui resterait plus qu'à tenir tête à Granguillain. Bon, le malotru était à la fois stupide, armé et libidineux, une combinaison dangereuse dans toutes les circonstances, mais elle n'avait jamais eu peur d'un garçon, et ça n'allait pas commencer aujourd'hui.

Comme si de rien n'était, de façon presque imperceptible, Marion se mit à boiter…

À chaque pas que les marcheurs faisaient, la forêt s'éclaircissait et se transforma bientôt en une plaine marécageuse au milieu de laquelle un ruisseau sinuait paresseusement pour aller se fondre dans le Pibole. Le méandre du fleuve était si large à cet endroit qu'on aurait dit un lac. Marion se rappela les cartes qu'elle avait consultées dans la bibliothèque du château. Elle n'arrivait pas à croire qu'ils avaient marché toute cette distance. Tant mieux. Sa supercherie allait être plus crédible.

Un pont de bois plus ou moins branlant, soutenu par des poteaux plantés dans la vase, permettait de passer à pied sec le ruisseau et la partie la plus marécageuse de la rive. Un sinistre hameau s'élevait sur l'autre rive. Caquet.

Ils se fièrent à leur nez pour trouver une boulangerie. Le boitement de Marion s'était un peu accentué quand elle et ses ravisseurs arrivèrent à une maison basse en pierre couverte d'une mousse à l'allure maladive. Malitorne s'y procura du pain, du saucisson, ainsi qu'une jarre de cidre, qu'il paya avec la générosité de celui qui dépense l'argent des autres.

Assis sur un banc de bois, sous le regard de la famille du boulanger, ils se sustentèrent. Marion détestait le cidre, mais elle étancha sa soif sans dire un mot. Une fillette maigre, vêtue d'une robe rapiécée, vint examiner Marion des pieds à la tête, ses grands yeux bleus ouverts d'étonnement.

— Pourquoi êtes-vous habillée comme un monsieur ?

Malitorne lui fit signe de déguerpir.

— Va jouer !

Le trio reprit la route. L'aigreur du cidre avait laissé Marion vaguement nauséeuse. Cela faisait toutefois du bien d'avoir l'estomac plein. La vieille route abandonna la plaine marécageuse pour grimper à l'assaut de basses collines. La pente n'était pas très accentuée, mais cela permit à Marion d'amplifier son boitement.

— C'est quoi ça ? finit par demander Granguillain, qui n'avait pas cessé de la garder à l'œil depuis le début de leur périple. T'as mal au pied, ma voleuse ?

La réplique longuement préparée fusa, glaciale :

— Occupe-toi de tes oignons !

Elle imita du mieux qu'elle put la démarche particulière du boiteux qui cherche à dissimuler son handicap et les choses en restèrent là pendant un bon moment. Les collines n'étaient pas très hautes ; néanmoins, au point le plus élevé de la route, un panorama empreint d'une majesté bucolique s'offrit aux voyageurs. Sous des nuages ronds et duveteux, pareils à des agneaux disséminés dans un pâturage bleu, une courtepointe de bosquets et de champs cultivés s'étendait jusqu'à un horizon lumineux. Le dernier méandre du Pibole scintillait au milieu du panorama, puis se partageait en trois affluents ; l'Encre, ses eaux noires glissant paresseusement depuis Triplebuies ; l'Allège, la merveilleuse et douce Allège qui scintillait sous les ponts de Besline ; et finalement la Cautèle, qui tombait en cascades depuis les hauts remparts de Privance.

En de plus heureuses circonstances, la vision aurait fait perler des larmes de joie dans les yeux de Marion. Hélas ! elles furent amères, les larmes qui coulèrent sur ses joues, alors qu'elle contemplait sous sa main en visière le point où les routes qui menaient à Privance et à Besline allaient se séparer.

Son boitement s'accrut, en dépit du fait que la route était plus facile à descendre qu'à monter.

— Votre démarche ne s'améliore pas, ma pauvre enfant, finit par dire Malitorne d'un ton qui était tout sauf compatissant. Voulez-vous vérifier si vous n'avez pas un caillou dans votre soulier ?

— Ne vous occupez pas de moi.

— Comme il vous plaira.

Marion s'était remise à marcher droit, mais chaque pas était accompagné d'une grimace. Elle avait les dents à ce point serrées que les tendons de son cou saillaient. Un peu avant d'arriver au bas de la pente, elle aperçut le pont qui franchissait la Cautèle. Traverser le pont, c'était marcher vers Besline. Même si elle n'avait jamais emprunté ce chemin, Marion savait que rester sur la rive de la Cautèle les mènerait jusqu'à Privance. Un peu en amont, une maison se laissait deviner près d'un endroit où la rivière s'affaissait dans une chute.

L'heure n'était plus aux subtilités. La route était devenue rocailleuse. Marion posa son pied supposément sensible sur une pierre ronde. La pierre se déroba. Marion tomba de tout son long dans la poussière, où elle resta sur le flanc en grimaçant d'une douleur qui n'était pas feinte, tant elle avait tenu à ce que sa chute paraisse crédible.

Granguillain se précipita pour l'aider à se relever. Marion refusa son aide, vitupérant et crachant.

— Je t'ai interdit de me toucher ! Je suis capable de me débrouiller seule !

Les faits lui donnèrent tort. À peine debout, sa jambe se déroba sous elle. Elle retomba sur le côté où elle demeura étendue à grimacer de douleur et de rage.

— T'as bel air, maintenant ! s'insurgea Granguillain. J'ai jamais vu plus fiérote et tête de mule !

Malitorne, pour sa part, observait la jeune femme avec un regard d'une fixité minérale.

— Vous êtes chanceuse que notre arrivée à la Cautèle m'ait mis dans de bonnes dispositions, ma très chère amie. Je vous accorde quelques minutes de repos. À Pasquille, je trouverai un véhicule pour le reste du voyage. Mais jusque-là, il vous faudra continuer à marcher, ne vous faites pas d'illusions là-dessus. Je doute que même notre jeune ami, malgré la vigueur de sa jeunesse, soit capable de vous porter sur une si grande distance.

— Ça va... Marion laissa à sa respiration le temps de se calmer un peu. Ça va aller. J'ai simplement besoin de m'arrêter un peu.

— Bon ben, ça tombe ben, dit Granguillain en tendant sa gourde vers la rive du Pibole toute proche. J'ai plus d'eau.

— Excellente initiative, dit Malitorne. Emplissez aussi ma gourde. J'avoue que le cidre de Caquet m'a laissé un drôle d'arrière-goût.

— Ils doivent pisser dedans pour l'allonger, dit Granguillain, qui s'éloigna en s'esclaffant.

— Aaah, notre ami est un caractère enjoué, plein de bonne humeur et qui me paraît au-dessus de bien des préjugés, commenta Malitorne en regardant le jeune homme sauter d'une pierre à l'autre sur la berge du Pibole. Il paraît rustre de prime abord, mais j'y vois une façade, comme chez un homme qui se moquerait des choses humaines après y avoir longtemps réfléchi. Oui, regardez-le bien. Heureux sommes-nous d'avoir rencontré sur notre chemin un compagnon qui se fatigue d'être si gai pour un auditoire si peu réceptif à – Ho !...

Marion, qui la seconde d'avant se massait la cheville avec des soupirs à fendre l'âme, était maintenant debout, une pierre à la main. Elle visa Malitorne au visage. Ce dernier se baissa, par réflexe. La pierre l'atteignit au cuir chevelu.

— Aïe !...

Il recula en chancelant. Marion frappa encore trois fois, impitoyable. Son adversaire s'effondra, la faisant trébucher elle aussi. Elle reprit son équilibre et frappa encore son ravisseur à la tête en émettant un ahanement sauvage.

Elle s'arrêta et contempla ce qu'elle avait fait, incrédule, la main douloureuse, la poitrine soufflant comme une forge.

Son père lui avait déjà expliqué à quel point, en dépit de ce qu'affirmaient quelques misanthropes, l'instinct de tuer était étranger à l'homme. L'entraînement militaire ne se limitait pas seulement à l'apprentissage de la discipline et des techniques de combat; il habituait les soldats à frapper sans succomber au réflexe de retenir leur geste. Marion se rappela cela en regardant Malitorne allongé ventre contre terre, le visage caché dans l'herbe rêche qui poussait sur le bord de la route. Elle se rendait compte qu'en dépit de la rage accumulée depuis deux jours elle n'avait pas frappé aussi fort qu'elle en aurait été capable.

N'empêche, le magicien ne bougeait plus. Respirait-il encore ? Aurait-elle assez de courage pour continuer à frapper, pour lui défoncer le crâne à coup de pierre jusqu'à ce que sa cervelle en exsude, telle la chair d'un fruit pourri ? Elle se rappela le bruit mou de la pierre contre le crâne du magicien. L'évocation lui souleva le cœur. En dépit de tout ce qu'on lui avait fait subir, malgré la peur et les tortures insoutenables, Marion comprit qu'elle serait incapable d'assassiner froidement son assaillant. Autant elle se haïssait pour sa pusillanimité, autant elle était certaine qu'elle préférait tenter sa chance dans la fuite plutôt que de vivre avec cet acte sur la conscience.

La fuite, oui, la fuite !

Marion s'élança comme un chevreau en direction de la maison qui apparaissait à la hauteur de la chute. Un cri de surprise dépité retentit derrière elle. Elle jeta un coup d'œil, aperçut Granguillain qui remontait de la rivière. Il jura, laissa tomber ses gourdes et se lança à sa poursuite. L'aiguillon de la panique éperonna Marion.

Elle hurla «Au secours !», au cas où il y aurait eu des gens autour de la maison. Elle comprit, en voyant que le bâtiment avait été construit au-dessus d'une partie endiguée de la rivière, qu'il s'agissait plutôt d'un moulin à eau. Elle crut distinguer, sous le plancher de la bâtisse, une roue à aubes en train de tourner. C'est donc qu'on y travaillait. C'est donc qu'il y avait quelqu'un !

En deux bonds, Marion franchit la passerelle de bois, poussa d'une volée la porte d'entrée. Elle rabattit la porte derrière elle, chercha une barre ou un loquet quelconque, mais la porte ne semblait pas avoir été conçue pour être verrouillée. Elle vit Granguillain qui s'approchait à la course, l'épée brandie. Marion se retourna, bousculant presque un vieil homme au visage et au tablier tout enfarinés, qui s'écarta d'elle en levant les mains comme pour se protéger des coups.

Marion l'agrippa par les épaules. Elle cria « Aidez-moi ! », mais le meunier la supplia d'une voix chevrotante de le lâcher, expliquant qu'il ne possédait rien, rien que ce vieux moulin, et du grain de l'an dernier, et de la farine, rien que de la farine. Du moins, c'est ce que Marion réussit à comprendre, car l'air enfariné du moulin était empli des vibrations, chocs et grincements de la roue à aube, des poulies et des engrenages de bois qui transmettaient le mouvement à la meule. Marion lâcha le vieil homme terrorisé et chercha plutôt un endroit où se cacher. Elle repéra un escalier raide qui menait à l'étage. Elle monta les marches et se retrouva dans l'entrepôt où, en ce début de l'année, ne s'empilaient plus que quelques douzaines de sacs de farine.

Elle sentit, malgré le bruit ambiant, les pas lourds de Granguillain sur la passerelle, suivis du choc de la porte qui se rabattait.

— Où est-elle ? cria Granguillain.

Les bredouillements du meunier étaient incompréhensibles du deuxième étage. Marion s'approcha d'une large trappe ouverte dans le plancher, ce qui lui permit de voir Granguillain en train de secouer le vieil homme. Exaspéré par les supplications de ce dernier – qui ne semblait pas avoir révélé où s'était cachée Marion –, Granguillain lui ordonna de décamper. Le vieil homme se dépêcha d'obéir. Prise d'une inspiration subite, Marion attrapa un des sacs de farine. C'était plus lourd qu'il ne paraissait. Tant mieux ! Elle s'approcha de la trappe, mais Granguillain faisait le tour de la roue à aube en criant :

— T'es ici, je le sais ! Montre-toé, ou je me fâche pour vrai !

Le sac commençait à peser lourd entre les mains de Marion, et l'autre ne s'approchait toujours pas. Elle attendit, attendit. Comme il s'était tu, et qu'il était impossible d'entendre le bruit de ses pas, elle ne pouvait savoir s'il se rapprochait ou non. Soudain le jeune homme apparut, regardant en l'air. Avec un cri de rage, Marion projeta le sac… Granguillain s'écarta juste à temps. Le sac de farine lui éclata sur les pieds, ce qui ajouta une immense bouffée de poussière blanche à celle qui tamisait déjà la lumière du jour.

Granguillain émit un juron inarticulé.

— C'est ça ton jeu, hein ?

Marion courut prendre un autre sac de farine et se précipita cette fois vers l'escalier. Juste à temps ! Granguillain montait les marches deux par deux. Cette fois, il ne réussit pas à éviter le sac qui lui tombait dessus. Il souleva son épée, par réflexe : le sac fendu par la lame le déséquilibra néanmoins. À travers une nuée blanche, Granguillain déboula l'escalier raide dans un grand tintement de lame de métal contre les marches. Marion courut soulever un autre sac et reprit son poste. Elle vit à travers la poussière de farine que son poursuivant s'était relevé, blanc des pieds à la tête mais indemne, et qu'il avait récupéré son épée. Toussant et jurant, il remontait l'escalier. Cette fois, il se méfiait. Le sac lancé par Marion l'atteignit à l'épaule, mais il avait assuré son assise et ne tomba pas. La jeune femme recula, un sanglot au fond de la gorge, car elle avait compris qu'elle n'aurait pas le temps d'aller prendre un autre sac.

Granguillain apparut à l'étage, l'air d'un saltimbanque avec son visage et ses cheveux blancs. Un saltimbanque burlesque et fulminant. Marion sauta par la trappe. Il y avait tellement de farine dans l'air qu'elle ne distinguait même pas le plancher. Elle se reçut mal, trébucha et boula sur les planches irrégulières, se faisant mal aux mains et aux genoux. Elle se releva aussitôt… et chuta de plus belle en recevant son assaillant sur le dos.

Sonnée, c'est à peine si Marion se rendit compte que Granguillain l'avait retournée, s'était couché sur elle et lui avait posé le fil de son épée sous le menton.

— Ma voleuse… siffla-t-il à quelques pouces du visage de sa proie. Là… Là tu vas y goûter…

Il se mit à embrasser goulûment la jeune femme, cette dernière toussant et clignant des yeux à cause de la farine qui tombait des cheveux de son assaillant. Une main avide s'était glissée sous sa chemise et caressait tout ce qui était à sa portée. Entre deux baisers, Granguillain répétait d'une voix rauque: « Ah non, t'es pas un garçon, t'es vraiment pas un garçon… »

Marion fut d'abord trop étourdie pour réagir, mais elle finit par repousser le jeune homme avec un « Non ! » outragé.

Ce dernier la gifla brutalement. Marion vit des étoiles. Dans sa bouche le goût de sang se mêla à celui de la farine.

— T'as pas encore compris ? demanda Granguillain avec un ricanement féroce. Y a plus de Malitorne ni d'oncle pour te sauver cette fois. Y a juste toé pis moé. Ça fait que tu vas être gentille, très gentille même. T'as compris ou je te sonne encore les cloches ?

Incapable de se retenir, Marion se mit à pleurer.

— Mais qu'est-ce que t'as à brailler maintenant ? fulmina le jeune homme sans arrêter de la caresser. Je veux pas te faire mal. C'est toi qui te débats.

— Je t'en supplie… Je t'en supplie, ne fais pas ça…

— Tu comprends donc pas que j'ai envie de te trousser depuis que je t'ai vue la première fois ? demanda Granguillain d'une voix presque suppliante. Ah ! sois gentille, quoi. On fait rien que suivre la nature. Sois gentille, juste cette fois, et je te promets de te laisser aller…

Marion sanglotait, incapable de s'arrêter, la tristesse et la déception rivalisant avec la douleur et l'effroi. Ce ne serait donc pas à la lumière des chandelles, dans un lit parfumé, entre les bras d'un garçon qu'elle aimait, qu'elle communierait pour la première fois ; mais allongée sur un plancher sale, battue, sous la menace. Comme elle avait eu tort de croire que Granguillain serait moins dangereux que Malitorne !

Une partie de son esprit examinait la situation avec un cynisme désabusé : pourquoi ne pas être gentille, en effet, afin d'être débarrassée le plus tôt possible de la sordide besogne ? Une fois ses instincts assouvis, son agresseur la laisserait peut-être partir effectivement. Mais dans un autre coin de son esprit, elle n'était qu'une petite fille recroquevillée de terreur sous son lit, sanglotant d'effroi à l'idée du sort qui l'attendait *vraiment* lorsque Granguillain aurait eu ce qu'il voulait.

La main qui la caressait voulut explorer plus bas, région rendue inaccessible par son pantalon de chasse. Granguillain tenta de défaire les lacets de cuir, mais d'une seule main, et dans l'état d'excitation dans lequel il se trouvait, il ne réussissait qu'à serrer davantage les nœuds. Il voulut déchirer le vêtement, mais le cuir tenait bon et il ne parvenait qu'à soulever et bousculer Marion en tous sens.

— Peste et bouffre de c'te maudit pantalon !

Dans l'esprit en tumulte de Marion, une lueur d'espoir repoussa quelque peu le chaos et l'effroi. Elle avala ses sanglots et bredouilla :

— Arrête un peu de me secouer. Tu n'y arriveras pas. Laisse-moi, je vais t'aider…

— Quoi ? Quoi ?

Marion posa la main sur la lame acérée qui risquait toujours de lui couper la gorge.

— Enlève ça un peu. Je vais t'aider. Je serai… gentille.

— Encore une entourloupe ? Comme ton histoire de faire semblant de boiter ?

— Je ferai ce que tu veux si tu promets de ne plus me frapper.

Au-dessus de Marion, deux yeux soupçonneux la fixèrent, rouges et frémissants, telles deux plaies fendant la peau enfarinée. Toutefois, le contact froid de la lame disparut.

— Pas d'entourloupe, hein ? J'ai ta parole ?

— Laisse-moi un peu de place, fit Marion en forçant ses lèvres à esquisser un sourire enjôleur qui ne pouvait que paraître pitoyable et faux mais qui sembla néanmoins faire son effet sur le jeune homme. Si tu veux que je me déshabille…

— Oh oui, oh oui ! approuva Granguillain en s'écartant un peu. Vas-y, déshabille-toé…

— Recule encore, grand bêta. Tu ne verras rien comme ça…

Granguillain se redressa, à genoux aux pieds de Marion.

— Vas-y, enlève tout, comme la fois où tu te baignais… Ah, ma belle voleuse, si tu savais comme j'ai rêvé de ce moment-là…

Marion tira coquettement sur un des boutons de son justaucorps.

— Prenons notre temps. Ce sera plus… séduisant.

— Pas trop quand même ! dit Granguillain en déboutonnant d'une main fébrile sa propre chemise. Ah ! j'en peux plus, j'vais mourir si je te trousse pas ici et maintenant !

Marion ferma les yeux et, pendant que ses mains s'affairaient à déboutonner son justaucorps, lentement, et sa chemise, plus lentement encore, son esprit s'enfuit, loin, très loin de là. Elle avait toujours eu de la facilité à s'abstraire de la réalité ennuyeuse qui l'entourait pour réfléchir à des choses plus agréables ; une faculté qu'elle avait affinée avec certains de ses précepteurs, qui insistaient pour lui répéter des instructions qu'elle avait comprises la première fois, ou lorsque ses préceptrices taxaient sa courte patience avec des subtilités du protocole ou de la politesse.

Marion avait fui le moulin… Elle était de retour dans un lieu plus rassurant et un temps plus heureux, en compagnie de son oncle Ian dans sa sombre bibliothèque encombrée de livres. Elle s'était blottie au creux d'un fauteuil et lisait dans un vieux grimoire une ancienne incantation constituée de deux mots étranges séparés par un tiret grisâtre.

« Salamazer » et « flogis ».

Les traits de Marion se détendirent alors qu'elle écartait les pans de sa chemise, et un sourire souleva ses lèvres pendant qu'elle commençait à défaire les lacets qui retenaient son pantalon. Granguillain, se méprenant sur la nature du sourire qui venait d'apparaître sur le visage de la jeune fille, respira bruyamment. Mais elle, souriait d'entendre en esprit la voix doucement ironique de son oncle Ian en train de lui expliquer comment évoquer la Flammèche. Marion revit en esprit l'incantation qui s'agrandissait, elle redécouvrait la véritable nature du tiret qui séparait les mots « Salamazer » et « flogis ». Les mêmes mots, en une régression infinie. Marion avançait, avançait, de plus en plus vite, elle tombait maintenant dans un tunnel sans fond qui pulsait au rythme des vibrations du plancher du moulin sous son dos.

Et du fond du tunnel aux parois palpitantes, habitées par le grondement régulier et sourd de la roue à aubes et des engrenages de bois, et par le bruissement de la meule de pierre tournant à vide… Du fond de ce tunnel montait une boule de feu…

Marion entrouvrit les yeux et découvrit le corps nu de Granguillain, nimbé de la lumière diffuse du jour dans l'air épaissi par la farine. La jeune fille tendit les bras. Le jeune homme tendit les bras à son tour. Jamais il n'y eut plus vaste abîme d'incompréhension entre deux personnes que celui qui les séparait à ce moment.

Marion *poussa*.

La Flammèche dépassa en intensité tout ce qu'elle aurait pu imaginer. On eût dit que l'air même du moulin s'embrasait. Dans une formidable cacophonie de planches brisées, un mur s'abattit vers l'extérieur, suivi par l'effondrement d'une partie de la structure du moulin faute de soutien. C'est parce qu'elle était allongée que Marion eut la vie sauve. Une section du plancher du second étage s'abattit, heureusement étayé par la roue à aubes – qui s'arrêta avec un choc à déchausser les dents. Une solive frappa le haut du crâne de Granguillain, qui s'effondra sur les jambes de Marion. À coups de pied farouches, la jeune fille repoussa le corps inerte, flasque comme une poupée de son. Ce n'est que lorsqu'elle aperçut l'angle impossible que la tête de Granguillain faisait avec son torse nu qu'elle cessa de frapper.

Dans le silence qui régnait maintenant dans le moulin éventré – silence tout relatif, car des craquements de mauvais augure continuaient d'habiter la charpente –, Marion émit un hurlement suraigu, moitié sanglot, moitié cri de triomphe hystérique. Le tout dégénéra en une quinte de toux. Un remugle de farine brûlée la prit à la gorge, elle toussa encore, les yeux pleins de larmes. À genoux, elle récupéra ses vêtements et s'enfuit de la bâtisse avant que cette dernière ne s'effondre complètement.

Une fois sur la berge, Marion se rhabilla avec des mains engourdies, contemplant sans y croire encore le moulin à demi effondré, le mur éventré qui pendait de guingois dans la Cautèle. C'était sa Flammèche qui avait fait ça ? Elle était donc une magicienne beaucoup plus puissante qu'elle ne l'avait cru. Une bulle de joie féroce éclata au creux de sa poitrine. Elle avait vaincu ses assaillants et elle s'était libérée. Elle était une grande et puissante magicienne ! Malheur à quiconque se mettrait encore en travers de son chemin !

L'extase fiévreuse qui s'était emparée d'elle ne lui faisait tout de même pas oublier Malitorne. Elle aperçut une forme noire couchée dans l'herbe sur le bord du chemin, face contre terre. Mais le magicien était peut-être encore en vie. Il pouvait reprendre conscience bientôt. Mieux valait s'enfuir.

Marion s'éloigna en courant et traversa le pont qui passait par-dessus la Cautèle, vers Besline. Elle courut, courut, à bout de souffle et pourtant incapable de s'arrêter. Après un certain temps, son pas ralentit ; Marion regardait sans la voir la route devant elle, l'esprit vacillant de pensées confuses, la gorge douloureuse d'avoir couru, d'avoir crié, d'avoir respiré la poussière du moulin, le cœur trop petit pour contenir toutes les émotions qui s'agitaient en elle.

◆

Lorsque le soleil brilla au zénith, Ian et ses compagnons s'arrêtèrent pour manger, soulager un peu leurs pieds et, bien entendu, refaire une triangulation avec l'aide de la Simile. Depuis le matin, celle-ci avait continué de s'humaniser peu à peu. Son visage était encore loin d'être aussi expressif que celui de la jeune fille sur laquelle elle avait été modelée ; mais elle avait perdu son air hébété. Même que Ian avait surpris un sourire sur ses lèvres lorsque Valériane lui avait demandé si elle aimait les brioches.

Hélas ! songea Ian, un des signes de la symétrie profonde du réel, peu importe l'objectif avec lequel on l'examine, celui de la magie, de la science ou de la morale, veut que tout effet porte en lui son contraire. Plus la Simile s'humanisait, plus elle avait de la difficulté à percevoir Marion. Ainsi, lorsque Valériane lui demanda de tendre la main vers Marion, comme elle l'avait fait tant de fois auparavant, la créature hésita. Elle garda sa main à demi levée, puis la baissa doucement, comme si elle renonçait.

— Que se passe-t-il ? demanda Pierre.

— À quel endroit ? répondit la Simile.

Valériane posa une question plus précise :

— Pourquoi est-ce que tu ne tends pas la main vers Marion ?

Ce n'était pas la première fois que la Simile ne comprenait pas une question, mais c'était la première fois qu'elle accompagnait cette incompréhension d'un véritable froncement de sourcils.

— C'est… C'est difficile.

— Concentre-toi. Tu l'as fait si bien jusqu'ici. Tu sens encore Marion, n'est-ce pas ?

La Simile émit un long soupir, une expression d'incertitude flottant sur son visage rougi par le soleil. Elle murmura :

— Les cheveux ?

— Oui, la mèche de cheveux qui est en toi. C'est elle, Marion. Tu t'en souviens ?

— Oui. Je me souviens des cheveux. Je sens les cheveux.

Elle tendit la main vers le sud. Pierre poussa un glapissement de satisfaction. Il n'était même plus besoin de consulter la carte pour se rendre compte que Marion et ses ravisseurs avaient pris la vieille route.

— Voilà qui règle la question, dit Ian.

Il faisait tout pour garder un air flegmatique, mais sa poitrine tressautait sous les assauts de son cœur. Il exhiba sa boussole.

— Laissez-moi tout de même faire un tracé.

Bien que le trait fût imprécis sur la carte battue par le vent du fleuve, il était clair qu'ils avaient gagné du terrain.

— On les rattrape ! cria Pierre avec une bonne humeur qu'il n'avait pas exhibée depuis leur départ.

— Le contraire serait décourageant, dit Valériane. Nous courons depuis Contremont.

— Malitorne est confiant. Tant mieux ! Plus il est confiant, plus il sera pris au dépourvu quand nous lui tomberons dessus. Alors Ian, on traverse le Pibole ?

— On traverse le Pibole, obtempéra Ian avec un sourire.

Il avait failli suggérer d'attendre d'avoir passé le méandre, là où le lit du fleuve se rétrécissait, mais il n'osa pas juguler l'impatience naturelle de son collègue. La vérité est que lui-même aurait trouvé presque insupportable de reporter la traversée maintenant qu'il savait que Marion était sur l'autre rive.

— Crois-tu être capable de porter une de nos compagnes par Translation ? demanda Pierre. Je peux les faire traverser l'une après l'autre, ce n'est pas un problème.

Ian faillit accepter l'offre de son ami, qui maîtrisait effectivement beaucoup mieux ce mode de déplacement que lui. Mais il y avait un peu de fantaronnade dans la proposition. Et Ian avait tout de même sa fierté !

— Valériane est plus petite, mais Mademoiselle est plus mince, dit Ian en étudiant du coin de l'œil ses deux compagnes. Leur poids doit se ressembler…

— Un véritable gentilhomme aurait sûrement trouvé une manière plus élégante de s'exprimer, dit Valériane. Et quelqu'un peut-il m'expliquer pourquoi on n'utilise pas le Praticable ?

— Le Praticable ne peut se rendre qu'à un endroit que l'on a déjà visité, rappela patiemment Ian. Une fois de l'autre côté du fleuve, nous pourrions l'employer pour retraverser. Mais seulement à cet endroit de la berge.

— Je vois… Un peu comme pour l'Opercule voyeur.

— Ce sont des conjurations dont la structure magique se ressemble beaucoup.

— Je vais transporter Mademoiselle, coupa Pierre. On ne sait jamais, elle pourrait paniquer.

Avec un sourire tout de même un peu indécis, il fit signe à la Simile de monter sur son dos. Celle-ci sembla comprendre ce que l'on attendait d'elle : elle lui entoura le cou de ses bras et lui encercla la taille de ses jambes. La posture manquait certes de dignité, mais elle avait le mérite d'être pratique.

La Simile émit un petit rire, presque un couinement de souris. Pendant une seconde, Ian eut l'impression de voir la vraie Marion.

— Elle a ri, s'étonna Valériane. Je ne pensais pas qu'une Simile pouvait s'humaniser aussi vite.

— C'est drôle, confirma cette dernière.

Pierre s'envola aussitôt, pour s'éloigner au-dessus des eaux gris-bleu du méandre.

Puis ce fut à Valériane de monter sur le dos de Ian. Son sourire perpétuellement moqueur n'avait pas l'air aussi assuré que d'habitude. Elle releva un peu sa robe, puis elle passa les bras autour du cou de Ian. Elle était plus lourde que ce dernier ne s'y attendait, mais il ne fit pas de commentaires.

— Ça va comme ça ? demanda Valériane.

— Attention de ne pas me serrer le cou. Et ça devrait pouvoir aller.

Ian activa la séquence mentale qu'il avait pris soin de ne jamais oublier. Avec l'impression d'arracher un arbre enraciné, il s'éleva. Il avança d'abord très lentement, à la vitesse d'un homme qui marche, puis une fois au-dessus de l'eau accéléra un peu. Tout se passait bien. Pierre, bien entendu, avait déjà franchi la moitié du fleuve. Ian le laissa faire. Il n'avait aucun désir de faire la course avec son ami.

— Ça va aller ? répéta Valériane.

— Tout va bien.

— Regarde Pierre filer ! Ce sera toujours un grand enfant.

Ian sourit aussi, mais son sourire était coloré d'incertitude. Maintenant que la résolution de leur quête était en vue, des questions auxquelles il avait pris soin de ne pas trop réfléchir s'étaient mises à frapper avec un peu plus d'insistance aux portes de son esprit.

— Qu'est-ce que Marion va penser lorsqu'elle va la voir ? Je parle de la Simile. Que vont penser Héran et Alcanthe ?

— Ils n'auront qu'à dire que c'est la sœur jumelle de Marion, séparée à la naissance. Ce genre de chose se produit couramment dans les romans.

— Très drôle.

Contre son oreille, la voix se fit sérieuse.

— Que veux-tu que je te dise, Ian ? Nous sommes maintenant responsables d'elle. Comment pourrait-il en être autrement ? C'est nous qui l'avons mise au monde.

— « Nous » ?

— Essaierais-tu de te défiler de ta paternité morale ?

— Toute une paternité ! Elle n'a même pas accepté mon sang. Je ne suis pas sûr d'avoir vraiment avalé cette histoire voulant que Marion ne soit pas ma nièce.

— Le sang ne ment pas. Ton explication à ce mystère est aussi bonne que la mienne.

Au milieu du fleuve, un vent de travers se mit à souffler avec plus de force, charriant le parfum un peu âcre des flots du méandre. Le vol de Ian se fit vacillant. Des vagues lui léchèrent les pieds. Les bras et les jambes de Valériane le serrèrent plus fort.

— Ian ? C'est normal de descendre comme ça ?

— Je crois… Ne parlons plus… Je crois qu'il vaut mieux que je me concentre sur mon vol…

Concentration, concentration… Ian s'éleva de nouveau et son vol se stabilisa. Il commençait à manquer de souffle. Il s'efforça de prendre de longues et profondes respirations.

Concentration…

Chaque vague franchie l'éloignait de la rive est et le rapprochait de la rive ouest. Ce n'était qu'une question de patience. De persévérance.

Sauf qu'il n'avait pas prévu que soulever Valériane serait plus épuisant à la longue que le vol lui-même. Il accéléra. Le corps de la jeune femme sur son dos lui donnait chaud. Le vent du fleuve était de plus en plus vif. De longs cheveux roux lui fouettaient le visage et l'aveuglaient à moitié. Il devina à travers ses larmes que Pierre l'encourageait, ses cris déformés par le sifflement du vent dans ses oreilles. Ian accéléra, accéléra…

Ses oreilles bourdonnaient, sa vue s'était voilée de rouge…

Avec un râle d'épuisement, Ian comprit qu'il n'en pouvait plus. Il tomba dans un immense éclaboussement. Valériane cria… et son cri se métamorphosa en un rire hystérique. Laissé à lui-même, Ian se serait enfoncé dans les flots, mais lorsqu'il reprit ses esprits il s'aperçut que l'eau lui arrivait au torse et que Valériane le retenait contre elle. La sorcière ne s'arrêta de rire que pour l'embrasser avec une effusion qui n'était pas que moquerie.

— Mon valeureux chevalier !

— Bah !

— Besoin d'aide ? demanda Pierre depuis la rive.

— Je te le ramène ! répondit Valériane, qui semblait incapable de s'arrêter de rire. Inutile de te mouiller aussi.

Soutenu par la jeune femme, Ian termina sans gloire sa traversée du Pibole et s'effondra finalement sur la plage pierreuse. Il voulut rire à son tour mais ne réussit qu'à tousser misérablement. Il avait vraiment passé l'âge de pareilles galipettes !

— Elle ne bouge plus, dit la Simile d'une voix douce.

— Tu parles sans qu'on te le demande, maintenant ? remarqua Pierre.

Elle hocha la tête avec l'ombre d'un sourire, telle une jeune fille bien élevée acceptant un compliment.

— Oui.

— Tu dis que Marion ne bouge plus ? demanda Valériane tout en essorant ses longs cheveux détrempés.

— C'est ce que je dis.

La Simile sembla prévoir les questions qui suivraient, car elle ajouta aussitôt :

— Elle ne voit rien. Elle entend un drôle de bruit que je ne reconnais pas.

— Elle ne voit rien ? s'insurgea Pierre. Ils ne sont quand même pas en train de faire la sieste ?

— Elle peut tout aussi bien être attachée avec les yeux bandés, dit Ian en tendant sa besace mouillée. Trou... Trouvez la carte. Mademoiselle va peut-être comprendre maintenant.

Pierre et Valériane déployèrent sur la plage rocailleuse la carte dont seul un coin avait été mouillé. Ils montrèrent à la Simile l'endroit où ils se trouvaient maintenant, juste au sud d'un des grands méandres du fleuve.

— Comprends-tu, maintenant ? demanda Pierre d'une voix fébrile. Es-tu capable de nous montrer où est Marion ?

Avec un geste d'un naturel déconcertant, la Simile posa le doigt sur la carte, au confluent des trois rivières qui donnaient naissance au fleuve.

— Trois lieues, peut-être un peu plus... murmura Pierre. Et tu dis qu'elle est arrêtée ?

— C'est ce que je dis.

— Tu entends, Ian ? Elle n'est qu'à trois lieues d'ici ! Lève-toi, il faut courir !

Le juron qui sortit des lèvres du digne Ian Corybantier n'était pas le genre de mot que ses amis étaient habitués à entendre.

— Est-ce que j'ai l'air d'un homme prêt à courir ?

— Tu manques d'exercice, fit Pierre avec une grimace dépitée. Je suis peut-être trop vieux pour ta nièce, mais je ne passe pas mes journées à lire, moi…

— Je vous en prie, intervint Valériane. Se disputer ne nous fera pas avancer plus vite.

Le silence retomba sur le petit groupe. Au bout d'un moment, lorsqu'il cessa d'avoir l'impression que son cœur voulait lui sortir de la poitrine, Ian réussit à se remettre debout. Il avait les jambes molles et la gorge râpeuse d'avoir respiré si fort, mais tout le reste semblait fonctionner. Il demanda à la Simile si Marion était toujours immobile.

— Oui.

— Pour l'instant, je peux marcher, dit Ian. Pour courir, on verra bien…

— Assez de paroles ! insista Pierre, qui ne semblait plus capable de se contenir. Il faut y aller.

Ian hocha affirmativement la tête. Son ami avait raison. Ils se mirent tous en route en silence, conservant leur souffle pour la dernière étape de leur quête et l'inévitable affrontement qui les attendait au bout.

Pierre ne semblait pas craindre ce Malitorne, mais Ian n'avait aucune expérience réelle de la violence. Il ne s'était jamais battu, et certainement pas contre un autre magicien. Tout son être vibrait de l'espoir ardent que Malitorne serait raisonnable et libérerait sa prisonnière sans discuter lorsqu'il se trouverait devant deux de ses collègues. Soutenu par cette espérance qui n'était pas sans candeur, Ian allongea le pas.

◆

La douleur…

L'atroce impression que la cervelle est devenue trop grosse pour le crâne et que celui-ci est sur le point d'éclater… Malitorne gémit. Un point, plus brûlant encore, palpitait au rythme des battements de son cœur, entre l'œil droit et la tempe…

Le magicien souleva lentement la tête. De longues herbes râpeuses lui frottèrent la joue. Il frissonna en dépit de la chaleur du soleil qui lui tombait dessus. Le panorama qui l'entourait – le torrent, le moulin, le ciel arborant le bleu soutenu de la fin de l'après-midi – tout tourbillonna. Il vomit, chaque jet accompagné d'une fulgurante pulsation qui embrasait tout le côté droit de sa tête. Il sanglota misérablement en maudissant le sort cruel qui avait présidé à sa naissance. Toute son érudition en matière de douleur ne lui fut d'aucun réconfort, ne lui permit aucun recul, en cet instant où il en subissait directement une des trop nombreuses manifestations.

L'estomac vide, un peu soulagé, Malitorne se remit debout. Un affreux goût de bile et de cidre tourné lui emplissait la bouche. Il se tâta le front en grimaçant. Il découvrit une bosse énorme qui avait la texture d'une prune trop mûre. Elle ne semblait pas avoir saigné. Il n'osa pas trop y toucher, le moindre effleurement provoquant une vague de douleur qui se répercutait dans toute sa tête. Il découvrit une autre bosse dans son cuir chevelu.

Il s'approcha du moulin éventré, les jambes chancelantes, les yeux clignant d'incompréhension. Un peu plus loin, un vieil homme s'enfuit dès qu'il l'aperçut.

Des pensées réussirent à se frayer un chemin dans l'esprit de Malitorne. Une de ces pensées trônait au-dessus des autres, auréolée d'une luminosité pulsante, douloureuse. Sa prisonnière s'était enfuie. Tout n'était que ruine, honte et désolation.

Une autre pensée, interrogative celle-là. Qu'était-il arrivé à cet imbécile de Granguillain ? Par une brèche dans le mur de la bâtisse, Malitorne aperçut, immobile sur le sol, un corps pâle et nu qu'il crut être celui de Marion.

Une reconstitution des événements se déploya aussitôt dans son imagination. Granguillain avait profité de l'inconscience de son maître pour assouvir les désirs qu'il entretenait envers leur prisonnière. Une fois satisfait, il l'avait tuée dans un excès de honte primitive, puis s'était enfui avec l'or de son maître. Fallait-il s'étonner d'un tel comportement de la part d'un être resté trop près de la nature sauvage ? songea Malitorne avec un sentiment de fatalisme et de compassion hautaine. Las ! Lui qui avait cru, candidement, qu'avec le bon exemple et l'instruction qu'il lui avait libéralement accordés, le vagabond saurait s'extirper de la fange dans laquelle il se vautrait depuis la naissance.

Un bref coup d'œil à sa besace infirma quelque peu la théorie de Malitorne. Personne n'avait touché à sa bourse, ni à ses accessoires magiques, certains beaucoup plus précieux que son or. Il lui fallut aussi admettre que l'explication faisait l'économie des circonstances ayant mené à l'effondrement de la bâtisse.

Malitorne s'avança sur la passerelle. Il ne fallut qu'un coup d'œil à l'intérieur du moulin pour que sa théorie devenue branlante achève de s'effondrer. Ce n'était pas la fille de l'intendant, c'était Granguillain. Il était nu, ses membres enfarinés repliés de façon étrange, ses vêtements et son épée disposés autour de lui. Après un instant de réflexion, Malitorne alla récupérer l'épée et ses pièces d'or. Il sortit du moulin et, encore un peu chancelant, se mit en marche vers Pasquille. De là, il se rendrait à Privance. Il le faudrait bien…

Malitorne n'eut pas fait trois pas qu'il s'arrêta de nouveau. Pas trop vite. Il convenait de prendre la mesure de la réaction qu'aurait Trigaud lorsqu'il apprendrait que son agent avait échoué aussi près du but. Malitorne soupira. Voilà qui promettait d'être désagréable au possible.

Mais qu'y faire ? Quelles étaient les alternatives ? Il s'agissait d'une de ces circonstances où l'accumulation des mystères, au lieu de stimuler l'imagination, l'écrasait sous un poids excessif. Devait-il se lancer à la poursuite de Marion ? Il possédait encore bien des accessoires magiques dans ses bagages, mais aucun qui permît de repérer et de rattraper une jeune femme qui avait plusieurs lieues d'avance sur lui.

Malitorne se remit en route vers Pasquille, essayant de ne pas penser à la réaction de Trigaud. Il était beaucoup plus agréable de fantasmer sur les tortures qu'il aurait aimé infliger à la fille d'Héran Donat. Il imaginait son tendre corps de jouvencelle arqué sur un chevalet, vêtu des seules sangles de cuir, sa peau une toile sur laquelle il peindrait un chef-d'œuvre de l'excoriation. Ah ! Comme elle le supplierait de lui pardonner toutes ses offenses ! Et lui, avec quelle sublime condescendance ignorerait-il ses appels et ses pleurs, tout entier à son œuvre de sublime souffrance ! Ce pourrait être le point culminant de sa prochaine démonstration. Oui, oh oui ! Quoi de plus approprié pour célébrer le couronnement de son maître Trigaud qu'un long supplice de la fille de son adversaire, avec les parents de celle-ci captifs dans l'auditoire ? Quelle merveilleuse et satisfaisante symétrie !

Ces pensées furent comme un linge humide sur le front enfiévré de Malitorne. Un sourire réapparut sur ses lèvres et une brume fervente atténua un peu la dureté de son regard noir. La vie était si dure, il fallait bien rêver un peu.

Il ne marcha pas longtemps ainsi. Devant lui, il entendit un claquement de sabots. La vue ne portait pas loin sur cette section de la route, escarpée et qui traversait un boisé dense.

Une demi-douzaine de cavaliers apparurent. Malitorne, prêt à projeter un sort défensif, se détendit aussitôt en reconnaissant les couleurs de Privance. C'étaient des hommes de Trigaud, armés et équipés pour le combat.

L'officier qui menait la troupe ordonna à celle-ci de s'arrêter.

— Maître Malitorne ? C'est bien vous ?

— Non, je suis la Fée des Eaux… Bien sûr que c'est moi !

— Que vous est-il arrivé ? Vous vous êtes battu ?

Malitorne poussa un profond soupir. La dernière chose dont il avait envie, c'était de répondre aux questions oiseuses de cet homme de troupe.

— Contentez-vous de me ramener à Pasquille, officier. Et dites à un de vos hommes de descendre et de me céder sa monture. Autant je déteste les chevaux, autant je suis las de marcher.

◆

Le quatuor lancé à la rescousse de Marion avançait aussi vite que le membre le plus lent du groupe en était capable. Pierre menait la marche. Plus d'une fois il se retourna pour contempler le retardataire. Ian finit par s'impatienter :

— Arrête de me regarder comme ça ! Je dois garder des forces pour affronter les assaillants de Marion.

— Mais nous y sommes presque ! Elle n'a toujours pas bougé.

— Elle bouge maintenant, dit la Simile, les joues rouges, le souffle court. Elle s'éloigne.

À cette annonce, Pierre fut pris de frénésie. Ses pieds quittèrent la route et il s'éleva au-dessus de la forêt.

— Attends-nous ! protesta Ian.

— Je vais les retarder ! cria Pierre en retour.

Le magicien disparut au-delà de la frondaison.

— Imbécile de prétentieux de poseur ! dit Ian qui aurait certainement continué la liste des imprécations s'il n'avait pas eu besoin de tout son souffle.

Il s'aperçut qu'il lui restait malgré tout assez d'énergie désespérée pour courir de concert avec Valériane et la Simile. Ce qu'il fit pendant près d'une heure jusqu'à ce qu'ils atteignent un des affluents du Pibole, qui se déversait en cascade au pied d'un moulin effondré. Une route menait à un pont, mais la Simile tendit la main vers l'autre chemin qui montait sur la rive du torrent à travers une forêt de pins et de frênes.

La pente était assez abrupte par moments, aussi durent-ils ralentir le pas. Les pieds de Ian lui brûlaient. Il courait avec des bottes mouillées, ses pieds devaient être en sang. Valériane restait stoïque, mais elle ne devait pas être mieux lotie. Quant à la Simile, comment savoir ?

— Par la Déesse-mère !

Au cri de Valériane, Ian, qui marchait la tête baissée, reporta son attention devant lui. Il crut que son cœur, qui avait résisté à l'effort suprême, ne supporterait pas cet ultime revers. Pierre était étendu de tout son long au milieu du chemin. L'empenne de deux flèches lui sortait du corps. Avec un cri inarticulé, Ian s'élança à son chevet.

De plus près, Ian constata que son ami avait été atteint à la cuisse, blessure mineure, mais que l'autre flèche était fichée dans son flanc. Détail encore plus étrange : il portait maintenant autour du cou un large collier de métal, décoré de signes cabalistiques. Pierre Coen était encore conscient. Il ouvrit des yeux vitreux dès qu'il reconnut ses compagnons. Il grimaça, mécontent, et réussit à siffler.

— Idiot ! Fallait que tu rebrousses chem…

— *Pas un mot, maître !* tonna une voix rendue aiguë par l'excitation. Pas un geste ! *Pas une pensée* magique !

Du boisé émergèrent plusieurs archers, l'arc pointé vers Ian et les deux femmes. Entre les soldats apparut Malitorne, hideux comme un démon des bois avec son visage marqué de taches bleues comme le flanc d'un goret. Il s'approcha en tendant d'une main tremblante de fébrilité un appareil vers le visage de Ian.

— Pas de magie, Corybantier ! répéta le petit homme, son regard allant de Valériane à Ian. Vous non plus, mademoiselle ? Êtes-vous une magicienne, vous aussi ? Non ? Non ?

— Je ne suis pas une magicienne.

— Pas de magie, personne, ou tout le monde meurt. Vous savez ce que je pointe vers vous, n'est-ce pas, cher collègue ? N'est-ce pas ?

— Un Affiquet de Todorov.

— Eh oui ! Le moindre frémissement de l'aiguille, la moindre émanation de magie, et couic ! Et ça ? Et ça, vous savez ce que c'est ? Allez, vite, mettez-le-lui.

Un des soldats s'approcha de Ian en tenant un collier de métal ouvragé semblable à celui que portait

Pierre, collier qui se referma autour du cou de Ian avec un déclic. Le métal était d'une froideur et d'un poids sans rapport avec sa taille, et presque aussitôt Ian ressentit un étrange serrement au niveau des tempes. Il reconnut immédiatement l'appareil grâce à la description que l'on en trouvait dans le *Compendium*.

— C'est un Étouffoir, dit Ian, qui savait qu'il lui serait dorénavant absolument impossible de conjurer quoi que soit.

— Enfin un homme de culture ! s'exclama Malitorne en montrant Pierre toujours au sol. Notre homme volant en a un aussi. Hé oui, je le trouve encore un peu trop vivant pour avoir l'esprit tranquille !

Ian ne put s'empêcher d'en éprouver de la surprise. Le fait que Malitorne ait réussi à mettre la main sur *deux* des rares Étouffoirs qui existaient encore dans le monde en disait long sur l'efficacité de ses efforts de collectionneur. Ian se reprit mentalement : il était douteux, pour tout dire, que Malitorne se les soit procurés légalement.

Maintenant qu'il était rassuré sur la docilité de ses deux collègues, Malitorne abaissa l'Affiquet et s'intéressa un peu plus à la Simile. Il émit un petit rire incrédule.

— Alors, mademoiselle Donat, c'est bien vous ? Je dois dire que j'ai de la difficulté à en croire mes yeux. Vous en aviez assez de votre *persona* de garçon, je vois ? Mais où avez-vous donc obtenu cette perruque ?

Sans gêne, Malitorne tira sur les longs cheveux défaits de la Simile, qui trébucha vers l'avant avec un bref cri de surprise. Or le plus surpris des deux fut encore Malitorne :

— Qu'est-ce que c'est que cette histoire ?

Il tendit l'Affiquet qu'il tenait à la main.

— Quoi ? Vous exsudez encore un peu de magie… Ils vous ont fait pousser des cheveux magiques ?

Loin d'avoir peur du magicien, la Simile s'approcha et tenta sans façon d'ouvrir sa besace.

— Marion, expliqua-t-elle avec un sourire lointain. Les cheveux de Marion. Ils sont ici…

Malitorne la repoussa.

— Qu'est-ce qui vous prend ? Vous êtes sonnée ou quoi ?

Ian réfléchissait furieusement. « Qu'avez-vous fait de Marion Donat ? » : la question, brûlante, indignée, irrépressible, voulait lui franchir les lèvres, mais il réussit à la contenir avec un effort de volonté herculéen. La réaction de Malitorne ne correspondait absolument pas à ce qu'il avait prévu. Ce dernier confondait la Simile avec sa nièce ! Mais alors, la véritable Marion, où était-elle ?

Il lança un regard lourd à Valériane. Celle-ci paraissait tout aussi désarçonnée que lui.

Un autre soldat apparut, venu du bas de la pente.

— Personne ne les suit. Ils sont tous ici.

— Voilà une compagnie qui sera chaudement accueillie par le burgrave ! s'exclama Malitorne d'une voix un peu hystérique. Bénissez le sort qui vous a fait croiser notre route, mes braves soldats, et préparez-vous à crouler sous les médailles et les promotions. Nous avons capturé nuls autres que le frère et la fille de l'intendant de Besline !

— Et lui, c'est qui ? demanda l'officier en donnant un coup de pied dans le flanc de Pierre.

— Arrêtez ! cria Valériane.

Elle s'agenouilla auprès du blessé en toisant l'officier avec un regard de défi.

— Aucun homme d'honneur n'achèverait un adversaire à terre.

— Achever Pierre Coen, le plus illustre des hommes volants ? s'étonna joyeusement Malitorne. Oh, belle dame, quelle idée saugrenue ! Vous parlez ici d'un ami de longue date du burgrave Trigaud. Quoique, hum, « ami » n'est peut-être pas le terme qu'il me faudrait employer ici. Mais je picote, je picote, et nous perdons du temps. Qu'on le soigne, oui. Qu'on le dorlote ! Il faut qu'il arrive vivant à Privance. Il sera le chapiteau sur l'édifice de mon triomphe !

Au fur et à mesure qu'il parlait, le petit homme devenait incapable de contenir sa jubilation, au point qu'il se mit à trépigner et à donner des ordres aux soldats, sautant bredi-breda comme un pantin tenu par un spasmophile.

— En route ! En route, maintenant ! Oh ! Oh, l'expression qui va se peindre sur le visage de notre noble burgrave lorsqu'il va nous voir arriver. Ce sera un supplice de me contenir jusque-là. Activons-nous, voyons !

◆

Marion marcha plusieurs lieues dans un état proche de la stupeur. Elle croisa à l'occasion un paysan ou un artisan ambulant, qui tous s'écartaient lorsqu'ils apercevaient la lueur farouche qui brillait dans les yeux gris-vert de cet étrange jeune homme aux cheveux roussis, au visage cuit de soleil. *Ils ont peur de moi,* jubilait Marion en retenant un ricanement sardonique. Et il valait mieux qu'ils s'écartent, en effet, car elle s'était juré que plus jamais on ne se placerait en travers de son chemin, que plus jamais elle ne subirait les indignités qu'elle avait subies entre les mains de Malitorne et de Granguillain. Elle était maintenant une guerrière ombrageuse, une puissante magicienne, prompte à la colère et au châtiment.

Le soleil avait presque terminé sa course dans le ciel, et Marion avançait toujours au même rythme de marche forcée, indifférente à la soif et à la douleur de ses pieds en feu, lorsqu'elle rencontra l'une des patrouilles que son père avait postées sur toutes les routes de la région.

— Halte ! ordonna un des trois cavaliers qui lui barraient le chemin. Qui êtes-vous et où allez-vous ainsi, jeune homme ?

— Écartez-vous ! tonna le voyageur. Je n'ai que faire de vos questions !

Les trois patrouilleurs échangèrent un regard surpris. Celui qui avait parlé descendit de sa monture et s'avança vers Marion. Il demanda sur un ton bourru :

— Une femme ? Que faites-vous ici, seule sur la route, sans escorte ?

— Hors de mon chemin, j'ai dit !

— Mais c'est elle ! s'exclama le plus jeune des soldats. C'est mademoiselle Donat !

Le soldat qui avait mis pied à terre étudia la jeune femme de plus près :

— Mademoiselle Donat ? Nous sommes à votre recherche. N'ayez pas peur.

— Je n'ai peur de personne, et surtout pas de vous !

— Je vous en prie, mademoiselle, calmez-vous. Nous avons ordre de vous ramener à votre père, messire Donat.

— Je ne reçois d'ordre de personne ! hurla Marion en se jetant au visage du soldat.

Les deux autres cavaliers sautèrent en bas de leur monture et eurent fort à faire pour libérer leur compagnon des griffes de cette furie. C'est à ce moment que Marion reprit ses sens et qu'en une soudaine illumination les événements de la journée se révélèrent dans leur véritable perspective.

Ce n'était pas elle qui avait fait sauter le moulin, du moins pas directement. Elle se rappela l'enseignement d'un de ses précepteurs, qui lui avait expliqué le danger que pouvait représenter une flamme nue dans un moulin à farine. Dans certaines conditions, la poussière de farine en suspension pouvait s'enflammer si brusquement que l'expansion de l'air était assez violente pour faire éclater les murs. La Flammèche n'avait été que l'étincelle qui avait précédé l'explosion.

Marion comprit qu'elle n'était pas une grande magicienne. Elle comprit surtout qu'elle aurait pu mourir dans l'effondrement de la bâtisse. Elle imagina la consternation douloureuse de ses parents lorsqu'ils auraient appris que le cadavre de leur fille avait été retrouvé dans les bras d'un jeune inconnu, tous les deux nus dans une posture ne laissant nulle place à l'équivoque. Retenue par les gardes, Marion éclata d'un rire hystérique qui faisait mal à entendre, puis ce rire se transforma en sanglots qui lui secouaient tout le corps.

— Mademoiselle Donat, supplia un des gardes. Il faut vous calmer…

— Vous pouvez me lâcher, finit par dire Marion entre deux sanglots. Ça va aller…

— Vous êtes sûre ?

— Ça va mieux maintenant. Ramenez-moi à la maison, s'il vous plaît. C'est tout ce que je veux. Rentrer à la maison.

Les gardes s'empressèrent de l'assurer que c'était la seule raison de leur présence sur cette route. Ils remontèrent sur leurs chevaux aussi vite qu'ils en furent capables. Le plus grand des gardes fit monter Marion devant lui et la tint contre sa poitrine. La jeune femme se laissa prendre avec l'abandon d'un enfant et s'endormit presque aussitôt, bercée par le galop régulier de la monture.

◆

Pour Petite-Caille et la meute de loups, la journée avait été consacrée à repérer d'autres proies. Un loup dans la force de l'âge ne pouvait se satisfaire longtemps d'une pauvre poule. Ils étaient retournés espionner le poulailler de la veille mais ils y avaient vu plusieurs hommes en train de travailler au bâtiment. Petite-Caille avait essayé de faire comprendre aux autres loups qu'il valait mieux chercher ailleurs : l'attaque du poulailler ne pourrait fonctionner de nouveau. L'effet de surprise était passé. Les hommes allaient certainement s'assurer que la nouvelle barrure soit plus solide et moins facile à ouvrir.

Le chef de la meute n'avait pas compris grand-chose aux mimiques et aux aboiements de Petite-Caille. Il avait surtout décidé que cette chienne commençait à en mener un peu trop large à son goût. Il n'aimait pas du tout le regard de respect que certains des jeunes loups adressaient à la nouvelle venue depuis le succès de l'opération poulailler. Il avait fait ce que tout bon chef devait faire dans les circonstances : il avait rappelé à tout le monde que c'était lui qui prenait les décisions. Il avait empoigné Petite-Caille par le col, l'avait violemment secouée et jetée au sol. Celle-ci s'était dépêchée de gémir comme un chiot.

J'ai compris ! C'est toi le chef ! Je t'obéis !

La meute était donc restée là quelque temps à observer les hommes en train de travailler, et ce n'est que lorsque le chef l'avait jugé bon que tous les loups s'étaient éloignés à la recherche d'autre chose à manger.

La meute avait faim de nouveau. Les loups patrouillèrent les bois. Petite-Caille avait peine à suivre. Ils réussirent bien à débusquer deux lièvres, mais le chef et sa femelle dévorèrent ce qui leur revenait de droit, sans en laisser aux autres. Frustrés mais n'osant pas s'attaquer aux chefs, deux jeunes mâles se bagarrèrent violemment entre eux. Petite-Caille, pour sa part, accepta la situation avec fatalisme. Après tout, même au manoir c'était comme ça. Son maître se délectait toujours le premier de la succulente cuisine de Bernières, tandis qu'elle ne recevait que les restes, sous prétexte qu'elle était grasse. Quelle sorte d'argument était-ce là, de toute façon ? Il tombait sous le sens qu'il fallait être le plus gras possible pour survivre à la famine. Certes, Petite-Caille ne pouvait pas se rappeler une période où elle avait *vraiment* connu la famine chez son maître. Mais on n'est jamais trop prudent. Qui aurait pu prévoir qu'elle se retrouverait membre d'une meute sauvage ?

La journée passa sans que la meute trouve d'autre gibier. La nuit tomba. Les poules de la veille étaient loin maintenant. Le chef et sa femelle levaient le museau, humant l'air devenu frais : une biche avait mis bas, mais l'odeur était si lointaine. Rien d'autre sous le vent.

La meute n'avait pas le choix. Le chef imposa un rythme de marche forcée en direction de l'odeur. Un faon serait le bienvenu. Or si les loups étaient habitués à suivre pendant des heures le gibier, ce n'était pas le cas pour Petite-Caille. Même avec ses quatre pattes, elle n'aurait sans doute pas pu courir ainsi toute la nuit. Elle eut beau aboyer pour supplier qu'on ralentisse le pas, elle fut rapidement distancée par le gros de la meute. Pendant un certain temps, elle réussit à les suivre grâce à leur odeur et aux appels encourageants des jeunes loups qui s'étaient pris d'affection pour elle. Mais il lui fallut bientôt se rendre à l'évidence. Elle ne voyait ni n'entendait plus la meute.

Elle s'arrêta de courir, la langue pendante, les poumons brûlants, son unique œil valide en larmes à cause des innombrables branches qui lui avaient brossé le museau. À quoi bon pister la meute ? Jamais elle ne la rattraperait. Elle avait encore été abandonnée...

Que faire maintenant ? La forêt autour d'elle était sombre et inquiétante. L'air grouillait de moustiques. Petite-Caille renifla au sol. Serait-elle capable de rebrousser chemin ? Pour aller où ? Rejoindre la route ? Pour se faire encore rouer de coups par les hommes qu'elle rencontrerait ?

Avec l'impression qu'elle n'avait pas tellement le choix, Petite-Caille retourna sur ses pas. La distance parcourue avec la meute lui parut considérable maintenant qu'elle était seule, affamée et épuisée. Maintes fois elle crut avoir perdu la piste, mais la retrouva un peu plus loin. Elle reconnut le lieu où le chef de la meute et sa femelle avaient dévoré les deux lièvres. Elle lécha le sol et mâchouilla de l'herbe, faute de mieux. L'herbe était amère. Elle vomit de la bile – le seul contenu de son estomac.

Nauséeuse, affaiblie, Petite-Caille reprit son chemin. Tout ce qu'elle voulait maintenant, c'était fuir l'horrible forêt. Elle trébucha plusieurs fois, épuisée. Elle aurait voulu rester là, dormir un peu, mais les moustiques ne lui laissaient aucun répit. Elle avait beau cacher sa truffe dans l'épaisseur de sa fourrure, les insectes pénétraient dans ses oreilles, impitoyables. La stridulation suraiguë de leur vol la rendait folle.

Avec un effort surcanin, Petite-Caille poursuivit sa marche à l'aveuglette. Elle avait perdu la piste et ne s'en souciait plus. Il fallait simplement fuir, fuir les affreux insectes. Elle était à ce point étourdie par ses tourmenteurs ailés qu'elle ne reconnut pas tout de suite l'odeur caractéristique d'un feu de camp, mélange de cendre, de graisse brûlée, de poil roussi. S'y mêlait l'odeur d'un cheval, elle s'en rendait compte maintenant. Du tabac à pipe. Sans même y réfléchir, elle se dirigea vers l'odeur.

Avec le seul de ses yeux qui acceptait de s'ouvrir, Petite-Caille aperçut entre les troncs un filet de fumée rouge. Elle émergea de la forêt et se retrouva sur une route – elle était bien trop épuisée pour se demander s'il s'agissait de la route qu'elle avait suivie la journée précédente. Devant elle, les silhouettes d'une carriole et d'un cheval se découpaient à contre-jour d'un feu de camp, autour duquel étaient assis trois voyageurs. Ils discutaient à voix basse, fumant leurs pipes. Une des voix était plus claire. Une voix de femme.

Petite-Caille s'approcha. Qu'on la batte, qu'on la tue, cela lui était maintenant égal. Elle n'en pouvait plus d'avoir faim, elle n'en pouvait plus de marcher, de se faire piquer par les moustiques. Elle n'en pouvait plus d'être seule dans la nature sauvage.

Elle avait prévu s'avancer et gémir doucement, pour ne pas prendre les trois voyageurs par surprise, mais le cheval s'aperçut le premier de sa présence. Il s'ébroua en émettant un hennissement. Les voyageurs se turent et scrutèrent la nuit en tous sens. La femme pointa une main dans la direction de Petite-Caille, puis retira la pipe de sa bouche.

— Deux yeux qui brillent.

— Un loup ? demanda un des hommes, sans manifester trop d'inquiétude.

Petite-Caille dut se retenir de les détromper. Son don de parole avait été mal accueilli la première fois. Elle se contenta de gémir et continua son approche.

Les trois voyageurs, qui s'étaient redressés, se détendirent lorsqu'ils réussirent à distinguer la nature et surtout l'état de la créature émergeant de la nuit.

— C'est un chien, constata l'homme qui avait déjà parlé, comme si l'arrivée de l'animal à ce moment était la chose la plus naturelle du monde.

— Il est blessé, dit la jeune femme en tendant les bras vers Petite-Caille. Viens, boule de poil. Approche. N'aie pas peur.

Petite-Caille cligna de son œil valide. La fatigue devait la faire délirer. La jeune femme aux cheveux noirs ne tendait pas seulement deux bras dans sa direction mais quatre. Par contre, il n'y avait pas lieu de se méprendre sur la signification du geste et du sourire qui l'accompagnait. Même les deux hommes – l'un de ceux-ci était un véritable géant – la contemplaient avec un mélange de sévérité et de compassion.

Le soulagement que ressentit à ce moment Petite-Caille fut tel qu'elle s'effondra aux pieds de la jeune femme et perdit conscience, emportée par l'épuisement et l'émotion.

Chapitre 13

Besline et Privance

Il faisait nuit lorsque les trois soldats de Besline arrêtèrent leurs chevaux devant la porte discrète qui menait aux quartiers de l'intendant. Marion s'était éveillée plus tôt, lorsqu'elle avait entendu les sabots des chevaux claquer sur des pavés de pierre au lieu de la terre battue des routes. Elle avait aussitôt constaté que les rues de Besline, qui auraient dû être calmes à cette heure, grouillaient d'une activité inhabituelle. Sous les lanternes restées allumées, il y avait des attroupements de soldats et de miliciens. Des chevaux étaient pansés et brossés. Des ordres résonnaient dans l'air de la nuit. Puis elle avait reconnu la silhouette massive du château, noire contre le firmament étoilé. Des larmes de soulagement lui étaient montées aux yeux.

Les gardes amenèrent Marion directement dans le bureau de son père, guidés par des domestiques surexcités. Son arrivée impromptue en plein conseil de guerre causa une commotion considérable, et de toutes les épreuves que la jeune femme eut à endurer cette journée-là, la plus dangereuse fut certainement de mourir étouffée sous l'étreinte d'Alcanthe et d'Héran.

Tout se déroula sous les exclamations des conseillers, officiers et notables de Besline réunis sous les lumières des candélabres – exclamations de surprise et de joie, certes, mais aussi de stupéfaction, car la plupart des gens présents ne reconnurent pas tout de suite cet étranger crasseux aux cheveux roussis et trouvèrent choquant de le voir serrer avec tant de fougue le digne intendant de Besline.

Finalement, après beaucoup de rires, de pleurs et de questions entremêlées, Héran réussit à ramener un peu d'ordre dans la pièce.

On fit apporter de l'eau et de la nourriture à Marion, et le barbier vint lui baigner et panser les pieds, mais il était inconcevable de laisser la survenante se reposer tant qu'elle n'aurait pas narré ses aventures.

La jeune femme, entre deux bouchées, raconta brièvement à son auditoire attentif ce qui lui était arrivé depuis sa capture dans la chambre du manoir de son oncle. La seule partie qu'elle éluda fut la tentative de viol de Granguillain, qu'elle qualifia de simple rixe. La réaction générale de l'auditoire, une fois qu'elle eut terminé, aurait pu être résumée par le hochement de tête incrédule de son père.

— Mais alors… tout a changé…

— Qu'est-ce qui a changé ? Oh, père, explique-moi ce qui se passe ? Que font tous ces gens ici à cette heure de la nuit ? Que signifient tous ces soldats dehors ?

— Ce qui se passe ? Mais, ma pauvre Marion, nous nous préparons à la guerre.

— La guerre ?

Ce fut au tour d'Héran de condenser en quelques phrases le récit des événements survenus à Besline. De toutes les révélations que lui fit son père, celle qui troubla et émut le plus Marion fut d'apprendre que personne n'avait de nouvelles de son oncle Ian et de ses compagnons lancés à sa rescousse.

— Pauvre oncle Ian ! soupira Marion. Pauvre Pierre… Comme ils doivent être inquiets.

— On finira bien par entendre parler d'eux, intervint Alcanthe. Ce sont de grands garçons. C'est la perspective de la guerre qui doit nous préoccuper. Il faut envoyer sans tarder un messager à Trigaud pour lui faire savoir que Marion est revenue saine et sauve.

— Pourquoi nous croirait-il ? intervint l'un des officiers.

— Il sera sceptique, mais ça le fera réfléchir, d'autant plus qu'il n'a pas encore eu de nouvelles de son agent, forcément. Ses informateurs à Besline lui confirmeront la nouvelle. Allez savoir, peut-être que la crise se résorbera à ce moment.

Héran abattit ses deux mains sur la table violemment, ce qui fit sursauter la compagnie.

— Ça suffit !

Il se redressa, le regard rouge de fatigue mais déterminé.

— Nous allons l'étouffer, cette crise. Et ça commence ici et maintenant ! Sellez deux chevaux, réveillez deux courriers. Où est mon secrétaire ? Jannil ? Où es-tu, bon sang ?

Un petit homme grassouillet accourut, effaré.

— Je suis ici, messire ! Je suis ici !

— Prépare deux messages, un pour Privance, l'autre pour Triplebuies. J'en ai assez de l'opposition de Trigaud et des tergiversations de Randon-Pérenne ! Dis-leur que la constitution du parlement de Besline sera rédigée, paraphée et votée *après-demain,* à midi, et qu'ils ont intérêt à se présenter s'ils veulent faire partie du conseil et que leur voix compte. Fais ça court, je veux que ça parte tout de suite.

— Après-demain, sire ? protesta un des conseillers. Serons-nous prêts ?

— Que reste-t-il à préparer ? remarqua Alcanthe en se rangeant au côté de son mari. Tout a été dit, redit et répété. Les grandes lignes de la constitution sont tracées. Nous ajusterons les détails au fur et à mesure que les problèmes surgiront.

— Après-demain ! répéta Héran sur un ton qui n'autorisait plus de discussion. À midi, je veux tout ce beau monde et vous aussi, messires, réunis dans la salle du trône du château. Est-ce clair ?

C'était très clair.

Héran s'adressa ensuite à Marion, un sourire effaçant un peu de la fatigue et de la dureté de ses traits.

— Tu peux aller te coucher, maintenant. Tu te rappelles où est ta chambre ?

Elle eut aussi un pâle sourire.

— Je m'en souviens très bien, père. Mais je dormirais mieux si je savais ce qu'il advient de Ian et de mes amis de Contremont…

— Pauvre petite, dit Alcanthe en lui caressant le front. Leur pire tourment est de ne pas savoir que tu es de retour chez toi, saine et sauve. Ne t'inquiète pas. Ils vont tomber sur une de nos patrouilles ou même arriver bientôt aux portes de la ville. Quelle surprise va avoir ce brave Ian quand il va te revoir. Enfin, s'il te reconnaît dans cet état !

Marion passa une main inquiète dans ses cheveux crasseux.

— Est-ce si grave ?

— Pauvre chérie ! Dame Cinambre va mourir quand elle va te voir, je le crains.

— Ma foi, à quelque chose malheur est bon !

— Je suis rassurée de constater que ton séjour chez ton oncle ne t'a pas changée. Allons maintenant ! Un bon bain, et au lit !

— Oui, mère…

◆

L'accueil que Trigaud fit aux prisonniers de Malitorne ne trahit pas les espérances de ce dernier. Lorsque le burgrave arriva au bas de l'escalier de pierre qui descendait aux souterrains du château de Privance, hâtivement vêtu d'une robe de chambre pourpre, il semblait bourru, irrité. Il paraissait ne pas apprécier d'avoir été réveillé en pleine nuit.

Mais lorsqu'on lui présenta les quatre prisonniers assis piteusement sur un strapontin, sous bonne garde, l'expression nonpareille qui se peignit sur ses traits remplit Malitorne à son tour d'un rare sentiment de satisfaction. Il en oublia les petits désagréments, les fatigues et les vexations survenues pendant sa mission... Des philosophes n'affirmaient-ils pas que l'expérience du contentement sublime, de la joie absolue, était si rare et si précieuse qu'il fallait aussitôt se suicider, plutôt que de continuer à vivre dans la nostalgie des sommets que l'on ne contemplerait désormais que de loin ? Cette conception était un peu trop exaltée pour Malitorne, mais il en comprit l'attrait à ce moment.

— Excellent ! Excellent ! répétait Trigaud.

Il s'empara de Malitorne et le secoua jusqu'à l'étourdir.

— Euh... Euh... sire...

Trigaud libéra le petit homme avec un rire rugissant.

— Foutu Malitorne ! De tous les tours que tu m'as joués, c'est le meilleur ! Je suis content. Je suis *très* content.

— Je baigne dans la lumière de votre joie, sire.

Trigaud s'approcha de la jeune femme blonde, un sourire carnassier sur les lèvres.

— Mademoiselle Donat en personne ! Bigre, c'est vrai que tu as grandi depuis la dernière fois que je t'ai vue. Es-tu moins remuante ? Tu avais renversé un encrier sur la table de ton père. Tu ne te souviens pas de ça, hein ?

— Non.

Les sourcils de Trigaud se froncèrent devant la placidité de la jeune femme.

— Si les partisans de la démocratie voyaient comme tu as hérité de l'arrogance de ton père, ils réfléchiraient deux fois à leurs théories égalitaires.

— En fait… dit Malitorne, ce n'est pas son comportement normal. Je crois qu'elle est sous le choc.

— Et vous feignez de vous en étonner ? gronda Ian. Après les mauvais traitements que vous lui avez fait subir ?

— Je vous somme de retirer vos paroles, répliqua vertueusement Malitorne. J'ai traité votre nièce avec une infaillible courtoisie. J'aurais aimé qu'elle en fasse autant envers moi. Si mon assistant a profité de mon inconscience pour… satisfaire ses pulsions naturelles, elle n'a qu'à s'en prendre à elle-même.

— Qu'est-ce que tu veux dire ? demanda Trigaud. Il l'a violée ?

— C'est ce que je soupçonne.

— Tu ne pourrais pas parler plus clairement ? « Satisfaire ses pulsions naturelles », franchement…

— Pour tout dire, je ne comprends pas exactement ce qui s'est passé…

Mais ce détail n'intéressait plus vraiment Trigaud, qui se tourna vers Ian.

— Et vous êtes le frère d'Héran Donat ? Ian… « Corybantier », c'est bien cela ? Enchanté de faire votre connaissance.

— Je ne peux malheureusement pas en dire autant.

Tant mieux ! Je déteste l'hypocrisie. Vous voilà bien loin de Contremont, ne trouvez-vous pas, cher maître ? Je suis un peu choqué de vous voir mêlé à cette affaire, je dois dire. Tous mes conseillers m'avaient assuré que les magiciens ne s'occupaient pas de politique, et en voilà deux qui se mêlent de contrecarrer mes plans ! Vous avez une explication ?

— Enlever et séquestrer une enfant, ce n'est pas de la politique.

Trigaud éclata de rire.

— Vous allez découvrir, mon cher maître, de quelle façon même l'enlèvement d'un magicien peut servir la politique.

Le burgrave ignora superbement Valériane pour s'intéresser au dernier membre du quatuor, qui ne payait certes pas de mine avec son teint grisâtre et son costume maculé de terre et de sang et qui ployait sous son Étouffoir.

— Maître Coen ! Je suis heureux de vous revoir. Lorsque je prononce une sentence – vous ne l'avez pas oubliée, j'espère –, j'exige que celle-ci soit exécutée intégralement. Je vous prierai donc de survivre, car je veux assister à l'opération mais ne pourrai pas me libérer avant quelques jours. Chez un homme dans ma situation, les affaires passent toujours avant le plaisir, hélas !

Un sourire sardonique souleva la moustache maculée de Pierre.

— Tu jacasses autant que Malitorne, maintenant ?

Le burgrave le frappa à l'estomac, son poing plus vite que l'œil. Pierre hoqueta, plié en deux.

— Lâche ! siffla Valériane.

— Tiens ! Ta nouvelle conquête a du caractère, Coen. Mais si j'étais toi, je me méfierais des rousses. Elles mordent.

— Approche-toi un peu et tu jugeras si c'est vrai !

Trigaud fit un geste désinvolte.

— Bon, bon, ça suffit. Malitorne, mets-moi tout ce beau monde en cage. Je veux la fille et le frère de l'intendant frais et dispos demain matin, lorsque nous nous mettrons en route.

— En route ? s'étonna Malitorne. Où allons-nous ?

— Tu ne t'es pas demandé ce que signifiaient toutes les troupes dehors ?

— Je, oui, mais…

— Tu pensais que j'allais me tourner les pouces en attendant de tes nouvelles ? J'ai deux cents hommes qui n'attendent que mon signal pour marcher sur Besline. Et ce signal, ils l'auront demain à l'aube.

— N'est-ce pas un peu précipité, messire ?

— Qu'y a-t-il de précipité là-dedans ? Lorsque Donat verra que nous avons sa fille – et son frère –, il m'obéira comme un agneau. Finies les rêveries démocratiques. Demain, à la même heure, nous trinquerons dans les appartements royaux du château de Besline. Tu m'appelleras Majesté, et je te répondrai « oui, mon cher intendant ».

Malitorne sourit, ébloui par la vision que lui présentait le burgrave.

— Maintenant, je vais me recoucher, dit Trigaud. Quoique je commence à me demander si je réussirai à dormir avec tout ce qui me bouillonne dans l'esprit. Bonne nuit !

— Bo… Bonne nuit, sire.

Aussitôt Trigaud parti, Malitorne et ses aides-bourreaux enfermèrent les prisonniers dans deux cellules en forme de cage, Ian avec la Simile, et Pierre avec Valériane. Deux portes constituées de barreaux se refermèrent avec un ferraillement assourdissant.

— Ne suis-je pas le plus attentionné des tortionnaires ? gloussa Malitorne à travers la grille. Mademoiselle Donat aura son cher oncle pour la consoler, et messire Coen sa petite amie. Car je compte sur vous, mademoiselle Valériane, pour prodiguer à votre « chevalier volant » tous les soins et toutes ces douceurs féminines qu'il semble tant apprécier. Pour ma part, la seule douceur qui me tente en ce moment, c'est celle de mon lit. Je vous laisse donc. Bonne nuit et ne vous faites pas d'illusions sur les possibilités de fuite. Des gardes ne vous quitteront pas de l'œil bien sûr. Dernier détail à l'attention de mes distingués collègues : je serais extrêmement contrarié que l'on me réveille pour me prévenir d'une absurde tentative de votre part pour vous départir de vos Étouffoirs. S'il fallait que je sois obligé de redescendre afin de vous châtier, ma mauvaise humeur pourrait m'entraîner à commettre des gestes regrettables pour tout le monde.

Valériane avait écouté attentivement le discours du magicien, une froide lueur d'intérêt dans le regard :

— Quel étrange sapajou. Lui arrive-t-il de se taire ?

— Je t'avais prévenue, dit Pierre. C'est un expert en torture.

Malitorne ouvrit la bouche, la referma, puis la rouvrit pour se limiter cette fois à l'émission d'un glacial « Bonne nuit ! ». Enfin il tourna les talons et fut avalé par la pénombre générale qui régnait dans les souterrains.

Ian se précipita contre les barreaux qui séparaient les deux cellules. Valériane fit de même et prit ses mains dans les siennes. Sous la lumière jaune des lanternes restées allumées, son masque de froideur s'était effrité, et Ian voyait à quel point elle était épuisée et effrayée. Elle chuchota :

— Qu'est-ce que ça signifie, Ian ? Où est… Tu comprends ? La véritable…

Elle fit un geste entendu vers la Simile. Ian murmura en retour :

— Les murs ont des oreilles… Tu en sais autant que nous tous… Dis-moi plutôt si tu tiens le coup.

— Autant que faire se peut.

— Si tu connais un moyen de t'échapper, ne te gêne pas pour nous.

Le sourire ironique fleurit sur les lèvres de la sorcière.

— Tu voudrais que je me transforme en belette pour filer entre les barreaux ? (Elle hocha la tête d'un air navré.) Ce n'est pas mon genre de sorcellerie. Je suis aussi désemparée que toi.

— Oh, Valériane, je suis navré de t'avoir entraînée dans cette aventure.

— Ce n'est pas pour moi que tu dois t'inquiéter.

Valériane se détacha de Ian et se tourna vers son compagnon de cellule. Pierre s'était allongé sur un des bancs de planches usées et brunies qui servait de lit. Un aide-bourreau avait retiré les flèches et pansé ses plaies, mais Ian n'avait jamais vu son ami dans cet état. En réalité, il se rendit compte qu'il n'avait jamais vu *personne* dans cet état ! La chance et la fortune l'avaient gardé toute sa vie loin de la guerre, de la violence et de la cruauté des hommes.

— Essaie de dormir, dit Ian, cruellement conscient de la mièvrerie du conseil.

— Ne vous inquiétez pas, ce n'est qu'une égratignure, répondit Pierre avec un rictus plus effrayant que rassurant.

Valériane s'assit près du blessé et lui caressa tendrement le visage.

Ian se tourna vers sa propre compagne de cellule, qui s'était assise sur un des grabats. Le regard fixé sur la flamme des lanternes, elle semblait attendre patiemment la suite des événements. Ian lui demanda si tout allait bien.

— J'ai mal aux pieds, dit la Simile.

— Ce n'est pas étonnant. Viens, nous allons voir ça…

Ian aida la Simile à se débarrasser de ses souliers et de ses chaussettes. Sous la plante de son pied droit, une grosse cloque avait crevé et laissé une partie de la peau à vif. Ian massa les chevilles enflées, mais interrompit presque aussitôt son geste tant la douceur tiède de la chair sous ses mains éveillait des sensations troublantes. Fallait-il qu'il soit fatigué pour avoir oublié la nature de la jeune femme assise – une partie de son esprit se rebella aussitôt à cette pensée – non ! ce n'était pas une jeune femme, et c'était *encore moins* Marion, c'était une créature, une *créature* qui ne n'avait même pas reçu de nom à la naissance…

Ian recommanda à la Simile de se reposer, puis alla s'asseoir sur l'autre grabat. C'est avec un soulagement incommensurable qu'il se défit à son tour de ses bottes détrempées – ses pieds n'étaient pas en meilleur état que ceux de la Simile. Il enleva ensuite sa cape, plus ou moins asséchée par la chevauchée jusqu'à Privance. Il aperçut alors quelque chose qui sortait à demi de sa poche intérieure.

La lettre d'Ignace le Catonien… À peu près la seule chose que Malitorne et ses hommes lui avaient laissée après l'avoir fouillé et débarrassé de ses bagages.

Ian rit dans sa barbe à l'ironie de la situation. Il pourrait enfin en terminer la lecture, Marion ne viendrait pas l'interrompre cette fois-ci ! Pure boutade, évidemment, car il n'avait ni l'énergie ni le désir de lire les spéculations mathématiques de son illustre collègue. Néanmoins, Ian sortit la petite liasse de feuilles de papier pour s'assurer qu'elles n'avaient pas trop souffert de leur plongée dans les eaux du

Pibole. Quelle ne fut pas sa surprise de remarquer, tracée en grosses lettres rouges au verso de la première feuille, une inscription qu'il ne se souvenait pas d'avoir vue avant :

À LIRE DE TOUTE URGENCE !

Déconcerté, Ian déplia la liasse de feuilles. Il lui fallut un moment pour comprendre qu'il s'agissait bel et bien de l'écriture d'Ignace le Catonien, mais que le message était complètement différent de celui qu'il avait commencé par deux fois à lire au manoir.

IMPORTANT – NOUVELLE VERSION

IAN :
LIS CETTE LETTRE DE TOUTE URGENCE !

Mon très cher collègue,

J'imagine ta surprise choquée lorsque tu vas constater que le contenu de cette lettre a changé, mais le temps nous presse et les explications détaillées sur ce mystère devront attendre.

Je sais où tu te trouves et ce qui t'est arrivé. Après bien des difficultés, j'ai découvert un moyen de contourner l'effet de l'Étouffoir. Cela n'est possible que si l'on intervertit deux axes de la réalité. Je t'explique la procédure dans les pages suivantes, car il est impératif que tu réussisses à te libérer dès que possible afin d'échapper à Malitorne. J'ai soigneusement rédigé les instructions pour qu'elles soient le plus clair possible, mais la procédure comporte plusieurs étapes complexes, qui solliciteront ta mémoire et ta concentration. Je suis sincèrement désolé de ne pas avoir su créer une démarche plus simple.

Il te faudra tout d'abord t'isoler de l'Étouffoir par un Aplanisseur de Champ éthéré, ce qui te permettra ensuite d'invoquer une Cascatelle fluidifiante. Par ailleurs, tu dois aussi...

Ian frotta ses yeux brûlants de fatigue, chaque ligne lue augmentant d'un cran sa stupéfaction. Comme dans sa première version, la lettre d'Ignace le Catonien se poursuivait sur de nombreuses pages, mais cette fois elle n'était constituée que d'instructions magiques, certaines bien connues de Ian, d'autres parfaitement ésotériques, conduisant à la mystérieuse « interversion des deux axes ».

Malgré l'étonnement et l'émotion de découvrir que son célèbre confrère était au courant de ses mésaventures et avait réussi par un moyen inconnu à lui faire parvenir un message, Ian dut tout de suite se rendre à l'évidence : il ne pourrait jamais mener à bien une aussi longue liste d'instructions magiques dans l'état d'épuisement physique et mental où il se trouvait. Il devait absolument dormir un peu.

Le second mouvement de son cœur fut de se tourner vers Valériane et Pierre et de leur révéler le contenu de la lettre, mais il comprit à quel point cela ne réussirait qu'à lui faire perdre du temps en explications et peut-être même à éveiller les soupçons des gardes qui les surveillaient dans l'ombre.

Ian relut le message, notant pour l'instant les parties plus familières. Il essaya de dégager la structure générale de l'incantation. Mais bientôt les pattes de mouches s'embrouillèrent sous la faible lumière jaune qui régnait dans la cave, et Ian dut fermer les yeux et renoncer à lire, et surtout, surtout, renoncer à penser. Il s'allongea sur le banc dur, un bras replié sur les yeux. Pendant un moment, les événements des derniers jours tourbillonnèrent dans son esprit enfiévré. Le visage de Marion revenait constamment, auquel se superposait le masque impassible de la Simile ; il revit aussi Pierre, le visage creusé par la souffrance, il revécut la terrible annonce faite à Héran et à Alcanthe ; Ignace lui apparaissait aussi, ombrageux, l'air déçu par son collègue, car aux frontières du rêve Ian s'imagina entendre tonner la voix du vieil érudit : « Il ne fallait pas accepter de protéger ta nièce, Ian. Tu es un gardien de l'ordre, elle est une jeune femme, une source de chaos, de chaos, de chaos… » ; reproches qui se fondaient dans le rire sardonique de Valériane : « Tu t'inquiètes *vraiment* pour le sort de l'univers, là ? »… Bientôt les rires et les reproches furent impossibles à distinguer les uns des autres ; Ian crut entendre aboyer Petite-Caille, puis sombra pour de bon dans les eaux troublées d'un sommeil épuisé.

Chapitre 14

Affrontement

Entre le sommeil et l'éveil, Petite-Caille se laissait porter par des bras invisibles et doux. Le bruit régulier et la sensation de mouvement qui la berçaient n'étaient pas désagréables. L'air était parfumé de mille odeurs tour à tour familières et exotiques : la poussière des routes, les effluves du crottin, des parfums capiteux et un tabac âcre et piquant. Une main douce la caressait, ce qu'elle ne trouvait pas désagréable non plus.

Petite-Caille ouvrit un œil et réussit même à entrouvrir l'autre. Elle eut l'impression de se retrouver dans le débarras au manoir de son maître – c'était aussi étroit et encombré. Le toit de la pièce était étrangement lumineux. Il fallut un moment à la chienne pour comprendre qu'il s'agissait d'une toile écrue qui diffusait la lumière du ciel. Elle se trouvait dans la carriole aperçue la nuit précédente. Penchée sur elle, la femme aux cheveux noirs lui sourit sans arrêter de la caresser. La gentille femme avait bel et bien quatre bras. Ça non plus, Petite-Caille ne l'avait pas rêvé.

— Tu es enfin réveillée, Boule de Poil ? Ça va un peu mieux ?

Petite-Caille se retint juste à temps de répondre « oui ». Elle savait que les humains posaient toutes sortes de questions aux animaux sans s'attendre à ce que ceux-ci leur répondent.

— Tu devais être bien fatiguée pour t'effondrer comme ça, reprit la femme.

— On l'a surtout battue, dit une voix masculine, un peu rude et brusque.

Petite-Caille leva la tête et vit les deux hommes, le géant et le moustachu, assis sur un banc de bois. Ils la regardaient aussi. Leur corps oscillait au rythme des mouvements de la carriole, phénomène qu'ils acceptaient avec la passivité née de l'habitude.

— Tu ne dis plus rien ? reprit le moustachu avec un regard farouche qui vous donnait l'impression qu'il était sur le point de vous égorger. Tu parles juste la nuit ?

Petite-Caille sentit son cœur se débattre follement dans sa poitrine. Comment savaient-ils qu'elle parlait ? Ils allaient la battre ! Le bâton, non, pas le bâton !

La jeune femme lui souriait toujours. Elle ne semblait ni avoir peur ni vouloir la battre.

— Tu rêvais, Boule de Poil. On n'a rien compris de ton histoire, mais on sait que tu parles.

— Explique-toi, ordonna l'homme au regard farouche. T'es une sorcière ? Une louve-garou ?

Petite-Caille s'assit devant les trois humains, les oreilles baissées, déférentes.

— Non. Je suis une vraie chienne. Je m'appelle Petite-Caille.

Le géant éclata d'un rire inarticulé. L'homme farouche expliqua :

— Pansertio aime ton nom. Il est muet. Moi, c'est Yarg. Elle, c'est Persillienne. Son vrai nom est musaphe. Elle l'aime pas, son vrai nom. Alors c'est Persillienne. Qu'est-il arrivé à ta patte ?

Petite-Caille commençait à comprendre que Yarg n'était ni impatient ni en colère, que c'était sa façon particulière de parler. Petite-Caille se lança alors dans le plus long monologue de sa vie. Panserfio émit des marmonnements de colère lorsqu'elle relata la raclée des deux paysans, mais applaudit au récit du raid sur le poulailler. Petite-Caille termina avec son émergence de la forêt et sa rencontre avec la carriole. Yarg renifla, hautain.

— Difficile à croire, tout ça. Tu en inventes la moitié.

— Non ! répondit Petite-Caille, indignée que Yarg doute de sa parole.

— Ne t'occupe pas de lui, dit Persillienne avec un sourire. Moi, je te crois. Dis-moi plutôt si tu veux à manger.

Petite-Caille aboya : cette question activait ses instincts les plus profondément canins. Ils lui donnèrent du pain, la croûte d'un jambon racorni et un peu de lait aigre. Quel festin !

— Bon, dit Yarg. T'as mangé. Quoi maintenant ? Tu veux retourner chez toi ?

— Oui ! Oui !

— Qui te dit que ton maître n'a pas déjà un autre chien ?

La question frappa Petite-Caille au point le plus sensible de son cœur, mais elle redressa lentement les oreilles. Elle commençait à soupçonner que la brusquerie de Yarg était une façade commode pour se moquer des gens. Ou des chiens.

— Nous sommes en tournée, expliqua Persillienne d'un air désolé. Nous ne pouvons pas retourner à

Contremont comme ça. C'est loin. Nous devons respecter nos engagements.

Petite-Caille baissa le museau. La vie des humains était tellement compliquée. Désœuvrée, elle se coucha aux pieds de Persillienne. La jeune femme s'alluma une pipe, puis se mit à rapiécer un vêtement, en caressant la chienne avec sa dernière main libre. Yarg faisait briller la lame d'une longue épée avec un chiffon. Panserfio lisait un livre à travers deux petites fenêtres qu'il s'était posées sur le nez.

Petite-Caille regarda la route de terre défiler derrière la carriole. Elle ne voyait pas le soleil, caché par la bâche ou la voûte des feuilles, mais l'air était encore tout imprégné de la fraîcheur de la rosée. Elle allait s'endormir, bercée par le clop-clop régulier du cheval de trait, lorsqu'une lointaine clameur se superposa aux grincements des roues de la carriole. Elle dressa les oreilles. Le bruit augmentait rapidement d'intensité. Il semblait venir de toutes les directions à la fois. Le sol, le ciel, tout vibrait.

Yarg écarta le rideau à l'avant de la carriole. Ses deux compagnons se pressèrent à son côté. Petite-Caille réussit à glisser le museau entre les trois humains pour regarder aussi. L'étroit chemin de terre emprunté par la carriole croisait à ce moment une route plus large, sur laquelle défilait un grand nombre de cavaliers tous vêtus de la même façon. Petite-Caille réfléchit : ça lui rappelait un peu la façon dont les soldats de Contremont étaient habillés.

Un des cavaliers s'interposa aussitôt entre la carriole et le chemin, l'épée à demi sortie de son fourreau.

— Faites place ! Arrière, c'est un ordre !

De toute façon, le cheval de trait s'était arrêté de lui-même. Les occupants de la carriole contemplèrent en silence le défilé militaire. Petite-Caille n'en croyait pas ses yeux. Elle ne pensait pas qu'il y avait autant de chevaux dans le monde.

Une demi-douzaine de chevaux de trait fermaient la marche, lourdement chargés de provisions et d'équipements, puis il ne resta plus que la rumeur décroissante et la riche odeur de poussière et des chevaux pour convaincre Petite-Caille qu'elle n'avait pas rêvé.

Le géant fit un geste vers Yarg, comme s'il posait une question.

— Ils viennent de Privance, expliqua Yarg.

— Mais qu'est-ce qui se passe ? demanda Persillienne.

— Sais pas. Ça barde.

— Est-ce qu'on continue vers Privance quand même ? On y présente trois spectacles.

Yarg haussa les épaules.

— C'est là qu'on nous attend. Le reste ne nous regarde pas.

Le cheval de trait obéit aux ordres et reprit son pas résolu. La carriole s'engagea sur la route menant vers Privance. Petite-Caille se dépêcha de retourner à l'arrière du véhicule. La tête penchée de perplexité, elle essaya d'imaginer quelle sorte d'événement extraordinaire pouvait motiver autant d'humains à se déplacer. Elle retourna se coucher aux pieds de Persillienne avec un soupir devant son incapacité à appréhender la complexité du monde des hommes.

◆

Malgré le soulagement extatique qu'elle avait éprouvé à retrouver la sécurité de sa chambre et le confort de son lit, et malgré sa fatigue, Marion n'avait dormi que d'une oreille, sursautant à chaque appel de soldat, à chaque bruit de pas précipités dans le couloir, à toutes les rumeurs de conversation et de préparatifs. Une course empreinte d'urgence, accompagnée de cris un peu plus forts que les autres, la réveilla tout à fait. Dans le couloir, en face de la porte de sa chambre, Alcanthe donna un ordre à un valet : il fallait prévenir sire Donat de se présenter le plus tôt possible dans son bureau.

Marion écarta ses couvertures. Le soleil était assez haut dans le ciel. Elle sauta hors du lit, enfila la première robe qu'elle trouva, s'aperçut que ses pieds enflés n'entraient plus dans ses escarpins. Tant pis ! Elle descendit les escaliers pieds nus et fila aussi vite qu'elle le pouvait jusqu'à l'ancienne salle d'armes.

Elle entra au moment où son père et quelques conseillers s'assoyaient en face du courrier envoyé à Privance porter l'ultimatum au burgrave Trigaud. Le jeune homme était trempé, couvert de boue, il avait le visage lacéré d'éraflures. Le souffle court, il demanda qu'on lui pardonne son apparence.

— Aucune importance, dit Héran. Expliquez-nous plutôt ce qui vous est arrivé.

— Je n'ai pas osé livrer votre message, sire. Je suis arrivé au moment où le burgrave Trigaud sortait de Privance à la tête d'une armée de deux cents cavaliers. Au moins. J'ai cru préférable de me cacher et de revenir pour vous prévenir. Mon cheval nage bien. J'ai traversé la Cautèle à la chute du Colvert et j'ai coupé par la forêt.

— Audacieuse initiative ! Je suis fier de vous, mon garçon ! Allez vous reposer, maintenant.

Une fois le courrier sorti, Héran regarda Alcanthe, Marion et ses conseillers. Il rit, incrédule.

— Trigaud veut prendre d'assaut Besline ? Avec seulement deux cents hommes ? Il est devenu fou ?

Le chef de la milice entra à ce moment. On lui expliqua la situation. L'officier ne trouva pas cela drôle du tout.

— Ce sont des hommes bien entraînés, sire. Ils peuvent faire beaucoup de dégâts.

— Si nous les laissons passer les remparts, peut-être ! Mais que dis-je ? Je ne veux même pas les voir s'approcher de Besline. Combien de temps vous faut-il pour assembler quatre cents hommes ?

— Au moins deux heures, sire.

— Vous avez une heure. Nous allons les bloquer dans la vallée de la Rouille. Ils ne vont quand même pas se battre à deux contre un. Je vous accompagne pour essayer de calmer Trigaud.

— Je viens aussi ! dit Marion.

Héran ferma les yeux une seconde. Lorsqu'il parut capable de parler sans exploser, il ouvrit les yeux et regarda sa fille.

— Qu'est-ce que tu fais ici, Marion ? Je n'ai pas le temps pour les enfantillages.

— Des enfantillages ?

Les narines frémissantes, Marion tendit un doigt sévère entre les yeux de son père.

— Je n'accepterai plus de me faire écarter de la route comme un paquet encombrant, père. C'est *moi* qui me suis fait enlever. C'est *moi* qui me suis libérée. Sans l'aide de personne. Je veux que ce Trigaud me *voie*, et je veux lui rire au nez. Libre à vous de qualifier ça d'enfantillages, mais je viens avec vous et c'est la fin de la discussion.

Héran se tourna vers sa femme, la bouche ouverte.

— Mais enfin, Alcanthe ! Dis quelque chose !

Cette dernière haussa une épaule.

— Si c'était ton garçon, tu serais fier de l'avoir à ton côté.

Ce n'était manifestement pas ce qu'Héran voulait entendre. Il explosa :

— Qu'est-ce que tu me chantes là ? Tu es aussi folle que ta fille ? Il est hors de question que tu nous accompagnes, Marion, tu as compris ? Hors de question ! Va à ta chambre, et je t'interdis d'en sortir d'ici ce soir ! Je dois me préparer à mener une troupe de quatre cents hommes pour arrêter un fou furieux. Je n'ai pas de temps à perdre avec les caprices d'une jeune fille !

Hochant la tête d'incrédulité, Héran marcha vers la porte de son bureau, suivi précipitamment par ses conseillers et officiers.

◆

Au nord-ouest de Besline s'élevait une chaîne de basses collines à travers laquelle les eaux tranquilles de l'Allège avaient patiemment creusé une vallée étroite, bordée d'un côté par une falaise de pierre rougeâtre. L'encaissement portait le nom de vallée de la Rouille. Il n'était pas nécessaire d'être un expert en stratégie pour voir que c'était à son point le plus étroit qu'une armée voulant défendre l'accès à Besline devait s'installer.

L'armée de Besline arriva juste à temps. Héran et ses officiers venaient à peine de désigner aux cent piquiers leur position lorsque l'avant-garde de l'armée de Privance contourna la forêt au nord de la vallée. Les piquiers s'empressèrent de former une double rangée de part et d'autre de la route, pendant que le chef de la milice envoyait des éclaireurs dans la forêt qui montait le long de la colline, afin qu'ils viennent les prévenir si une deuxième colonne cherchait à les contourner en douce.

Mais Trigaud et ses hommes n'avaient aucune intention de contourner qui que ce soit. La cavalerie de Privance continua d'avancer sans ralentir, jusqu'à ce que le burgrave, qui menait la troupe, s'arrête à moins de quelques pas de la première ligne de piquiers. Ni la rangée d'armes dressée devant lui ni la supériorité numérique de ses adversaires ne semblèrent l'impressionner. Avec son armure embossée, sa grande cape pourpre qui se déployait au vent et l'expression hautaine peinte sur son visage, il irradiait l'impatience et la morgue. Et lorsqu'il parla, ce fut avec une voix tonnante accompagnée par l'écho.

— Soldats de Besline, écartez-vous de mon chemin ! Je suis Juval Trigaud, roi de Privance, Besline et Triplebuies, venu occuper le trône qui lui revient de droit, ce trône resté si longtemps vacant par l'incurie de votre intendant et de votre noblesse. Laissez-moi passer et suivez-moi pour participer à mon triomphe.

Un peu en retrait à l'arrière de l'armée de Besline, Héran se tourna vers la jeune cavalière qui chevauchait à son côté. Il avait finalement trouvé moins compliqué d'accepter la présence de Marion, après lui avoir demandé de porter un casque et une armure légère dans l'éventualité – qu'il avait souhaité le plus improbable possible – d'une flèche perdue.

— Si je t'ordonne de ne pas bouger d'ici, sauras-tu au moins respecter cet ordre ?

— Je vais essayer, répondit Marion.

Héran fit une grimace irritée, puis commanda à sa monture d'avancer entre ses soldats. Sur la ligne de front, les piquiers s'écartèrent pour laisser passer l'intendant et deux haut gradés. Dans son pâle uniforme de cour qui accentuait encore sa taille élancée,

Héran avait l'air d'une colombe affrontant un aigle. Une colombe qui aurait eu assez de morgue pour croiser le bec avec son adversaire.

— Que signifient tous ces chevaliers, messire Trigaud ? Vous n'avez pas besoin de la protection d'une armée pour signer la constitution du parlement.

— Mais vas-tu nous foutre la paix avec ta maudite constitution ! Je me torche avec, entends-tu ?

— Pareille grossièreté n'est pas à votre honneur.

— Je n'ai pas à être délicat avec toi, Héran. Ni poli. Tu n'es même pas un noble. Écarte-toi de mon chemin, as-tu compris ? Ou je te ferai condamner pour haute trahison !

— Es-tu ivre ou détraqué pour ne pas comprendre que nous n'en ferons rien ?

Trigaud éclata d'un rire de commisération, faiblement répété par l'écho.

— C'est ce que tu crois, hein ? Ouvre bien les yeux, je vais te montrer quelque chose qui va nous sauver à tous deux de la salive.

Pendant qu'ils parlaient, un char de guerre aux couleurs de Privance, tiré par un bœuf aussi énorme que placide, s'était lentement approché de la ligne de front. Derrière le conducteur se dressaient trois personnes : Malitorne, sa cape noire battant au vent, encadré par deux lugubres silhouettes encapuchonnées. Un homme et une femme. On eût cru que même les chevaux des soldats de Privance étaient sensibles à l'aspect sinistre de l'équipage, puisqu'ils s'ébrouaient et devenaient difficiles lorsque le chariot passait près d'eux.

Marion sentit ses épaules s'affaisser de consternation, et pas seulement parce qu'elle avait reconnu Malitorne. Avec leurs masques et leurs bras retenus dans leur dos, il ne faisait pas de doute que l'homme et la femme à ses côtés étaient des prisonniers. Et avant même que Trigaud ne donne l'ordre au magicien de les démasquer, elle avait reconnu la posture légèrement voûtée de l'homme…

Sans trop de douceur, Malitorne arracha le masque des deux prisonniers.

— Et que dites-vous de ça, messire Donat ? demanda doucement Trigaud, son large sourire démontrant à quel point il savourait le moment.

Et effectivement, il y eut bien des murmures et du flottement dans les rangs de Besline. À côté de Malitorne se dressait maître Ian Corybantier, le jeune frère d'Héran, ainsi qu'une jolie fille blonde aux yeux gris-vert, à l'expression curieusement détachée, mais que la plupart des soldats de Besline reconnurent comme étant Marion Donat, la fille de l'intendant.

Héran paraissait littéralement statufié, vision qui amusa tant Trigaud que son rire s'élança haut dans le ciel bleu telle une volée de corneilles.

— Eh oui, messire Donat ! Marion et ton frère ! Avoue que tu ne t'attendais pas à ça, hein ?

— Mais, mais… bégaya Héran. Qu'est-ce que c'est que…

Marion, à la fois outragée par cette imposture et stupéfaite de la ressemblance de cette jeune femme avec elle, ne put se retenir plus longtemps.

— Hé ! Ce n'est pas moi !

Elle éperonna son cheval et se fraya un chemin vers son père en bousculant les autres cavaliers. Elle semblait bien prête à forcer la ligne des piquiers, mais des officiers réussirent à la contenir à la dernière extrémité.

— Je suis ici ! cracha Marion vers Trigaud à travers les piques dressées. C'est *moi* Marion ! Oui, oui, ne me regardez pas comme ça !

Le burgrave clignait des yeux spasmodiquement, son sourire figé sur son visage en un rictus. Son regard alla vers Malitorne, puis revint vers la jeune fille aux cheveux courts qui lui faisait face.

Dans le chariot, Ian profita de la seconde de stupeur silencieuse qui avait suivi l'intervention de Marion pour crier à son tour.

— N'écoutez pas Trigaud, soldats de Besline. Il essaie de vous berner…

Un éclair violet, jailli de la main de Malitorne, atteignit Ian à la poitrine, qui se tut avec un cri étranglé.

Marion n'était plus capable de se contenir.

— Père ! Ne le laissez pas faire !

— Du calme, Marion. Que tout le monde se calme.

— Magie et trahison ! cria le burgrave en retirant son épée de son fourreau.

— Range cette épée, Trigaud ! cria Héran.

— À moi, l'armée ! Sus aux traîtres !

— Sire, attention !

Les piquiers de Besline accoururent pour protéger l'intendant et les deux officiers. Le burgrave fendit le crâne d'un soldat de son épée tout en hurlant « À moi l'armée ! » à pleins poumons. Un des officiers de Besline l'attrapa à bras-le-corps et essaya de le désarçonner. Les hommes de Privance se précipitèrent sur lui. Les épées des cavaliers s'abattirent dans les piquiers. En moins de temps qu'il n'en fallait pour tendre un arc, la vallée de la Rouille avait explosé en un tumulte de cris et de coups, de tintements métalliques, de sifflements de flèches et de hennissements.

Héran avait renoncé à essayer de calmer tout le monde. Personne ne l'aurait entendu dans ce vacarme de toute façon. Il ne songea plus qu'à entraîner Marion loin de la mêlée, mais elle protestait désespérément : « Oncle Ian. Il faut sauver oncle Ian ! »

Toutefois, Héran était aux prises avec des considérations beaucoup plus pressantes et dramatiques que le bien-être de son frère. Quelle épouvantable erreur de jugement de sa part de ne pas avoir mieux écouté ses officiers. Les hommes de Trigaud étaient effectivement beaucoup mieux formés et entraînés que les siens, et ils possédaient de bien meilleures armures. À cela s'ajoutait l'aide de Malitorne, dont les traits de feu violet décimaient à distance plus assurément que des flèches. L'armée de Privance était en train de ne faire qu'une bouchée de l'armée pourtant supérieure en nombre de Besline. Quelle humiliante défaite ! Comment avait-il pu être aussi arrogant et inconscient ?

De l'autre côté de la mêlée, dans le véhicule qui l'avait transporté depuis Privance, Ian avait péniblement repris ses esprits et assistait, impuissant, au spectacle de Malitorne arrosant les hommes de Besline d'éclairs violets. L'éclair ne tuait pas, mais il étourdissait de douleur – Ian en savait quelque chose – et donnait l'occasion aux hommes de Privance de frapper sans riposte.

Arrivé aux mêmes décourageantes conclusions que son frère, et sachant qu'il ne pouvait bloquer la magie de Malitorne tant qu'il porterait l'Étouffoir, Ian l'affronta par le seul moyen qui lui restait. De tout son poids, il se jeta sur son collègue. Les deux magiciens bousculèrent la Simile. Ils tombèrent tous les trois en bas du char.

La vallée de la Rouille bascula. Ciel et terre, falaise et rivière, tout tourna autour de Ian, et ses poumons se vidèrent lorsqu'il tomba sur le dos. Les oreilles lui tintèrent. Il vit des étoiles. Le bœuf meugla. À travers un brouillard de douleur confuse, Ian réussit avec force gémissements à passer ses mains attachées par-dessus sa tête, un truc d'acrobate que

Trivelin lui avait montré. Juste à temps, car à quelques pieds de lui Malitorne se relevait à son tour. Ian lui sauta au cou, les mains tendues. Il n'avait jamais étranglé un être humain, et cela lui apparut à la fois profondément répugnant et étrangement satisfaisant. Malitorne puisa dans les replis de sa robe un court poignard à la lame luisant d'une sourde lumière…

En voyant la lame, Ian se sentit envahi par un grand sentiment de paix. D'inéluctabilité.

Car il s'était levé très tôt ce matin-là dans la cellule. Il avait contemplé ses trois compagnons d'infortune endormis. L'esprit un peu plus clair, il avait repris sa lecture de la lettre d'Ignace. Et il avait bien fait de la relire et d'en imprégner sa mémoire des moindres détails, car Malitorne et ses hommes n'avaient pas tardé à venir les chercher, lui et la Simile. Valériane s'était insurgée, leur avait crié de garder courage, mais c'est à peine si Ian avait répondu tant il était concentré sur l'incantation d'Ignace. C'est à peine s'il avait pris garde au voyage à bord du char, c'est tout juste s'il avait brièvement serré la main de la Simile pour la rassurer.

Ian était sur le point de terminer l'incantation lorsque Malitorne l'avait masqué. Il aurait pu réciter mentalement les dernières phrases à ce moment ; il avait senti dans le creux de son estomac la tension magique, tout en harmoniques nouvelles pour lui, qui n'attendait plus que la libération d'une ultime phrase. Mais Il n'avait pas voulu abandonner la Simile à cet instant – il lui répugnait de fuir dans un deuxième monde inconnu en laissant Mademoiselle à la merci de son collègue renégat.

Mais lorsqu'il aperçut la lame luisante de magie dans le poing crispé de son adversaire, Ian comprit que la fin était venue pour lui, d'une façon ou d'une autre.

Dans son esprit se déploya la dernière incantation fiévreusement préparée plus tôt ce matin-là… Sous le regard féroce de Malitorne, il prononça les paroles. Le choc que Ian ressentit jusque dans la moelle de ses os eut la lourdeur d'un monde qui se déplace… Et tout disparut.

Chapitre 15

Les sources de la magie

Pour Ian, le contraste entre le chaos du champ de bataille et celui de son nouvel environnement fut si total, le passage si soudain, qu'il lui fallut un long moment pour accepter le fait que l'incantation d'Ignace avait fonctionné. S'il s'agissait d'un deuxième monde, il ne ressemblait à rien de ce qu'il avait vu ni lu.

Le magicien avait l'impression de flotter dans une mer de lumière parfaitement blanche, parfaitement uniforme, si intense qu'il aurait dû en être ébloui. Or ce n'était pas le cas. La lumière était puissante, oui, mais douce. Il ne ressentait nul besoin de plisser les yeux. Au contraire, il ouvrait grand les paupières, tout à son désir de discerner au sein de cet océan blanc une forme, une structure quelconque qui aurait pu lui donner une idée de l'endroit où il se trouvait.

Ian réalisa aussi à quel point le silence qui l'entourait était absolu. Les échos des cris et des ferraillements de la bataille résonnèrent un certain temps à ses oreilles, puis même les fantômes de la guerre se turent. Il n'entendait plus que son souffle exhalé par sa gorge râpeuse et le battement rapide de son cœur, chaque pulsation accompagnée d'un chuintement dans les oreilles.

Peu à peu, les battements de son cœur ralentirent et le chuintement s'atténua jusqu'à disparaître. Il n'entendit plus que le bruissement de son souffle, plus faible, plus lent.

Ainsi donc, il avait réussi à fuir le champ de bataille. Ian s'aperçut que ses poignets étaient toujours liés ensemble. Et il portait toujours l'Étouffoir autour du cou.

Ces premières constatations entraînèrent une question tout aussi triviale que nécessaire : que faire maintenant ? Comment allait-il réintégrer le monde naturel ? Mourir de faim et de soif en flottant pour l'éternité dans un second monde composé de lumière pure n'était pas un sort tellement plus enviable, à la longue, que de périr sous la lame magique de Malitorne.

Au moment où Ian se posait ces questions, il crut percevoir au sein de l'océan de lumière, juste en face de lui, un assombrissement. Il cligna des yeux. Était-il en proie à des hallucinations visuelles à cause de l'absence de tout repère visuel ? Non. Bien que d'un gris extrêmement pâle, la forme noyée de lumière se révéla être une silhouette humaine, qui marchait droit dans sa direction. À chaque pas, la silhouette se précisait, celle d'un homme courtaud et corpulent, qui avançait avec la démarche particulière des personnes âgées encore vigoureuses, pour qui cette activité jadis naturelle sollicite une attention un peu plus vigilante.

À chaque pas, la silhouette de l'arrivant se parait de détails. L'homme était vêtu d'une longue robe et d'un large chapeau, vêtements qui avaient déjà été noirs mais que la poussière des routes avait couverts d'une couche de poussière aussi grise que la longue barbe informe piquetée de brûlure.

— Ignace ? demanda Ian, qui se rendit compte qu'il pouvait parler dans l'univers de lumière.

Ignace le Catonien – car c'était bien lui – s'arrêta à quelques pas de Ian. Il hochait lentement la tête, son visage plissé en une expression à la fois sérieuse et renfrognée que Ian ne parvint pas à définir. Ce qui suivit fut encore plus inattendu, du moins pour Ian, qui connaissait de longue date le vieil érudit. Ignace s'avança et enlaça Ian avec une maladresse qui démontrait, si c'était encore nécessaire, que ce genre de comportement n'était pas dans ses habitudes.

— Mon ami, dit Ignace en tenant toujours ce dernier contre sa poitrine. Enfin ! Ça a marché.

— Eh bien… Eh bien… Cher Ignace, c'est toujours un plaisir de… euh…

Le vieil érudit le lâcha et recula de quelques pas, les yeux luisants. Il alla gratter sa joue au fond de son épaisse barbe, puis marmonna sur un ton de reproche :

— Mmf… Tu m'auras bien compliqué la vie, Ian, tu me l'auras bien compliquée.

— Que se passe-t-il ? Où sommes-nous ?

— Ce sont deux questions tout à fait légitimes, répondit Ignace le Catonien sur un drôle de ton, comme de l'ironie atténuée par l'embarras. Mais avant d'y répondre, je vais te débarrasser de ça.

Ignace défit avec habileté les liens qui retenaient les poignets de Ian, puis mit la corde dans ses poches. Il se gratta encore la barbe et reprit :

— Mff… Tes questions, tes questions… J'en ai une, moi, de question. Qu'est-il arrivé à « Ne pas agir : conseiller. Ne pas conseiller : observer », et toutes ces glorieuses balivernes que tu t'es empressé d'ignorer dès qu'il s'est agi de venir en aide à ta nièce ?

— Je… Ian se sentit absurdement rougir, comme un enfant pris en faute. Je ne sais pas quoi te dire.

— Alors tais-toi. Il vaut sans doute mieux que tu te taises et que tu écoutes. Tu veux savoir où nous sommes ? Nous sommes dans l'axe des axes, dans l'infinité des infinités. Nous sommes, d'une certaine façon, aux sources de la magie.

— Je ne comprends pas. Je ne vois rien que de la lumière, et toi.

— C'est parce que tu fais face à ton futur. Retourne-toi.

Pour la première fois depuis qu'il avait surgi dans l'univers de lumière, Ian se rendit compte que, même s'il était incapable de voir sur quoi ses pieds reposaient, il sentait ceux-ci sur une surface solide.

Il se retourna…

… et eut l'impression que son cœur allait lui sortir de la gorge. Une vie de magie n'avait pas suffi pour le préparer à l'étonnant panorama qui se déployait devant ses yeux. Il avait l'impression de se retrouver à la pointe d'un cône illuminé, aussi vaste qu'un monde, qui s'enfonçait dans une nuit absolue. Le cône était habité par une foule innombrable de soldats, mêlés à un attroupement invraisemblable de chevaux étrangement difformes, tous immobiles – autant les bêtes que les hommes – dans un paysage aux couleurs fausses, sous un ciel marbré de nuages étranges et de tracés miroitants qui ressemblaient à de gigantesques coulées de mercure. À la pointe du cône, une statue difforme de Malitorne dressait un poignard à la courte lame bleuâtre, son visage marqué d'ecchymoses figé en un rictus démoniaque.

— Ian, voici ton passé, expliqua Ignace le Catonien sur le ton de la plus prosaïque des conversations. À partir de l'instant précis où tu as activé l'incantation. Ce cône représente les portions de l'espace et du temps qui te sont maintenant accessibles. Les formes et les couleurs sont parfois étranges, mais tu dois garder à l'esprit, bien sûr, qu'un des axes de l'espace a été interverti avec l'axe du temps.

— Bien sûr, murmura Ian.

— Je sais que ça fait beaucoup de choses à absorber d'un coup, mais laisse-moi t'expliquer brièvement comment explorer ton passé.

— Explorer mon passé, dit Ian, qui semblait incapable de faire autre chose que répéter ce que lui disait son collègue.

— Tant que tu marcheras dans l'axe central du cône, tu reculeras dans ton passé. Mais tu n'es pas restreint à cet axe. Tu peux aussi explorer le passé de toute personne dont l'axe intersecte le tien. Voilà pourquoi le champ du passé s'élargit à mesure que tu recules dans le temps : il accumule les possibilités. Les parties sombres perpendiculaires à la pointe du cône sont les zones qui te sont irrémédiablement inaccessibles. Tout comme t'est interdit ton futur, le mur de lumière derrière toi. Au moment précis où tu te battais stupidement avec Malitorne, tu ne pouvais pas être ailleurs, voilà pourquoi *ton* champ du possible a été réduit à sa plus simple expression, à la pointe d'un cône. Du moins, c'est ainsi que je comprends la chose. Je n'ai pas tout compris.

— C'est... Ian essaya de reprendre ses esprits. C'est extraordinaire...

— Tu n'as rien vu. Avance.

Ian fit un pas et pénétra dans la pointe du cône. Aussitôt, l'univers distordu et bariolé prit vie, le statuaire de soldats et de chevaux s'anima avec une fluidité absolument étourdissante. Ian s'arrêta, sonné, et instantanément la bacchanale autour de lui se figea de nouveau. Il en avait assez vu pour comprendre que le cours du temps avait été inversé par rapport au déroulement normal : chevaux et soldats avaient marché à reculons, des flèches avaient surgi du ciel pour venir se placer avec complaisance sur la corde tendue des arcs.

— Continue, dit Ignace. Ça surprend un peu au début. Surtout au milieu d'une bataille, où il y a forcément beaucoup de mouvement.

Ian recommença à marcher, essayant de donner un sens au tourbillon de mouvements étranges dans lequel il baignait. Le plus étonnant était sans doute le silence absolu qui accompagnait cette vision. Il se rendit compte qu'il était remonté dans le char, avec la Simile à son côté. Il revécut l'affrontement entre Trigaud et son frère, puis continua de reculer dans son passé, fasciné par la marche inversée du bœuf poussant leur char vers Privance.

Ian se retrouva ensuite au milieu d'une multitude de chevaux dont le trot inversé s'accélérait à mesure que lui-même allongeait le pas. En fait, Ian n'avait plus l'impression de marcher, il avait l'impression de voler au-dessus de la plaine de l'Allège, entouré de chevaux aux pattes insubstantielles comme des ailes d'insectes, dans un panorama aux couleurs vibrantes qui se déformait comme une image dans un kaléidoscope.

Redevenu prisonnier dans les fondations du château de Privance, Ian s'arrêta – statufiant Pierre, Valériane et la Simile. Il regarda aussi Ignace, qui l'avait suivi tout ce temps, et lui dit :

— Je n'essaierai même pas de t'expliquer l'ampleur de ma surprise et de ma fascination. Je suppose que tu en as une petite idée de toute façon. Mais je ne comprends pas ce que tu attends de moi. Comment vais-je faire pour revenir dans le monde ? Le monde réel, si ce terme a un sens ?

— Je te prie de croire que ta réinsertion dans le monde réel est aussi mon but. Mais je crois nécessaire que tu comprennes un peu mieux les propriétés de l'endroit où nous nous trouvons. Jusqu'à maintenant, tu t'es contenté de suivre *ton* passé. Si je me fie à ma propre expérience, c'est le premier mouvement naturel qui nous vient, mais je le répète, tu n'es pas restreint à cette réalité... Tiens, prends ma main, il faut un peu de temps avant de savoir comment se diriger.

Ian se sentit vaguement ridicule de tenir son collègue par la main, mais il lui obéit. Aussitôt, la cage autour de lui se déforma en un angle impossible et il se sentit entraîné hors de celle-ci, puis immobile tout près de Malitorne. De toutes les visions fabuleuses et déconcertantes qui s'étaient offertes à Ian depuis son arrivée dans le deuxième monde, la moindre ne fut pas de s'observer lui-même à travers les barreaux de la cellule. Il ne payait certes pas de mine, soit dit en passant, avec ses pieds nus, ses vêtements fripés et crottés et son visage hâve sous ses cheveux en bataille.

Ignace laissa le temps à son jeune collègue de retrouver ses esprits, puis il lui demanda s'il comprenait ce qu'ils venaient de faire.

— Nous sommes entrés dans le point de vue de Malitorne, répondit Ian. On peut *vraiment* reculer dans le passé d'un autre ?

Au lieu de répondre, Ignace lui démontra par l'exemple que c'était bien le cas. Ils montèrent les escaliers obscurs du château pour pénétrer dans une chambre aux murs couverts de toiles étranges et de curiosités. Sous leurs yeux le magicien se coucha, puis se releva, se rhabilla, redescendit à reculons jusqu'aux fondations où, après avoir nargué ses prisonniers, il accueillit Trigaud et lui présenta ses prisonniers.

Ignace entraînait Ian plus loin dans le passé de Malitorne. Ce dernier se retrouva avec ses prisonniers dans un chariot de l'armée, entouré d'une troupe de soldats de Privance. Ils débarquèrent à Pasquille au moment où le soleil du soir se levait à l'ouest, puis poursuivirent leur marche à reculons jusqu'à l'endroit fatidique où Ian et ses compagnons avaient été arrêtés.

Ian fut étonné de se voir disparaître à ce moment en compagnie de Valériane et de la Simile, mais il se rappela que le passé dans lequel l'entraînait Ignace était celui de Malitorne. Pierre resta sur le sol après leur départ. Malitorne lui enleva l'Étouffoir, discuta avec les autres soldats, puis remonta en selle. Pierre s'agita un moment, puis culbuta d'un coup vers le ciel. Des flèches jaillirent du ciel et de son corps pour terminer leur course dans les arcs des soldats. Pierre disparut en volant par-delà la frondaison.

Ian n'avait pas assez d'yeux pour absorber tout ce qu'il voyait et surtout les terribles implications du pouvoir qu'Ignace lui dévoilait ainsi. Mais Ignace continuait de plonger dans le passé de Malitorne. Le magicien renégat se sépara de la troupe de soldats, redescendit à pied la pente jusqu'au moulin éventré, où il découvrit un mystérieux cadavre, puis alla s'allonger dans l'herbe où il resta immobile à son tour. Les cieux au-dessus de la vallée du Pibole s'embrouillèrent, et le mouvement du soleil fut perceptible dans le ciel bleu.

— Il reste longtemps inconscient, expliqua Ignace. Passons vite.

— Tu... Tu es déjà venu ici. Tu as déjà vu tout ça.

— Oui. Attention, la suite risque de te troubler un peu.

À quelques pas de là, au-dessus de la chute, de la fumée se condensa et coula en un mouvement fluide vers le moulin, pour s'infiltrer par le mur éventré. D'un coup, le toit du moulin se redressa, le mur reprit sa place. Un vieil homme sortit de la forêt et courut à reculons jusque dans le moulin, puis, au bout d'un certain temps, la porte livra le passage à un homme, qui accourut de dos vers Malitorne, suivi d'un autre jeune homme. Ian sentit son cœur sauter dans sa poitrine en reconnaissant l'habit de chasse de Marion.

La suite se déroula trop vite pour que Ian comprenne vraiment ce qui se passait. L'instant d'avant, Marion courait à reculons vers Malitorne : il y eut un passage embrouillé, puis Marion se retrouva à terre auprès de Malitorne, qui s'était redressé. Ignace arrêta le mouvement pour permettre à Ian de voir que sa nièce était assise dans la poussière au bord de la route, le visage grimaçant, la main sur sa cheville comme si elle la massait, pendant que Malitorne regardait le jeune homme en train de pêcher quelque chose au bord du fleuve.

— Et maintenant, observe bien, dit Ignace, comme s'il avait besoin de conseiller une chose pareille à son compagnon médusé. Nous allons reprendre le rythme et le cours normal du temps.

Le trio composé de Marion et de ses deux ravisseurs s'anima de nouveau.

Maintenant que les causes avaient repris leur précédence sur les effets, Ian comprenait mieux ce qui se passait malgré le silence immuable qui planait toujours sur ce qu'il voyait. Marion se massa la cheville et la jambe, avec une expression de contrariété qu'il ne lui connaissait guère – Ian devina qu'il s'y glissait un peu de comédie. Malitorne lui répondait avec sa perpétuelle condescendance. Il se tourna ensuite vers le jeune homme, qui un peu plus loin plongeait la main dans le Pibole. Dès que les yeux de Malitorne quittèrent Marion, la jeune fille exhiba dans sa main droite la pierre qu'elle avait cachée derrière son dos. Elle se redressa souplement et sauta sur Malitorne avec la vivacité d'un chat sauvage.

Il fut difficile à Ian de ne pas s'écrier de jubilation en voyant la pierre frapper Malitorne, mais ce qui se passa à ce moment le laissa pantois. On eut dit que deux Malitorne se superposaient l'un à l'autre. Un des magiciens chancelait sous les coups redoublés que lui assenait Marion et chutait au sol en entraînant son assaillante qui n'arrêtait pas de frapper, jusqu'à ce qu'il ne bouge plus.

Mais, en même temps, une autre incarnation de Malitorne se défendait avec plus d'efficacité. Il réussit à parer les coups de Marion et à la faire reculer à l'aide d'un éclair violet. Ian cligna des yeux : que se passait-il ? Dans cette version différente de la rixe opposant Malitorne et sa nièce, c'était cette dernière qui tombait par terre, foudroyée par un second éclair violet. Ian, horrifié, vit ensuite Marion se tordre dans la poussière, le visage crispé de douleur, sous les éclairs répétés que lui lançait un Malitorne trépignant de rage. Au point qu'il fallut l'intervention du jeune homme pour que le magicien renégat arrête de torturer la jeune femme.

Le premier Malitorne, celui qui avait succombé aux coups, était devenu invisible. C'est Marion qui reposait maintenant dans l'herbe poussiéreuse bordant la vieille route, prostrée, le visage maculé de larmes et de la poussière de la route.

Ian sentit lui aussi des larmes lui monter aux yeux. Il tourna le regard vers Ignace, qui le toisait d'un air sévère sous ses sourcils broussailleux.

— Qu'est-ce que tu essaies de me faire comprendre ? Qu'il y a différentes versions de la réalité ?

— Une infinité d'infinités, Ian. Une infinité d'infinités…

— Tu ne m'as pas encore expliqué pourquoi tu me montres tout cela. Tu ne m'as pas encore dit ce que tu attends de moi.

— Vraiment ? murmura Ignace sur un ton peiné et déçu. Tu n'as pas encore compris, mon pauvre Ian, que tu es désormais mêlé à la plus obscène des transgressions du Concordat ? Tu n'as pas encore compris que moi – oui, moi, Ignace le Catonien, auteur du *Compendium* – je ne vaux guère mieux que toi, ni Coen, ni même ce Malitorne ?

À mesure qu'il parlait, le murmure d'Ignace s'était enflé en une vocifération digne d'un acteur de théâtre, et Ian avait l'impression que le magicien lui-même augmentait de taille.

— S'il y en a bien un qui devrait me comprendre sans que j'aie besoin de tout expliquer, c'est bien toi, Ian Corybantier. Oui ! Toi, qui as tout oublié du Concordat pour venir en aide à ta nièce et à ton frère, tout cela pour la raison outrageante et puérile que tu les aimes. Et avec quel résultat ? Celui de te faire tuer bêtement dans une échauffourée où tu n'avais que faire, sabordant par le fait même tous mes projets, détruisant toutes les espérances que j'avais mises en toi. Ne comprends-tu pas, freluquet inconscient, que je suis en train d'essayer de changer le passé pour te sauver la vie ?!

Ian avala sa salive, abasourdi autant par le contenu de ce que lui avait révélé Ignace que par le ton outragé et attristé sur lequel ce message lui avait été livré.

— Tu dis… Tu dis que je suis mort ?

— De ton point de vue, pas encore. De mon point de vue…

Ignace semblait s'être affaissé sur lui-même, et la vocifération s'était amenuisée en murmure lorsqu'il reprit :

— Depuis presque un an, Ian. Tu es mort depuis presque un an.

◆

C'est sous un ciel aux couleurs fausses, zébré de mystérieux éclairs noirs ou argent, sur les rives d'une autre incarnation du Pibole, qu'Ignace révéla à Ian toute la vérité – « sa » vérité, se dépêcha-t-il de préciser.

Il était arrivé avec plus d'un jour de retard à Contremont, pour apprendre de la bouche de Bernières l'enlèvement de Marion et le départ précipité de Ian. Inquiet plus qu'agacé, il était retourné chez lui où il avait fini par apprendre qu'un nouveau roi trônait à Besline : Juval Trigaud, qui avait écrasé la révolte menée par l'intendant à la bataille de la Rouille, un des hauts faits d'armes de l'époque moderne. La nouvelle, qui dans d'autres circonstances l'aurait laissé plutôt indifférent, avait été accompagnée d'un détail beaucoup plus choquant. Son confrère, son ami, Ian Corybantier, était mort dans la bataille.

Consterné, Ignace s'était rendu à Besline, où il avait été fraîchement accueilli par son collègue Malitorne, le nouvel intendant. Ce dernier s'était contenté d'ajouter que Pierre Coen aussi était mort dans des circonstances troubles. Il avait été impossible pour Ignace de savoir ce qu'il était advenu de l'intendant et de sa famille. La rumeur les prétendait vivants mais assignés à leurs quartiers. D'autres rumeurs se chuchotaient à voix plus basse. Ignace n'était pas resté longtemps : il n'aimait pas l'ambiance qui régnait maintenant dans les trois villes.

Enfermé dans son atelier, il avait passé les mois suivants à compléter son travail sur les infinités. Il avait depuis un certain temps déduit que des incantations comme le Praticable ou l'Opercule voyeur fonctionnaient grâce à la permutation des axes spatiaux de la trame de l'univers. Remplacer un des axes de l'espace par l'axe du temps en était la conséquence logique. Après bien des calculs fiévreux et des expériences, Ignace avait enfin compris comment contempler l'univers en se plaçant à l'extérieur du temps.

Il avait découvert le cône. Et il en avait découvert les possibilités.

◆

Ian et Ignace étaient de retour au manoir du premier, sur la péninsule de la Rotonde. Le paysage de la plaine du lac Emblic, tout en couleurs fauves, aurait pu être peint par un artiste fou. En face du manoir, Ian se vit en train d'épousseter ses meubles éparpillés au petit bonheur, torse nu, sous le regard de Petite-Caille couchée sous les cerisiers, avec au loin les tours translucides du château de Contremont contre un ciel d'un jaune aveuglant.

— J'ai tout d'abord cru qu'il était possible de te prévenir du danger en émergeant dans ton passé, expliqua Ignace. J'ai choisi le moment où la porte transtemporelle apparaissait dans ton manoir.

— Ah oui, la fameuse porte ! Comment ai-je pu l'oublier ?

Ignace fronça les sourcils.

— J'imagine que tu t'es demandé pourquoi elle n'était pas recensée dans le *Compendium*. Je serais attristé que tu aies cru à une négligence de ma part. Non, je ne pouvais pas la recenser, et cela pour une raison fort simple : cet accessoire magique recule dans le temps. Un magicien inconnu va le créer un jour. J'imagine que ce sera dans un futur lointain, puisque ni toi ni moi n'avons réussi à déchiffrer l'alphabet qui le décore. Le tunnel qu'il a créé étant apparu avant que l'appareil soit activé, le paradoxe a perturbé ton champ de vigie. Ce n'est qu'un des nombreux paradoxes soulevés par l'existence de ce tunnel, qu'il serait trop long d'évoquer maintenant. Contente-toi de savoir que c'est ici que j'ai tenté d'émerger dans ton passé pour te prévenir.

Et c'est à cet endroit qu'Ignace avait compris que sa tentative de pénétration dans le passé ne pouvait qu'être source de paradoxes catastrophiques. Il avait à peine commencé à émerger dans le passé de Ian que l'air et la terre avaient vibré et s'étaient embrouillés autour de lui, comme si on avait trempé un couteau chauffé à blanc dans une motte de beurre. Il s'était dépêché de rebrousser chemin, laissant comme souvenir de sa tentative un orage aussi inexplicable que violent.

◆

Ignace entraîna ensuite Ian jusqu'à une chambre de l'auberge du Florès, où Ian se vit sur le point d'utiliser la craie bleue pour faire apparaître un Opercule voyeur.

Ayant déduit après plusieurs jours d'expériences que l'emploi d'accessoires magiques « affaiblissait la causalité naturelle », Ignace avait tenté de surgir dans la fenêtre d'un Opercule. Il avait rapidement découvert qu'en dépit de cet affaiblissement les Opercules et autres fenêtres s'avéraient aussi résistantes aux intrusions paradoxales que la trame normale de l'univers. Il avait seulement réussi à effriter le premier trait de craie tracé par Ian dans la chambre du Florès. Il en avait résulté, cette fois uniquement, un bref instant d'indétermination, une véritable déchirure dans la causalité, par lequel Ignace avait réussi à apparaître. Hélas, il était ontologiquement impossible à une indétermination de durer longtemps, car elle se métamorphosait aussitôt en sa propre détermination, tout aussi sujette aux règles de la causalité que tous les autres ordres de la nature.

Ian préféra accepter cette affirmation sans discuter.

L'événement avait toutefois montré à Ignace une voie prometteuse. La causalité naturelle pouvait se permettre des indéterminations subtiles et mineures. Il découvrit qu'il pouvait remplacer un objet du passé par un objet qui lui était très semblable. Ainsi, un quatrain pouvait être remplacé par un autre quatrain, même si un examen attentif des deux pièces de monnaie permettait de découvrir maintes différences causées par l'usure et l'inconstance de la frappe. Il avait même remplacé dans la bourse de Pierre Coen un quatrain frappé à l'effigie de Philophanes, par un à l'effigie du roi de Trioriz. Mais impossible de remplacer un quatrain par un picaillon, ou l'inverse.

— Et c'est de cette façon que tu as pu remplacer ta lettre sur les infinités par une nouvelle lettre, dit Ian.

Ignace approuva.

— En prenant bien soin d'utiliser le même nombre de feuilles, le même papier et la même encre. Et ne crois pas que la chose a été facile. Je m'y suis repris trois fois. J'ai été incapable de changer la lettre avant que tu te retrouves prisonnier à Privance. Il est possible que l'atmosphère dense de magie qui imprègne les salles de torture de Malitorne, combinée à ton Étouffoir, ait facilité la substitution.

◆

Ian était de retour à Contremont, toute en tuiles lumineuses sous un ciel vert comme un élytre de scarabée. Toujours guidé par Ignace, il marchait sur la place du marché à la suite de Trivelin et de Gabeur.

Les capacités d'étonnement de l'homme en général étant limitées, maître Ian Corybantier se contentait de suivre Ignace sans poser de questions. «Tais-toi», avait dit le vieil érudit. Ian comprenait à quel point il valait effectivement mieux se taire en foulant des terres aussi sauvages et plus qu'inconnues. Les deux magiciens s'étaient propulsés par un pouvoir sublime hors du monde, et par conséquent hors de sa morale et du sens commun qui s'y appliquait. Leur pouvoir n'était maintenant compréhensible que s'ils l'examinaient sous l'angle de la responsabilité.

Ian aurait voulu s'insurger et demander à Ignace comment il *osait* changer le passé pour une cause aussi futile que la vie d'un collègue qu'il estimait. Mais Ian n'avait rien dit. *Tais-toi.* De la même façon que Marion n'avait pas pu ignorer les agissements de son reflet futur dans le miroir magique, Ignace n'avait pas pu ne pas tenir compte de ce qu'il avait découvert lorsqu'il avait franchi la pointe du cône de son passé. Il avait imposé à un univers vierge du sens humain le seul code moral qui avait un sens, le sien. Le simple fait qu'il eût été face à cet abîme plongeait Ian dans un effroi incommensurable, ce qui ne l'empêchait nullement de saisir que ce choix avait été inéluctable.

Ian était de retour à Contremont. Il marchait en compagnie de Trivelin et de Gabeur. Il ne demanda pas à Ignace ce qu'ils faisaient là.

Tais-toi.

Il comprit, à observer Gabeur et Trivelin en train de discuter fiévreusement, que ses deux amis venaient de rentrer du manoir, juste après le départ de Ian, Valériane, Pierre et la Simile pour aller rescaper Marion. Le nain fulminait toujours d'avoir été laissé en arrière, et Gabeur s'en voulait d'avoir cédé à la voix de la raison.

À ce moment deux visions du capitaine et du fou du roi se superposèrent, deux possibilités qui ne tardèrent pas à différer fortement. Dans l'une des réalités, Gabeur saluait le nain d'un air renfrogné et tournait les talons vers les écuries. De son côté, le nain esseulé se dirigeait vers la terrasse de l'auberge.

L'autre réalité était très différente. Trivelin crachait dans sa main, puis serrait celle de Gabeur comme pour sceller un pacte. Les deux hommes se dirigeaient ensuite vers le château, le nain courant pour soutenir le pas décidé de l'officier.

Ian suivit ses deux amis dans le château, saisi de la compréhension qu'il s'engageait ainsi dans une bifurcation aussi éloignée de sa réalité qu'avait pu l'être – ou le serait plus tard – la victoire de Malitorne sur Marion. Mais il était tout aussi clair que ce n'était pas par hasard qu'Ignace l'avait amené à ce point précis de l'espace-temps et qu'il le regardait avec ces yeux attentifs.

Gabeur et Trivelin, ignorant superbement les protestations du chambellan, pénétrèrent dans les appartements du roi Philophanes. La conversation dura longtemps et fit passer le roi par toute la gamme du spectre émotif. Les trois hommes se séparèrent… puis se retrouvèrent à la tombée de la nuit dans les écuries, où Gabeur avait préparé trois montures. Il était impossible de ne pas reconnaître Trivelin, peu importe la façon dont il s'habillait, mais Gabeur et Philophanes étaient méconnaissables, vêtus de gris, enveloppés dans des capes de la même couleur. Profitant de chaque recoin d'ombre, les trois comploteurs sortirent de l'enceinte de la ville sans être vus, l'absence de sentinelle faisant certainement suite à un ordre ou à une fausse alerte de la part de Gabeur.

Les trois hommes se serrèrent la main, puis montèrent en selle et filèrent le long de la vieille route, trois fantômes sous la lune jaune.

Ian sentit un sourire attendri naître dans sa barbe.

— Ce sont eux qui vont me sauver la vie ?

— Ni toi ni moi n'aurions assez d'une vie pour explorer toutes les possibilités offertes par les bifurcations de ton passé. Tout ce que je peux t'assurer, c'est que leur présence va perturber le passé de Trigaud et de Malitorne autant que le tien. C'est la meilleure bifurcation que je puisse t'offrir.

◆

Ignace ramena Ian sur le champ de bataille de la vallée de la Rouille. Les deux magiciens se retrouvèrent de nouveau dans l'axe des axes, qui pour Ian avait l'aspect d'une paroi infinie de lumière bruissante.

— Voici venu le temps pour toi de réintégrer le cours normal du temps, dit le vieux magicien, qui se frappa aussitôt sur le front d'un air agacé. J'allais oublier !

Il sortit de sa poche une vieille clé de cuivre toute ternie, qu'il introduisit dans la serrure de l'Étouffoir que Ian avait continué de porter tout ce temps. Ian sentit un pêne se rétracter avec un déclic. Puis Ignace entortilla n'importe comment les cordes autour des poignets de Ian.

— Ne l'enlève pas tout de suite, ça créerait un paradoxe, expliqua Ignace. Je suis sûr que la position exacte du pêne ou le fait que les cordes fassent des nœuds ne dépasseront pas les limites d'incertitude permises.

Le vieux magicien ponctua son explication d'un sourire si triste que Ian devina tout de suite qu'il n'avait pas tout compris – ou qu'il n'avait pas voulu tout comprendre.

— Mais toi, Ignace, que va-t-il t'arriver ? Je veux dire... Si tout ce passe comme... Eh bien, si je survis.

— J'avais très bien compris le sens de ta question, mon cher Ian. Que veux-tu qu'il m'arrive ? Je vais disparaître, bien entendu.

— Mais alors, il faut défaire tout ce que nous avons fait ! Je ne peux pas accepter de survivre à tes dépens !

Ignace éclata d'un vaste rire dans lequel se tissait tout de même un brin de mélancolie.

— Ta sentimentalité te perdra, mon ami. Et crois-moi, je sais ce dont je parle. Soyons sérieux. Si tu survis, je ne perdrai que la dernière année de ma vie. Va savoir, c'est sans doute préférable pour moi aussi : ai-je besoin de te dire que je n'ai pas ajouté une ligne à la seconde édition du *Compendium* depuis que j'ai appris ton décès ? La seule chose qui, tu en conviendras, est un peu vexante, c'est que je ne pourrai même pas m'enorgueillir de mon extraordinaire découverte.

— Tu la feras peut-être quand même.

— J'en doute. La motivation aura disparu. Allez, va-t'en maintenant ! Avec chaque minute qui passe, je me sens flancher. Et oui, à propos, essaie tout de même de sauver ce grand idiot de Pierre Coen.

Ian voulut le saluer et lui dire merci, mais sa gorge était trop serrée. Le vieux magicien non plus ne dit pas un mot. Il salua une dernière fois son jeune collègue, puis s'enfonça dans le futur lumineux jusqu'à disparaître tout à fait.

Ian se retourna pour faire face à Malitorne, puis se laissa glisser dans le réel comme dans un bain...

Chapitre 16

Nouvel affrontement

Sous la coupole bleue du ciel d'été, deux armées s'affrontaient au point le plus étroit de la vallée de la Rouille. Un murmure de consternation avait parcouru les troupes de Besline lorsque, sur un char de l'armée de Privance, Malitorne avait démasqué les deux prisonniers sous sa garde.

— Que dites-vous de ça, messire Donat ? avait demandé Trigaud.

Héran Donat avait paru si stupéfait de voir son frère et sa fille prisonniers que le burgrave avait éclaté d'un énorme rire, aussitôt entremêlé d'échos.

— Eh oui, messire Donat ! Marion et ton frère ! Avoue que tu ne t'attendais pas à ça, hein ?

— Mais, mais… avait bégayé Héran. Qu'est-ce que c'est que…

— *Hé ! Ce n'est pas moi !*

C'était Marion qui avait crié et qui se frayait un chemin vers son père en bousculant les autres cavaliers. Elle semblait bien prête à forcer la ligne des piquiers, mais des officiers avaient réussi à la contenir à la dernière extrémité.

— Je suis ici ! avait craché Marion vers Trigaud. C'est *moi* Marion ! Oui, oui, ne me regardez pas comme ça !

Dans le chariot, Ian avait profité de la seconde de stupeur silencieuse pour crier à son tour.

— N'écoutez pas Trigaud, soldats de Besline. Il essaie de vous berner…

Un éclair violet, jailli de la main de Malitorne, avait atteint Ian à la poitrine, qui s'était tu aussitôt.

— Père ! avait crié Marion. Ne le laissez pas faire !

— Du calme, Marion. Que tout le monde se calme.

— Magie et trahison ! avait crié le burgrave en retirant son épée de son fourreau. Sus aux traîtres !

Les piquiers de Besline avaient accouru pour protéger l'intendant et les deux officiers. L'épée du burgrave avait sifflé. Un des officiers de Besline l'avait attrapé à bras-le-corps. Les hommes de Privance s'étaient précipités. La vallée de la Rouille avait explosé en une féroce mêlée. À travers le tumulte, Héran avait voulu entraîner Marion à l'abri, mais elle avait protesté : « Il faut sauver oncle Ian ! »

Héran avait compris à ce moment à quel point les hommes de Trigaud étaient mieux formés et entraînés que les siens, sans oublier l'aide de Malitorne, dont les traits de feu violet décimaient à distance plus assurément que des flèches. Comment avait-il pu être aussi arrogant et inconscient ? Pourquoi n'avait-il pas écouté ses officiers ?

Soudain…

Soudain une série d'explosions se fit entendre, surprenante même à travers le tumulte. De spectaculaires nuages de fumée colorée – rouge, ocre, pourpre – montèrent dans le ciel azur. Surgies de la fumée apparurent trois créatures extraordinaires, vêtues de soieries multicolores, aux cheveux noirs comme ceux de démons. L'un était un géant, muni d'un bâton haut comme deux hommes et qui crachait du feu et des étincelles ; à côté de lui un moustachu aux yeux farouches jonglait avec trois poignards étincelants ; tandis que la troisième, une guerrière à la beauté sauvage, brandissait une épée de chacune de ses quatre mains.

Trois autres explosions tonnèrent, et trois autres personnages se placèrent à côté des démons aux cheveux noirs. Il s'agissait cette fois d'un nain, d'un grand barbu au torse puissant, ainsi que d'un aventurier au visage carré encadré d'épais cheveux bruns. Pour Marion, l'arrivée du second trio parut encore plus extraordinaire que le premier. Trivelin, le capitaine Gabeur et le roi Philophanes, car c'étaient eux, se mirent à lancer des boules crépitantes et lumineuses, qui explosèrent dans les rangs des soldats de Trigaud.

L'armée de Privance fut traversée par une vague de fond d'indécision. Des magiciens ! Ils affrontaient une armée de magiciens !

Le moustachu aux yeux farouches lança un de ses poignards, qui vint se planter en plein centre du bouclier de Trigaud. Le poignard s'enflamma, brûlant d'une lueur verte. Le visage blême, Trigaud jeta son bouclier au sol. Autour de lui, ses officiers ne semblaient plus savoir ce qu'ils devaient faire.

— Imbéciles ! hurla Malitorne. Ce n'est pas de la magie ! Ce ne sont que des pétards et de la fumée !

De la main de Malitorne émergea une onde de choc qui renversa un rang de piquiers et fit paniquer les chevaux des deux armées, puis le magicien arrosa les rangs de Besline d'éclairs violets.

De tout son poids, Ian se jeta sur son collègue. Les deux magiciens bousculèrent la Simile. Les trois tombèrent en bas du char. Ian se reçut sur le dos. Malgré la douleur et la confusion, il réussit à passer ses mains attachées par-dessus sa tête. Juste à temps, car Malitorne se relevait. Ian lui sauta au cou. Il n'avait jamais étranglé un être humain, et cela lui apparut à la fois profondément répugnant et étrangement satisfaisant. Malitorne puisa dans les replis de sa robe un court poignard à la lame luisant d'une sourde lumière…

L'événement le plus authentiquement magique que Ian Corybantier vécut cette journée-là fut d'entendre des aboiements qu'il avait imaginé ne plus jamais entendre et de voir Petite-Caille refermer ses crocs blancs sur le poignet qui tenait le poignard. Malitorne hurla. Le poignard lui tomba sur la poitrine.

Les liens autour des poignets de Ian se défirent d'eux-mêmes. Il lâcha le cou de Malitorne et s'empara du poignard. Le manche de l'arme lui brûla la main comme un tison: l'objet n'acceptait pas un autre maître que Malitorne. Ian jeta l'arme le plus loin possible. Il se sentit projeté dans les airs en compagnie de Petite-Caille et retomba à dix pieds de là.

Ian se releva aussitôt, pour se débarrasser de l'Étouffoir, qu'il jeta au sol avec un frisson de soulagement. Malitorne, toujours allongé sur le sol, le regarda faire d'un air profondément ébahi. Il reprit rapidement ses esprits et projeta vers son adversaire un éclair d'un blanc mortel. Mais Ian avait d'instinct évoqué un sort de protection. Le puissant jet d'énergie le fit chanceler, mais il ne tomba pas.

Petite-Caille repartit à l'assaut, écumante de rage. Sa patte manquante ne l'empêcha pas de sauter au visage de Malitorne. Avec un cri d'agacement, le magicien renégat envoya de nouveau tourbillonner la chienne dans les airs. Ian forma des mots qui n'avaient pas été rédigés pour une bouche humaine. Une onde de choc jaillit de sa main, contrecarrée par une onde semblable venue de Malitorne. Les deux fronts d'onde se frappèrent avec le bruit déchirant d'une chaudière à vapeur qui se fissure. Ian eut l'impression de se faire écharper par un cheval au galop : son dos frappa durement le char derrière lui. Il plia les genoux avec un gémissement de douleur.

À ce moment, une mêlée de bêtes et d'hommes en panique reflua jusqu'à lui et il y eut beaucoup de confusion. Ian se jeta à terre et réussit à se protéger la tête en attendant que ça passe. Il sentit Petite-Caille contre lui. Il la serra, la protégea du mieux qu'il put. Il se fit marcher dessus, reçut un coup de sabot, mais survécut à l'épreuve assez longtemps pour se rendre compte que le vacarme diminuait autour de lui.

Il souleva la tête. Il s'assit dans l'herbe. La bataille se calmait. Des soldats de Privance jetaient leurs épées et leurs arcs à leurs pieds. Mais il lui était impossible de bien comprendre ce qui se passait autour de lui avec Petite-Caille qui lui léchait la figure et gémissait comme un chiot. Et bientôt ce fut Marion qui se jeta sur lui, méconnaissable avec son armure et ses cheveux courts.

— Oncle Ian ! Oncle Ian ! Est-ce que ça va ?

Ce dernier était incapable de faire autre chose que rire sous l'assaut de tant de sollicitude.

— Du calme ! Du calme ! Moi aussi je suis heureux de vous revoir. Oh, Petite-Caille, vraiment, essaie de te calmer un peu !

La chienne se coucha sur ses jambes, haletante, la langue de travers, incapable de détacher ses yeux bruns de la figure adorée de son maître. Ce fut au tour de Marion de l'étreindre.

— Oh, oncle Ian ! J'ai eu si peur pour toi !

Ian ne réussit qu'à éclater encore d'un rire aussi soulagé qu'émerveillé.

— Pourquoi ne suis-je pas choqué ni même surpris de te voir ici, vêtue comme un soldat, en pleine guerre civile ?

Marion lui sourit, un pétillement de malice dans ses yeux gris-vert.

— C'est parce que tu sais que je veux toujours être au cœur de l'action.

— Te reste-t-il assez de forces pour aider ton vieil oncle à se lever ?

La jeune femme obtempéra en protestant qu'il n'était vraiment pas si vieux que ça, lorsque sa protestation amusée mourut dans sa gorge. Près du char abandonné par son bœuf, une jeune femme aux cheveux blonds était allongée sur le sol, immobile. Une flèche lui sortait de la poitrine au niveau du cœur. Soutenu par Marion, en ayant l'impression que pas un seul muscle, pas un seul membre de son corps n'avait été épargné, Ian s'approcha de l'endroit où était tombée la Simile.

— Qu'est-ce que c'est que *ça ?* murmura Marion.

La forme allongée qui, lorsqu'on la regardait de biais, paraissait si humaine, si réelle, n'était en fait qu'un assemblage encore humide d'osier et de branches tressées, sur lequel on avait enfilé une robe. Sous la perruque de paille grossière, un masque de cuir très fin, presque translucide, avec deux boutons gris-vert à la place des yeux, s'était déchiré dans la chute.

— Oh ! Comment ai-je pu me laisser berner ? Ce n'était donc qu'un mannequin ?

— Oui... dit Ian en sentant une boule dure d'émotion dans la gorge. Ce n'était... Ce n'était qu'un mannequin. À ton image.

— Hé, mais regarde, c'est tout mouillé... On dirait du sang !

Ian se sentit soudain extrêmement fatigué.

— Viens, allons rejoindre nos amis.

— Je ne vois pas Pierre et Valériane. Est-ce qu'ils vont bien ?

— Ils sont prisonniers à Privance.

Ian avait failli dire que Pierre était blessé, mais cela lui sembla soudain trop lourd à révéler, et il préféra éluder la question pour l'instant.

Toujours aidé de Marion, Ian contourna en boitant des cadavres d'hommes et de chevaux jusqu'à l'attroupement principal qui s'était formé autour du burgrave Trigaud. Surveillé de près par Héran et les officiers de Besline, le burgrave avait rendu les armes, toujours debout, le regard fier au milieu d'un visage rouge de sang.

Ian serra son frère contre lui. Héran n'était pas blessé, mais son costume d'intendant était déchiré et taché d'herbe.

— Tu as tout sali ton beau costume, fit Ian.

— Ça ne fait rien. C'était la dernière fois que je le portais.

Ce fut ensuite à Trivelin, à Gabeur et au roi Philophanes, tous trois gris de la poussière des routes, d'exprimer bruyamment leur joie de retrouver enfin maître Ian, sous les aboiements de Petite-Caille qui sautait et exigeait sa part de caresses. Philophanes saignait abondamment du nez, ce qui semblait l'avoir rempli d'une joie infinie :

— J'ai reçu un coup ! N'est-ce pas extraordinaire ? Un bon coup de poing en pleine figure ! Pour une fois que mon appendice royal saigne pour une raison qui n'est pas ridicule ! Alors, maître Corybantier, avouez que ça doit vous cuire de constater que c'est grâce à moi que vous avez gagné la guerre ! À moi, et à tous mes valeureux compagnons bien sûr.

Il tendit la main vers les trois saltimbanques, qui saluèrent en un accord parfait. De près, il était évident que les quatre épées de la jeune femme étaient en bois peint, tandis que le tube tenu par le géant était un rouleau de carton coloré au pochoir, dont le bout calciné s'effritait au vent.

Ian ne voulut pas priver le roi de la question à laquelle il s'attendait.

— D'où sortez-vous ? Comment êtes-vous arrivés ici ?

— Tu pensais vraiment que j'allais rester à Contremont pour jouer aux cartes au lieu de partir à l'aventure ? demanda Trivelin de sa voix perçante répétée par l'écho.

— Et quelle aventure ça a été ! dit Gabeur en assénant dans le dos de Ian une claque qui lui résonna douloureusement dans tout le corps.

— Nous serions bien partis plus tôt, reprit Philophanes, mais il nous a fallu trouver un moyen de déjouer l'attention du sénéchal, qui bien entendu se serait opposé à mon projet. Heureusement que Trivelin est astucieux, il a demandé à…

Ian l'interrompit.

— Plus tard, Majesté. Pierre Coen est gravement blessé, prisonnier des cachots de Privance, en compagnie de Valériane.

La joie ambiante s'atténua considérablement.

— Oh non, murmura Marion, pas Pierre…

Héran s'adressa à Philophanes.

— Votre aventure n'est pas terminée, Majesté. Accompagnez-moi avec mes hommes. Nous allons conduire Trigaud sous bonne garde à Privance et y libérer nos prisonniers. Je veux un homme d'honneur pour témoigner avec impartialité de ce que nous trouverons dans les catacombes : je dois vous prévenir que ce ne sera pas une corvée agréable.

— Je suis un homme d'honneur, dit Philophanes. Et je serai impartial.

Héran rassembla une troupe de quinze officiers et soldats encore indemnes. Trigaud et Philophanes récupérèrent aussi leurs montures. Puis ils partirent tous au trot vers Privance.

— Hé ! s'exclama soudain Marion. Où est Malitorne ?

Ian se secoua, stupéfait. Comment avait-il pu l'oublier, celui-là ?

Ils cherchèrent parmi les cadavres et les blessés. Une fois que l'extase de se retrouver en vie s'était atténuée, rien de ce qui les entourait n'amusait plus personne. Des blessés demandaient de l'aide, des soldats pleuraient un compagnon d'arme. Autour d'eux des palefreniers s'attelèrent à la corvée déprimante de soulager de leurs souffrances les bêtes trop gravement blessées.

Malitorne demeura introuvable.

— Il s'est sauvé, comme le rat qu'il est, dit Marion. Bah ! Il ne m'a jamais fait peur, et ça ne va pas commencer maintenant.

Mais Gabeur leur fit signe du milieu du champ de bataille. Un bout de tissu noir émergeait sous le large flanc d'un percheron mort. Le puissant animal ne semblait pas avoir été atteint par une flèche ni avoir reçu de coup. Gabeur expliqua qu'il avait peut-être été effrayé par le duel entre les deux magiciens. Sous l'effet d'une émotion intense, un cheval pouvait parfaitement succomber à une attaque d'apoplexie.

Avec l'aide d'autres chevaux, ils réussirent à faire rouler la carcasse de plus d'une tonne. Le tissu noir était bel et bien l'extrémité de la cape de Malitorne. La bête lui était tombée dessus sans que personne s'en aperçoive et l'avait proprement étouffé. Ian ramena la cape sur le visage du cadavre. De tous les souvenirs qu'il garderait de son aventure, le visage bleui de son collègue, déformée par une bouche ouverte sur un cri que personne n'entendrait jamais, serait le plus pitoyable et le plus dérangeant.

Chapitre 17

Épilogue et révélations

Après la Bataille de la Rouille, pendant plus de dix jours, une activité tumultueuse régna au Parlement des Trois-Villes, que l'on allait continuer d'appeler « château de Besline » pendant des années encore, tant il était difficile de se défaire de ce genre d'habitudes. Héran avait insisté pour que les pourparlers concernant la constitution, les nominations des ministres et la rédaction d'une charte légale commencent à la date annoncée. À plusieurs reprises, le ton avait monté dans la salle des ministres – l'ancienne salle du trône. On s'était traité de part et d'autre d'utopiste et de songe-creux. Des nobles étaient sortis, drapés dans leur dignité blessée, en clamant qu'oncques n'avait entendu une si grande quantité de balivernes, dites au même endroit, en si peu de temps, par autant d'hommes de raison. Plus d'un soir, Alcanthe avait massé les épaules douloureuses de son mari et avait tenté de lui remonter le moral, Héran étant convaincu qu'il travaillait en vain, que tout allait retomber dans le chaos.

Mais, à force d'explications, de cajoleries et de quelques mensonges blancs, les Trois-Villes réussirent à adopter une constitution à peu près acceptable pour tout le monde. Héran, nommé depuis « Haut Secrétaire intérimaire » du conseil, avait précisé au cercle restreint de ses intimes : « Ou, pour être plus exact, l'insatisfaction a été si bien distribuée que plus personne n'a l'impression d'avoir perdu plus que sa part. Prions pour que l'équilibre perdure. »

Une des nouveautés auxquelles durent s'habituer le peuple et les anciens nobles des Trois-Villes fut que la justice ne serait plus l'affaire directe du roi et de son conseil mais celle d'une cour indépendante de justice – il ne fallut pas ménager les explications détaillées sur ce que signifiait le terme d'indépendance. Lorsque les nouveaux ministres comprirent qu'ils pouvaient *aussi* être poursuivis, l'outrage fut si généralisé que tout le processus de démocratisation faillit s'effondrer. Il fallut accorder l'immunité à tous les ministres. Même Héran et les plus progressistes des membres du conseil avaient été obligés de s'incliner. Ils ne devaient pas brûler trop d'étapes d'un coup.

À la première séance du nouveau tribunal des Trois-Villes, les juges fraîchement appointés furent chargés d'entendre l'accusation portée par le conseil des ministres contre Juval Trigaud, ancien burgrave de Privance, accusé d'avoir fomenté une révolte, commandité un enlèvement et emprisonné des étrangers. Héran avait bien essayé de faire ajouter l'assassinat et la torture de prisonniers à la liste d'inculpations, mais il dut renoncer lorsqu'il fut évident que ces derniers actes, aussi répugnants fussent-ils, avaient été parfaitement légaux à Privance.

Les témoignages furent accablants et pointèrent tous dans le même sens. L'affaire fut rapidement conclue, le verdict tomba : l'ancien burgrave était destitué de ses fonctions et il ne lui serait pas permis de faire partie des conseillers représentant Privance. Il avait le choix entre la prison à vie ou l'exil. S'il choisissait la seconde solution, un arbitre serait nommé pour faire le partage de ses biens personnels et de ceux qu'il avait reçus à titre d'ancien dirigeant de la ville.

— Que choisissez-vous ? demanda le juge en chef à l'accusé.

— Je ne reconnais pas l'autorité de ce tribunal, répondit Trigaud d'une voix grave, pleine de morgue. Je n'ai aucunement l'intention de répondre aux délires d'Héran Donat et de sa bande d'illuminés.

— Accusé, j'attends votre réponse. La prison ou l'exil ?

— Ceci est une mascarade. Inscrivez ma déclaration dans les actes du tribunal. Je déclare être le roi de Besline, destitué par des révolutionnaires à l'esprit embrouillé par des idéaux abstraits et détachés de la réalité. La démocratie ne fonctionne pas et ne peut pas fonctionner.

— En l'absence d'une réponse de l'accusé, répondit le juge, je choisis pour lui la prison. Gardes, emmenez-le.

◆

Les visiteurs de Contremont, occupés à récupérer, suivirent de loin les bouleversements politiques de Besline. Lorsque la troupe d'Héran avait ramené Valériane et Pierre, ces derniers étaient bien entendu tombés dans les bras de Ian et de Marion. Les deux couples avaient ri et pleuré, et s'étaient embrassés avec une passion qui n'était pas que du soulagement, surtout entre Marion et Pierre.

Ce dernier était cependant dans un triste état. Il fut allongé dans la chambre la mieux aérée, la plus calme du château. Il fut nettoyé, pansé. Heureusement que Valériane était là pour le guérir de l'infection qui s'était développée dans son côté. Ce qui l'aida encore plus, ce fut le dévouement de Marion et les tendres caresses que celle-ci lui prodiguaient. Jamais les sottises de Pierre Coen n'avaient trouvé si bon public, au point que Ian ne put s'empêcher d'aborder la question lorsqu'il réussit à se trouver seul au chevet de son ami.

— Pierre, tu es mon meilleur ami, mais je ne te permettrai pas de traiter Marion comme n'importe quelle autre de tes conquêtes, j'espère que tu comprends cela. Tu l'aimes vraiment ?

Pierre rit. Même affaibli, allongé dans un lit avec un bonnet de grabataire, son ami exsudait le charme et l'urbanité.

— Mon bon Ian, rassure-toi ! Tout est différent, tout est merveilleusement différent avec Marion. Il y a un lien entre nous. Nous étions faits pour nous rencontrer. Je le sais, je le sens.

— Je suis rassuré. Et s'il est vrai qu'elle t'aime en retour, je ne peux qu'envier pareille chance.

— Quelle tête tu fais ! Pourquoi m'envier, moi, quand Valériane n'attend que ton signal pour sauter dans ton lit ?

— Sois sérieux, je t'en prie.

— Je suis on ne peut plus sérieux. C'est toi qui es bête. Tu vas regretter d'avoir tant attendu, je sais de quoi je parle.

— Qu'est-ce que tu veux dire ? Toi et Valériane, vous… Tu…

— Et plus d'une fois ! Je te l'aurais bien dit, mais délicat comme je te connais, j'avais peur que tu n'oses plus tenter ta chance. Pour ce que ça donne. Je ne peux pas *croire* que tu n'as jamais couché avec !

Ian resta un moment sans voix, choqué.

— Je… Je n'en crois pas mes oreilles. Et après ça, tu t'attends à ce que je te fasse confiance avec Marion ?

— Rassure-toi, lui dit Pierre, soudain sérieux. Ce temps-là est révolu. Je suis un nouvel homme et je sais que Marion me fera oublier mon passé turbulent.

◆

Pierre Coen avait le cuir solide. Il fut bientôt capable de marcher le long des rives de l'Allège, de flâner devant les boutiques et les vendeurs de friandises, une Marion radieuse à son bras. Si le bonheur avait été une lumière, le couple aurait aveuglé les passants à des lieues à la ronde.

Ian avait beaucoup réfléchi à son « périple » magique en compagnie d'Ignace le Catonien. De savoir qu'il vivait alors qu'il aurait dû être mort soulignait la futilité de toutes ses réserves à propos de la différence d'âge entre les deux amoureux. Pour qui n'aurait pas compris que Marion était amoureuse en retour, il suffisait de lui poser la question pour qu'elle réponde avec sa franchise et son enthousiasme inséparables de sa nature.

Ian était sûr d'une chose, son ami était incapable de blesser volontairement une femme, sauf par son inconstance…

Abandonné par sa nièce et son meilleur ami, n'osant pas trop s'imposer à Héran et Alcanthe qui tentaient de surnager dans la tempête politique, Ian fut heureux de musarder un peu dans les appartements de son frère, où, en compagnie de Valériane, il écouta le récit de la folle chevauchée de Trivelin, de Gabeur et de Philophanes, comment ils avaient semé des bandits, comment Trivelin avait failli se noyer, dans quelles circonstances ils avaient rencontré les acrobates musaphes, leur immense surprise de découvrir que la chienne des saltimbanques n'était nulle autre que Petite-Caille, que tout le monde avait cru morte, la façon dont ils avaient suivi l'armée de Privance et improvisé une intervention providentielle, le reste étant connu de tous…

— Toutes mes félicitations, Majesté, avait conclu Ian en s'inclinant. Vos aventures mériteront leur place à côté de celles de vos ancêtres Japier et Melsi.

Mais après l'emportement qui avait accompagné la narration de son histoire, le roi s'était rapidement renfrogné. À la grande surprise de ses interlocuteurs, c'est avec un haussement d'épaules boudeur que Philophanes reçut la prédiction de Ian.

— Je ne sais trop qu'en penser. Mon rôle reste bien mineur à mon goût. Qui va vouloir lire une histoire avec une fin si peu conventionnelle ? Aucun roi n'a été remis sur son trône légitime. C'est le contraire. Je n'aime pas ce Trigaud, et je n'aurais pas voulu l'avoir comme voisin au sud de Contremont, mais je ne suis pas sûr d'aimer tellement plus cette… *démocratie.* Et si ce n'était que cela… Je voulais sauver une jouvencelle en détresse et en faire ma reine. Elle s'est libérée toute seule et est tombée amoureuse d'un autre, plus beau, plus drôle. Comment puis-je me ridiculiser maintenant en sollicitant sa main à ses parents ? J'aurais le beau rôle, vraiment ! Bah ! Mes aventures ne méritent pas mieux que de jaunir dans les archives, où seuls quelques historiens qui n'ont rien d'autre à faire iront les lire.

Ses interlocuteurs eurent beau essayer de le faire changer d'opinion et de lui remonter le moral, il était clair que Philophanes était retombé dans une de ses phases de mélancolie. Il déclara avec un filet de voix que le temps était venu pour Trivelin, Gabeur et lui de retourner à Contremont, ils n'avaient plus de raisons de rester là.

Un peu après cette conversation, Ian déambulait seul dans une des ailes plus calmes du château, perdu dans ses pensées, lorsqu'il aperçut Alcanthe, les sourcils froncés de mécontentement, qui pointait un doigt autoritaire dans sa direction.

— Ian. Je te trouve enfin !

— Que se passe-t-il ?

— Suis-moi, j'ai besoin d'un témoin.

Alcanthe le mena jusque dans ses appartements, où attendaient déjà Marion et Pierre. Le couple était assis sur un récamier de velours rouge brodé d'or, tous deux visiblement aussi intrigués de voir surgir Ian que ce dernier le fut de les apercevoir.

Alcanthe signifia à ses domestiques qu'elle ne voulait pas être dérangée, puis ferma la porte derrière elle. Il était clair que quelque chose n'allait pas : au fond de son regard noir brûlait une flamme étrange et ses mains s'agitaient avec nervosité alors qu'elle s'approchait des trois personnes qu'elle avait convoquées. Elle éclata soudain, comme si elle n'était pas capable de contenir une émotion retenue trop longtemps.

— Ah ! Marion, Pierre, c'est insupportable, à la fin ! Arrêtez de vous tenir par la main ! Ça me rend folle !

Impossible de dire qui fut le plus médusé de cet éclat, totalement inhabituel chez Alcanthe, mais il eut l'effet escompté. Avec un regard entendu vers son ami, Pierre Coen retira délicatement sa main de celle de Marion.

— Je subodore la désapprobation maternelle et les complications.

— La désapprobation maternelle ? répéta Alcanthe avec un rire hystérique. Les complications ?

— Que se passe-t-il, Alcanthe ? intervint Ian. Explique-toi.

— Oui, mère. Expliquez-vous. Vous me faire peur.

Alcanthe s'assit sur le bord de son lit, comme si ses jambes menaçaient de se dérober sous elle. Elle reprit, d'une voix blanche.

— Marion. Tu ne peux pas te marier avec messire Coen. C'est ton père.

Le visage de Marion ressembla à celui d'une personne qui hurle, mais aucun son ne sortit de sa bouche. D'ailleurs, personne ne parla pendant un long moment. Pierre était livide, Ian aussi, quoique dans son cas la surprise fût atténuée par le souvenir d'une phrase de Valériane, qui résonnait à nouveau dans ses oreilles : « Elle n'est pas ta nièce ! »

Un râle poussif et éraillé réussit finalement à traverser la gorge de Marion.

— *Quoi ?*

— Je suis si désolée, ma pauvre Marion. Tu ne t'es jamais demandé pourquoi nous n'avions jamais réussi à te donner un frère ou une sœur, Héran et moi ? Tu ne t'es jamais demandé pourquoi ton père était devenu un si grand champion de la suppression des titres héréditaires ? C'est parce qu'il est infertile.

— *Quoi ?*

— Bien sûr, au début de notre mariage, nous ne pouvions pas savoir lequel d'entre nous était… fautif. Nous avons donc décidé de faire une… comment dire ? une expérience, voilà le mot. Chacun de notre côté. Discrètement, bien entendu.

— Tu veux dire que père *le sait ?*

— Évidemment ! dit Alcanthe, comme si elle trouvait étrange qu'on pût penser autrement. Il ne sait pas qui est le père, bien entendu. C'était l'entente dont nous avions convenu. Nous ne chercherions pas à découvrir qui était responsable de quoi. Je sais que ça semble étrange comme idée, et pour tout dire je la trouve étrange maintenant que je la raconte. Mais nous étions jeunes, Marion. Sur le coup, ça nous a semblé une décision rationnelle. Ton père a expérimenté de son côté, sans résultat. Tandis que je me suis presque aussitôt retrouvée enceinte.

» Bon, tout a semblé plus compliqué, tout à coup. Tu es née. Ce qui n'était qu'une abstraction jusqu'à ce moment s'était concrétisé. Il y a des choses qui sont faciles à considérer d'une façon rationnelle, jusqu'au moment où elles nous arrivent. Je pense que ton père l'a un peu mal pris. Nous avons convenu de ne pas recommencer.

» Ma pauvre petite, ne me regarde pas comme ça. J'espérais que personne ne le saurait jamais ! J'en étais presque arrivé à me convaincre d'avoir fantasmé tout ça, qu'Héran était réellement ton père.

— Mais… Mais je ne comprends pas, bredouilla Pierre. Je ne… Je ne me souviens pas de vous !

Sur les lèvres d'Alcanthe flotta une ombre de sourire.

— Pas très flatteur de votre part, sire Coen. Peut-être que ceci vous rafraîchira la mémoire.

Elle souleva un demi-masque de plumes bleues, aplati et défraîchi comme un objet caché depuis des décennies dans un tiroir secret, et en dissimula son visage.

— Il y a dix-sept ans, à Triplebuies.

Pierre Coen s'adossa contre le mur, sonné.

— L'intrigante au masque bleu. C'était vous ?

— Une intrigante ? Oui, je crains hélas que ce soit le qualificatif qui me convienne. Vous comprenez, si je vous ai choisi, c'est parce qu'il me fallait un homme grand et blond, comme Héran.

— Mais c'est épouvantable ! cria Marion sur un ton qui faisait mal à entendre. Toute ma vie n'aura été qu'un mensonge ? Qu'est-ce que je vais devenir maintenant ?

— Allons, chérie, je ne vois pas la nécessité de pousser de tels cris. Je comprends que tu sois surprise, mais de là à dire que *toute* ta vie est un mensonge, j'estime que tu exagères. Comment peux-tu douter que nous t'ayons toujours aimée, et que nous t'aimons toujours, Héran et moi ? Ne sois pas si romantique. Tu es la même Marion Donat que celle qui est entrée dans cette chambre il y a un instant. Tu es toujours chez toi ici. Rien n'a changé.

— Rien n'a changé ? répéta Pierre, les yeux écarquillés, incrédule. Et notre projet de mariage, à Marion et moi ?

— Ah ! Sauf ça, bien sûr.

◆

Lorsque vint le temps des adieux, les effusions de part et d'autre furent teintées d'une réserve mystérieuse. À la grande surprise de tous les Contremontais, surtout celle du roi Philophanes, Pierre Coen annonça qu'il ferait partie du voyage de retour, qu'il allait même rester sans doute quelques jours à Contremont au passage. On se perdit en conjectures muettes en constatant que, lorsqu'il embrassa Marion, ce fut dans une étreinte malaisée, à la fois tendre et un peu émue, au lieu de la passion attendue.

L'étreinte entre Marion et Ian fut plus chaleureuse, bien qu'elle aussi colorée par ce que chacun savait. La jeune femme avait pleuré une journée entière, retirée dans sa chambre, à l'abri des regards, puis s'était peu à peu remise de la nouvelle. Elle avait récupéré assez pour sourire et murmurer dans l'oreille de Ian.

— Mère a raison. Ça ne fait rien. Tu resteras toujours mon oncle Ian.

— Et toi, ma merveilleuse Marion, dit Ian sur le même ton. Vas-tu revenir me voir ?

— Quelle drôle de question ! Bien sûr ! Je veux apprendre d'autres trucs de magie.

Ian la lâcha en poussant un immense soupir.

— Absolument hors de question.

La lueur malicieuse balaya vite la tristesse au fond des yeux gris-vert, et Marion fit semblant de le disputer.

— Tu n'as pas encore compris que je ferai de toi ce que je veux ?

— Je l'ai compris depuis longtemps, et c'est bien ce qui m'inquiète !

Puis il fut temps pour les six visiteurs de Contremont de reprendre la route vers le nord, ceux qui avaient fait l'aller à pied se faisant prêter des montures.

Gabeur et Trivelin menaient la troupe, bruyants et rieurs ; Philophanes et Pierre Coen suivaient, tous deux moroses et perdus dans leur pensée, tandis que Ian et Valériane fermaient la marche, Petite-Caille marchant entre les chevaux, tout heureuse d'étrenner sa patte postérieure neuve, une gracieuseté de Valériane, qui lui avait greffé la patte de derrière d'un gros loup mâle fraîchement tué par des chasseurs de Besline. Petite-Caille avait longtemps senti sa patte neuve d'un air perplexe.

— Ça me rappelle quelqu'un, avait-elle expliqué à Ian.

Ian et Valériane s'étaient laissé un peu distancer. Ian regarda sa compagne de route, dont l'épaisse chevelure de feu flottait dans le vent. La sorcière était restée songeuse après la mort de la Simile, triste et un peu distante. Reprendre la route vers Contremont lui avait redonné un peu de couleurs, et elle semblait avoir retrouvé son humeur normale.

— C'était peut-être mieux ainsi, dit Ian, sachant que Valériane comprendrait de qui il parlait. Qu'aurions-nous fait d'elle ? Quelle sorte d'explications n'aurait-il pas fallu inventer ?

— Tu as sans doute raison, finit par dire Valériane. J'aurais tout de même préféré que ça ne finisse pas comme ça.

— Ça aurait pu finir bien plus mal, crois-moi.

— Qui peut le savoir ?

Ian en profita pour lui révéler la vérité au sujet du père de Marion. S'il y avait quelqu'un qui méritait de connaître la vérité, c'était bien Valériane. Elle écouta avec attention, sans dire un mot pendant un long moment. Lorsqu'elle prit enfin la parole, ce fut sur un ton qui combinait l'ironie et une étrange nostalgie :

— Ne dit-on pas qu'une confidence en appelle une autre ? Moi aussi, j'ai une révélation à te faire, Ian.

— Si c'est au sujet de toi et de Pierre, je suis au courant.

Elle rit.

— Non, non… C'est autre chose, une chose que j'ai comprise depuis un certain temps déjà, mais je n'osais pas trop… Je ne savais pas trop comment te le dire, ou si je devais te le dire. J'avais peur que tu te trouves ridicule.

— Comme si tu avais l'habitude de me ménager ! Qu'importe ! Tu en as trop dit. Je suis intrigué. Raconte.

— Tu n'as jamais trouvé ça curieux, toi, la passion de Trivelin et de Soubeline ?

— Pardon ?

— Avoue que c'était surprenant. Une si jolie fille tomber amoureuse d'un nain.

— Tu as raison. Je me sens déloyal envers Trivelin de dire cela, mais j'ai toujours trouvé ça étrange. Merveilleux pour lui, mais étrange.

— Et tu te souviens de la première fois que Trivelin nous l'a présentée ?

À travers la brume des souvenirs, Ian revit la haute cour du château de Contremont, sentit à nouveau l'odeur du buffet et le parfum des femmes, entendit le son étouffé de la flûte et de la harpe, en cette occasion où il avait rivalisé d'esprit avec sa charmante voisine et où il avait été interrompu par son ami Trivelin qui enlaçait une jeune et jolie jeune femme.

— Je ne sais pas ce qui s'est passé, continua Valériane. J'étais certaine d'avoir mis le philtre dans ton verre, mais j'étais un peu ivre, il faut dire… J'ai décidé de tirer l'affaire au clair. J'ai rencontré Soubeline au marché, où je lui ai demandé son avis sur un flacon de parfum. Elle m'a regardée comme si j'étais folle : pour elle, ce parfum sentait la charogne. Seules les personnes sous l'effet d'un philtre d'amour ont cette réaction.

Ce fut à Ian de chevaucher un long moment en silence.

— Donc, cette fameuse nuit après la fête…

— Non. Tu n'étais pas sous l'effet d'un philtre d'amour.

Ian secoua la tête lentement.

— Tu dois me trouver ridicule.

— Bien sûr, répondit Valériane. Tous les hommes le sont.

— Que dirais-tu de terminer cette aventure par un mariage ? Dans la mesure où tu es capable d'attendre quelques jours.

Un sourire malicieux – qui révélait bien d'autres émotions que de la malice, décida Ian – apparut sur le visage de Valériane.

— Après tout ce temps, ce ne sont pas quelques jours de plus qui vont y changer grand-chose. Mais pourquoi prends-tu la peine de le spécifier ?

— Je ne rentrerai pas directement à Contremont. Je vais faire un détour chez Ignace le Catonien.

— Je comprends. Tu veux aller t'excuser pour l'avoir oublié ?

— Oui. J'avais aussi promis de répondre à sa lettre.

FIN